DEAD ZONE
(L'accident)

Titre original : *The Dead Zone*

Sur simple envoi de votre carte, nous vous tiendrons
régulièrement au courant de nos publications.
Éditions J.-C. Lattès, BP 85 — 75 262 Paris Cedex 06
© Stephen KING, 1979, publié avec l'accord de The New American Library – New York.
© Editions Jean-Claude Lattès, 1983, pour l'édition française.

STEPHEN KING

DEAD ZONE
(L'accident)

roman

traduit de l'américain par Richard Matas

PROLOGUE

1

John Smith avait grandi. Il était devenu étudiant et n'avait plus aucun souvenir de la mauvaise chute qu'il avait faite un jour de janvier 1953. Dès le lycée, il avait eu du mal à s'en rappeler. Quant à ses parents, ils n'en avaient jamais rien su.

C'était un jour de l'hiver 1953, on patinait sur l'étang de Durham. Les grands jouaient au hockey en s'aidant de bâtons et en utilisant deux paniers de pommes de terre en guise de buts. Les petits jouaient la mouche du coche, s'amusant comme ils savent le faire en se tordant les chevilles, en s'essoufflant, en se tenant mal et de façon comique sur leurs patins. Dans un coin des pneus brûlaient en laissant échapper une fumée âcre et noire. Les parents, assis non loin de là, surveillaient leur progéniture. Les scooters de neige étaient encore inconnus et l'hiver, pour tout divertissement, on devait se contenter des exercices corporels.

Johnny, ses patins pendus au cou, était venu lui aussi jusqu'à l'étang. A six ans, il était déjà bon patineur. Pas assez sans doute pour se joindre aux joueurs de hockey, mais suffisamment pour rivaliser avec ceux qui faisaient tournoyer leurs bras telles des ailes de moulin afin de conserver leur équilibre.

Il s'élança sur la glace, avec lenteur, cherchant à se retourner et à patiner à l'envers à l'exemple de Timmy Benedix. Il entendait le craquement sourd et mystérieux de la glace sous la fine couche de neige ; il entendait les cris des hockeyeurs, le grondement d'un camion roulant sur le pont, les propos étouffés des adultes... Tout allait pour le mieux. Pas de problème. Rien à envier à qui que ce soit... si ce n'était à Timmy pour la virtuosité avec laquelle il patinait à l'envers.

En s'approchant des pneus qui se consumaient, Johnny remarqua des grands qui se passaient une bouteille d'alcool.

7

— J'peux en avoir ? cria-t-il à l'adresse de Chuck Spier, emmitouflé dans une grosse veste de bûcheron.

Chuck sourit :

— Sauve-toi, môme. Y a ta mère qui pleure après toi !

Le petit Johnny s'éloigna tout content. Il aperçut sur la route Tim Benedix qui se rendait à l'étang en compagnie de son frère.

— Timmy ! hurla Johnny. Regarde !

Il entreprit alors de faire un demi-tour et avec maladresse se mit à patiner à l'envers, sans se rendre compte qu'il pénétrait dans la surface de jeu des joueurs de hockey.

— Oh ! lui cria-t-on. Tire-toi de là !

Mais Johnny n'entendit pas les avertissements. Il patinait à l'envers. Enfin ! Il avait pris de la vitesse. Le balancement de ses jambes parfaitement coordonné, il gardait les yeux baissés, fascinés par leur mouvement.

Le palet de hockey, informe, émoussé, siffla à ses pieds sans qu'il le vît. Un des joueurs, médiocre patineur, s'était lancé à sa poursuite.

Chuck le premier, fut conscient du danger Il cria :

— Attention, Johnny !

Le petit leva les yeux et à l'instant même reçut sur le dos les quatre-vingts kilos du maladroit. Il battit des bras. Sa tête heurta la glace et il perdit connaissance.

Noire, la glace était noire, noire, noire...

On lui expliqua qu'il s'était évanoui. Il ne se souvenait que de cette obsédante sensation d'obscurité puis du cercle des visages inquiets penchés sur lui, de Timmy qui souriait gauchement, des grands, anxieux, de Chunck Spier qui le tenait dans ses bras.

— La glace était noire, noire, noire...

— Qu'est-ce que tu racontes ? fit Chuck. Tu te sens comment ? C'est que t'en as pris un sacré coup.

— Noire, répéta Johnny. La glace était noire.

Chuck jeta un coup d'œil à droite, à gauche. Puis toucha la grosse bosse qui se formait sur le front du gosse.

— Désolé, s'excusa le patineur maladroit qui avait provoqué la chute. J't'avais pas vu. De toute façon, les petits y doivent pas venir sur le terrain de hockey. C'est comme ça...

Il quêta l'approbation de l'assistance.

— Johnny, commença Chuck — il trouvait inquiétant le regard perdu et sombre de son jeune ami —, comment te

8

sens-tu ? On devrait l'amener chez le médecin, ajouta-t-il.

– Laisse-le tranquille un moment, conseilla Bill Gendron.

Ils lui accordèrent quelques minutes et peu à peu le gosse reprit ses esprits.

– Ça va, murmura-t-il.

Timmy souriait toujours et Johnny se jura de lui faire la nique un jour. Il lui ferait voir de quoi il était capable. Il exécuterait des huit autour de lui, en avant, en arrière, et ainsi de suite...

– Viens t'asseoir un moment auprès du feu, fit Chuck. C'est que t'en as pris un sacré coup !

Johnny se laissa guider. L'odeur du caoutchouc brûlé l'écœurait. Il avait mal à la tête et sentait sur son front, au-dessus de l'œil gauche, la bosse qui l'élançait. Elle doit être énorme, pensa-t-il.

– Ça y est ? Tu refais surface ? Tu sais où t'habites, qui tu es ? demanda Bill.

– Oui, oui. Ça va. Tout va bien.

– C'est qui tes parents ?

– Herb et Vera. Herb et Vera Smith.

Chuck et Bill échangèrent un regard et haussèrent les épaules.

– Il est bon pour le service, conclut Chuck.

Et pour la troisième fois, il commenta l'accident :

– C'est qu'il en a pris un sacré coup !

– Mes enfants, fit Bill en contemplant avec amour ses deux jumelles qui patinaient en se tenant par la main, ce choc aurait pu tuer un adulte.

– Mais pas un Polonais, répliqua Chuck en plaisantant.

Tous éclatèrent de rire. La bouteille d'alcool recommença à circuler de main en main.

Dix minutes plus tard, Johnny se tenait à nouveau sur ses patins. Sa migraine s'atténuait, seule subsistait la bosse. Quand il fut de retour chez lui, il avait tout oublié de sa chute et de l'évanouissement qui s'en était suivi, tout à la joie de sa grande première : il savait patiner à l'envers.

– Mon Dieu ! s'exclama sa mère quand elle le vit. Comment est-ce arrivé ?

– En tombant, répondit-il.

– T'as pas mal, fit-elle en touchant la bosse.

– Non, non, m'man.

C'était la vérité, il se sentait en pleine forme. Tout serait

9

rentré dans l'ordre si ce n'étaient les cauchemars. Ils commencèrent dans le courant du mois qui suivit l'accident. De mauvais rêves et une tendance à la somnolence à des heures tout à fait inhabituelles.

Par un beau matin de la mi-février, Chuck Spier s'aperçut que la batterie de sa vieille De Soto 1948 était à plat. Il essaya de la recharger à l'aide de la batterie du camion de la ferme. Mais, alors qu'il était en train de fixer les pinces crocodile, la batterie explosa, projetant acide et fragments de plomb. Chuck perdit un œil et Vera déclara que c'était un vrai miracle qu'il ne fût pas devenu totalement aveugle. Johnny fut bouleversé par cet accident. Il alla, avec son père, rendre visite au blessé à l'hôpital de Lewiston, peu après le drame. Le spectacle de l'infirme dans son lit le traumatisa et la nuit suivante il rêva que c'était lui la victime de cet accident de batterie.

Les années s'écoulèrent. De temps à autre, Johnny avait d'étranges pressentiments. Il savait par exemple quel disque serait programmé à la radio avant même que le présentateur en eût fait l'annonce. Des trucs dans ce goût-là. Mais il n'établissait aucun lien entre ces « trucs » et sa chute sur l'étang gelé. Il n'y pensait jamais. Ces prémonitions, relativement peu fréquentes, n'avaient rien d'inquiétant. Du moins jusqu'à cette soirée de fête foraine où surgit l'effroi.

Immédiatement avant le deuxième accident qu'il eut, par la suite, toujours présent à l'esprit.

2

Le voyageur de commerce sillonnait inlassablement le Nebraska et l'Iowa sous le brûlant soleil de l'été 1955. Il conduisait une Mercury vieille de deux ans qui marquait 120 000 bornes au compteur, ce que confirmait le raffut des culbuteurs. Le chauffeur était un paysan mal dégrossi dont l'entreprise de peinture avait fait faillite à peine quatre mois auparavant. Il s'appelait Greg Stillson et n'était âgé que de vingt-deux ans.

Le coffre et la banquette arrière de la voiture étaient bourrés de cartons de livres. Pour la plupart, des exemplaires de la Bible, de tous formats, de reliures variées. Là résidait l'essentiel de la pensée humaine, la clef de voûte de la majorité silencieuse. La Bible, revue et corrigée par les préjugés nord-américains. Le bien absolu qu'illustraient seize planches en quadrichromie. Le livre broché : 1,69 dollar. Garanti six mois. En version poche, *Le Nouveau Testament* pour 60 cents, sans illustration mais avec JÉSUS NOTRE SEIGNEUR imprimé en rouge. Pour les plus fortunés existait enfin un ouvrage luxueux, *La voix de Dieu*, vendu 19,95 dollars, reliure skivertex blanc, le nom de l'acquéreur porté à la feuille d'or sur la couverture ; vingt-quatre illustrations couleurs et un cahier encarté permettant de noter les dates de naissance, de mariage, de décès. Garantie : deux ans. D'autres titres figuraient également au catalogue : *Le Chemin de la foi de l'Amérique*, *La Conspiration du communisme juif contre les Etats-Unis*.

C'est avec ces deux derniers titres que Greg réalisait l'essentiel de son chiffre d'affaires. Leurs ventes dépassaient celles de toutes les bibles réunies. On y expliquait comment les Rothman, les Rothschild, les Roosevelt arrivaient à s'emparer des leviers de commande de l'économie mondiale. Un tableau explicatif montrait avec force flèches et pointillés à l'appui comment les juifs descendaient en droite ligne du communisme, du marxisme, du léninisme, du trotskisme, ces derniers descendant eux de l'antéchrist, et réciproquement.

L'étoile de Joe McCarthy n'avait toujours pas pâli dans l'ouest du pays et les fermiers de la grande prairie, électeurs de la majorité silencieuse, manifestaient le plus vif intérêt pour ces pamphlets antisémites, anticommunistes.

Greg tourna à gauche pour se retrouver sur une route poussiéreuse menant à une ferme, à quelque 40 kilomètres de Ames, dans l'Iowa. L'endroit lui parut désert, peu engageant. Les stores de la maison étaient baissés, les portes fermées. Il allait certainement y faire chou blanc. Mais comment savoir avant d'avoir essayé ? Cette devise lui avait toujours réussi. Il ouvrit donc la portière de sa voiture et en descendit. Un chien famélique, aux oreilles basses, se traîna vers lui.

11

— Salut ! mon toutou, fit Greg de sa voix grave et mélodieuse, la voix d'un vieux professionnel du baratin.

Le chien ne parut nullement subjugué par cette voix pourtant flatteuse. Il poursuivit sa progression, bien décidé, semblait-il, à se payer un commis voyageur pour son déjeuner. Greg remonta précipitamment dans la Mercury, ferma la portière et klaxonna à deux reprises. Il était en sueur. Aucune réponse ne fit écho à ses coups d'avertisseur. Les bouseux qui occupaient cette ferme s'étaient sans doute entassés dans leur caisse pourrie pour aller faire un tour en ville. Greg sourit à cette idée. Et au lieu de démarrer, il se retourna pour attraper sur la banquette arrière un aérosol tue-mouches, qui contenait non de l'insecticide mais de l'ammoniac. Le sourire aux lèvres, il quitta à nouveau son véhicule. Le chien aussitôt, poil hérissé, se mit à gronder.

— Bon chien-chien, ça, fit Greg charmeur. Viens ici. Approche, brave toutou.

Il détestait ces chiens de ferme qui, en l'absence de leurs maîtres, paradaient tels d'arrogants petits César. Le chien rampait, prêt à lui sauter à la gorge. Dans une étable, une vache se mit à meugler. Le vent agita les blés de l'été. Lorsque le chien bondit, le sourire disparut de la face de Greg pour laisser place à un méchant rictus. Le représentant de commerce pressa sur la bombe. Un nuage d'ammoniac fusa, noya la gueule du chien dont les aboiements se transformèrent en jappements de douleur. Le regard mauvais, Greg s'avança et donna un coup de pied à la bête qui, au lieu de s'enfuir, se ramassa, voulant livrer bataille ; plein de hargne, grondant, le chien s'élança et planta ses crocs dans le pantalon de toile blanche du commis voyageur dont il arracha le revers.

— Sale bête, cracha Greg, furieux.

Et à nouveau il frappa le chien, assez fort cette fois pour l'envoyer bouler dans la poussière. Vaincue, la bête, les yeux pleins d'eau, la gueule douloureuse, les côtes brisées, voulut échapper à l'homme. Mais Greg Stillson le poursuivit, haletant, vociférant tel un damné, frappant et frappant encore la malheureuse bête gémissante, sanguinolente, incapable à présent d'éviter les coups.

— J'vais t'apprendre, moi, à mordre, chien de merde ! Personne ne peut me mordre, personne, t'entends !

Le chien ne bougeait plus. « Quel plaisir peut-on prendre à frapper une merde flasque », se demanda le

12

représentant. Il avait mal à la tête. Le soleil sans doute ! Se livrer à une chasse au chien sous le soleil, quelle idiotie ! Encore heureux qu'il ne se soit pas trouvé mal !

Il ferma les yeux un instant, le souffle court. La sueur ruisselait sur son visage telles des larmes. Des taches de lumière brûlaient ses paupières au rythme de sa respiration et l'éblouissaient.

Il lui arrivait, par moments, de se demander s'il ne devenait pas dingo et c'était le cas aujourd'hui. Au début, il n'avait voulu que balancer une giclée d'ammoniac sur le chien afin de le voir se planquer dans sa niche. La voie aurait été ainsi libre et il aurait pu glisser sa carte de visite sous la porte. Quel gâchis ! Comment laisser sa carte à présent ! Il rouvrit les yeux. Le chien gisait à ses pieds, la respiration précipitée. Il perdait son sang en abondance par une plaie au museau et servilement léchait les chaussures de l'homme.

– T'avais qu'à pas déchirer mon fendard. Ça coûte 5 sacs, chien à la con, un fûte !

Mais Greg devait abandonner les lieux. Le climat serait malsain si le bouseux et sa petite famille rappliquaient maintenant. Ils trouveraient leur fidèle Médor raide mort, tué par un représentant de commerce pas gentil. La maison d'édition du *Chemin de la foi de l'Amérique* n'engageait pas des tueurs de chiens comme démarcheurs.

Tout en ricanant nerveusement, Greg remonta dans sa voiture, s'installa au volant et démarra vers l'est, roulant à plein gaz, en soulevant un épais nuage de poussière sur son passage. Il ne voulait à aucun prix perdre son boulot, en tout cas pas dans l'immédiat. En effet, il gagnait bien sa croûte. En plus des volumes placés pour le compte de la maison d'édition, il se livrait à un petit négoce personnel. Et puis, il rencontrait un tas de gens. Fallait bien en profiter, c'était le métier qui voulait ça, un tas de pépées il rencontrait. C'était la bonne vie. Et pourtant...

Et pourtant, il n'était pas pleinement satisfait. Il sentait bien qu'il était fait pour autre chose, pas pour se balader dans tout l'Ouest à essayer de fourguer des bibles et à trafiquer les bordereaux de vente afin de récolter 1 dollar de mieux par jour. Il roulait. La tête prise dans un étau, la douleur était terrible. Il sentait bien qu'il était fait pour... pour... la grandeur. Ouais, c'était ça. C'était même sûrement ça.

Quelques semaines auparavant, il avait possédé une fille

13

dans un grenier. Ses parents étant partis pour la ville voisine avec un camion chargé de poulets, la fille avait commencé par lui proposer un verre de limonade. Puis, une chose en amenant une autre, il l'avait culbutée dans le foin. Mais quand elle avait essayé de lui démontrer qu'elle avait été, en quelque sorte, abusée, alors, il l'avait giflée. Sans vraiment savoir pourquoi, il l'avait giflée, puis était reparti comme il était venu.

En réalité non, il ne l'avait pas giflée : il l'avait carrément frappée trois, quatre fois. Jusqu'à ce qu'elle crie, hurle au secours. C'est alors qu'il avait cessé de la frapper et avait essayé, par la seule force persuasive de son charme, de se montrer convaincant. Il lui avait présenté des excuses. Après quoi, il avait eu mal à la tête et des taches de lumière, comme autant de pointes de feu, lui avaient transpercé les paupières. Il s'était dit que c'était un effet de la chaleur dans laquelle baignait ce foutu grenier. Mais ce n'était pas la chaleur qui provoquait ces brutales migraines. Il avait ressenti la même douleur dans la cour de la ferme lorsque le chien avait arraché le revers de son pantalon. Quelque chose de démoniaque avait pris possession de son être.

– J'suis pas dingo, conclut-il à voix haute au volant de sa Mercury.

Il baissa la vitre et laissa pénétrer la moiteur de l'été, la poussière de la route, l'odeur de la campagne. Il mit la radio, en poussa le volume à fond parce que c'était une chanson de Patti Page.

C'est pas une mince affaire que de garder son sang-froid et son casier judiciaire vierge, pensa-t-il. Mais si vous y réussissez, alors, vous devenez le roi de la piste. Et à ce jeu-là, il ne devenait pas mauvais. Il rêvait moins souvent qu'autrefois. Il ne revoyait plus son père penché au-dessus de lui, son chapeau melon rejeté sur la nuque, en train de s'époumoner : « T'es bon à rien. » Et s'il ne faisait plus ce cauchemar, c'était tout bêtement parce qu'il ne correspondait plus à la réalité : Greg Stillson n'était plus un bon à rien.

D'accord, enfant, il avait été souvent un cas difficile. Mais son père avait péri lors de l'explosion d'un derrick. Et il ne pouvait plus se venger de son vieux, puisqu'il était mort. Une fois pourtant, il avait bien failli aller le déterrer, histoire de lui jeter à la figure : « Tu t'es gourré. T'avais tort. » Par la même occasion, il aurait ponctué son discours d'un bon coup de pied. Comme pour le chien. Immédiatement la migraine revint.

– J'suis pas dingo, répéta-t-il en hurlant, cherchant vainement à couvrir la radio.

Sa mère lui avait souvent dit et répété qu'il était destiné à accomplir de grandes choses. Il y croyait. Tout est affaire de circonstances : frapper une femme, tuer un chien. Mais, surtout, ne pas oublier, avoir toujours présente à l'esprit sa devise : sang-froid et casier judiciaire vierge.

Quelle que soit la nature de la grandeur, il la reconnaîtrait lorsqu'elle se présenterait, il en était persuadé. La grandeur se trouvait au bout du chemin. Il lui en coûterait peut-être des années pour le remonter. Il était jeune – le temps ne compte pas quand on sait qu'il convient d'attendre, en étant convaincu que la grandeur est imminente. Il ne l'oubliait pas et Dieu veille sur ceux-là.

Greg Stillson, le coude sur la portière, se mit à siffloter, accompagnant la chanson que diffusait la radio. Il écrasa l'accélérateur. La vieille Mercury bondit jusqu'à 140 kilomètres à l'heure. Il dévalait à toute allure une route de l'Iowa, à la rencontre de son destin.

LIVRE I

La roue de la fortune

CHAPITRE PREMIER

1

Les deux choses dont Sarah devait se souvenir ultérieurement furent : son tour de chance à la grande roue de la Fortune et le masque. Le temps aidant, lorsque ses pensées la ramenaient à cette terrible nuit, elle se remémorait plus particulièrement le masque.

Johnny occupait un appartement à Cleaves Mills. Sarah y arriva à 8 heures moins le quart, après avoir garé sa voiture à proximité de l'immeuble. Elle se servit de l'interphone, puis attendit à la porte. Ce soir, ils devaient prendre sa voiture, celle de Johnny étant en révision au garage Tibbet à Hampden – une roue voilée ou un truc dans le genre. Mais un truc qui coûte chaud, avait-on précisé à Johnny. Et cela l'avait fait rire, de son rire si particulier ; alors que cette même nouvelle aurait fortement ennuyé Sarah.

Elle traversa le hall, passa devant le tableau d'affichage habituellement surchargé de petites annonces : matériel hi-fi d'occasion, gardiennage d'enfants, pièces de rechange moto, partage de frais pour une descente en voiture en Californie ; mais qui, ce soir, était presque entièrement recouvert par une grande affiche représentant un poing fermé sur fond rouge sang, avec pour toute légende FRAPPER. Nous étions en plein mois d'octobre 1970.

L'appartement de Johnny, au deuxième étage, donnait sur la rue principale. Cleaves Mills se composait avant tout de cette grande rue avec un feu rouge au carrefour – clignotant à partir de 18 heures –, de deux douzaines de magasins et d'une fabrique de chaussures – des mocassins. Mais qui avait pour vocation, semblable en cela à toutes les localités proches d'Orono où se trouvait l'université du Maine, de subvenir aux besoins des étudiants : bière, vin, essence, disques, cassettes rock, fast food, amphés et cinémas. Ce dernier s'appelait l'Ombre. Programmation Arts et Essai, rétro... nostalgie des années 40, etc. A la fin de l'année universitaire on en revenait aux bons vieux Clint Eatswood et aux productions Karaté/Kung Fu.

Johnny et Sarah avaient achevé leurs études l'année précédente. A leur tour, ils étaient devenus professeurs. Le corps enseignant, personnels administratifs aussi bien qu'étudiants, voyait en Cleaves Mills une cité-dortoir. Les gens du cru détestaient cette faune estudiantine, leurs propos pédants, leurs marches pour la paix au Vietnam ; ils n'en acceptaient pas moins leur argent et profitaient également des impôts locatifs versés à la municipalité par les enseignants qui occupaient des logements propriétés de la ville dans un quartier rebaptisé par les étudiants, quadrilatère des Nuls ou boulevard des Crétins.

Sarah frappa à la porte. La voix de Johnny lui parvint, légèrement étouffée : « C'est ouvert ».

L'appartement était plongé dans une obscurité totale.

– Johnny !

Elle se demandait si les plombs avaient sauté. Elle s'avança et le masque fit irruption devant elle. Il flottait dans les ténèbres, face monstrueuse, vision d'horreur, luisant d'un vert livide, un œil grand ouvert paraissant la fixer avec effroi. L'autre œil, à demi fermé, brillait et on y décelait une lueur narquoise. La partie gauche du visage, celle de l'œil grand ouvert, paraissait normale. Mais celle de droite appartenait à un monstre, inhumain, en pleine décomposition, les lèvres épaisses et retroussées découvrant des chicots.

Elle poussa un cri aigu et recula. La lumière jaillit alors et elle reconnut enfin l'appartement de Johnny. Un poster, fixé au mur par des punaises, montrait Nixon fourguant une caisse bonne pour la ferraille la faisant passer pour une Cad dernier modèle. Par terre, bricolées par la mère de Johnny, des bouteilles de chianti servaient de chandeliers. Le masque ne faisait plus peur à Sarah. Ce n'était qu'un masque de Mardi gras et rien d'autre. Les yeux bleus, bridés, de Johnny brillaient de malice. Il ôta le masque et resta devant elle, lui adressant un sourire désarmant.

– Bienvenue, Sarah.

Le cœur de la fille battait toujours la chamade. Elle avait été vraiment terrorisée.

– Très drôle ! commenta-t-elle, prête à le planter là. Elle détestait ce genre de plaisanterie.

– Allez, je suis désolé.

– Tu peux !

20

Elle lui jeta un regard glacé ou du moins s'y essaya-t-elle. Sa colère l'abandonnait. Il était tout simplement impossible d'en vouloir à Johnny. Et l'amour n'avait rien à voir dans l'affaire. Du reste, l'aimait-elle ? Elle chercha la réponse. Bref, toujours était-il qu'on ne pouvait pas lui tenir rigueur de quoi que ce soit. Ce qui l'amenait à se poser la question ; quelqu'un pouvait-il le haïr ? Aussitôt cette idée lui parut ridicule et elle esquissa un sourire.

– Voilà qui est mieux, mon pote, dit-il.

– Je ne suis pas ton pote.

– C'est bien ce que je me disais, reconnut-il après l'avoir déshabillée du regard.

Elle portait un énorme manteau de fourrure, une imitation quelconque, du rat peut-être ? Il n'y connaissait pas grand-chose. Il l'entoura de ses bras et l'embrassa. Elle résista, se refusa à lui rendre son baiser, mais bientôt s'avoua vaincue et s'abandonna.

– Je suis vraiment désolé de t'avoir fait si peur.

Il s'était excusé en frottant le bout de son nez contre le sien.

– C'était juste pour l'essayer. Je compte porter ce masque vendredi.

– Oh, Johnny ! Je ne crois pas que ce soit très indiqué.

– Au contraire, je compte bien semer la pagaille.

Il n'y avait là-dessus aucune crainte à avoir mais elle désapprouvait cette façon d'agir.

Tous les jours, très institutrice, elle se rendait à l'école avec ses grosses lunettes, ses cheveux ramenés en arrière et serrés en un chignon très strict. Elle portait des jupes très décentes, au ras du genou, alors que les filles de son âge préféraient les mini. (J'ai pourtant de plus belles jambes qu'elles, constatait-elle, pleine de ressentiments.) Elle veillait à ce que ses élèves se mettent en rang par ordre alphabétique et se montrait sévère, expédiant le premier trublion au bureau du surveillant général. Sa vie n'était qu'une fastidieuse et scrupuleuse application des « règles », de la « discipline ». Pourtant, en dépit de ses efforts, elle estimait qu'elle était incapable de manifester la moindre autorité.

Johnny était exactement le contraire – la définition du bon professeur prise à l'envers. Il déambulait de salle de cours en salle de récréation en affichant une stupeur ravie. Souvent en retard, négligeant les appels, il laissait les élèves s'installer où bon leur semblait, changer chaque jour de place suivant leur caprice. Bien entendu, les mauvais sujets s'entassaient invariablement au fond de la classe.

De grande taille, la démarche lourde, il avait été surnommé « Frankenstein » par les enfants. Il en paraissait plus amusé que contrarié. Ses cours pourtant, et contre toute logique, se déroulaient dans le calme le plus absolu et on y comptait peu d'absents. Sarah était loin de connaître le même succès et souvent, elle frôlait la crise de nerfs à en chercher la raison.

— Tu veux boire un verre avant d'y aller ? lui proposa-t-il.

— Non, lui répondit-elle, mais tout à l'heure, je te coûterai cher, je mangerai au minimum trois hot dogs.

Ils devaient se rendre à Esty, à une trentaine de kilomètres de Cleaves Mills, où se tenait la dernière fête foraine de la saison dans un rayon de plusieurs centaines de kilomètres. C'était la seule gloire de ce patelin.

— J'ai prévu tes goûts dispendieux et j'ai quelques économies, répliqua-t-il. Je suis à la tête d'une vraie fortune : 8 dollars.

— Oh, mon Dieu, minauda-t-elle en papillonnant des paupières. Moi qui ai toujours rêvé d'un homme riche. Me voilà comblée, à présent.

— Nous autres, mauvais garçons, savons récolter la fraîche. C'est comme ça, mon pote. Bon, allons-y !

Il enfila son manteau. Elle le regarda accomplir ce geste avec beaucoup de tendresse. Pourtant, elle était légèrement excédée, victime de sa sempiternelle obsession : sans doute Johnny est-il un charmant garçon, bourré de qualités, facile à vivre, drôle, sensible. Tel un commentaire *off* de télévision, le compte des vertus cardinales de Johnny s'empilait sous son crâne. Cela pouvait la prendre n'importe où : sous la douche, en préparant le dîner, en faisant les courses, en corrigeant ses copies. La suite, tout aussi obsédante, succéda : mais tout cela est-il suffisant pour l'aimer ? De quoi est fait l'amour ?

— T'as pas besoin d'aller faire un tour aux toilettes ? lui demanda-t-il, plus prosaïque.

— Non, répondit-elle, amusée par sa question.

Johnny faisait partie de ces gens qui ont toujours présentes à l'esprit les servitudes de la nature. Elle jeta un coup d'œil dans la rue. Des gosses cavalaient dans le parking

22

jouxtant la pizzeria au coin de la rue. Elle les envia un peu, regrettant ce temps de l'insouciance. Ces mômes étaient indifférents aux Nixon, aux MacNamara de tous poils qui jouaient pourtant aux empêcheurs de danser en rond. Ses pensées revinrent à Johnny. Elle l'avait rencontré lorsqu'elle avait entamé sa carrière d'enseignante. Mais elle le connaissait déjà de vue car ils avaient suivi un certain nombre de cours ensemble. A l'époque, elle sortait avec la star de la classe. Il s'appelait Dan. Trop beau, trop intelligent, voulant passer pour un esprit fort et y réussissant. Bref, un virtuose qui avait l'art de la mettre mal à l'aise, grand jouisseur, amant passionné, violent parfois – il avait l'alcool mauvais. Elle se souvenait particulièrement d'une soirée où un type, prenant prétexte d'une réflexion de Dan sur l'équipe locale de foot, l'avait gentiment mis en boîte ; aussi sec, Dan avait cherché la bagarre. Le type pourtant avait présenté ses excuses. Mais Dan n'en avait rien eu à foutre, il cherchait la cogne, un point c'est tout. Il avait même charrié la nana du type pour le provoquer. Sarah avait voulu le calmer, s'était interposée. Mais il l'avait écartée, l'avait regardée fixement, une lueur étrange au fond des yeux ; elle en était restée interdite. Pour finir, le type et Dan s'étaient retrouvés dans la rue. Et Dan avait usé de toute sa violence pour lui administrer une correction. Il avait cogné jusqu'à ce que le malheureux – il avait dépassé la trentaine et il n'avait rien du sportif – se mette à pleurer sous la grêle de coups. Elle n'avait jamais entendu d'homme pleurer et souhaitait ne plus jamais avoir à en entendre. Elle dut ensuite se sauver en compagnie de Dan. Le barman, devant la tournure des événements, avait prévenu la police. Elle aurait certes préféré rentrer seule chez elle ce soir-là, mais les bus étaient rares à cette heure avancée de la nuit. Tout le temps que dura le retour, Dan ne desserra pas les dents. Quand ils étaient arrivés devant le foyer, elle lui avait déclaré qu'elle souhaitait ne plus le revoir. « Comme tu voudras ! », avait-il simplement répondu. Il lui avait téléphoné, une fois, deux fois et à cette deuxième tentative elle avait cédé – elle s'en voulait encore.

Leur relation avait ainsi duré jusqu'à la fin de sa dernière année de fac. Elle était tout à la fois effrayée et attirée par cet homme, son premier amant, en vérité son seul et unique amant puisque ce soir encore... Elle n'avait toujours pas fait l'amour avec Johnny.

Sa liaison avec Dan lui avait été salutaire ; sans doute l'avait-il humiliée, mais la leçon lui avait servi. Comme il ne prenait aucune précaution, en ce qui le concernait, elle devait se rendre à l'infirmerie de la faculté et invoquer des règles douloureuses afin d'avoir une ordonnance lui permettant d'acheter « la pilule ». Sexuellement, Dan l'avait toujours asservie, jamais elle n'avait réellement connu le plaisir entre ses bras, tirant de maigres orgasmes de sa violence et de ses pénétrations brutales. Le dégoût d'elle-même allait de pair.

Leur liaison s'était brusquement terminée. Il venait de rater ses examens, ils s'étaient revus après les résultats.

— Que comptes-tu faire maintenant ? lui avait-elle demandée, gênée. Elle était assise sur son grand lit, tandis qu'il entassait ses affaires dans deux valises et elle aurait voulu lui poser tellement d'autres questions plus intimes, telles que : « Resteras-tu à proximité ? Tu vas chercher du travail ? Suivre des cours du soir ? » Ou « Y a-t-il une place pour moi dans tes projets », question qu'elle aurait été incapable de formuler à haute voix.

— Je pars pour le Vietnam.

— Quoi !

Fébrilement, il s'était mis à chercher sa feuille de route qu'il avait fini par retrouver sur une étagère. La convocation émanait d'un centre de mobilisation.

— Tu ne connais pas un moyen pour y couper ? avait-elle demandé à voix basse.

— Non. Peut-être y en a-t-il, mais je ne le connais pas.

Et il avait allumé une cigarette.

— J'ai même pas envie de chercher la planque, avait-il fini par dire.

Elle l'avait regardé, scandalisée.

— J'en ai marre. Je suis fatigué de tout. J'ai pas envie de trouver un job, pas plus que de rester avec une bonne femme. Tu t'es pourtant donné bien du mal pour ça. T'imagine pas que j'ai jamais réfléchi à la question. Simplement, mon point de vue, c'est que toi et moi, ça ne collera jamais. Et tous les deux, nous le savons parfaitement.

Toutes ses questions ayant ainsi trouvé une réponse, elle s'en était allée.

Elle ne devait plus jamais le revoir. Parfois, elle croisait son compagnon de chambre. Ce dernier, en six mois, avait reçu, en tout et pour tout, trois lettres. C'est ainsi qu'elle avait su que Dan avait fait ses classes dans le sud du pays. Ce furent là les dernières nouvelles le concernant.

Au début, elle n'en ressentit aucun chagrin. Toutes ces tristes rengaines qu'on peut entendre à la radio la nuit n'avaient rien à voir avec ce qu'elle ressentait. Les clichés de romans-photos, les sirops sanglotés, pas davantage. Elle ne traîna pas de bar en bar, ne joua en aucune manière les Diane Keaton à la recherche d'un Mr. Goodbar. Presque toutes ses soirées étaient consacrées à l'étude studieuse de son programme de fac. Le départ de Dan était plus un soulagement qu'une souffrance.

C'est seulement après avoir fait la connaissance de Johnny dans une soirée dansante qu'elle s'était rendu compte du désastre qu'avait été sa liaison avec Dan. Et avec le recul du temps, le vide de son existence amoureuse lui avait fait horreur. Rien d'ailleurs ne donnait réellement un sens à sa vie si ce n'étaient les heures monotones consacrées à l'enseignement et celles vouées à la lecture – et encore, trop souvent il ne s'agissait que de livres de quatre sous !

Elle se réveillait, prenait son petit déjeuner, se rendait au collège, retournait chez elle pour y prendre son repas, faisait ensuite la sieste (qui certains jours pouvait durer tout l'après-midi). Puis c'était l'heure du dîner après lequel elle lisait jusque vers 11 heures. Enfin un quelconque programme télé pour conclure cette morne journée, et elle allait se coucher. « La vie est quotidienne », comme peuvent l'écrire certains romanciers. Parfois, elle éprouvait une sorte de jubilation à se soumettre à une telle routine, aussi monstrueuse.

Durant toute cette longue période, elle n'avait plus pensé à Dan, oubliant jusqu'à son nom. Pendant huit mois, elle n'avait pensé à rien. Le pays entier avait été en proie à des désordres de toutes sortes sans qu'elle y ait prêté attention. Ni aux flics, ni aux émeutes de cet été de violence. La radicalisation politique des dirigeants noirs, leur durcissement, les ghettos en proie aux flammes, leurs habitants devenus les cibles des fusils à pompe, Sarah n'en revenait pas d'être passée au travers de tout cela dans l'inconscience la plus complète. Heureuse simplement de s'en être si bien tirée. D'autant que maintenant les choses étaient rentrées dans l'ordre et qu'il n'y avait plus rien à redouter.

Puis, elle avait rejoint son poste à Cleaves Mills et s'était retrouvée de l'autre côté de la barrière : d'étudiante elle était devenue prof. Enfin, peu de temps après son arrivée, elle avait fait la connaissance de Johnny. A présent, tout cela semblait tellement irréel. (D'ailleurs, avec un nom aussi banal, aussi courant que John Smith, Johnny existait-il vraiment ? Certainement il devait exister et elle avait bien conscience de certains regards qu'il lui avait décochés, sans concupiscence, mais avec une saine et juste estimation de ce que cachait la robe de jersey gris perle qu'elle portait lors de leur première rencontre !)

Il lui avait proposé d'aller voir, ou revoir, *Citizen Kane* à « L'Ombre ». Elle avait accepté et ils avaient passé une agréable soirée ensemble. Sans plus. Certes pas le coup de foudre. Comme il se doit, il l'avait embrassée et elle avait pensé : « Ce n'est pas Errol Flynn. » Pourtant, il avait su la faire rire.

Plus tard, ce soir-là dans la chambre à coucher de son appartement, elle avait pris conscience en regardant Bette Davis dans le rôle d'une femme d'affaires fort antipathique de la vacuité de son existence. Et elle s'était mise à pleurer sur son triste sort, pleine de compassion envers elle-même.

Elle était ressortie en compagnie de Johnny une deuxième fois. Une troisième fois. Cela n'avait en rien bousculé son carnet de rendez-vous, elle était libre, elle était seule.

Élégante, jolie fille, elle n'avait pourtant pas manqué d'invitations après sa rupture avec Dan, mais elle n'avait donné aucune suite à ces propositions. Quelques rares fois, elle avait dîné avec le compagnon de chambre de Dan, à seule fin de l'entendre parler de son ami. Ce qui lui valait quelques remords, son attitude envers ce garçon ayant été assez peu glorieuse.

Quant à ses amies, elles s'étaient vite dispersées dans la nature après avoir décroché leur diplôme. Betty Hackman se retrouvait en Afrique avec le Peace Corps – son engagement dans cette organisation avait plongé ses parents dans la consternation. Sarah se demandait parfois ce qu'il pouvait bien advenir de cette jeune fille bon chic, bon genre, égarée sous le soleil de l'Ouganda, elle qui rougissait comme un homard au premier coup de chaleur !

Dennie, quant à elle, s'était inscrite dans une école supérieure de commerce à Houston. Et Rachel Gurgens avait épousé un ami d'enfance et attendait un bébé.

Donc, et à sa grande surprise, John Smith était sa

première relation suivie depuis longtemps. Elle comptait pour nulles et non avenues les invitations de certains confrères : Sedcky le professeur de maths, un vieux raseur ; Roger Rounds, qui, dès qu'elle avait posé le pied dans sa garçonnière, avait essayé de la sauter. Elle l'avait giflé et le lendemain il avait eu le culot de lui adresser un clin d'œil coquin en plein hall de la fac.

Johnny, lui, était drôle, bien élevé. Physiquement, il l'attirait (enfin, toutes proportions gardées). Chez lui, un soir, en regardant la télé, ils avaient commencé à se caresser et les choses n'en seraient certainement pas restées là ; mais un couple d'amis, profs eux aussi, étaient venus leur rendre une petite visite impromptue pour leur faire signer une pétition à propos de l'autonomie des universités. Sarah et Johnny avaient mollement donné leur accord. Pour la première fois depuis de longs mois, elle s'était sentie frustrée, physiquement en manque.

Elle abandonna sa contemplation de la rue et alla s'installer sur le canapé où Johnny avait laissé choir le masque.

— Si tu ne te dépêches pas, je pars sans toi, hurla-t-elle.

— Te gêne surtout pas, fit écho Johnny à l'autre bout de l'appartement.

— Chiche !

Elle effleura le masque d'un doigt. Johnny ? Dr. Jekyll ou bien Mr. Hyde ? A Noël, où en seront-ils de leur relation ? Mystère. Elle frissonna de plaisir, de l'imprévu, enfin ! Elle se perdit dans la contemplation du masque. Hyde ? Jekyll ? Qui est qui ? Pourquoi cette comédie tout à l'heure ? Est-il normal ? Qui l'est ? Mais s'il l'était, aurait-il eu l'idée d'ainsi s'affubler ?

Johnny fit son entrée dans la pièce en écartant le rideau de perles qui séparait le salon de la salle de bains. « S'il veut coucher avec moi cette nuit, je crois bien que j'accepterai. » C'était une pensée agréable, réconfortante.

— Pourquoi souris-tu ?

— Pour rien, fit-elle en ne s'occupant plus du masque.

— Vraiment ? insista-t-il. Cela semblait pourtant une pensée agréable.

— Johnny, dit-elle, en se levant, puis posant les mains sur sa poitrine et se haussant sur la pointe des pieds pour l'embrasser, tu devrais savoir qu'il y a des choses dont on ne parle pas. Allons-y maintenant.

27

Ils s'arrêtèrent une seconde dans le hall, le temps qu'il boutonne son blouson. A nouveau, le regard de Sarah fut attiré par l'affiche avec ce poing sur fond d'incendie et FRAPPER.

– Il y aura encore de la casse, fit Johnny en suivant son regard.

– Tu veux dire des manifestations.

– Oui, Vietnam, facs surchargées, administration répressive. Bref, tout le cirque des contestataires professionnels.

– Qu'est-ce que tu veux dire par là ?

– Contestataires professionnels ? Les étudiants qui sont contre tout et rien. Exception faite de leur diplôme. S'inquiétant uniquement de savoir si le système leur accordera bien un job à 20 000 dollars par an lorsqu'ils déboucheront sur le marché du travail. Des gars qui disent merde à tout sauf à leur bout de papier, eh bien, cette race-là a disparu. Les temps ont changé. Maintenant les étudiants se sentent autrement concernés par les aberrations du système. Voilà ce que j'appelle des contestataires de profession.

– Je comprends, mais quelle importance tout cela peut-il avoir pour toi maintenant ? Tu en es sorti, toi ? Il se redressa, piqué au vif.

– Je suis un vétéran des années 70 et je lève mon verre à notre bonne vieille politisation.

Elle eut un sourire bref.

– Allons-y. J'aimerais faire un tour avant que tout ne soit fermé.

– Parfait ! Alors, partons, acquiesça-t-il en lui prenant le bras.

Avec ses 8 dollars, la soirée s'annonçait fastueuse. Le temps était couvert, mais il ne pleuvait pas – déjà ça de gagné. Elle se serra contre lui.

– Tu sais que je pense très fort à toi, Sarah.

Sa voix affectait un certain détachement.

– Vraiment ?

– Oui, vraiment. Mais je suppose que ce type, Dan, tu y penses encore. Il t'a fait souffrir, non ?

– Je ne sais pas ce qu'il m'a fait, lui répondit-elle.

Elle était sincère. Le feu clignotant du carrefour faisait apparaître et disparaître leurs ombres portées sur le macadam. Johnny était plongé dans ses pensées.

28

– Je ne voudrais pas que ça se passe comme ça avec moi, dit-il après un long silence.

– Je sais bien, Johnny, je sais. Laissons faire le temps.

– C'est ça, le temps, nous en avons à revendre.

Elle sentit l'amertume, le désarroi de l'homme qui l'accompagnait. Elle-même se sentait désarmée, bouleversée. Il lui ouvrit la portière de la voiture, la fit monter et prit ensuite place au volant.

– Tu n'as pas froid ? demanda-t-il.

– Non. La nuit est douce et belle.

– Oui, reconnut-il.

Tandis qu'il faisait démarrer la voiture, les pensées de Sarah étaient revenues au masque. Dr. Jekyll ou Mr. Hyde ? Pour l'instant tout allait bien. Elle avait à faire au charmant Mr. Hyde. Cependant l'existence du vilain docteur, horriblement défiguré, l'inquiétait.

Ils gagnèrent le champ de foire. Les ampoules nues de l'allée centrale clignotaient, couvrant par intermittence le bleu des tubes de néon de la grande roue. La fête battait son plein. Elle n'avait qu'à se laisser aller, tout irait bien, elle oublierait jusqu'à l'existence du masque. Ils remontèrent l'allée en se tenant par la main, parlant peu. Cette fête leur rappelait leurs enfances. Tous deux étaient natifs du Maine. Ils avaient fréquenté de nombreuses fêtes foraines, semblables à celles-ci, quand ils étaient encore dans l'enfance, il n'y avait pas si longtemps. Le décor de leurs jeunes années était en place : papiers gras voletant sur le parking, odeur des hot dogs se mêlant à celle des fritures d'oignon et au parfum sucré des barbes à papa. La sciure de bois, le crottin des petits ânes. Le sourd grondement des montagnes russes, les détonations des carabines dans les stands de tir. Le cri des aboyeurs devant des tentes abritant de mystérieux spectacles.

– Là, fit-elle en s'arrêtant, et en désignant du doigt une gigantesque toupie.

– Bien sûr, accepta Johnny, très prévenant.

Il tendit un billet de 1 dollar à la caissière qui lui remit deux tickets rouges et lui rendit sa monnaie sans daigner renoncer à la lecture de son roman-photo.

– Pourquoi ce « bien sûr », plein de prévenance, comme si tu t'adressais à une débile.

Il haussa les épaules, forçant la note quant à l'innocence de son regard.

29

— Ce n'est pas tant l'expression qui me gêne mais la façon dont tu l'as dite.

Le manège venait de s'arrêter. Les gens descendaient de la toupie, des jeunes pour la plupart. Johnny précéda Sarah le long de la rampe d'accès et présenta leurs tickets au préposé du manège qui semblait bien être la créature la plus triste de tout l'univers.

— Parfait, dit-il d'un ton lugubre.

Il les installa dans une petite coque ronde et abaissa une barre de sécurité sur leurs jambes. Les coques tournaient sur de petites pistes circulaires, elles-mêmes comprises dans une grande roue. Le tout était mobile. A certains moments, la vitesse atteinte vous donnait le même effet d'accélération que les fusées de Cap Kennedy à leur décollage. Telles furent du moins les explications que Johnny donna à Sarah.

— Je préfère descendre, conclut-elle.

Mais la toupie les entraîna, précipitant la foire à leurs pieds, l'allée centrale, ses lampions, sa foule, dans une folle bousculade de lumières, de visages, de cris. Sarah riait, hurlait, bourrait les épaules de Johnny de coups de poing.

— A peu de choses près, une fusée de Cap Kennedy, lui jeta-t-elle. Je t'en ficherai des fusées. Pire qu'une fusée, oui !

La toupie allait de plus en plus vite. Il se pencha pour l'embrasser. Le bruit devenait infernal. Leurs lèvres se pressèrent. Ils tremblaient de joie.

Le tour achevé, ils descendirent bras dessus, bras dessous. Elle en profita pour lui mordiller l'oreille. Johnny interpella une grosse dame — pantalon bleu et mocassins — qui les dépassait et lui désigna Sarah du pouce :

— Cette fille me cherche des ennuis, madame, vous ne pourriez pas prévenir la police.

— Vous vous croyez malins, vous les jeunes ! rétorqua-t-elle en affichant clairement son mépris.

Et elle reprit sa démarche pesante pour gagner un stand de loterie, tenant bien serré sur sa vaste poitrine son sac à main. Sarah éclata de rire.

— Je finirai mal, admit Johnny. Ma mère me l'a toujours prédit.

— Ta mère est très pieuse, n'est-ce pas ?

— On ne peut trouver plus bigote. Mais elle sait se tenir et ne pas trop le laisser paraître. C'est une femme bien. Elle ne peut résister à la tentation de me glisser en douce quelques brochures pieuses quand je vais la voir. C'est son affaire ! Mon père et moi sommes résignés. Au début, je la taquinais bien un petit peu, mais j'ai vite compris que ce n'était pas la chose à faire. Alors, je la prends telle qu'elle est...

– Ton père, lui, n'est pas croyant ?

Il se mit à rire.

– Lui ? J'en sais rien. Il est charpentier.

Il avait repris tout son sérieux comme si le métier de son père pouvait servir d'explication à quoi que ce fût.

– Et que dirait ta mère, si elle savait que tu fréquentes une jeune catholique non pratiquante.

– Tu viendras chez elle et elle te donnera un tas de brochures qui contribueront à l'édification de ton âme.

– Tu m'inviterais chez tes parents ?

Elle le regardait avec une extrême attention.

– J'aimerais bien que tu fasses leur connaissance et qu'ils fassent la tienne.

– Pourquoi donc ?

– Comme si tu ne le savais pas !

La gorge serrée, le cœur battant, elle lui étreignit plus fortement la main.

– Oh ! Johnny, je t'aime !

– Je t'aime bien plus que ça encore, lui fut-il répondu le plus sérieusement du monde.

– Emmène-moi sur la grande roue.

Elle cherchait à mettre un terme à ce qu'elle jugeait une crise de sensiblerie amoureuse. Elle voulait prendre le temps de réfléchir, de faire le point : monter tout en haut de la grande roue, y dominer le monde, ses sentiments, sa vie.

– Je pourrai t'embrasser une fois là-haut ? demanda-t-il, faussement emprunté.

– Deux fois même, si tu en as le temps.

Il cassa un nouveau dollar, tout en expliquant à sa compagne :

– Quand j'étais étudiant, j'avais un copain qui travaillait sur les champs de foire pour se faire de l'argent de poche. Il me racontait que tous les gars qui font tourner la grande roue sont bourrés neuf fois sur dix et qu'ils...

– Je sais, je sais, l'interrompit-elle gaiement. On ne vit pas éternellement.

– Pourtant, tout le monde s'y essaie ! Si tu observais plus attentivement tes contemporains, tu t'en serais rendu compte.

Toujours fut-il que Johnny eut largement le temps de l'embrasser alors que le monde s'étalait à leurs pieds. Après la grande roue, ils allèrent se perdre dans le labyrinthe aux murs-miroirs. Ils y retrouvèrent des dizaines d'eux-mêmes, heureux de s'y retrouver. Puis, il lui offrit des hot dogs et un cornet de frites. Trois filles exhibant leurs anatomies moulées de satin leur firent marquer le pas devant un stand.

– C'est le club Playboy du coin ? s'étonna Johnny.

– Entrez, entrez, hurlait l'aboyeur avant qu'un riff de Jerry Lee Lewis ne couvrît sa voix tonitruante.

– Approchez, approchez, reprit-il, lorsque Jerry Lee s'essaya à quelques vocalises langoureuses. N'ayez pas peur. Ces filles ne sont pas dangereuses. Venez en apprendre sur la question. Il y a eu certainement quelques lacunes dans votre éducation. Venez vous en rendre compte par vous-même, entrez, entrez...

– Tu veux peut-être parfaire ton éducation sexuelle, fit-elle.

Il sourit.

– J'ai quelques notions de base, cela doit me suffire.

Elle jeta un coup d'œil sur sa montre :

– Il est tard, Johnny, et demain nous avons nos cours à donner.

– On n'est plus très loin du week-end. Plus que demain...

Elle soupira, pensant à ses cinquante cancres.

Le couple revint sur ses pas. Les gens commençaient à quitter la fête. Des forains fermaient leur stand, étalaient des bâches sur les manèges. Peu à peu les lampes s'éteignaient.

– Tu fais quelque chose samedi ? demanda-t-il, cette fois avec une légère inquiétude. Je sais que c'est un peu brutal, mais...

– Samedi ? Je suis prise...

– N'en parlons plus...

C'était enfantin et cruel de le taquiner de la sorte.

– Je suis prise... avec toi.

– Oui ? C'est vrai ?

Quelques fugitives sensations traversèrent les pensées de Sarah : à nouveau, elle connaissait le bonheur. N'était-ce pas merveilleux ! Elle se haussa sur la pointe des pieds afin d'embrasser Johnny. Puis se détournant légèrement pour masquer son trouble :

— Tu sais, je suis parfois bien seule le soir dans mon appartement. Peut-être... Enfin, peut-être pourrions-nous rester quelquefois la nuit ensemble...

Il la dévisagea longuement, avec une tendresse, avec une gravité qui la fit frémir.

— Tu penses ce que tu viens de dire ?

Elle acquiesça.

— C'est merveilleux, fit-il, en la prenant dans ses bras.

— Tu es sûr ?

— En ce qui me concerne, absolument. Ma seule crainte, c'est de te voir changer d'avis.

— C'est impossible, Johnny. Tout simplement, impossible.

Il la serra fort.

— Ma nuit de chance, reconnut-il.

A cet instant précis, ils se trouvaient devant la roue de la Fortune. Par la suite, elle se souviendrait que c'était le dernier stand ouvert au public à cette heure avancée de la soirée. L'homme qui se tenait derrière le comptoir était en train de compter sa caisse, de remettre de l'ordre sur la table de jeu. Au-dessus de lui trônait la grande roue à rayons dont la circonférence était soulignée par de petites ampoules de couleurs.

— Si c'est votre nuit de chance, venez donc, proposa machinalement l'homme qui avait entendu la réflexion de Johnny. La Fortune changera vos cents en dollars. Tentez votre chance !

Johnny se retourna, intrigué par le baratin du forain.

— Johnny !

— Écoute, je sens que je suis en veine ce soir. Lui en est également persuadé. Pourquoi ne pas faire ce qu'il conseille ; tenter ma chance... à moins que cela ne t'ennuie vraiment...

— Non, mais ne restons pas longtemps.

A nouveau, il la dévisagea avec sérieux, et à nouveau elle ressentit un léger frisson la parcourir. Ça devait être ça l'amour...

— Ça ne sera pas long, dit-il.

L'air de la nuit fraîchissait. Ils étaient parmi les derniers visiteurs du parc d'attractions.

– Alors, vous venez la tenter, votre chance, monsieur ?

– Oui, répondit Johnny avec résolution.

Il lui restait 1,85 dollar. La table de jeu, longue surface de plastique, avec ses nombres pairs et impairs, ne ressemblait que vaguement à une table de roulette ; néanmoins, elle aurait fait défaillir un flambeur de Las Vegas. Il y avait une case 0, bien sûr, et une case double 0 (moins évident). La combinaison pair/impair rapportait seulement 2 contre 1. Johnny montra le double 0, le forain se contenta de hausser les épaules, comme pour dire qu'il n'y pouvait rien. Cette arnaque ne fit pas perdre sa bonne humeur à Johnny, il restait toujours aussi enthousiaste : c'était bien l'une des plus belles soirées qui lui ait été donnée de vivre depuis longtemps. Il regarda Sarah, un peu fébrile, les yeux brillants.

– Qu'est-ce que tu crois ? lui demanda-t-il.

– Pour moi, c'est du chinois. Je n'y entends rien.

– C'est pourtant simple. Tu joues un numéro, ou bien rouge/noir, ou bien pair/impair, ou une dizaine et suivant ce que tu as choisi les rapports diffèrent.

Il jeta un coup d'œil sur le forain qui les regardait, l'air narquois.

– Enfin, en principe, quand on respecte les règles, les rapports sont différents, corrigea-t-il aussi, en lançant un regard noir au type.

– Vas-y, ça a l'air excitant.

– Noir, annonça-t-il.

Et il misa sur le noir. Le forain, dépité, considéra l'unique pièce de monnaie perdue au milieu de la table de jeu et soupira, maugréant plutôt :

– Encore un flambeur !

Finalement, il se décida à lancer la roue. Johnny porta machinalement la main à son front.

– Attendez, fit-il précipitamment, attendez ! et il misa sur le 11.

– On peut y aller maintenant ? s'impatienta le croupier de foire.

– D'ac, allez-y.

La roue se mit à tourner. Le forain lui donna de l'élan. Chiffres et couleurs se confondirent. D'une façon toujours distraite, Johnny se touchait le front. La rotation de la roue se fit moins rapide. On pouvait entendre le cliquetis du taquet souple qui accrochait les rayons, ralentissant la roue.

Le taquet indiqua le 8, le 9. La roue tournait avec une grande lenteur à présent ; il semblait qu'elle allait s'immobiliser à la hauteur du 10 ; mais le taquet la laissa s'échapper et elle s'immobilisa enfin sur le 11.

— Johnny, t'as gagné, s'extasia Sarah.

— Monsieur a gagné, fit en écho le forain.

Il donna deux pièces à Johnny. C'était prévu : 2 pour 1.

— J'avais bien dit que c'était ma nuit de chance, commenta l'heureux gagnant.

— Gagner au premier tour, c'est le hasard, fit remarquer le forain.

— Vas-y, Johnny. Encore une fois.

— O.K.

Le forain relança sa roue de la Fortune. La mise avait été jouée sur le 7. Sarah chuchota à son compagnon :

— Il ne peut pas tricher ?

— En principe, non, répondit Johnny sur le même ton de confidence. La roue est équilibrée, vérifiée par la brigade des jeux de l'Etat. Ceci dit, il y a parfois quelques négligences...

La roue ralentit. Le 10 était dépassé, le 9 le fut à son tour.

— Allez ! Encore deux numéros, s'exclama Sarah toute excitée.

Son cri retint l'attention d'un couple de jeunes gens qui s'arrêtèrent pour assister à l'issue du pari. La roue s'immobilisa : le 7 sortait gagnant.

— Monsieur a encore gagné.

Le forain doubla la mise de Johnny et lui tendit le tout.

— Te voilà riche, exulta Sarah, et elle embrassa Johnny.

— Riche, c'est le mot, concéda le forain. Mais il ne faudrait pas s'arrêter en si bon chemin.

— Alors ? Je tente encore le coup ? questionna Johnny, hésitant.

— Et pourquoi pas ? l'encouragea l'homme de sa bonne fortune.

— Oui, allez-y, fit en écho un jeune type qui se trouvait dans l'assistance — il portait un badge à l'effigie de Jimmy Hendrix. Il m'a taxé de 4 dollars, expliqua-t-il, alors à vous de le taxer, maintenant.

— Je joue si tu joues, fit Johnny à Sarah.

Et il lui tendit une pièce de monnaie. Après un moment

d'hésitation, elle la posa sur le 21. Johnny baissa les yeux sur sa pile de ferraille, tout en se frottant le front comme s'il était en proie à une forte migraine.

— Ce tour-ci, il n'y a que la dame qui joue. Pour ma part, je me contenterai d'être spectateur.

Elle le regarda, décontenancée.

— Johnny ? souffla-t-elle.

Il haussa les épaules.

— Un pressentiment, confia-t-il.

Le forain, excédé, leva les yeux au ciel, le prenant à témoin, semblait-il, de ses infortunes. Puis il lança la roue, qui s'immobilisa sur le double zéro, le numéro de la banque, le profit de la maison.

— Le numéro de la crèmerie, jubila le forain en faisant disparaître la mise de Sarah dans sa poche.

— C'est normal, ça ? s'inquiéta cette dernière.

— Oui, le zéro et le double zéro rapportent à la banque, fit Johnny.

— T'as eu bien raison de ne pas miser ce coup-ci, dit-elle pour se consoler.

— C'est vrai, j'ai été bien inspiré.

— Vous voulez peut-être un fauteuil, ironisa le forain, s'impatientant. Alors ? Vous jouez ou c'est fini pour ce soir ?

Johnny fit son jeu sur le 30. La roue fut à nouveau lancée. De nouveaux venus s'agglutinaient autour du couple. Aux jeunes s'étaient joints des personnes âgées et un homme dans la force de l'âge dont la cotte, grise de poussière de ciment, laissait supposer qu'il était terrassier.

— Combien ça peut rapporter un tel commerce ? s'enquit Sarah tandis que la roue ralentissait.

— Oh ! De 5 à 600 dollars par soirée, ma p'tite dame, répondit le manœuvre.

Le forain se renfrogna un peu plus, renonçant à lever les yeux au ciel devant l'énormité – à ses oreilles – de ce propos.

— Si ça pouvait être vrai, commenta-t-il, sans avoir à mimer le dépit.

— Faites pas cette tête-là, reprit le manœuvre. Je sais ce que je raconte. Parfaitement ! 5 à 600 papiers par soir et facile 2 000 le samedi. J'étais de la partie il y a vingt ans. Je sais ce que c'est.

La rotation de la roue avait perdu de sa force. Elle

semblait, une fois encore, devoir s'arrêter à la hauteur du zéro, du double zéro.

— C'est pas possible, fit le fan de Jimmy Hendrix, avec l'air de ne pas y croire.

— C'est pas fini, attendez, fit Johnny, la voix étrangement altérée.

Sarah le regarda fixement. Il était visiblement inquiet, son regard était d'un bleu plus sombre que d'habitude.

Le taquet bloqua la roue, désignant le 30.

— C'est bien ma veine, s'exclama le forain, devenu philosophe.

La petite assistance exulta, acclama Johnny. Le manœuvre lui administra une telle claque sur les épaules qu'il faillit s'écrouler. Il put néanmoins empocher son gain.

— C'est fini ? On y va ? demanda Sarah.

— Encore une fois, souffla Johnny. Si je perds, je n'aurai perdu que ce que je viens d'empocher, et si je gagne, et si je gagne ça paiera la soirée, sans oublier le plein d'essence. 16 dollars.

— Alors, faut pas hésiter, conclut le forain, parfaitement détendu à présent. Et miser n'importe où. Pour finir, ça n'est qu'un jeu.

La foule, solidaire de Johnny, se resserra, retint son souffle. Le terrassier et les deux jeunes gens se collèrent contre Johnny et Sarah. Il s'ensuivit une petite conversation. Les deux jeunes réunirent un demi-dollar et misèrent sur le même numéro que Johnny. Le terrassier se présenta, Steve Bernhard, et misa, lui, un dollar en jetant un coup d'œil entendu à Johnny. Sa compagne le regarda aussi d'un air encourageant.

— Tous les œufs dans le même panier, si je comprends bien, fit le forain.

Les parieurs restèrent silencieux, butés. A présent, un groupe assez important s'était formé devant la loterie. Le forain donna un formidable élan à la roue de la Fortune. Tous les regards suivirent ses révolutions. Sarah épiait Johnny et, à nouveau, elle fut frappée par l'expression de son visage, fortement dessiné par un clair-obscur. Il lui faisait penser au masque sinistre avec lequel il l'avait accueillie. Dr. Jekyll ou Mr. Hyde ? Elle était mal à l'aise. La roue ralentit. Les jeunes commentaient sa décélération.

— Allez ! Un p'tit effort, ma vieille, encore un p'tit coup, encouragea Steve Bernhard, d'une voix enjoleuse.

Tous avaient misé sur le 24. C'est là que s'arrêta la roue. Un murmure qui allait en s'enflant agita la foule.

– T'as gagné, Johnny ! T'as gagné ! s'écria Sarah.

Le forain jura entre ses dents et l'air plus dégoûté que jamais régla les gains. Un dollar pour les mômes, dix pour Johnny et deux pour Steve Bernhard.

– Allez, on r'met ça, proposa un des deux jeunes. Faites vos jeux.

Sarah regarda Johnny, incapable de dissimuler sa gêne.

– D'ac. Mais c'est la dernière, répliqua Johnny.

– Commencez, mon vieux, c'est à vous de faire, invita le fan de Jimmy Hendrix.

Tous surveillaient Johnny. Pensif, ce dernier se triturait le front. Il semblait incroyablement soucieux, contrairement à ses habitudes. Quand il se décida, un frisson parcourut l'assistance. Steve Bernhard surveilla la réaction de son épouse, qui haussa les épaules. Les deux jeunes gens hésitèrent un dixième de seconde avant de se décider, et suivirent Johnny. Sarah sentit son estomac se contracter. Une sueur glacée l'inonda, la fit frissonner.

L'élan de la roue était sur le point de mourir, elle faillit même s'immobiliser et déjà le forain se frottait les mains, elle était loin du chiffre gagnant.

– C'est pas fini, s'inquiéta Steve Bernhard, la voix apeurée.

Le forain suivait ce qu'il considérait comme un monstrueux effort de sa roue pour le faire perdre. Il n'en croyait pas ses yeux. Elle semblait quasiment immobile et pourtant elle eut la force d'avancer jusqu'au 22, le numéro gagnant. Ce fut du délire dans l'assistance. Une formidable explosion de joie. Tous ceux qui s'étaient attardés dans la foire semblaient s'être donné rendez-vous devant la roue de la Fortune. Sarah, les tempes bourdonnantes, les jambes flageolantes, faillit s'évanouir. Elle n'en pouvait plus. Ces tensions répétées l'avaient anéantie.

« J'ai pas dû digérer mon hot dog, pensa-t-elle. C'est pas grave. Voilà ce que c'est de vouloir faire la fête. »

Le forain remit 2 dollars aux jeunes, 4 à Steve Bernhard et un gros tas à Johnny. Il faisait la gueule, mais n'était pas totalement désespéré. Il avait dû se faire dans les 1 000 dollars dans la journée, il pouvait bien en perdre une pincée ce soir. Et puis, c'était bon pour sa publicité. Le mot allait circuler comme quoi sa roue n'était pas avare. « Un beau gagnant, c'est toujours bon pour les affaires », pensait Sol Drammore.

– Faites vos jeux, fit-il, ragaillardi.

Plusieurs personnes se bousculaient pour miser, mais Sol Drammore n'avait d'yeux que pour Johnny.

– Vous allez décrocher la timbale ce coup-ci, dit-il (tout en pensant, ou bien je vais tout te repiquer d'un coup sec).

Johnny consulta Sarah du regard.

– Ça ne va pas ? s'enquit-il en remarquant sa pâleur. T'es toute blanche.

– C'est mon estomac. Je ne dois pas digérer. On pourrait peut-être rentrer...

– Oui, bien sûr.

Il ramassa ses gains – tas de billets froissés sur la table de jeu ; son regard se porta une dernière fois sur la roue et la bienveillance qu'il venait de témoigner à Sarah s'enfuit instantanément. Son regard, à nouveau, était dur.

– J'en ai pour une minute, dit-il.

« Seigneur ! pensa Sarah. Il n'aura de cesse jusqu'à ce qu'il ait tout perdu. » Aussitôt, avec une étrange conviction, elle se dit : « Mais il ne perdra pas. »

– Alors, l'ami, on y va ? insista le forain.

Johnny reposa les billets sur la table, sur le 19. La foule murmura. Un si gros paquet sur un seul numéro, une vraie folie.

– Pousse pas trop, mon gars, glissa Steve Bernhard à l'oreille de Johnny.

Impassible, ce dernier contemplait le paquet de fric avec indifférence. Les joueurs ne le suivirent pas, ils l'abandonnaient. (« Non, pensa Sarah, ne le laissez pas seul. Ne faites pas cela, pour l'amour de Dieu... ») Elle se mordit la lèvre pour ne pas crier, pour ne pas vomir. Cinquante dollars en jeu, à 10 contre 1. Sol Drummore se tordit le nez.

– Monsieur... (il hésitait), la brigade des jeux n'autorise pas une mise de plus de 2 dollars sur un seul numéro.

– Allons donc, gronda Steve Bernhard. Il est interdit aussi de miser plus de 10 dollars et vous venez de laisser ce type en jouer 20 au coup d'avant ! Qu'est-ce qu'il y a ? T'as le trouillomètre à zéro ?

– Mais...

– Décidez-vous, aboya Johnny. Mon amie est malade, j'ai pas le temps à perdre...

Sol Drummore affronta un instant les regards hostiles de la foule qui se pressait contre son stand. « Ça commence à sentir mauvais, se dit-il. Ils pigent pas que ce mec va tout paumer, que j'essaye juste de l'en empêcher. Putain, qu'ils sont cons ! Laissons pisser ! Comme ça l'autre idiot perdra tout et je pourrai fermer. »

— Bah, s'il n'y a pas de contrôleur de l'Etat parmi vous... (il se tourna vers la roue)... Je la lance, et personne peut dire ce qui va se passer...

Il lança la roue. Le temps lui sembla anormalement long, la scène incroyablement confuse. Le vent de la nuit faisait claquer la toile de la tente au-dessus de la roue ; Sarah, crispée, suppliait en son for intérieur Johnny de la serrer dans ses bras. Mais il se tenait parfaitement immobile, les mains posées à plat sur la table de jeu, fixant les tours de la roue.

Enfin, cette dernière ralentit. Jamais sa course n'avait paru aussi longue. Pourtant, Johnny ne se départait pas de son calme. 15. 16. Le ralentissement était à la limite de l'arrêt. 17. Son élan était achevé. Le 19... Le 20... Un quart de seconde on avait cru qu'elle allait dépasser le 19. Elle renonça. Elle se stabilisa définitivement sur le 19.

La foule, saisie, resta muette. Pas un bruit. Puis un des deux jeunes gars annonça :

— Hé, mon pote ! Tu viens de ramasser 500 tickets.

— J'ai jamais vu ça, déclara Steve Bernhard.

Et ce fut l'explosion, la fête, les congratulations, les claques dans le dos, les poignées de mains. Des gens bousculaient Sarah pour approcher le gagnant, le toucher. Rejetée, elle se sentit misérable, exclue. Sans forces, elle était ballottée de tous les côtés. La roue tournait toujours dans sa tête.

Tout à coup, Johnny fut à nouveau présent, là à ses côtés. Enfin, il avait l'air attentif, avenant.

— Je suis désolé, bébé. Désolé.

Elle l'aima pour cela.

— Tout va bien maintenant, fit-elle, sans pourtant savoir si c'était la vérité.

Le forain s'éclaircit la voix pour annoncer :

— On ferme ! On ferme !

La foule acquiesça en murmurant. Sol Drummore regardait Johnny :

— Je vais être obligé de vous faire un chèque, jeune homme. J'ai pas assez de liquide.

– Comme vous voulez, simplement faites vite ; mon amie est mal fichue.

– Mais oui ! Un chèque ! Parfait ! ajouta Steve Bernhard d'un ton plein de mépris. Il va te faire un chèque que tu pourras encadrer en attendant de le toucher.

– Mais je vous assure..., cher monsieur, commença le forain.

– Rassure ta mère, elle en a besoin, le coupa Steve Bernhard.

Et il plongea sa main de l'autre côté du comptoir, à la recherche du tiroir-caisse.

– Mais c'est du vol ! hurla le forain, c'est du vol !

La foule ne paraissait pas s'émouvoir.

– Je vous en prie, fit Sarah à l'adresse du terrassier.

– Je me fiche de l'argent, cria Johnny, bousculant l'assistance pour frayer un chemin à Sarah.

– Vous êtes cinglé, s'exclama le fan d'Hendrix, tout en s'écartant, ainsi que son copain, pour laisser passer Johnny.

– Johnny, implora Sarah en faisant un gros effort afin de ne pas défaillir. Prends ton argent. Cinq cents dollars, cela représente trois semaines de de ton salaire.

– Passe la fraîche, rugit Bernhard. Il tira de sous le comptoir une boîte à cigares, qu'il négligea. Il fouilla toujours à l'aveuglette et mit enfin la main sur une petite caisse en métal couleur wagon. Il la jeta sur la table.

– S'il n'y a pas 500 tickets là-dedans, je veux bien bouffer la boîte devant tout le monde.

Et il administra une solide claque sur le dos de Johnny.

– T'as ton pognon là-dedans, ou alors je m'appelle plus Steve Bernhard.

Le forain laissa échapper un profond soupir, plongea la main sous sa chemise, attrapa une clef suspendue à une chaîne. La foule exprima son approbation. Sarah n'en pouvait plus, elle s'écarta de Johnny et fendit la foule.

– Vous ne vous sentez pas bien ? demanda une voix inconnue.

Sarah hocha la tête et poursuivit son chemin.

– Sarah, appela Johnny.

Elle courait. Le masque phosphorescent dansait devant elle. Elle cherchait à fuir le Dr. Jeckyll... Elle heurta un lampadaire, s'y retint, se pencha et vomit. Elle sentait ses entrailles se déchirer. Elle rendit longtemps, cracha de la bile, hoqueta. Elle dut se raccrocher au lampadaire pour

41

ne pas tomber. Johnny, noyé dans la foule, criait son nom, mais elle était incapable de lui répondre. Lentement, elle reprit ses esprits. Elle cracha deux fois pour se débarrasser de l'amertume au fond de sa gorge.

— Sarah ! Sarah !

— Par ici, Johnny.

Il accourut.

— Ça va mieux ?

— J'ai vomi.

Il lui prit la main, plein de sollicitude.

— T'as récupéré ton argent ?

Il jeta un coup d'œil à la liasse de billets qu'il tenait à la main, et la fourra dans une poche de son pantalon.

— Tu devrais faire attention, dit-elle. C'est beaucoup d'argent.

— Bien mal acquis ne profite jamais, dit-il l'air sombre. C'est une des maximes de ma mère. Elle hait les jeux d'argent.

Sarah fut prise de tremblements.

— Ça va ?

— Je suis glacée. Ça ira mieux dans la voiture avec le chauffage. Oh, mon Dieu, ça recommence...

Elle eut tout juste le temps de se détourner pour cracher un long filet de bile. Elle était chancelante et Johnny dut la soutenir.

— Tu pourras marcher jusqu'à la voiture ?

— Oui, ça va aller mieux maintenant.

Ils avancèrent lentement jusqu'au parking. Avec mille précautions, il installa Sarah, puis se glissa derrière le volant.

— Faut rouler un peu, avant que le chauffage ne marche.

Il lui jeta un coup d'œil et remarqua la sueur qui perlait sur son front.

— Tu veux qu'on passe à l'hôpital ?

— Non, non, rentrons. J'ai envie de retrouver mon lit.

Ils filaient sur l'autoroute.

— Je suis désolée de ne pas finir la nuit avec toi, Johnny. Vraiment !

— Ça n'a pas d'importance... Je t'aime, Sarah.

Voilà, le mot était lâché. On ne pouvait plus revenir là-dessus. Un mot auquel il était difficile d'ajouter, ou de répondre, quoi que ce fût.

— Merci, Johnny.

C'était tout ce qu'elle avait trouvé. Ils filaient dans la nuit, dans un réconfortant silence.

42

CHAPITRE 2

1

Leur retour se situa aux alentours de minuit. Sarah s'était assoupie sur la fin du trajet.

— Nous sommes arrivés, annonça Johnny, en coupant le contact et en la secouant doucement.

Elle se redressa, serra davantage son manteau sur sa poitrine et bredouilla de façon incompréhensible.

— Comment tu te sens ? s'inquiéta-t-il.

— Parfaitement bien. Mon estomac me fait mal, mon dos est douloureux, mais tout est parfait. Johnny, garde la voiture pour rentrer chez toi.

— Non, j'aime mieux pas. On pourrait la repérer dans le parking, voir qu'elle y stationne toute la nuit. Pas la peine de donner prise aux ragots.

— Mais... si j'étais venue chez toi.

— Nous l'aurions garée à l'écart. D'autre part, il vaut mieux que tu la gardes. Tu peux en avoir besoin si ton état ne s'améliore pas.

— Tout va rentrer dans l'ordre, j'en suis sûre.

— Tête de mule ! Je peux monter appeler un taxi ?

— Bien sûr !

Le studio était minuscule. Personnalisé par les quelques posters fixés aux murs – juste de quoi briser l'anonymat de ce terne agencement d'appartement à loyer modéré –, Dylan à Forest Hill, Jefferson Airplane à Berkeley, Joan Baez au Carnegie, les Byrds à Cleveland.

Sarah s'étendit sur le lit, ramena les couvertures sur elle. Johnny la regarda avec compassion. Elle avait l'air d'être réellement malade.

— Je ferais peut-être mieux de te tenir compagnie... si jamais tu...

Elle le fixa, accablée :

— Tu crois ? J'ai l'impression que...

Les monstrueux gargouillements qui agitaient son estomac décidèrent pour elle. Oui, elle pouvait passer la

43

nuit avec Johnny ; non, elle n'allait pas lui imposer jusqu'à l'aube ses vomissements, ses rejets de bile, ses galopades à la salle de bains pour trouver un remède miracle...

– Il vaut mieux que je reste seule. Téléphone-moi demain après tes cours.

– T'es sûre ?

– Absolument.

Il n'insista pas, décrocha le téléphone et appela un taxi. Elle ferma les yeux, se laissa aller, bercée par la voix de son ami, par son attitude. Sa délicatesse, voilà ce qu'elle aimait chez lui.

– Dans cinq minutes, fit-il en raccrochant.

– T'auras toujours de quoi payer le prix de la course, dit-elle en souriant.

Il la rejoignit, s'assit à côté d'elle, lui prit la main.

– Johnny, comment tu t'y es pris ?

– Hummm !!

– Pour la roue de la Fortune, qu'est-ce que tu as fait ?

– Une succession d'intuitions, répondit-il, visiblement mal à l'aise. Ça arrive à tout le monde, on a tous des intuitions une fois de temps en temps, aux courses, au loto, aux dés.

– Non.

– Non, quoi ? reprit-il, surpris.

– Tout le monde n'a pas d'intuitions. Pas autant d'affilée... C'est impossible. J'en étais même un peu... effrayée.

– Effrayée ?

Il pinça les lèvres.

– Mais, c'est vrai, juste un pressentiment. Gosse, déjà cela m'arrivait. Mais ce soir, Sarah, c'était démesuré. (Il serrait les poings, fronçait les sourcils.) Je savais que l'impossible se réaliserait.

– Comment ça ?

– Comment te dire ? Deux choses opposées qui s'unissent... comme de la glace noire... J'ai ça dans le crâne, Dieu sait pourquoi.

Elle le dévisagea intensément, muette, puis, peu à peu, son visage s'éclaira.

– Ça fait 500 dollars qui se sont réunis...

Il opina, se mit à rire. Des faisceaux de phares balayèrent le plafond : le taxi était arrivé.

– Je t'appelle demain.

Et il l'embrassa.

44

– Ça t'embête vraiment pas de rester seule, reprit-il.

Un instant, elle eut très envie de le voir demeurer à ses côtés pour la nuit, mais elle secoua la tête dans un geste de négation.

– Téléphone demain.

– Promis.

Et il se dirigea vers la porte.

– Johnny !

Il se retourna.

– Je t'aime.

Il lui envoya un baiser.

– Repose-toi, on parlera de tout ça demain.

Elle inclina la tête, acceptant l'attente. Mais quatre ans et demi devaient s'écouler avant qu'elle ne l'entendît à nouveau.

2

– Ça vous ennuie, si je m'installe devant ? demanda Johnny au chauffeur.

– Non, faites seulement attention de ne pas donner de coups de genoux dans le compteur. C'est fragile, ces machins.

Johnny glissa précautionneusement ses longues jambes sous le tableau de bord et referma la portière. Le chauffeur, un type entre deux âges, chauve et ventripotent, porta un doigt au bord de son chapeau et engagea son taxi dans Flagg Street.

– Où va-t-on ? s'enquit-il.

– Cleaves Mills. Dans la Grande Rue, je vous montrerai.

– Ça fait le prix d'une course et demie. J'aime pas demander ça, mais je vais revenir à vide de là-bas.

Distraitement la main de Johnny serra la liasse de billets au fond de sa poche. Il essaya de se rappeler s'il avait déjà trimballé une telle somme sur lui. Une fois, oui. Quand il avait acheté une vieille Chevrolet d'occasion. Il avait tiré 1 200 dollars de la banque. Puis, le proverbe chéri de sa mère lui revint à l'esprit : « Bien mal acquis ne profite jamais ! »

– Une course et demie ? D'accord, répondit-il au chauffeur.

– D'ac, conclut ce dernier, en se détendant. Je préfère toujours qu'on soit bien d'accord, le client et moi. Mais il y a des fois où cela ne colle pas.

– Vraiment, fit Johnny assez peu intéressé par les risques de ce métier.

De sombres maisons défilaient. Il avait gagné 500 dollars. Des impressions lointaines affluaient dans sa mémoire. La glace noire. Cela remontait loin cette sensation : chance et malchance mêlées.

– Ouais, il y a des ivrognes qui vous appellent, puis qui changent d'avis. Vous arrivez, plus personne ! Je hais les ivrognes. Ils téléphonent, puis se remettent à picoler. A moins qu'ils ne claquent au comptoir le pognon de la course et quand je me pointe en gueulant qu'on a demandé un taxi, il n'y a plus personne.

– Ah oui !

Sur leur gauche, coulait le fleuve, obscur et gras. « Et Sarah, malade comme une chienne, qui pour conclure la soirée me fait une déclaration d'amour. Mais bon Dieu, si elle pensait vraiment ce qu'elle disait, elle n'avait qu'à me dire de rester ??? C'était elle le numéro gagnant de la soirée et pas cette poignée de dollars piquée à la roue de la Fortune. » Cette roue de la Fortune que, pour son plus grand désagrément, il ne parvenait pas à oublier. Il la voyait tourner. Il entendait les rayons glisser sur le taquet. Presque un cauchemar. « Bien mal acquis ne profite jamais. »

Le chauffeur, imperturbable dans son monologue, venait d'emprunter la Nationale 6.

– Voilà ce que je dis. J'ai de leçons à recevoir de personne. Pouvez aller vous faire foutre, pas vrai ? Ça fait vingt-six ans que je fais le taxi. J'ai été attaqué six fois. Je suis rentré dans des bornes, j'sais pas combien de fois. Mais j'ai jamais eu d'accident. Et j'en remercie, Marie, mère de Dieu, saint Christophe et le Seigneur tout-puissant. Hein ! Et chaque semaine, bonne ou pas, je mets 5 dollars de côté pour mon héritier, pour lui payer le collège. Depuis qu'il est petit, je fais ça. Et pourquoi ? Pour que ce petit con arrive un soir à la maison et me dise que le président des États-Unis est un porc ! Il pense peut-être que je suis un porc moi aussi. Mais il sait que s'il me dit ça, je lui change les dents de place. C'est comme ça la nouvelle génération. Hein !

– Sûrement, fit Johnny.

A présent, ils longeaient une forêt. Ils n'étaient plus qu'à 14 kilomètres de Cleaves Mills.

– Et c'est quoi votre métier ? Si je puis me permettre, questionna le chauffeur.

– J'enseigne à l'école supérieure de Cleaves Mills.

– Ah ouais ! Eh ben, vous comprenez de quoi je parle quand je cause des mômes. Ce qui débloque chez eux, je vais vous le dire : ils font un empoisonnement nommé Vietnam. C'est un type nommé Lyndon Johnson qu'a raté la tambouille. Alors ils sont allés voir le docteur Nixon, qui leur a affirmé qu'il allait régler cela. Faut bouffer davantage, leur a-t-il prescrit. Et crac, ça a été l'indigestion.

– Peut-être.

– Ouais, sûr ! On se décarcasse dans cette chienne de vie, on se démène comme un beau diable (il semblait bouleversé – une émotion qui pourtant ne durerait pas puisque le taxi d'ici peu quitterait la route) et votre merdeux rapplique avec des cheveux qui lui traînent jusqu'au cul et vous dit que le président des États-Unis est un porc. Un porc !

– Attention ! hurla Johnny.

Le chauffeur tourna vers lui son visage rougeaud et épais d'Américain moyen, éclairé par la lumière des phares qui le prenaient de côté, puis se retourna brusquement pour surveiller la route, mais il était trop tard. Il ne put que crier :

– Jésus...

Deux voitures arrivaient de front, de chaque côté de la ligne médiane – une Dodge Charger et une Ford Mustang. La Charger venait droit sur eux. Pas un instant elle ne chercha à dévier sa trajectoire. La Mustang les dépassa en sifflant – Johnny en eut à peine conscience. Ce fut la collision avec la Charger. Johnny se sentit soulevé, éjecté. Sans ressentir aucune douleur. Il avait vaguement le sentiment d'avoir heurté le compteur avec ses genoux, avec suffisamment de violence en tout cas pour le faire sortir de son cadre.

Il y eut un bruit de verre brisé. Une immense flamme s'éleva dans la nuit. La tête de Johnny heurta le pare-brise. La réalité le fuyait.

– Est-ce que je suis en train de mourir ?

Il se diluait dans la nuit d'octobre.

« C'est sans doute cela mourir. »

L'obscurité. Il plongea dans les ténèbres froides des eaux mortes d'un étang. Le noir. Il voyait une roue noire, géante, qui tournait sans fin. Elle brassait les étoiles. Tentez votre chance. Le double zéro allait sortir. La roue disparut. Et Johnny resta immobile – longtemps.

CHAPITRE 3

1

Peu après 2 heures du matin, le 30 octobre 1970, la sonnerie du téléphone retentit au rez-de-chaussée d'un modeste pavillon situé à 250 kilomètres au sud de Cleaves Mills.

Herb Smith, à moitié endormi, s'assit sur le bord de son lit. La voix ensommeillée de Vera lui disait : Téléphone !

— Oui, fit-il en se levant.

C'était un homme corpulent, large d'épaules, proche de la cinquantaine, avec un début de calvitie et pour l'heure seulement vêtu d'un pantalon de pyjama bleu. Sur le palier, il donna de la lumière. La sonnerie retentissait toujours au rez-de-chaussée. Il descendit les marches et s'approcha de ce que sa femme appelait le « coin-téléphone ». L'appareil était posé sur une petite table gagnée à un jeu radiophonique patronné par un marchand de meubles. Ses casiers étaient surchargés de périodiques à grand tirage.

Herb laissa la sonnerie retentir deux fois encore. Un appel au beau milieu de la nuit pouvait, selon lui, signifier trois choses : un vieil ami totalement ivre qui avait décrété de se rappeler à son bon souvenir, un faux numéro, ou une mauvaise nouvelle. Il opta, plein d'espoir, pour la deuxième raison et décrocha.

— Allô.

— Je suis bien chez Herbert Smith ?

— Oui.

— Qui est à l'appareil.

— Herbert Smith lui-même...

— Ne quittez pas.

— Oui, mais qu'est-ce...

Il entendit un déclic à l'autre bout de la ligne, la communication passait par un standard. Il lui fallait patienter ; il prit conscience de son inquiétude.

— Herbert ?

— Il se retourna en gardant le combiné près de l'oreille.

Vera se tenait en haut des marches. Elle avait enfilé sa vieille sortie de bain délavée. Elle portait des bigoudis et un masque de beauté, durci.

– Qui est-ce ?

– Je ne sais pas, je suis en attente.

– A 2 heures et quart du matin ! Il n'est rien arrivé à Johnny au moins.

– J'en sais rien.

Il fit un grand effort pour garder son calme. Il tenta de récapituler à toute vitesse les différentes raisons possibles de cet appel, dénombrant les malades de la famille, calculant l'âge des grand-tantes. Seraient-elles déjà en âge de mourir ? Si l'on en croyait les statistiques, oui. Sa femme avait fermé les yeux, posé ses mains croisées sur sa poitrine, elle priait. Ce qui eut le don d'agacer prodigieusement Herbert.

– Allô ? Monsieur Smith ? (la voix était assurée). Je suis désolé de vous avoir fait attendre. Je me présente, monsieur, je suis le sergent Meggs, du district d'Orano.

– C'est mon fils, il lui est arrivé quelque chose ?

Il s'effondra sur le petit fauteuil de l'entrée.

– Votre fils se prénomme John, c'est bien ça ? continua le sergent.

– Oui...

Vera descendit les marches quatre à quatre. Un instant elle put se maîtriser, mais quand elle fut près de son mari, elle lui arracha l'appareil des mains, et hurla :

– C'est mon Johnny. Qu'est-ce qu'on lui a fait ?

Herb lui reprit le combiné.

– C'est moi qui prends la communication, affirma-t-il d'une voix sèche.

Elle resta interdite, une main sur la hanche, horrifiée.

– Allô ? Monsieur Smith ?

– Oui, c'est moi. Oui, j'ai bien un fils prénommé John. Il habite Cleave Mills où il est enseignant...

– Il vient d'avoir un accident de voiture, monsieur, son état est sérieux. Je suis absolument désolé.

La voix de Meggs était froide, impersonnelle.

– Mon Dieu ! laissa échapper Herb.

Ses pensées allaient à une vitesse folle.

– Il est mort ? questionna Vera. Il est mort ! Johnny est mort ?

Herb recouvrit l'appareil avec la paume de sa main droite.

— Non, blessé, lui dit-il dans un souffle.

— Blessé, murmura-t-elle en tombant à genoux. Seigneur, nous devons te rendre grâce. Nous implorons Ta miséricorde.

— Ferme-la, Vera.

— Monsieur Smith ? insista le sergent.

— Oui, sergent... Je suis désolé.

— Je comprends parfaitement.

— Mon fils Johnny, est-ce lui qui conduisait ? C'était sa voiture ?

Herb avait toujours pensé que la voiture de Johnny, de marque étrangère, était bonne à mettre à la ferraille.

— Non, il se trouvait à bord d'un taxi. Une collision avec un jeune type qui faisait la course dans une descente. Le chauffeur de taxi a été tué sur le coup, de même que le jeune conducteur de l'autre voiture. Quant à la troisième voiture, son chauffeur, comme votre fils, est dans un état jugé critique...

— Critique ? reprit Herb.

— Critique ! répéta Vera.

Les larmes faisaient fondre son masque de nuit. « Merde ! On croirait une comédie de Broadway. Cette reprise du chœur des vierges à laquelle se livrait le couple Smith. On ne va pas répéter cent sept ans, critique, critique, comme dans un mauvais mélo, se disait Herb. Et ce flic qui assiste à la représentation en direct. A combien de conversations de ce genre participe-t-il chaque jour ? Pas mal, sûrement. Rien que ce soir, il a dû appeler la femme du chauffeur de taxi, la mère du jeune tué, celle de l'autre blessé, moi... Comment ont réagi ces femmes ? Mais quelle importance, ajouta-t-il aussitôt. N'était-il pas normal que Vera se comporte de la sorte ? Pourquoi s'irriter de pareilles insignifiances dans de telles circonstances. » Il s'en voulait. Il souffrait.

— De quoi souffre-t-il ? questionna-t-il

— Pardon ?

— Où est-il blessé ? La tête, le ventre ? Est-il brûlé ? Vera se mit à pousser des cris stridents.

— Ferme-la, Vera.

— Vous feriez mieux d'appeler l'hôpital pour avoir plus de détails, conseilla le sergent, la voix pleine de sollicitude.

— Oui, bien sûr.

— Je suis navré, monsieur Smith, de vous avoir réveillé

au milieu de la nuit, pour vous apprendre une aussi mauvaise nouvelle.

— Bien mauvaise, en effet. Je vous remercie, sergent. Je vais appeler l'hôpital

— Bonne nuit, monsieur Smith.

Herb raccrocha machinalement et contempla, stupide, le téléphone. Voilà comment se passent les choses, pensa-t-il. Les cris de sa femme le sortirent de sa stupeur. Alarmé, il la vit se tirer les cheveux, s'arracher les bigoudis à pleines mains.

— C'est un signe. Nous payons pour nos péchés. Herb ! Agenouille-toi et prie...

— Vera, je dois appeler l'hôpital. Je ne vais pas le faire à quatre pattes.

— Il faut prier pour lui. Renoncer à la débauche. Promettre que nous serons meilleurs... Si seulement tu m'accompagnais plus souvent à l'église... Ce sont tes cigarettes... le tabac est un péché... l'alcool que tu bois avec tes amis en blasphémant... c'est la vengeance de Dieu.

Il prit le visage de sa femme entre ses mains. Le masque l'avait rendu gluant, mais il ne renonça pas à son geste. Il l'avait en pitié. Ces dernières années, il avait pris sa piété pour une douce folie, mais cela semblait plus grave à présent.

— Vera...

— Nous devons prier... nous serons meilleurs... il vivra... murmura-t-elle en l'implorant du regard.

— Vera.

Elle se tut.

— Nous allons appeler l'hôpital. Ils nous donneront des précisions. Peux-tu t'asseoir sur la marche, là, et attendre, lui proposa-t-il gentiment.

— Oui, mais je veux prier. Tu ne pourras pas m'en empêcher.

— Je ne veux pas t'en empêcher. Simplement, prie pour toi.

— Oui, pour moi... très bien, Herb.

Elle alla s'asseoir sur la deuxième marche, arrangea le pan de sa sortie de bain, joignit les mains, et ses lèvres commencèrent à remuer frénétiquement.

Herb appela l'hôpital. Deux heures plus tard, au volant de sa Ford, il roulait sur l'autoroute en direction du nord. Vera, assise à sa droite, se tenait raide comme un piquet, sa bible ouverte sur ses genoux.

52

2

Le téléphona réveilla Sarah à 9 heures moins le quart. Elle se sentait affreusement patraque. Elle avait encore mal au cœur. C'était certainement Johnny.

– Allô ?

– Sarah ! (ce n'était pas la voix de Johnny. C'était Anna Strafford, une collègue qui enseignait l'espagnol au collège, une fille enjouée que Sarah appréciait beaucoup. Mais ce matin, Sarah avait plutôt l'air sombre.)

– Comment te sens-tu, Sarah ?

– Couci, couça, Johnny a dû t'expliquer. J'ai dû mal digérer...

– Mon Dieu ! Sarah, tu ne sais pas... (La voix se brisa. Sarah s'en étonna, mais très vite son étonnement se mua en inquiétude lorsqu'elle prit conscience qu'Anna pleurait.)

– Anna, que se passe-t-il ? Qu'est-il arrivé ? C'est Johnny ?

– Il a eu un accident (sa correspondante avait réussi à se ressaisir). Il se trouvait dans un taxi, il y a eu une collision, c'est Brad Frenan qui conduisait l'autre voiture. Je l'avais dans ma classe d'espagnol. Il est mort... Et Johnny...

– Johnny..., hurla Sarah.

– Il est dans un état critique, Sarah. Dave Pelsen a appelé l'hôpital ce matin. Il n'y a guère d'espoir... enfin...

Anna parlait toujours – mais cette voix était lointaine, inaudible. Sarah était anéantie, sourde. Elle revoyait les yeux de Johnny, ces yeux si incroyablement violets, à force de bleu et de noir mêlés.

– Ce n'est pas possible, murmura-t-elle. Pas possible.

Et la voix d'Anna, entêtée, insistante.

– Ils ont dit à Dave qu'il ne reprendrait jamais conscience, même s'il survivait à l'opération. Ils vont être obligés de l'opérer à la tête parce que...

– Johnny !

Sarah s'évanouit. Sans doute pour fuir cette affreuse réalité.

– Sarah ! Sarah ! Sarah !

Le téléphone pendait au bout du fil, oscillant faiblement.

Sarah arriva à l'hôpital vers midi et demi.

L'infirmière lui apprit que Johnny se trouvait toujours dans la salle d'opération. Elle ajouta que son père et sa mère étaient dans la salle d'attente.

Les couleurs fraîches des murs de la salle blessèrent les yeux de la jeune femme. Quelques personnes étaient assises, feuilletant de vieux magazines ou restant à contempler le vide. Une cloche sonna doucement dans le lointain. Des talons claquaient sur le dallage des couloirs. Il était impossible d'imaginer que Johnny fut là, silencieux, agonisant, prisonnier de ces bruits anodins. Elle repéra Mr. et Mrs. Smith et chercha à se souvenir de leurs prénoms ; n'y parvenant pas, elle renonça. Ils ne ressemblaient pas aux autres. On les devinait néophytes dans cet univers de souffrance immobile. La mère de Johnny, le manteau plié, posé sur le dossier de sa chaise, serrait une bible entre ses mains et ses lèvres remuaient. Herb – il s'appelait Herb, Sarah s'en souvenait à présent – regardait par la fenêtre l'hiver qui s'installait dans ce paysage de la Nouvelle-Angleterre.

Elle s'approcha. Ils levèrent les yeux, le visage défait par l'anxiété. Cette jeune fille, devant eux, n'était pas habillée de blanc comme les médecins ou les infirmières – et elle venait leur annoncer la nouvelle. Sa tenue n'avait pas d'importance. Ils étaient prêts.

– Oui, nous sommes les Smith, dit Herb avec un calme forcé afin de faciliter la tâche de la jeune femme. Mais il comprit sa méprise, elle n'était pas de l'hôpital.

– Je m'appelle Sarah Bracknell. Johnny et moi étions bons amis. Nous étions ensemble, pour ainsi dire... Puis-je m'asseoir ?

– L'amie de Johnny, fit Mrs. Smith.

Elle avait lancé cela comme une accusation, pour replonger aussitôt dans la lecture de sa bible.

– Oui, madame, l'amie de Johnny.

– Il ne nous en avait jamais parlé, recommença-t-elle toujours cassante, jamais.

– Allons, allons, tempéra Herb. Asseyez-vous, mademoiselle... Bracknell, c'est bien cela ?

— Oui, Sarah Bracknell, précisa la jeune femme, avec reconnaissance, en s'installant à leurs côtés.

— Jamais, il ne nous a rien dit, continuait Mrs. Smith. Mon fils vivait autrefois dans la crainte du Seigneur. Mais ces derniers temps, il a dû... Dieu ne peut être abusé, vous savez. Sa vengeance est terrible.

— Allons, fit Herb.

A nouveau, les têtes s'étaient redressées. Il jeta un coup d'œil sévère à sa femme. Elle se tut, mais son regard restait furieusement posé sur la jeune fille. Elle avait refermé sa bible, son index lui servant de marque-page, pressée sans doute de reprendre la lecture du livre de Job et du monumental gâchis que celui-ci avait fait de sa vie, suffisamment malchanceuse pour qu'elle puisse la comparer à celle de son fils, et à la sienne propre.

— J'étais avec lui hier soir.

Sarah rougit. Elle savait ce que « avec » signifiait bibliquement justement. Du reste, le regard de la mère ne pouvait que le lui rappeler.

— Nous sommes allés à la fête.

— Lieu de débauche, commenta Mrs. Smith.

— Pour la dernière fois, ça suffit ! intima Herb, en posant la main sur celle de sa femme. C'est une charmante jeune femme, éprouvée comme nous le sommes. Je ne veux pas que tu l'importunes.

— Lieu de débauche, répéta Vera.

— Vas-tu te taire, à la fin.

— Laisse-moi tranquille. Je vais lire la Bible.

Et elle recommença sa laborieuse lecture en remuant les lèvres.

— Ma femme est bouleversée, comme je le suis, comme nous le sommes tous les trois.

— Oui...

— Avez-vous passé un bon moment à cette fête, hier ?

— Oui, mais à la fin, j'étais un peu malade. Alors, Johnny m'a reconduite jusqu'à chez moi, puis il appelé un taxi, et... (les larmes inondèrent son visage) il est parti...

— Allons, allons, fit Herb en passant son bras autour de ses épaules (d'une certaine façon, il était heureux de pouvoir réconforter quelqu'un. Il ne pouvait être d'aucune utilité à sa femme. Elle avait trouvé consolation dans le livre de Job et cela l'excluait).

— Comment est-il ? Pouvons-nous espérer ? s'inquiéta

Sarah en séchant ses larmes et en ravalant à grand-peine ses sanglots.

– Il faut espérer en Dieu, mademoiselle, intervint Vera, avant même qu'Herb ait pu ouvrir la bouche.

4

La journée fut interminable. La sortie des classes avait eu lieu. Quelques élèves de Johnny, étrangement vêtus de fringues usagées, portant des chapeaux biscornus, étaient venus à l'hôpital sitôt finis les cours. Des freaks, barbus, chevelus ; ceux-là avaient de quoi surprendre Sarah. Elle se serait plutôt attendue à des jeunes gens bien proprets. Mais, visiblement, ces bons éléments n'avaient pas jugé utile de se déplacer. Empruntés, les élèves présents n'osaient pas aborder Sarah pour lui demander des nouvelles de Johnny. Elle eut un geste d'impuissance, leur faisant comprendre qu'elle ne savait rien quant à la réussite ou l'échec de l'opération subie par Johnny. Un des élèves ne put se contenir et éclata en sanglots. Une infirmière lui demanda de sortir. Les autres étudiants en firent autant.

A 7 heures, un jeune homme – Docteur Strawns annonçait son badge – entra dans la salle d'attente et se dirigea vers les parents de Johnny, après avoir jeté un coup d'œil sur l'assistance.

– Voulez-vous me suivre, monsieur et madame Smith, je vous prie.

Voilà. Ils allaient se retrouver dans un petit bureau, apprendraient la nouvelle quelle qu'elle soit, puis reviendraient. Et Herb Smith à son tour apprendrait la nouvelle à Sarah.

– Avez-vous des nouvelles ? demanda Vera, la voix tremblante, à deux doigts de la crise d'hystérie.

– Oui, répondit le docteur. Et, apercevant Sarah : Vous êtes de la famille, madame ?

– Non, dit Sarah, une amie.

– Une amie très proche, ajouta Herb, en posant une main sur l'épaule de la jeune fille, tandis que de l'autre il

56

broyait l'avant-bras de sa femme, lui interdisant de se manifester. Nous restons ensemble, si vous le voulez bien.

— Mais certainement.

Le médecin les guida jusqu'aux ascenseurs. Ils descendirent et franchirent une porte indiquant : Salle de conférences. Le jeune homme les précéda dans la pièce, alluma des lampes fluorescentes qui éclairèrent un long bureau et une douzaine de chaises, seul mobilier de la pièce. Après avoir allumé une cigarette et laissé tomber son allumette dans un cendrier qui trônait au milieu du bureau :

— C'est difficile, commença-t-il comme pour lui-même.

Sarah savait qu'elle n'avait pas à intervenir, mais elle fut incapable de se retenir :

— Il est mort ? Ne nous dites pas qu'il est mort !

— Dans le coma, répondit Strawns.

Avant de poursuivre, il tira nerveusement sur sa cigarette.

— Mr. Smith a été grièvement touché à la tête et il s'en est suivi de fortes lésions cérébrales. Il souffre d'une compression de la masse cervicale. Une longue opération a été nécessaire pour soulager la pression imprimée par certaines parties de la boîte crânienne qui a été défoncée.

Herb se laissa tomber lourdement sur une chaise, le regard vide, le teint crayeux. Sarah remarqua ses mains, fortes et couturées de cicatrices. Elle se souvint alors de son ancien métier, charpentier. Johnny en parlait avec respect.

— Dieu l'a épargné, dit Vera. Il vit. Je le savais. J'ai prié et nous implorerons encore le Seigneur. Loué soit son Saint Nom !

— Vera, murmura Herb d'une voix basse, exténuée.

— Dans le coma, répéta Sarah.

Qu'il ne fût pas mort aurait dû raviver ses espérances. Mais tout au contraire sa douleur ne faisait que croître. La torture s'amplifiait à la seule résonance de ce mot : coma.

— Que va-t-il se passer, maintenant ? s'enquit Herb.

— Personne ne peut le dire en l'état actuel des choses, répondit Strawns.

Il joua un instant avec l'allumette, la poussant dans le fond du cendrier avec le bout de sa cigarette. Il donnait à Sarah l'impression de biaiser, de ne pas vouloir affronter la réalité en face.

— Mais vous devez savoir quelles sont ses chances. Vous devez bien le savoir ? fit Sarah.

57

Elle agita ses mains avec désespoir, puis, vaincue, les laissa retomber.

– Il peut sortir du coma d'ici une heure, comme d'ici un jour, une semaine, un mois. Il peut aussi ne jamais en sortir et... il est fort possible qu'il meure. Ses blessures sont terribles. Je me dois de vous dire la vérité. Sa mort me semble inévitable... ses blessures... graves...

– Dieu veut qu'il vive, je le sais, affirma Vera.

Herb baissa la tête, la balançant doucement. Le médecin regarda Vera avec une certaine appréhension :

– Je ne voudrais pas vous donner de faux espoirs.

– Quelles sont réellement ses chances ? s'enquit Herb.

Le médecin hésita, tira à nouveau nerveusement sur sa cigarette :

– Sincèrement, je ne peux pas vous répondre. Je n'en sais rien.

5

Un vent glacé soufflait sur le parking de l'hôpital. La nuit était tombée. Sarah glissa un bout de papier dans la main d'Herbert, elle y avait noté son adresse et son numéro de téléphone.

– Pourriez-vous me prévenir, si quoi que ce soit devait se produire ?

– Oui, bien sûr, répondit Herb. Et, se penchant brusquement, il l'embrassa sur la joue.

– Je suis désolée de m'être montrée aussi désagréable envers vous, fit Vera. Mais j'étais bouleversée.

Sa voix était douce, bienveillante.

– Je comprends, acquiesça Sarah.

– J'ai cru que Johnny allait mourir, alors j'ai imploré le Tout-Puissant. Nous ne devons pas nous décourager. Nous devons prier.

– Vera, interrompit son mari, il faut y aller maintenant. Il faut aller se reposer, et attendre...

– Dieu m'a parlé. Johnny ne mourra pas. Il n'est pas dans les desseins de Dieu que Johnny meure. J'ai

58

entendu la voix de Dieu dans mon cœur : Johnny vivra.

Elle se retourna vers Sarah et lui sourit. Brusquement, dans ce sourire, Sarah retrouva Johnny, son expression calme, avenante. En même temps, elle jugea que c'était le sourire le plus affreux qu'on lui ait jamais adressé. Herbert fit démarrer sa voiture. Et Sarah resta seule, immobile au milieu du parking. Elle entendait couler les eaux noires du fleuve tout proche. Elle contempla la lune et se rappela les mots de Vera, ses prières : Johnny protégé par son Créateur !

Le vent soufflait, faisant tourbillonner les feuilles mortes à ses pieds. Elle alla vers sa voiture, s'installa derrière le volant. Elle était à présent sûre de perdre Johnny. Affreusement sûre.

Elle rentra chez elle.

6

Une semaine s'écoula avec, comme maigre réconfort, les élèves de Johnny qui ne cessaient pas de se proposer pour l'aider, la consoler. Herb de son côté avait reçu plus d'une centaine de lettres, souhaitant toutes un prompt rétablissement. Tant de témoignages d'amitié adoucissait le chagrin des proches. Vera répondit personnellement à chacun, n'omettant jamais d'ajouter un verset de la Bible.

Sarah, qui jusqu'ici avait éprouvé tant de difficultés pour maintenir la discipline, ne parvenant que rarement à imposer son autorité, vit les choses changer du tout au tout. Ses élèves, la considérant à présent comme une héroïne de tragédie, la respectaient. Il avait fallu ce malheur pour qu'elle soit reconnue, n'était-ce pas d'une certaine façon cocasse ?

Ses nuits étaient terribles, sans cesse revenait l'image de Johnny.

Herb et Vera passèrent une semaine à Cleaves Mills. Ils étaient descendus à l'hôtel Bangor. Chaque après-midi de cette semaine, Sarah les retrouva à l'hôpital où tous trois attendaient pendant des heures. L'état de Johnny était stationnaire. Il se trouvait dans une chambre de réanimation, au quatrième étage. Le docteur Strawns avait de moins en moins d'espoir.

Une semaine après l'accident, le vendredi, Herb appela Sarah au téléphone, pour lui apprendre qu'ils avaient décidé de rentrer chez eux.

— Vera s'y refusait, expliqua-t-il, mais j'ai réussi à lui faire entendre raison.

— Comment va-t-elle ? demanda Sarah.

Il y eut un long silence, assez long pour faire comprendre à Sarah qu'elle en demandait trop.

— Je ne sais pas, réussit-il à dire enfin. Ou plutôt, peut-être est-ce que je le sais mais me refuse à voir la réalité en face. Vous savez, elle a toujours été un peu... illuminée. C'est maintenant pire que jamais depuis... l'accident de Johnny. Elle s'imagine, avec un certain nombre de fidèles de son Église, que Dieu va venir les chercher en soucoupe volante ! Vous savez, ce n'est pas tous les jours facile pour moi...

— Je comprends.

La voix d'Herbert se raffermit.

— Elle a besoin d'un peu de temps pour faire le point. Le temps arrange tout. Je vais me remettre au travail, cela va m'occuper. J'ai trouvé des chantiers.

— Oui, bien sûr, c'est la meilleure solution.

Elle hésita une seconde.

— Qu'en est-il des frais d'hospitalisation ? Cela doit vous coûter un argent fou.

— Johnny avait une mutuelle qui prend en charge une partie des frais et nous avions quelques économies.

Le cœur de Sarah se serra. « Vera et moi avions quelques économies. » A 200 dollars par jour ou plus, combien de temps durera la cagnotte ? Et pour quel résultat ? Johnny allait devenir une sorte de légume ruineux pour ses parents. Son état pourrait conduire sa mère à la folie. Pour la première fois — et ce ne fut pas la dernière — elle souhaita la mort de Johnny. Une part d'elle-même se révolta devant cet aveu de désespoir, mais c'était une part vaincue d'avance.

— J'espère que tout s'arrangera pour vous.

— Merci, Sarah, nous espérons la même chose pour vous. Vous nous écrirez ?

— Bien sûr.

— Et puis, venez nous voir quand vous pourrez. Nous n'habitons pas tellement loin. (Silence.) J'ai l'impression que Johnny a trouvé la femme qu'il lui fallait.

Sarah se mit à pleurer. Elle raccrocha en larmes. Quelques minutes plus tard, elle appela l'hôpital. État inchangé, lui fut-il répondu. Elle se mit à arpenter son petit studio en tous sens. Dieu envoyant des soucoupes volantes, songea-t-elle, ce n'était pas plus fou que Dieu broyant le cerveau de Johnny, que Dieu condamnant Johnny à la non-vie qui n'est pas la mort-délivrance.

Il y avait une pile de copies à corriger. Elle se fit une tasse de thé et se mit au travail.

L'après-Johnny commençait pour elle ; à cet instant précis.

CHAPITRE 4

Le tueur était fin prêt.

Assis sur un banc dans le parc de Castle Rock, à proximité du kiosque à musique, il fumait une Marlboro en fredonnant un air des Beatles : *Back in the U.S.S.R.* Il n'était pas encore un tueur, pas vraiment. Mais il s'y préparait depuis longtemps. Il devait tuer. Cela le tenaillait, sans l'inquiéter. Pour un peu, il se serait senti détendu rien qu'à cette perspective. Le moment approchait. Il ne redoutait pas de se faire prendre, puisqu'il était fin prêt.

De la neige fondue commençait à tomber. Nous étions le 12 novembre 1970, à 250 kilomètres au nord-est de la ville qui abritait le grand sommeil de Johnn Smith.

Le tueur scruta le parc, désert pour l'heure. La pelouse, si verte l'été, était pisseuse. Elle attendait que l'hiver la couvre pudiquement. Un grillage rouillé marquait les limites du parc. C'était un décor déprimant, mais le tueur n'était pas déprimé. Il était fou de joie, enfin presque. Ses pieds battaient la mesure de *Back in the U.S.S.R.* Cette fois, il n'y aurait pas de fausse note.

Il écrasa sa cigarette d'un coup de talon – il portait des bottes – et en alluma une autre aussitôt. Il jeta un coup d'œil à sa montre : 15 heures 02.

Deux garçons traversèrent le parc en jouant au ballon. Ils ne remarquèrent pas l'homme ; le banc où il était assis se trouvait légèrement en contrebas de la grande pelouse. C'est dans ce parc que, les soirs d'été, venaient traîner les voyous. Il savait tout d'eux, tout ce qu'ils faisaient. Sa mère lui en avait parlé, et lui les avait vus.

A la pensée de sa mère, son sourire disparut. Il devait avoir dans les sept ans quand elle était entrée dans sa chambre sans frapper – elle ne frappait jamais. Elle l'avait surpris en train de se tripoter le zizi. Cela l'avait rendue comme folle. Il avait pourtant essayé de lui expliquer que ce n'était rien, rien de bien méchant. Tout simplement son

63

zizi était devenu tout dur sans qu'il ait rien fait pour cela ;
c'était venu tout naturellement, cela n'avait rien de drôle,
c'était même plutôt ennuyeux. Mais sa mère était devenue
folle.

— Tu veux ressembler à ces salopards, avait-elle crié.
« Salopard », il ne savait même pas ce que cela voulait
dire, bien qu'il eût déjà entendu des grands utiliser ce mot.

— Tu veux attraper des maladies. Tu veux qu'elle
noircisse ! Tu veux qu'on soit obligé de te la couper !

Elle avait commencé à le secouer et il s'était mis à
pleurer. C'était, déjà en ce temps-là, une femme corpulente.
Autoritaire. Qui faisait peur. Et c'est de peur qu'il pleurait.
Son zizi était retombé, s'était fait tout petit.

Elle l'avait obligé à porter une pince à linge fixée sur
son zizi pour qu'il comprenne la douleur provoquée par
la maladie que l'on attrape quand on se touche. Cela faisait
atrocement mal.

La légère chute de neige était finie. Il oublia sa mère.
Il y pensait facilement quand il se sentait bien, mais quand
il était triste et déprimé, cela lui était impossible.

Il connaissait à présent un début d'érection. Il jeta un
nouveau coup d'œil à sa montre : 15 heures 07. Il écrasa à
nouveau sa cigarette sous le talon de sa botte. Quelqu'un
approchait. Il la reconnut, c'était Alma Frechette. Elle travaillait à la cafétéria juste à côté, et sortait pour faire une pause.

Il connaissait Alma et lui avait même donné une fois
rendez-vous deux ans auparavant. Pour lui faire plaisir il
l'avait emmenée dans une discothèque. Elle dansait bien ;
les salopes dansent souvent bien.

Il était content que ce fût elle. Elle était seule. Il
fredonnait *« back in the U.S., back in the U.S., back in the
U.S.S.R. ».*

— Alma, fit-il en agitant la main.

Elle s'arrêta, regarda autour d'elle et l'aperçut. Elle
sourit, s'avança et lui dit bonjour, l'appelant par son nom.
Il se leva. Il n'avait pas peur. Il était invincible. Il était
Superman.

— Pourquoi tu portes ça ? demanda-t-elle en le
regardant.

— C'est vachement bien, non ? répondit-il, tout sourire.

— Ben, c'est pas exactement ce que je dirais...

— Tu veux voir un truc, un truc super-chouette, dans
le kiosque à musique ?

64

– Qu'est-ce que c'est ?

– Viens voir.

– D'ac.

C'était aussi simple que ça. Elle l'accompagna dans le kiosque. Si quelqu'un était arrivé, il aurait pu encore renoncer ; mais personne ne vint. Personne.

Ils avaient toute la place pour eux. Le ciel au-dessus d'eux, blanc. Alma, petite, avec de longs cheveux blonds. Teints, il en était sûr. Les salopes se teignent toujours les cheveux.

Un pupitre renversé gisait par terre. Dans un coin traînait aussi une bouteille de « Four Roses ». Un endroit parfait pour salopards.

– Alors ? demanda-t-elle un peu nerveuse, ressentant un début d'inquiétude.

Le tueur sourit ; il était d'humeur joviale. Il désigna un point, à gauche du pupitre.

– Là, tu vois ?

Elle suivit son doigt et vit un préservatif ratatiné sur le sol, un peu comme une peau de serpent après la mue. Le visage de la fille se ferma. Elle fit demi-tour si vite qu'elle bouscula le tueur. Il la retint.

– C'est pas marrant. Où tu veux en venir ? fit-elle.

Elle semblait anxieuse, effrayée plutôt.

– Lâche-moi ou ça ira mal. J'ai pas de temps à perdre avec ce genre de plaisanterie.

– Je ne plaisante pas. Ce n'est pas une plaisanterie, salope.

Il était heureux de pouvoir l'appeler ainsi, le mot roulait bien.

Elle se dégagea. Sa main courut sur la rampe. Il la rattrapa par-derrière, la saisit par le col. Le tissu se déchira. La fille cria. Il abattit alors son poing sur sa bouche. Il sentit les dents froides, le sang chaud sur ses articulations.

Elle chercha à le griffer. Elle cherchait l'issue. Mais il n'y en avait pas, il n'y en avait aucune, puisqu'il était fin prêt.

Il la traîna sur le plancher. Elle ne pouvait crier, la bouche noyée de sang. Il s'allongea sur elle, de tout son poids. Elle le sentait, dur, gigantesque, frémissant. Elle voulut se débattre mais ses mains battaient dans le vide. Il écarta ses jambes, la força. Il la frappa sur le nez.

– Salope, grogna-t-il.

Ses doigts se refermèrent sur la gorge de la fille. Il fit rebondir son crâne sur le sol. Ses yeux s'exorbitèrent, son visage se violaça. Sa résistance s'amenuisait.

– Salope, salope, salope.

Il haletait. Sa voix était rauque. C'était un vrai tueur à présent. Les jours où cette salope d'Alma Frechette frotterait son corps contre le premier venu touchaient à leur fin. Il y veillait.

Il la relâcha. Prêt à l'étrangler à nouveau si elle bougeait. Mais elle ne bougea pas. Au bout de quelques minutes, il déchira son uniforme rose de serveuse. Il séparait les étoffes, les mains tremblantes.

Le ciel était blanc. La pelouse était déserte. On ne trouva le corps que le lendemain. Le sheriff déclara que seul un rôdeur, un étranger avait pu commettre un tel crime. Il y eut un gros titre dans le journal régional. Et à Castle Rock, tout le monde partagea l'opinion du sheriff.

Absolument. Aucun habitant de la ville n'aurait pu commettre un acte aussi affreux.

CHAPITRE V

1

Herb et Vera Smith avaient repris leur train-train quotidien. Herb achevait un chantier de charpente à Durham. Leurs économies avaient fondu comme l'avait prévu Sarah. Aussi firent-ils une demande de secours auprès d'un organisme fédéral. Ce fut pour Herb aussi éprouvant que l'accident lui-même. Il demandait la charité – cela ne revenait-il pas à ça ? Ayant travaillé dur et honnêtement toute sa vie, il n'avait jamais imaginé qu'un jour il se retrouverait dans l'obligation de demander l'aumône. Pourtant, ce jour était arrivé.

Vera s'était abonnée à toutes sortes de revues. Mal imprimées sur du mauvais papier, illustrées par des dessins débiles, ces feuilles de chou annonçaient la venue de Dieu en soucoupe volante. Vera lisait et relisait ces journaux jusqu'à ce qu'ils partent en lambeaux. Elle y trouvait une foule d'explications concernant l'accident de Johnny. Elle en faisait profiter Herb, lisant à voix haute, le timbre vibrant, le port de tête véhément. Lui, fatigué par la journée, dînait, écoutait sans entendre.

Leurs rapports devenaient désastreux. Il s'était surpris plus d'une fois à hausser le ton, à la rabrouer, à vouloir être seul. Quand cela se produisait, elle le regardait, l'air blessée, et montait dans sa chambre poursuivre ses lectures. C'est ainsi que débuta sa correspondance avec ces journaux. Par courrier des lecteurs interposé, elle échangeait des lettres avec des malheureux de son espèce, de braves gens tout comme elle, qui cherchaient à s'entraider, à soulager tous ensemble le poids de leur fardeau respectif. Ils échangeaient des fétiches, des amulettes. Ils promettaient de ne pas oublier Johnny dans leurs prières. Puis vinrent les propositions « miraculeuses » : un morceau de la vraie croix du Christ pour 99 dollars 78 cents, port non compris ; un flacon d'eau de Lourdes avec mode d'emploi, payable à tempérament ; des cassettes de prières enregistrées, ou

67

le psaume 23 sur deux faces. Vera ne faisait plus la différence entre piété et charlatanisme.

Herbert en souffrait. Il devait intervenir, mettre bon ordre dans les dépenses et cela de plus en plus fréquemment. (En douce, il interceptait les enveloppes contenant les chèques, se livrait à de savants calculs, envoyait des lettres recommandées pour annuler les commandes passées par sa femme.) Il interdisait les règlements en espèces.

Et Vera commença à l'éviter, à le considérer comme un mécréant.

2

Sarah Bracknell avait repris ses cours. Sa vie n'était pas très différente de celle qui avait suivi sa rupture avec Dan. Elle vivait dans une sorte d'irréalité, dans l'hypothétique attente de l'improbable. Nixon faisait bombarder Hanoï. On montrait des photos prouvant que les bombes américaines ne touchaient jamais les hôpitaux, ni les jardins d'enfants vietnamiens, et le Président se déplaçait à bord d'un hélicoptère de l'armée – comme ses troupes. L'enquête sur le meurtre d'une serveuse de cafétéria à Castle Rock était achevée : affaire classée. Janis Joplin enregistrait ses blues brûlants. Toutes choses qui concernaient fort peu Sarah.

Les premières neiges tombèrent. Minces couches, suivies d'autres, plus épaisses. Une tempête isola le groupe scolaire pendant vingt-quatre heures.

Chez elle, postée près de la fenêtre, elle regardait tomber la neige sur Flagg Street. Le souvenir de Johnny commençait à s'estomper dans la grisaille de l'hiver. C'était une sensation effrayante – comme si elle-même se diluait.

Elle lut énormément. Des magazines médicaux. Des articles consacrés aux lésions cérébrales. Aucun ne lui permit d'espérer. Elle apprit pourtant qu'une petite fille du Maryland était restée six ans dans le coma, qu'un jeune docker de Liverpool était resté quatorze ans inconscient. Peu à peu cet être s'était vu coupé de la vie : perte de ses cheveux, amaigrissement, nerfs optiques atrophiés, raccourcissements ligamentaires, reprise inexorable de la position fœtale. L'autopsie permit de découvrir la dégénérescence de la masse cervicale, les circonvolutions avaient disparu, le lobe pariétal était devenu blanc, uniformément.

Elle regardait tomber la neige. « Oh ! Johnny, c'est pas possible ! » Tout était blanc. L'univers devenait livide. « Ce n'est pas possible. Il faut que tu ailles là où tu dois finir. »

Tous les dix-quinze jours, elle recevait une lettre de Herbert Smith, grande page d'une écriture large, écrite avec un stylo à plume d'un autre temps.

Nous allons bien tous les deux. Nous attendons, comme vous devez le faire vous-même. C'est triste... nous espérons. Je ne crois pas en Dieu à la manière de Vera, mais je crois en Lui. Pourquoi n'a-t-il pas encore rappelé Johnny à Lui ? Y a-t-il une raison ? Nous ne pouvons pas la connaître...

Puis, une autre lettre.

Cette année, je ferai seul les achats de Noël. Vera considère à présent que c'est une coutume païenne... ce qui me fait dire que son état empire... Elle a toujours considéré ce jour comme un jour saint... Nous allons bien tous les deux. Herb.

Puis :

Si vous voulez venir passer les fêtes de Noël avec deux vieilles badernes, la chambre d'ami est prête. Joyeuses fêtes. Bonne année !

Elle n'alla pas les rejoindre pour les fêtes.

Les lettres s'espacèrent. C'était peut-être mieux ainsi. Dans l'une des dernières, Herb lui conseilla de vivre sa vie. « Il ne peut en être autrement pour une aussi charmante femme, disait-elle. Vous devez être très sollicitée. »

Mais elle ne l'était pas, ne désirait pas l'être. Le professeur de maths, celui qui l'avait invitée un soir, il y avait mille ans de cela, était revenu à la charge peu après l'accident de Johnny. Il n'avait même pas respecté un délai convenable. Il faisait partie de cette race d'hommes que rien ne saurait décourager et qui, sur le nombre de leurs tentatives, finissent toujours par arriver à leurs fins.

D'autres hommes l'avaient invitée... Un étudiant en droit, un garçon qui l'avait particulièrement attirée. Elle avait fait sa connaissance chez Anna Strafford, au réveillon du Nouvel An. Elle avait pensé n'y faire qu'une brève apparition, mais y était finalement demeurée assez tard, restant pratiquement tout le temps auprès de l'étudiant. Elle avait vite compris la raison de son attirance : il était grand, avec de longs cheveux noirs, rebelles, un sourire las. Il lui rappelait terriblement Johnny. Ce qui n'était pas la meilleure façon de s'intéresser à un homme.

Elle fut également courtisée par le mécanicien qui avait réparé sa voiture. Elle avait failli dire oui, puis s'était reprise. Il était grand, avec un profil de rapace et n'était pas sans rappeler un certain Dan.

Il valait mieux attendre. Attendre et voir si quelque chose allait se produire.

Il ne se passa rien.

3

En cet été 1971, Greg Stillson – de dix-huit ans plus âgé et donc plus avisé que le colporteur de bibles qui avait tué un chien dans une cour de ferme de l'Iowa – était assis dans le bureau de sa nouvelle société anonyme à Ridgeway, New Hampshire. Il n'avait pas beaucoup changé : quelques petites rides supplémentaires au coin des yeux, les cheveux plus longs, mais sagement peignés. Il était toujours corpulent, et sa chaise grinçait quand il changeait de position. Il fumait une cigarette, tout en regardant l'homme vautré en face de lui. Il l'examinait comme on examine un insecte.

– Quoi de neuf ? demanda Sonny Elliman.

Ce dernier mesurait 1,80 mètre. Il portait un blouson en toile de jean, graisseux, auquel manquaient les manches et les boutons. Rien en dessous. Simplement une croix de fer allemande, à même la peau. La boucle en ivoire de son ceinturon, calée sous sa panse, représentait une tête de mort. Ses bottes étaient à bouts carrés. Des cheveux emmêlés, gras, lui tombaient sur les épaules. Il portait une croix gammée en guise de boucle d'oreille. Et du bout de ses doigts aux ongles rongés il faisait tourner un casque de mineur. Brodé sur le dos de son blouson-boléro, un diable, une fourchette piquée dans la langue, et son nom : Sonny Elliman.

– Rien de neuf, si ce n'est un crasseux ambulant qui me rend une petite visite.

Elliman tiqua, puis se mit à rire. Il ne manquait ni d'intelligence, ni d'humour.

— C'est ça, tire à grosses balles. T'as ce qui te faut maintenant pour jouer au fortiche.

— Ainsi tu t'en es rendu compte !

— Ouais. Bon, j'ai laissé mes gars à Hampton et suis venu seul. Mais, fais pas de vagues, ça pourrait mal finir pour toi.

— J'y pensais, répondit Greg.

Il jaugea Elliman. Tous deux étaient costauds, mais il devait bien lui rendre 20 kilos – 20 litres de bière plutôt.

— J'aimerais faire affaire avec toi. C'est possible ? questionna-t-il.

Elliman retrouva sa bonne humeur.

— P'tre bien qu'oui, p'tre bien qu'non.

Et il se pencha en avant, comme s'il était sur le point de lui confier un grand secret.

— Moi, j'fais pas de bisous aux enculés.

— Grossier personnage, commenta Greg.

— Qu'est-ce que tu veux de moi ? Accouche franco. Tu paumes du temps, tu vas manquer ta réunion à Jaycee.

— T'en fais donc pas, répondit Greg sans se départir de son calme. La réunion de Jaycee a lieu mercredi. On a tout notre temps.

Elliman eut une grimace de dégoût.

— Je vais te dire ma façon de voir. C'est toi qui as besoin de moi.

Greg ouvrit un de ses tiroirs et en sortit trois petits sacs de marijuana ; quelques amphés y étaient mêlés.

— Voilà ce qu'on a trouvé dans ton sac de couchage. Vilain garçon ! Tu sais que c'est pas beau. Et ça, c'est le ticket gagnant pour la taule.

Il agita les petits sacs.

— T'as pas de mandat. Un étudiant en première année de droit pourrait me sortir de là. Et tu le sais.

— Moi, je sais rien.

Greg se renversa en arrière sur sa chaise et posa ses chaussures sur le bureau.

— Je suis un type qui compte dans ce bled, Sonny. Je suis arrivé ici pieds nus, il y a quelques années. Et maintenant, je me retrouve chaussé de neuf. Je donne un petit coup de main à la municipalité quand on trouve des mômes en train de traficoter de la drogue. Quand je dis

71

ça, je pense pas aux gars comme toi. Avec les minables de ton espèce, on sait ce qu'il convient de faire. Non, je te parle des gentils petits chérubins de la ville. Tu sais à quoi j'ai pensé pour eux : leur permettre de se réhabiliter en travaillant pour le compte de la communauté, ce qui est mieux que de les mettre en prison. Et ça marche comme sur des roulettes.

Elliman avait l'air de s'ennuyer ferme. Greg reposa brusquement ses pieds sur le plancher, attrapa un vase et le lança sur Elliman, le manquant de peu. Le vase alla s'écraser sur le mur et Elliman sursauta. Il devait se méfier. Greg avait brusquement la tête du gars qui peut tuer un chien à coups de pompes rien que pour le plaisir.

— Veux-tu écouter quand je te parle, conseilla doucement Stillson. Ça devrait t'intéresser, on discute de ce que tu feras dans les années à venir. Maintenant, si tu préfères plier des bouts de carton en taule, je dois dire que t'es bien parti.

L'indifférence d'Elliman se transforma aussitôt en un réel intérêt. Il y avait longtemps que cela ne lui était pas arrivé. Il était venu ici par désœuvrement. Quand ce type l'avait arrêté au volant de son van, il s'était dit qu'il avait affaire à un bouseux qui faisait du zèle en jouant les sheriffs supplétifs. Mais il s'était trompé, ce type était... « fou... » comprit-il tout à coup. « Il a accroché aux murs les décorations reçues pour services rendus à la collectivité. Il y a des photos le montrant en compagnie des membres du Rotary Club, du Lyon's locaux. Il est maire-adjoint de Jaycee, ce trou à rats. L'année prochaine il en sera maire à part entière... Ce type est givré ! »

— Oui, je vous écoute, fit Sonny.

C'était la conclusion à laquelle il était arrivé.

— J'ai connu ce qu'on appelle des hauts et des bas, poursuivit Greg. J'ai eu affaire à la justice. Ce qui veut dire que je n'ai pas de préjugés contre un gars comme toi. Je ne ressemble pas aux autres notables. Légitime défense et tout ça, c'est pas mon genre. Après ce qu'a fait ta bande cet été, il y en a plus d'un qui rêve de vous faire griller les couilles au fer à souder.

— Ce n'est pas ma bande. Nous, on est venu dans le coin pour voir la mer. Passer des vacances, quoi ! Y a bien des Hell's Angels et des Black Riders, mais ce sont des collégiens. Vous les connaissez, non ?

72

Sonny fit la moue avant d'ajouter :

– Mais les journaux n'en parlent jamais, ils préfèrent taper sur moi et mes diables.

– Vous êtes plus pittoresques, expliqua Greg, toujours avec douceur.

Il ouvrit un autre tiroir et en sortit une bouteille plate de bourbon.

– Buvons à notre association.

Il ôta le bouchon avec ses dents et s'enfila une bonne rasade, puis fit passer la bouteille de l'autre côté de la table, les larmes aux yeux, en soufflant comme un phoque.

– A toi ! dit-il.

Sonny Elliman ne se fit pas prier davantage et téta le goulot.

– Éclairez ma lanterne, souffla-t-il avec une haleine brûlante.

– J'y arrive, j'y arrive, Sonny, le rassura-t-il en se mettant à rire et en rejetant sa tête en arrière.

« J'ai l'impression qu'on va s'entendre, ajouta-t-il.

– Qu'est-ce que vous voulez au juste ?

– Rien pour l'instant. Je te l'ai dit, je suis déjà un type important ici mais... (son regard se perdit au loin, comme égaré).

– Mais ce n'est qu'un début, suggéra Sonny.

– En quelque sorte. J'ai fait des choses, il m'en reste d'autres à faire... Les gens le savent... Je fais bien ce que je fais... je suis sur la bonne voie... Mais je ne suis pas... tout à fait certain... je veux dire... tu vois.

Il semblait toujours égaré. Sonny se contenta de hausser les épaules. Enfin Stillson parut refaire surface.

– Tu connais l'histoire de la souris qui enlève une épine du pied d'un lion pour le remercier de ne pas l'avoir dévorée ?

– Ouais, on me l'a déjà racontée.

– Eh bien, nous en sommes là.

Il poussa les petits sacs de marijuana devant lui.

– Je ne vais pas te manger. Et je ne laisserai personne te dévorer. Tu sais pourtant qu'il y en a pas mal qui ont l'eau à la bouche quand on prononce ton nom.

Elliman ne répondit pas. Greg Stillson avait raison. Il y en avait une flopée dans la région qui aimeraient le voir le crâne rasé en train de casser des cailloux.

– Alors j'espère que tu t'en souviendras en temps utile. Je peux avoir une épine dans la patte.

La gratitude ne figurait pas au catalogue des grandes vertus selon Sonny Elliman. Mais l'intérêt bien compris et la curiosité, oui. Et Stillson avait eu l'art de flatter ces deux qualités. Les dingues l'avaient depuis toujours intrigué et il savait depuis longtemps qu'il valait mieux faire avec ce genre de mec.

— En temps utile, répéta Stillson.

— Ouais, en temps utile, reprit Sonny en jetant un coup d'œil au vase en miettes.

4

L'année 1971 s'écoula.

Les bagarres entre bandes de voyous rivales se calmèrent un peu dans le New Hampshire. Les notables du cru en conçurent une satisfaction certaine. Les affaires reprenaient et les zéros s'alignaient sur les comptes en banque. Le sénateur McGovern posa sa candidature aux primaires du parti démocrate. Ce qui fit l'effet d'un gros pétard dans les milieux généralement bien informés.

Début juin, juste avant la fin des cours, Sarah rencontra à nouveau le jeune étudiant en droit, alors qu'elle faisait l'acquisition d'un grille-pain et que lui cherchait un cadeau pour l'anniversaire de mariage de ses parents. Il lui proposa d'aller au cinéma. On y jouait un inévitable Clint Eastwood. Cette sortie fut très agréable. Walter Hazlett s'était laissé pousser la barbe et, ainsi, ressemblait moins à Johnny.

En réalité, il était devenu très difficile de se souvenir de Johnny. Il apparaissait parfois dans ses rêves puis disparaissait.

Elle se mit à voir Walter assez régulièrement. C'était un charmant compagnon. Il ne demandait rien, ou bien alors avec une grande discrétion. En octobre, il la pria de l'autoriser à lui faire un cadeau. Elle sollicita un sursis avant de lui donner sa réponse et eut tout le week-end pour y réfléchir. Le samedi elle se rendit à l'hôpital, s'assit à côté de Johnny et resta là une heure. Le vent d'automne hurlait dans la nuit, annonçant le froid, l'hiver, la saison morte, la mort.

Près d'un an s'était écoulé. Une longue cicatrice barrait le front de Johnny, du sourcil droit à la racine des cheveux, qui avaient blanchi à cet endroit. Il dormait. Elle se pencha et l'embrassa sur la bouche comme si elle pouvait le réveiller ainsi. Mais la vie n'est pas un conte de fées, Johnny ne se réveilla pas.

Elle s'en alla, retourna chez elle, s'allongea sur son lit et pleura.

Le lundi elle déclara à Walter que, s'il y tenait, il pouvait lui offrir un cadeau – un diamant, pas trop gros, bien entendu – qu'elle serait heureuse et fière de porter.

George McGovern remporta les primaires et son rival, Edmund Muskie, cacha mal son dépit.

En juillet, Sarah Bracknell devint Sarah Hazlett. La cérémonie eut lieu dans une petite église méthodiste, à moins de 3 kilomètres de l'hôpital où Johnny dormait. Elle pensa à lui, durant une atroce seconde, lorsque son mari l'embrassa devant l'assistance émue.

Après en avoir longuement discuté avec Walt, elle avait décidé d'inviter les parents de Johnny au mariage, mais Herb était venu seul. Il avait beaucoup vieilli.

Lors de la petite réception qui suivit la cérémonie, elle s'en approcha et lui demanda des nouvelles de sa femme. Il avala son whisky soda d'un trait, en jetant des regards affolés.

– Elle ne va pas bien, Sarah, elle vit dans une communauté dans le Vermont ; elle y attend la fin du monde. Je n'ai pas pu l'en empêcher. C'est une secte, ils ont réussi à lui monter la tête.

Il s'arrêta, sourit et reprit :

– Ce ne sont pas des choses à raconter un jour de noces, Sarah. Vous et votre mari allez être heureux, j'en suis sûr.

Sarah s'appliqua à lui rendre son sourire.

– Merci, Herb... Mais, pensez-vous qu'elle reviendra ?

– Oui. Si la fin du monde n'a pas lieu d'ici les derniers jours de l'automne, elle reviendra passer l'hiver à la maison.

Elle l'embrassa.

La ferme communautaire du Vermont n'était pas chauffée. Fin octobre, les soucoupes volantes n'ayant toujours pas fait leur apparition, Vera rentra chez elle.

– Elles ne sont pas venues, expliqua-t-elle, parce que nous n'avons pas assez prié.

Herb l'aima du mieux qu'il put. Le quotidien reprit ses droits. Johnny était dans le coma depuis deux ans.

Nixon fut réélu les doigts dans le nez, au sens littéral. Les enfants de l'Amérique commencèrent à rentrer du Vietnam. Walter Hazlett préparait sa thèse pour obtenir son diplôme, tandis que Sarah poursuivait sa carrière d'enseignante. Ses élèves avaient vieilli eux aussi ; ils avaient pris de la carrure. Jésus allait bientôt revenir sur terre. Il referait son apparition très exactement au pôle Sud. C'était ce que prétendait une brochure à 4,50 dollars. Herb eut le malheur d'en sourire.

– Assez, intima-t-elle. Ne te moque pas de ce que tu ne comprends pas.

– Je ne me moquais pas, Vera.

– Pourquoi faut-il que toujours les mécréants se moquent de ceux qui ont la foi ?

Herb jouait avec un boulon. La nuit allait tomber. Nous étions en octobre et l'hiver approchait. C'était toujours à cette époque qu'il songeait à partir, à abandonner sa femme, folle à lier, et son fils, dans le coma. Il fit sauter le boulon dans sa main. « Je pourrais faire mes bagages, prendre mes outils et m'en aller, en Floride, au Nebraska, en Californie... loin... un bon charpentier peut gagner sa vie n'importe où. J'ai juste à me lever et à m'en aller... »

Mais il savait qu'il ne le ferait pas. Fuir n'était qu'une idée en l'air, comme ça. Il prit alors la main de sa femme dans la sienne, doigts maigres, peau fine et pâle. Elle leva vers lui des yeux étonnés.

— Je t'aime, dit-il.

De façon fugitive, elle sourit.

— Je le sais, Herbert, moi aussi je t'aime.

— Vera ?

— Oui ?

Elle était, tout à coup, si proche de lui, son regard était si clair.

— Vera... s'il ne se réveille pas... Dieu me pardonne, mais s'il ne se réveille pas, nous resterons toujours amis, n'est-ce pas ?

Elle se dégagea brusquement.

— Ne dis jamais cela. Ne dis jamais que Johnny ne se réveillera pas.

— Mais tout ce que je voulais dire, c'est que...

— Il se réveillera, c'est certain.

Et son regard s'assombrit, devint lointain à nouveau.

— Dieu le veut ainsi, reprit-elle. Dieu a de grands projets pour Johnny. Il me l'a dit. Il parle à mon cœur.

— Oui, Vera. Oui.

Elle recommença à tourner les pages d'un journal paroissial.

— Je le sais, poursuivit-elle d'une voix enfantine.

Encore une fois, il se mit à jouer avec son boulon. Il souhaitait la disparition de son fils, voilà ce qu'il souhaitait. Tant de bons souvenirs de Johnny, tant de bons moments passés ensemble, ce qu'il vivait à présent était insupportable. Du reste était-ce vivre ? Il revoyait Johnny bébé, ses sourires, ses jeux sur la plage à huit ans. Tous ces moments d'innocence, pour en arriver à souhaiter sa mort. Dieu ! Qu'il connaisse enfin la délivrance !

Et il posa le boulon.

7

Peu après le 4 juillet 1973, part un début d'après-midi brûlant, le marchand de paratonnerres était arrivé chez

Cathy à Sommersworth, New Hampshire. L'orage menaçait.

Il avait très soif, et s'était arrêté chez Cathy pour y boire deux bières. Par la force de l'habitude, il porta son regard sur le toit du bar, une construction basse, style western. Cet examen le fit revenir sur ses pas pour récupérer ses échantillons enfermés dans un sac de daim. L'intérieur du bar était plongé dans une semi-pénombre. Une télé ronronnait dans un coin. A part cela, tout était calme et silencieux. Quelques habitués regardaient l'écran en compagnie du patron. Le vendeur de paratonnerres se hissa sur un haut tabouret. Le patron s'approcha :

– Salut, l'ami. Qu'est-ce que vous prenez ?

– Une mousse, et une pour vous si le cœur vous en dit.

– Ça me dit toujours, acquiesça le patron.

Il posa deux bières sur le comptoir, encaissa le dollar et rendit la monnaie.

– Bruce Garrick, se présenta-t-il, en tendant la main.

– Dohay, fit l'autre en la serrant. Andrew Dohay.

Puis il avala la moitié de sa bière.

– Ravi de vous connaître, enchaîna le patron en s'éloignant pour servir une tequila à une femme au visage dur.

Il revint près de Dohay.

– Vous êtes pas du coin.

Dohay l'admit.

– Je suis démarcheur. (Il jeta un coup d'œil sur la salle.) C'est toujours aussi calme dans le coin ?

– Non, le week-end, ça bourre. Et y a marché toutes les semaines. Des banquets aussi, c'est ce qui rapporte le plus. Je gagne ma pitance ; pas de quoi rouler en Cadillac mais je crève pas de faim.

Il désigna du doigt le verre vide du représentant de commerce.

– Je vous remets ça ?

– Ouais, et une autre pour vous, monsieur Garrick.

– Bruce, corrigea le type. Vous cherchez à me vendre un truc ?

– J'suis pas rentré pour ça... mais... si vous en parlez...

Il posa le sac de daim sur le comptoir. Son adresse à le soulever prouvait qu'il ne manquait pas d'expérience.

– Nous y voilà ! se marra le patron.

Deux des habitués du bar – un type plutôt agé avec

une verrue sur la paupière droite et un plus jeune en treillis – s'approchèrent pour surveiller la manœuvre. La femme au visage dur porta son attention sur l'écran de télévision. Dohay sortit trois modèles de paratonnerres du sac : un long avec une boule de cuivre, un plus court, et un autre avec une gaine de porcelaine.

– Qu'est-ce que c'est que ce bazar ? s'étonna Garrick.

– Des paratonnerres, tiens, fit le type âgé. Il veut foutre ta bassine à gin à l'abri des foudres divines.

Le visage de Garrick se plissa. Le vendeur comprit que ses chances s'étaient envolées quelle que fût la qualité de son baratin. Mais il joua le jeu jusqu'au bout, n'était-ce pas ça le métier ?

– En descendant de voiture, j'ai remarqué que ce bel établissement n'était pas équipé d'un paratonnerre, et qui plus est, que la construction était en bois. Alors, pour une somme modique, avec un crédit, si vous le désirez, je vous garantis...

– Que ce paratonnerre sera fixé en haut de votre toiture en trois coups de cuillère à pot, fit le jeune au treillis, en se mettant à rire.

Le vieux, lui, ricanait.

– Ne vous vexez pas, fit le patron ; mais, vous voyez ça (il désigna une liasse de feuillets tenus par une pince), ce sont des ardoises. Je dois les payer le 15, dernier carat. Et maintenant (il désignait la salle), comptez les clients. Faites l'addition vous-même et vous verrez...

– Vous verrez, reprit Dohay, que l'acquisition d'un paratonnerre est un excellent placement. Si votre commerce prend feu parce que la foudre sera tombée dessus...

– Il s'en fout complètement, intervint le vieux à la verrue. Il attend même que ça pour toucher l'assurance et se tirer en Floride. Pas vrai ?

Le patron lui jeta un œil noir, puis regarda à nouveau le vendeur.

– Revenez l'année prochaine. Les affaires seront peut-être meilleures.

– Pourquoi pas, acquiesça le vendeur, décidé à abandonner la partie. Ces types sont bornés, ils ne comprendront jamais qu'un bon paratonnerre vaut toutes les assurances-incendie du monde. « Pas grave, se dit-il philosophe, j'étais entré ici pour me rafraîchir. » Il commanda une autre bière, mais cette fois ne paya pas la tournée au patron. Le vieux à la verrue se hissa sur un tabouret à côté de lui :

— Y a environ dix ans, y a un gars qu'est tombé raide foudroyé sur le terrain de golf. C'est con, il aurait pu se balader avec un paratonnerre sur la tronche. Pas vrai ?

Il conclut sa plaisanterie en balançant son haleine d'ivrogne dans la figure de Dohay. Le vendeur se força à sourire.

— Toute la monnaie qu'il trimbalait dans ses fouilles a fondu comme un seul bloc. On a retrouvé un petit lingot de nickel. Pas vrai ? C'est quand même un drôle de truc la foudre, pas vrai ? « Un drôle de truc, oui, pensait Dohay, ça peut toucher n'importe qui, n'importe où, n'importe quand. »

Dohay régla sa consommation et quitta le bar. Dehors la chaleur cognait dur. Il leva les yeux sur le toit de l'établissement. Dix-neuf dollars ! Un mec à économiser 19 dollars, déductibles de ses impôts qui plus est. Il pouvait pas faire cette dépense, avait-il prétendu. Et lui n'avait pas pu le contredire devant cette bande de clowns. Peut-être qu'un jour le patron du Cathy aurait à le regretter.

Dohay monta dans sa Buick, brancha l'air conditionné et démarra, laissant derrière lui s'accumuler des nuages bas et lourds.

8

Début 1972, Walt Hazlett soutint sa thèse avec succès. Pour fêter l'événement, il organisa avec Sarah une soirée. Une quarantaine de personnes furent invitées. L'alcool coula à flots. A 3 heures du matin, les derniers traînards titubèrent vers la sortie en hurlant. Walt s'estima heureux de ne pas finir la nuit au poste pour tapage nocturne. Il rentra dans la chambre à coucher et trouva Sarah allongée nue sur le lit, à l'exception de ses chaussures et de ses boucles d'oreilles en diamant — celles qu'il lui avait offertes pour leur première année de vie commune, celles aussi pour lesquelles il s'était endetté. Avant de sombrer dans un profond sommeil d'ivrognes, ils firent l'amour. Ils ne se réveillèrent que le lendemain après-midi vers 3 heures. Ils avaient la gueule de bois et Sarah était enceinte.

Nixon s'empêtrait dans les bandes magnétiques du Watergate. En Georgie, un marchand de cacahuètes s'apprêtait à prendre la succession. Dans la chambre 619 d'un hôpital, Johnny dormait toujours. Il avait commencé à reprendre la position fœtale. Le docteur Stawns ne le suivait plus. Il avait trouvé la mort la nuit précédente dans l'incendie de sa demeure, incendie provoqué par les décorations de Noël. Les médecins Weizak et Brown avaient été chargés de s'occuper de Johnny.

Herb s'était cassé la jambe en tombant d'une poutre qu'il était en train de cheviller. Bien que la fracture eût été convenablement réduite, il dut porter longtemps un plâtre et maintenant il boitait, et, les jours humides, devait se servir d'une canne. Vera priait pour lui. Elle insistait pour qu'il s'enroule autour de la jambe une bandelette de gaze bénie par le révérend Freddy Coltsmore de Bersimer, Alabama (coût 35 dollars). L'effet escompté n'eut pas lieu.

A la mi-octobre, Vera fut convaincue que la fin du monde était proche. Elle en parlait sans arrêt. Herb ne fut pas long à comprendre la véritable raison de cette appréhension. La secte « La société du Jugement Dernier » pressait ses membres de vendre leurs biens et de lui confier l'argent ainsi obtenu. Herb avait tout compris lorsqu'il avait vu un camion de déménagement prêt à les débarrasser de leurs meubles, et un agent immobilier qui leur proposait un prix ridiculement bas pour leur maison. Pour la première fois, il avait perdu tout son sang-froid. A peine en avait-il fini avec les déménageurs en leur filant la pièce pour les dédommager et s'était-il débarrassé à grand-peine de l'agent immobilier qu'il demanda des comptes à sa femme.

— Bordel de Dieu, explosa-t-il. C'est quoi cette histoire ?

— Ne jure pas, Herbert, je ne le supporterai pas.

— La ferme ! J'en ai plus qu'assez de tes salades.

Elle resta pétrifiée. Il approcha en boitillant, frappant le sol de sa canne. Elle prit un air de martyre. Il se retint pour ne pas l'assommer sur place (Dieu me pardonne, pensa-t-il.)

— Tu trafiques derrière mon dos, maintenant. Tu ne sais plus ce que tu fais. T'es devenue irresponsable ?

— Ce n'est pas vrai...

81

– Si, hurla-t-il. Et écoute-moi bien. Tu peux prier autant que tu le désires, c'est gratuit. Mais pour le reste, basta ! je ne veux plus en entendre parler. Plus un cent n'ira à cette bande de fripouilles.

– Notre Père qui êtes aux cieux, que Votre nom...

– Tu comprends ce que je te raconte ?

– Je suis folle, je ne peux pas comprendre, rétorqua-t-elle, très sèche.

Puis elle se mit à pousser d'affreux hurlements, entrecoupés de sanglots plus horribles encore. Dehors, la pluie tombait. Herb aurait cinquante-deux ans cette année, Vera cinquante et un, Sarah Hazlett vingt-sept, et Johnny était dans le coma depuis quatre ans.

9

Le bébé vint au monde le jour de la Toussaint. L'accouchement dura neuf heures. Sarah souffrit énormément. Alors que l'enfant allait paraître, elle hurla – le nom de Johnny. Elle se trouvait dans le même hôpital. Par la suite, elle ne se souvint pas de l'avoir ainsi appelé et Walt n'en sut jamais rien. Ils appelèrent leur petit garçon Dennis, Edward. Sarah reprit son travail seize jours plus tard. Walt travaillait maintenant dans un cabinet d'avocats réputé. Il envisageait déjà que Sarah arrête son travail. Elle n'était pas sûre de le vouloir mais commençait pourtant à s'habituer à cette idée.

10

Le jour de l'an 1975, deux petits garçons, Charlie Norton et Norm Lawson, tous deux de Otisfield, Maine, se trouvaient dans le jardin des Norton où ils se battaient à

82

coups de boules de neige. Charlie avait huit ans, Norm, neuf. Le temps était couvert. L'heure du déjeuner approchait et la bataille tirait à sa fin. Norm tira ses dernières munitions. En les esquivant, Charlie recula, puis chercha à fuir en enjambant le muret qui séparait le jardin des Norton de la forêt. Il descendit le sentier qui conduisait à Strimmer Brook. Norm s'assit sur le petit mur et resta là un moment à contempler le sous-bois enneigé. Il appela Charlie mais n'obtint aucune réponse. Il hésita à se lancer à sa poursuite, il avait pourtant encore quelques boules de neige et cela valait peut-être la peine. Mais Charlie pouvait l'attendre dans un coin, avec une boule ou deux. C'est alors qu'un hurlement se fit entendre. Norm devint aussi blanc que la neige. Il laissa échapper les boules qu'il tenait en mains. Le cri s'éleva à nouveau – si faible cette fois qu'on l'entendait à peine.

« Il a dû tomber dans la rivière », se dit Norm. Et il dévala à son tour le sentier, glissant, tombant, se redressant, se remettant à courir, les tempes bourdonnantes. Il s'imaginait sauvant son copain, en accomplissant des exploits dignes de Super Boy, sa lecture favorite.

Aux trois quarts de la pente, le sentier formait un coude. En débouchant à la sortie de ce virage, il vit que Charlie n'était pas tombé dans la rivière. Il était là, debout devant lui, en train de regarder quelque chose dans la neige. Norm s'approcha et Charlie repoussa à nouveau son affreux cri.

– Qu'est-ce qu'il y a ? s'enquit Norm.

Charlie se retourna, les yeux fous, la bouche ouverte, incapable d'articuler un mot. Norm s'avança davantage, regarda aux pieds de son copain et s'évanouit. Deux jambes et un bras dépassaient de la neige.

Les deux gosses venaient de découvrir la quatrième victime de l'étrangleur de Castle Rock. Il y avait près d'un an qu'il avait cessé de tuer. Et les habitants de Castle Rock et ceux de Strimmer Brook et d'Otisfield s'étaient imaginé que la chose en resterait là. A tort. Le cadavre de Carole Dunbarger, dix-sept ans, le prouvait.

CHAPITRE 6

1

Onze jours après la découverte de ce cadavre, une tempête s'abattit sur le nord de la Nouvelle-Angleterre. La vie tournait au ralenti. L'hôpital où se trouvait Johnny ne faisait pas exception à la règle, car une partie du personnel éprouvait les pires difficultés pour se rendre à son lieu de travail.

Une jeune infirmière, Allisson Conover, peu après 9 heures, apporta son petit déjeuner à Mr. Starret, un malade de la chambre 619. Il n'avait qu'une idée en tête ce Mr. Starret, fuir cette chambre ou plus précisément la compagnie de ce mort vivant étendu dans le lit voisin du sien. Il avait expliqué à sa femme que l'incessant murmure de l'appareil respiratoire de ce pauvre type l'empêchait de dormir.

La télé marchait quand l'infirmière entra dans la chambre. Mr. Starret était assis sur son lit, tenant la commande à distance du poste. Il n'arrivait pas à se décider : devait-il couper l'émission en cours, ou attendre le dessin animé qui suivait ? S'il coupait la télé, il entendrait l'appareil respiratoire de Johnny ; d'un autre côté, cette émission ne le passionnait pas. Dieu merci l'infirmière fit diversion.

— Je ne vous attendais plus, lui dit-il en contemplant avec tristesse le plateau du petit déjeuner : jus d'orange, yaourt maigre et céréales.

Il aurait vraiment aimé des œufs sur le plat, avec beurre, et cinq tranches de bacon bien gras. Il sortait d'une crise cardiaque provoquée d'ailleurs par son régime précédent ainsi que par sa « cervelle d'oiseau », selon son médecin traitant.

— Il fait pas beau dehors, dit l'infirmière.

Six malades lui avaient déjà fait la remarque, comme quoi ils ne l'attendaient plus. Cela l'avait mise de mauvaise humeur. C'était une gentille fille, mais ce matin elle avait la sensation d'être persécutée.

– Oh ! pardon, s'excusa Starret. Les routes sont coupées, c'est ça ? Les effectifs sont réduits, non ?

– Exactement, répondit-elle, un peu plus aimable.

Starret se redressa pour engloutir confortablement son petit déjeuner ? Il baissa légèrement le son du téléviseur. Étant un peu sourd – sauf pour les bruits répétitifs –, il faisait marcher la télévision très fort. Mais, comme il l'avait expliqué à sa femme, son voisin ne s'était jamais plaint, il n'avait même jamais demandé ce qui passait sur les autres chaînes... Il se rendait bien compte que ses plaisanteries étaient de mauvais goût. Mais quand vous venez d'être victime d'une crise cardiaque, que vous venez à peine de la surmonter, que vous vous retrouvez dans un lit d'hôpital avec un régime alimentaire triste à pleurer et que, pour comble, votre voisin de chambre est un vrai légume, il y a de quoi être de méchante humeur.

Dans son lit, Johnny balbutia :

– Tout sur le 19. Vite, mon amie est malade.

– Ça va ? demanda l'infirmière en élevant la voix pour se faire entendre, Starret n'ayant que « légèrement » baissé le son de la télé.

– Oui, mais franchement, vos yaourts c'est pas de la tarte.

Dans son lit, Johnny répéta tout doucement :

– Tout sur le 19.

– Vous avez entendu ? questionna l'infirmière, incrédule. (Elle jeta un coup d'œil à droite, à gauche.)

Elmer visait Buggs Bunny sur l'écran de télé.

– C'est le poste. Qu'est-ce que vous croyez ça peut être d'autre, ronchonna Starret.

– Je sais pas. Le vent peut-être.

Elle était fatiguée, elle en faisait trop depuis le début de la journée. Avant de sortir, elle jeta un coup d'œil sur l'autre malade. En quoi était-il différent des autres jours ? Qu'est-ce qui avait changé en lui ? Rien.

Et elle quitta la chambre, poussant dans le couloir le chariot avec les plateaux des petits déjeuners. C'était bien la matinée harassante à laquelle elle s'était attendue. Tout allait de travers et elle commençait à avoir la migraine. Elle en oublia ce qu'elle avait entendu dans la chambre 619.

Pourtant, au cours des jours qui suivirent, elle se surprit plusieurs fois à regarder Johnny Smith. Quand mars arriva, l'infirmière Allisson était pratiquement certaine que l'état de ce malade s'était modifié. Il semblait perdre sa tendance à retrouver la position fœtale. Mais elle n'en dit rien aux médecins, après tout, elle n'était que fille de salle – à peine un peu plus qu'une bonne à tout faire.

2

« C'est un rêve », se dit-il. L'endroit où il se trouvait était sombre, lugubre. Le plafond était trop haut et des murs d'acier poli s'ouvraient sur votre passage. Il était seul, mais une voix lui parvenait, une voix qu'il connaissait, et les mots qu'elle prononçait, il les avait déjà entendus en un autre lieu, en un autre temps. La voix lui faisait peur, sorte de gémissement renvoyé par les parois d'acier, comme le cri d'un oiseau captif. Un oiseau était entré dans l'atelier de son père, alors que Johnny était encore enfant, et, affolé, avait buté contre les murs jusqu'à en mourir. Et cette voix ressemblait au cri de l'oiseau, elle butait contre les remparts de sa mémoire. Elle lui répétait : « Et pourquoi ? Pour que ce petit con arrive un soir à la maison et me dise que le président des États-Unis est un porc. » « Attention ! » disait Johnny à la voix. Attention à quoi ? Il n'en savait rien. « Jésus ! » hurla la voix.

Puis un silence et la voix reprit de la même façon. Et lui, Johnny, avançait à l'aveuglette, cherchant le propriétaire de cette voix ; ensemble, ils trouveraient peut être une issue. Mais le murmure était tellement lointain. Écho d'un écho. Il était seul et marchait dans un endroit sombre et lugubre. C'était plus qu'une illusion, plus trompeur qu'une hallucination. Il se trouvait dans les limbes, dans cet univers entre morts et vivants. Où marchait-il ainsi ? Une roue tournait sans fin dans la nuit, la roue de l'avenir. Rouge, noir ; vie et mort. Sur quoi avait-il misé ? Il ne pouvait pas s'en souvenir. Sa propre existence constituait l'enjeu. Il avait fallu choisir. Son amie était malade, il devait la raccompagner. L'endroit se fit moins obscur ; la lumière devint bien trop vive pour n'être qu'une chimère. Les murs se rapprochèrent, devinrent palpables. Ils étaient ternes et gris

87

et non d'acier poli. Il passa d'un crépuscule éblouissant à la douce lumière de mars. Il se trouvait dans une chambre et entendait, à présent, d'autres voix. Il ne s'agissait plus d'échos inconnus, mais de voix réelles, parfaitement audibles et dont il parvenait à comprendre le message.

De temps à autre, il lui arrivait d'ouvrir les yeux. (A moins qu'il ne s'imaginât le faire.) Il voyait celle à qui appartenait la voix ; elle se déplaçait, se penchait sur lui. Des anges, se dit-il. Il était dans l'au-delà, entouré d'anges. Le visage de l'ange se précisa. Sa mère, réclamant sourdement des choses étranges. Son père apparut aussitôt, puis le proviseur du lycée. Une infirmière enfin qu'il n'était pas sûr de connaître.

Un sentiment nouveau se fit jour. Il prenait conscience d'un changement. Lui-même avait changé. Il n'aimait pas cette sensation ; elle lui était répugnante. Quelle qu'elle fût, cette modification n'était pas une bonne chose, mais plutôt le signe d'une défaite. Il sortait des ténèbres, démuni alors qu'autrefois il avait été armé de tout ce qui à présent lui faisait défaut.

C'était la fin du rêve. Il retournait à la réalité : une chambre, des gens qui parlent. Il eut envie de replonger dans les ténèbres et pour toujours. L'obscurité, si elle était effrayante, était cependant préférable à ce sentiment de défaite. Il se retourna et vit une chaise en acier poli dans un coin de la chambre. La voix, écho inconnu, était celle d'un chauffeur de taxi, il s'en souvenait à présent. La course en voiture, le chauffeur maudissant son fils aux cheveux trop longs. Des phares. Deux voitures de chaque côté d'une ligne blanche. Le choc. Pas de douleur. Simplement sa cuisse qui avait touché le compteur suffisamment durement pour le faire sortir de son logement. L'humidité, l'oubli, et maintenant ça, ici.

Le visage de Sarah lui apparaissait, mais elle ne devait pas être présente puisqu'elle ne se penchait pas sur lui alors qu'il l'attendait. Elle devait être ailleurs. Anxieuse et désespérée. Il allait lui demander de l'épouser.

Le sentiment de défaite revint, plus intense et, cette fois, Sarah y était mêlée. Mais son désir d'elle l'emporta et il prit sa décision. Il tourna le dos aux ténèbres et regarda la pièce. Sarah avait disparu. Il n'y avait rien à côté de son lit qu'une chaise d'acier poli et des murs ternes. Une chambre d'hôpital, évidemment, pensa-t-il. Il s'appelait

John Smith et son amie Sarah Bracknell. Il avait eu un terrible accident de voiture. Il devait s'estimer heureux d'être encore en vie. Il occupait probablement une chambre de l'hôpital de Cleaves Mills ou bien du centre hospitalier du Maine. Selon son estimation, il devait s'y trouver depuis une semaine, dix jours tout au plus. Il était temps de renaître : il ouvrit les yeux.

Nous étions le 17 mai 1975. Depuis longtemps, Mr. Starret était rentré chez lui, avec en poche l'énoncé d'un régime draconien. A sa place, un vieil homme imbibé de morphine, rongé par un cancer, dormait. Le poste de télévision ne marchait pas.

— Bonjour, chuchota Johnny.

Il fut surpris par la faiblesse de sa voix. Il n'y avait pas de calendrier dans la chambre. D'aucune façon, il ne pouvait savoir qu'il avait été dans le coma pendant quatre ans.

3

L'infirmière arriva quelques minutes plus tard. Elle se dirigea vers le lit du vieil homme, vérifia sa perfusion, alla dans la salle de bains et en ressortit avec un récipient de plastique bleu. Elle arrosa les fleurs en pot, posées sur le rebord de la fenêtre. Johnny la regardait faire, hésitant à user de ses cordes vocales affaiblies.

Elle retourna dans la salle de bains, puis s'approcha du lit de Johnny. Leurs regards se croisèrent. « Elle ne sait pas que je suis réveillé, mes yeux devaient rester toujours ouverts. » En arrangeant les oreillers, sa main toucha la nuque de Johnny. Elle était fraîche et réconfortante et Johnny sut qu'elle avait trois enfants, et que le plus jeune avait perdu l'usage d'un œil en faisant éclater un pétard le 4 juillet dernier. Il se prénommait Marc.

Elle se redressa, lissa sa blouse de nylon sur ses hanches ; et resta un moment indécise : quelque chose avait changé dans le regard du malade. Elle le fixa pensivement et s'apprêta à s'en aller.

– Bonjour, Mary, dit Johnny.

Elle sursauta. Ses mains se pressèrent sur sa poitrine à la recherche du petit crucifix pendu à une chaîne.

– Oh ! mon Dieu ! souffla-t-elle. Vous avez repris connaissance ? Comment cela s'est-il produit ? Mais... comment savez-vous mon nom ?

– J'ai dû l'entendre, je suppose.

Il avait du mal à parler, sa bouche était affreusement sèche.

– Je vais descendre prévenir le docteur Brown et le docteur Weizak...

Elle ne pouvait détacher son regard de Johnny et ce dernier en conçut un certain malaise.

– J'ai changé ? demanda-t-il.

– Non, ce n'est pas ça. Non, bien sûr... excusez-moi.

Il regarda sa table de nuit. Une image pieuse y trônait. Elle avait jauni, s'était courbée. Johnny sut à qui il la devait ; il examina le dessus de la table de nuit de son voisin, elle était encombrée de cartes de vœux.

La fille était sur le point de sortir de la chambre.

– Infirmière, appela-t-il. Infirmière. Où sont mes cartes de vœux ? Personne ne m'a écrit ? Lui en a... et moi ? (Il venait de désigner la tablette de son voisin.)

Elle se tint immobile sur le seuil de la chambre, sourit avec peine.

– Je vais prévenir les médecins. (Elle lui cachait quelque chose, Johnny en était certain.)

Mais elle referma la porte derrière elle avant qu'il n'ait eu le temps d'ajouter quoi que ce fût.

Au bout d'un moment, il se rendormit.

4

– Il était réveillé, expliquait l'infirmière, Mary Michaud. Il avait repris conscience.

– Ne vous en faites pas, s'il s'est réveillé une fois, il se réveillera encore. Ce n'est qu'une question de...

Johnny rouvrit les yeux. Il reconnut Mary, voulut lui

sourire. Mais les muscles de son visage restaient figés, et ses yeux étaient révulsés. « Il faut que mon organisme se réacclimate, pensa-t-il, je devrai subir quelques traitements et ensuite tout ira bien. »

L'infirmière venait de sursauter ; interloqué, le docteur Brown la regarda.

— Que se passe-t-il ?

— Il parle de mon petit garçon, de mon petit Marc, répondit-elle.

— Mais non, il parle dans son sommeil, c'est tout.

Johnny cessa de marmonner et parut se réveiller tout à fait.

— Mary ? reprit-il, je m'étais assoupi, c'est ça ?

— Oui, répliqua le médecin. Et vous parliez pendant votre sommeil. Rêviez-vous ?

— Non... enfin, je n'en sais rien. Qu'est-ce que je racontais ? Et puis d'abord, qui êtes-vous ?

— Le docteur James Brown ; comme le chanteur, mais je suis neurologue. Vous venez de dire : Je pense que tout ira bien quand ils auront opéré la cornée, c'est bien ça, Mary ?

— Oui, vous parliez de mon fils Marc. Il va subir une intervention chirurgicale, une opération de la cornée.

— Je ne me souviens de rien, dit Johnny. Je devais dormir.

Il semblait quelque peu inquiet.

— Je ne peux pas soulever mon bras, il est comme paralysé.

— Essayez de remuer vos doigts.

Johnny obtempéra. Son index, puis son majeur bougèrent.

— Vous voyez ? Parfait, reprit Brown. Comment vous appelez-vous ?

— John Smith.

— Parfait. Mary, voulez-vous voir qui sera de garde en neurologie demain, je voudrais procéder à certains examens sur Johnny. Mais ne prévenez surtout pas la presse.

— Bien, monsieur.

Et elle les quitta.

— Docteur Brown, où sont mes cartes de vœux ? Personne ne m'a écrit ?

— Attendez, attendez. Encore quelques petites questions. Vous rappelez-vous du prénom de votre mère ?

– Oui, bien sûr. Vera.

– Le prénom de votre père ?

– Herb. Enfin Herbert. Docteur, pourquoi avoir demandé à l'infirmière de ne pas prévenir la presse. En quoi puis-je intéresser les journalistes ?

– Quelle adresse ?

– RFD 1, Pownal, répondit Johnny. Puis il se tut et grimaça un sourire grotesque. Non, reprit-il, c'est 110 Maine Street à Cleaves Mills. Pourquoi diable vous ai-je donné l'adresse de mes parents.

– Quel âge avez-vous à présent ?

– Regardez sur mon permis de conduire. Et dites-moi pourquoi je n'ai pas reçu de cartes de vœux. Depuis combien de temps suis-je ici ?

– Écoutez... nous répondrons à toutes ces questions si, par bonheur, vous acceptez de nous laisser faire.

Le médecin prenait des notes sur un bloc et se servait d'un stylo qui paraissait totalement inconnu à Johnny ; on aurait dit un feutre, en plastique bleu. Le simple fait de regarder ce stylo angoissait Johnny. Il prit la main du docteur dans la sienne. Il remuait ses bras avec difficulté, comme s'ils pesaient des tonnes. Il réussit pourtant à emprisonner la main du docteur, la serrant faiblement, touchant ce drôle de stylo qui traça une fine ligne bleue, heurtée. Brown le regardait faire, d'abord avec étonnement, puis avec une réelle anxiété. Quand il retira sa main, Johnny n'eut pas la force de la retenir. Une seconde les traits du visage du médecin accusèrent une horrible répulsion, comme si Johnny avait été lépreux. Puis son expression s'adoucit pour laisser la place à une simple perplexité.

– Pourquoi avez-vous fait cela, monsieur Smith ?

Johnny restait pétrifié, comme s'il venait de prendre conscience d'une terrible vérité. Trop terrible pour qu'on puisse la lui annoncer de sang-froid. Mais il lui fallait pourtant le reconnaître ; cinquante-cinq mois.

– Cinquante-cinq mois, soupira Johnny la voix brisée. Bientôt cinq ans ! Oh mon Dieu ! Non !

– Monsieur Smith... (Le médecin était tout à fait bouleversé.) Je vous en prie, il ne faut pas vous agiter ; c'est très mauvais pour vous.

Johnny se souleva légèrement, puis se laissa retomber, le visage en sueur, les yeux exorbités.

92

— J'ai vingt-sept ans, murmura Johnny. Vingt-sept ans. Seigneur !

Brown eut du mal à déglutir. Ses pensées couraient follement, tournant toutes autour de la même obsédante question : « Comment a-t-il fait pour savoir ? Il m'a touché et il a su depuis combien de temps il était là. » Une longue pratique professionnelle lui permit de se ressaisir, de reformuler le problème avec plus de rigueur. Il y avait un nombre incalculable de patients qui, après avoir sombré dans le coma le plus profond, s'étaient réveillés en ayant le souvenir de toutes sortes d'événements survenus pendant leur sommeil. L'électro-encéphalogramme de Johnny n'avait jamais été plat ; s'il l'avait été, d'ailleurs, il ne serait pas en train de converser avec lui. Le coma, dans certains cas, condamne le malade à vivre de l'autre côté du miroir, avec ses sens parfaitement en éveil et ses facultés mentales entières.

L'infirmière fut de retour.

— Le service de neurologie est prévenu et le docteur Weizak arrive.

— Il vaudrait mieux que Sam attende demain pour examiner Mr. Smith, fit Brown. Je voudrais qu'il prenne 5 milligrammes de Valium...

— Je ne veux pas de calmant, s'insurgea Johnny. Je veux sortir d'ici. Je veux savoir ce qui s'est passé.

— Vous saurez tout en temps utile. Pour l'instant, l'important est de vous reposer.

— Reposer ? Cela fait quatre ans et demi que je me repose !

— Alors, vous pouvez bien supporter douze heures de repos supplémentaires, répliqua le médecin imperturbable.

L'infirmière passa un coton imbibé d'alcool sur l'avant-bras de Johnny ; il sentit à peine la piqûre.

— Dites-moi seulement une chose, demanda-t-il. C'est quelle marque, votre stylo ?

Sa bouche devint pâteuse. Le médecin prenait une taille démesurée. Sa tête devenue minuscule surmontait un corps immense. Il répondit à Johnny :

— Ça ? C'est un Flair, monsieur Smith. Maintenant, dormez.

Un Flair répétait une voix au fin fond de l'inconscience, telle une incantation.

93

5

Herb avait reposé le combiné sur la fourche. Il le regarda et resta longtemps à le regarder. Le son de la télévision lui arrivait comme étouffé de la pièce voisine. Pourtant le volume en était réglé au maximum, car il suivait la retransmission d'un match. « Mon fils », se disait Herb. Vera avait prié pour un miracle tandis que lui avait souhaité sa mort. La prière de Vera avait été exaucée. Comment ?

Il entra dans le salon. Sa femme était assise, ses pieds, chaussés de mules roses, posés sur un pouf. Elle portait sa vieille robe de chambre grise et était en train de manger des pop-corn. Elle avait pris 20 kilos en quatre ans, sa tension était trop forte, mais elle se refusait à suivre un régime.

– Qui appelait ? demanda-t-elle, sans cesser de suivre la course d'un ailier, porteur du ballon.

Herb coupa le poste.

– Herbert ! s'étrangla-t-elle, manquant de renverser le paquet de pop-corn sur ses genoux. C'était...

– Johnny a repris conscience.

– Herbert, c'était...

La phrase mourut dans sa gorge ; elle se tassa brusquement sur elle-même, comme écrasée par la formidable main d'un géant. Son mari la regardait, incapable d'en dire davantage. Il aurait voulu être fou de joie, mais il avait encore peur, peur...

– Johnny ? Notre Johnny ?

– Oui, il a parlé au docteur Brown pendant près d'un quart d'heure.

Elle porta la main à sa bouche. Les pop-corn se répandirent sur le sol. Ses mains couvrirent le bas de son visage, ses yeux s'agrandirent à un point tel qu'Herbert prit peur. Puis ils se fermèrent, et un petit murmure s'éleva.

– Vera ?

– Oh ! mon Dieu ! Merci pour Johnny. Vous me l'avez rendu. Merci mon Dieu. Je prierai tous les jours pour vous rendre grâce.

Le ton montait ; sa voix fut bientôt celle d'une hystérique. Herb s'avança alors, la saisit à bras le corps, la secoua.

94

— C'est un miracle... Seigneur.

Il se croyait presque revenu en arrière, revenu à cette nuit terrible où ils avaient appris l'accident survenu à Johnny.

— Vera, calme-toi. Ça suffit.

Les yeux de sa femme s'assombrirent.

— Tu es content ? Après toutes ces années à te moquer de moi parce que j'étais soi-disant folle ? A dire partout que j'étais folle.

— Vera, je n'ai jamais dit à qui que ce soit que tu étais folle.

— Tu le faisais comprendre, avec tes airs, hurla-t-elle. Mais on ne peut se moquer du Seigneur, n'est-ce pas Herbert.

— Non, approuva-t-il, on ne peut pas.

— Je te l'avais bien dit. Il faut que j'aille voir mon Johnny. Dieu a des projets pour lui. Il faut que je lui en parle.

Elle se précipita vers l'armoire, en sortit seulement son manteau, semblant oublier qu'elle n'était vêtue que d'une vieille chemise de nuit et d'un vieux peignoir.

Le visage illuminé, elle s'affaira, ses mules roses écrasant les pop-corn sur le tapis.

— Vera !

— Il faut que je lui explique les projets de Dieu le concernant...

— Vera. Tu lui diras que tu l'aimes, que tu as prié, attendu, espéré. Qui en a plus le droit que toi ? tu es sa mère. Tu as souffert pour lui... mais moi aussi ; je n'ai pas réagi comme toi, mais moi aussi j'ai prié, attendu, espéré...

— Vraiment ?

Le regard de sa femme s'était fait dur, incrédule, orgueilleux.

— Oui. Et je vais te demander une chose. Ne parle pas de Dieu à Johnny, ni de ses miracles, ni de ses grands desseins. Attends qu'il soit à même de tout entendre, qu'il soit réhabitué à la vie, aux...

— Je lui dirai ce que j'ai à lui dire ! Et tu n'as pas le droit de me parler ainsi. Pas le droit.

— Je suis le père, fit-il, menaçant. Et peut-être pour la dernière fois de ma vie. Et tu ferais bien de ne pas te mettre en travers. Ni toi, ni Dieu, ni qui que ce soit. Compris ?

Elle lui lança un regard mauvais.

— S'habituer à la vie, reprendre les choses en cours lui sera assez difficile comme ça. Alors, ne lui casse pas les oreilles avec tes bondieuseries.

— Tu oses ! tu oses.

— Si tu recommences tes sermons, Vera, je te sors en te tirant par les cheveux.

— Tu ferais mieux de t'habiller, Herbert, nous allons partir.

Le voyage fut long et silencieux. La joie qu'ils auraient dû éprouver était absente. Il n'y avait que l'illumination fanatique de Vera, et l'inquiétude du père.

6

Le lendemain à 9 heures moins le quart, Mary entra dans la chambre de Johnny.

— Vos parents sont arrivés, si vous voulez les voir ?

— Bien sûr.

Il se sentait mieux ce matin. Plus solide, moins désorienté. Mais l'idée de les revoir l'inquiétait tout de même. Dans son esprit, il les avait quittés depuis, disons... cinq mois. Il prit la main de l'infirmière.

— Ils vont bien ? Ils ont l'air comment ?

— Ça se passera très bien, le rassura-t-elle. Mais n'oubliez pas, une demi-heure de visite, pas plus. Ce sont les ordres des médecins. Nous vous examinerons ensuite.

— Je me demande jusqu'à quel point j'ai envie d'être trituré dans tous les sens.

Mary hésitait.

— Il y a autre chose ? s'enquit-il.

— Non, pas pour l'immédiat. Vous devez être anxieux de revoir vos parents, je vous les envoie.

Il les attendit avec une grande nervosité. L'autre lit était vide. La porte s'ouvrit, ils entrèrent et il fut à la fois surpris et soulagé. Surpris parce qu'ils avaient vieilli ; soulagé, parce qu'ils paraissaient en forme. Et ce qu'on pouvait dire d'eux, on pouvait peut-être le dire de lui.

Mais il savait qu'en lui quelque chose avait changé, une

chose qui pouvait modifier radicalement son existence. Il ne put plus penser à rien : sa mère l'étreignait violemment. Elle sentait la violette comme à son habitude et elle murmura interminablement : « Merci mon Dieu, merci ! »

Il l'embrassa du mieux qu'il put, mais il était sans force. Et l'espace d'une seconde il eut une révélation et sut tout d'elle, tout ce qu'elle allait dire et faire. Puis cette sensation s'évanouit. Quand elle s'écarta, la joie ardente qui brillait dans les yeux de Johnny avait fait place à une lueur méditative. Les mots vinrent tout naturellement :

– Prends tes médicaments, maman, et ça ira mieux.

Son père avait les larmes aux yeux. Il s'approcha à son tour. Il avait maigri, bien sûr, mais il était toujours le même homme, simple, bon, chaleureux, pudique.

– Fils, dit-il en tendant la main, c'est bon de se retrouver.

Johnny prit la main de son père, ses longs doigts blêmes, fragiles, dans ceux rouges et forts de Herb. Et il fondit en larmes.

– Je suis désolé, dit-il, désolé... c'est...

– T'en fais pas mon grand, fit sa mère en s'asseyant sur le lit.

Elle était calme et sereine à présent, ayant renoncé à toute exaltation.

– Pleure, si cela te fait du bien.

Ce que fit Johnny.

7

Herb lui apprit que la tante Germaine était décédée, Vera lui raconta que les travaux du foyer communal de Pownal avaient été entrepris. Ils lui rapportèrent une foule de petites choses sur la vie quotidienne du comté ; puis, au bout d'un moment, Vera dit :

– J'espère que tu te rends compte que ta guérison est un miracle. Les médecins désespéraient, Johnny, mais dans Saint-Matthieu, chapitre un, nous...

– Vera, coupa Herb.

– Je le sais maman que c'est un miracle, je le sais.

– Vraiment ?

– Oui, oui. Et j'en parlerai avec toi, dès que je serai en état de le faire.

Bouche ouverte, elle le contemplait, ahurie. Johnny jeta un coup d'œil sur son père ; leurs regards se croisèrent un dixième de seconde et Johnny décela chez son père un grand soulagement.

– C'est une conversion, déclara Vera. Mon fils a trouvé la foi, Seigneur.

– Vera, il est préférable de prier le Seigneur à voix basse, surtout dans un hôpital.

– Oui, maman, et je te parlerai de ma conversion plus tard, dès que je serai sorti d'ici.

– Tu vas venir à la maison, dit-elle. Là où tu as vécu enfant. Je te referai une santé.

Johnny, au prix d'un certain effort, sourit.

– Maman, tu ne veux pas chercher l'infirmière et lui demander un jus de fruit. J'ai plus l'habitude de parler et ma gorge est...

– Mais, oui, j'y vais.

Elle l'embrassa sur la joue et se leva.

– Tu es si maigre. Mais, tu verras, à la maison je te ferai de bons petits plats.

Elle quitta enfin la chambre.

– Depuis combien de temps est-elle ainsi ? demanda Johnny à son père.

– C'est venu petit à petit depuis ton accident. Mais ça couvait avant, tu te souviens...

– Elle est...

– J'en sais rien. Certains diraient que oui, mais... et toi, comment te sens-tu ?

– Je n'en ai encore aucune idée. Dis papa, où est Sarah ?

– Fils, ça m'ennuie d'avoir à te le dire, mais Sarah... (Il s'assit à côté de son fils et lui prit la main.)

– Sarah est mariée ?

Herb ne répondit pas ; en détournant les yeux, il se contenta de hocher la tête.

– Je le redoutais, prononça Johnny d'une voix sourde.

– Elle est devenue Mrs. Walter Hazlett, ça fera bientôt trois ans. Il est avocat. Ils ont un petit garçon... Johnny, personne ne pensait que tu pourrais en sortir. A part ta mère, bien sûr. Aucun espoir n'était permis. Les médecins disaient... moi-même je te croyais perdu. C'est affreux, mais c'est la vérité. Il faut que tu nous comprennes, moi et Sarah.

Il comprenait, mais il n'arrivait pas à le signifier. Il était vaincu, défait, vieux et malade.

— T'en fais pas, Johnny, il te reste des choses à accomplir, de bonnes choses...

— Oui, il faut que je m'y habitue ; ce sera long.

— Je sais.

— Tu la vois toujours ?

— Nous nous écrivons de temps en temps. On a fait sa connaissance juste après l'accident. C'est une très gentille fille, vraiment... elle travaille toujours à Cleaves Mills, mais elle compte s'arrêter en juin. Elle est heureuse, Johnny...

— Bien, fit-il faiblement. C'est déjà pas mal que quelqu'un le soit.

— Allons ! Johnny !

— J'espère que vous ne faites pas des cachotteries derrière mon dos, s'enquit Vera à son retour dans la chambre. Tu n'as pas encore droit au jus de fruits, mon petit, mais je t'ai apporté de l'eau fraîche.

— Merci, maman.

— Pourquoi ces visages si sévères ?

— Bah, je disais à Johnny qu'il allait devoir en mettre un drôle de coup pour se refaire une santé.

— Tout ira bien, tu verras Johnny. Tiens, maintenant bois, c'est bon pour ce que tu as. Et finis bien ton verre.

Il lui obéit. C'était amer.

CHAPITRE 7

1

— Fermez les yeux, demanda le docteur Weizak.

C'était un petit homme replet au visage couronné d'une chevelure stupéfiante et agrémenté de larges favoris. Johnny n'en revenait pas : une telle masse de cheveux sur un crâne !

Il ferma les yeux. Les électrodes étaient posées. Le docteur Brown et une infirmière surveillaient le monitor et la feuille millimétrée sur laquelle s'imprimait un graphisme.

— Laissez-moi vous expliquer la méthode, fit Weizak. Je vais vous demander de vous représenter un certain nombre d'images. Vous disposerez d'une seconde pour chaque induction. Il y en aura vingt en tout. D'accord ?

— Oui.

— Parfait, alors commençons. Une orange sur une table.

Johnny réfléchit et il se représenta une petite table pliante. Dessus une grosse orange, décentrée sur le plateau de la table. *Sunkist* imprimé sur la peau granuleuse.

— Parfait, commenta Weizak.

— Votre appareil voit mon orange ? s'étonna Johnny.

— Non... enfin si. De façon symbolique. La machine enregistre vos tensions cérébrales. Nous cherchons à localiser certaines zones. Celles qui ont été lésées... poursuivons.

« Maintenant figurez-vous un poste de télévision allumé », mais l'écran est vide.

Johnny revit, se souvint de son téléviseur dans son appartement. L'écran gris acier, lumineux.

— Parfait.

Et les tests se poursuivirent. La onzième image était : une table de pique-nique, sur une pelouse verte.

Johnny se concentra, mais il échoua, ne parvenant à se représenter qu'une chaise de jardin. Il fronça les sourcils.

— Quelque chose ne va pas ? s'inquiéta Weizak.

— Non, pas du tout, simplement...

Il se concentra à nouveau. Pique-nique, assiettes en

carton, gobelet, couteaux, fourchettes en plastique. Un barbecue... son père a soif... il va faire griller la viande... un hamac. Merde ! pas de table de pique-nique.

– C'est bizarre, fit-il. Je n'arrive pas à me représenter une table de pique-nique.

– Peu importe. Essayons l'image suivante. Une mapemonde posée sur un capot de camion. C'est plus facile, non !

La dix-septième aussi, était facile : imaginer une baleinière au pied d'un panneau de signalisation routière ! (Qui conçoit ces tests ? se demanda Johnny. Il échouait le plus souvent.)

On le défit de ses électrodes.

– Pourquoi n'ai-je pas réussi à toutes ces questions, fit-il son regard allant de Weizak à Brown. Pourquoi ? répéta-t-il.

– Difficile de répondre dans l'état actuel des choses. Une forme d'amnésie, fit Brown. Une minuscule zone de votre cerveau a été probablement touchée. Ceci pour expliquer cela.

– Avez-vous reçu un choc à la tête lorsque vous étiez enfant ? demanda le docteur Weizak.

Johnny le regarda, stupéfait.

– Vous avez une cicatrice, très vieille, dans le cuir chevelu... Et les statistiques semblent démontrer que les gens victimes d'un long coma sont ceux qui ont auparavant été victime d'un traumatisme crânien même anodin... comme si le cerveau en quelque sorte s'était préparé, craignant d'avoir à subir une nouvelle agression...

– Cela n'est pas absolument prouvé, ajouta le docteur Brown qui paraissait agacé par les propos de son confrère.

– La cicatrice est là, fit Weizak sans se démonter. Vous ne vous souvenez pas en quelle circonstance vous vous êtes blessé là ? Vous avez dû certainement vous évanouir. Une chute dans l'escalier ? Une chute de vélo peut-être ? Vous étiez enfant. La cicatrice est vieille.

– Vous en avez parlé à mes parents ?

– Oui, et cela ne leur dit rien. Mais vous ? Faites un effort. Essayez de vous souvenir.

Il fit un effort mais rien ne vint sinon une vague réminiscence où il était question de fumée noire, épaisse, d'odeur de caoutchouc brûlé, de froid... de rien.

Weizak soupira, haussa les épaules.

102

– Vous devez vous sentir las, fit-il. Nous allons vous laisser vous reposer.

– Oui, répondit Johnny. Mais avant, pourriez-vous me dire ce que vous a révélé l'examen au scanographe ? Combien de temps ai-je encore à vivre ?...

– Qu'est-ce que cela veut dire : Combien de temps ai-je à vivre, coupa Brown.

– J'ai entendu dire que les gens victimes d'un long coma meurent prématurément. Voilà pourquoi je vous pose cette question.

Weizak se mit à rire très fort. Son impressionnante chevelure secouée en tous sens.

– Vous nous prenez pour des enfants, ou quoi. Nous sommes des neurologues de grande renommée. Et nous pouvons vous affirmer que rien de tel ne vous arrivera. N'est-ce pas, Jim ?

– Absolument, fit Brown. Vous avez un type au Texas qui est resté sept ans dans le coma. Aujourd'hui, il travaille dans une banque le plus normalement du monde. Depuis six ans déjà !...

– Mais pourrai-je vivre normalement moi, je ne peux pas allonger mes membres...

– Les ligaments se sont raccourcis, expliqua Weizak. Mais nous savons traiter ce genre d'inconvénients. Une rééducation appropriée et tout se réglera avec le temps. Cela risque de vous sembler long Johnny, mais vous pouvez être assuré de la réussite de ce traitement. Ce sera long et douloureux, bien sûr. Il faudra vous opérer. Des interventions chirurgicales relativement peu pratiquées jusqu'à présent. Elles peuvent réussir définitivement, partiellement ou pas du tout. Mais ma conviction est que vous pourrez marcher à nouveau. Et sans que vous soyez à même de disputer des 110 mètres haie, vous pourrez courir, nager.

– Merci, mumura Johnny à deux doigts des larmes.

Il se sentit brutalement plein de reconnaissance pour ce médecin doté d'une étrange coupe de cheveux. Il parvint à se redresser, réussit à prendre la main du médecin.

– Oui, fit celui-ci avec un bon sourire. Qu'y a-t-il ?

Cet homme lui parut extraordinairement proche tout d'un coup. Comme si Johnny connaissait tout de lui.

– Je voudrais votre... portefeuille, demanda-t-il.

Weizak eut un sursaut. Il échangea un coup d'œil avec Brown.

– Mon portefeuille ? reprit-il.

– Il y a dedans une photo de votre mère. J'en ai besoin. Je vous en prie, insista Johnny.

– Mais comment le savez-vous ?

– Je vous en prie.

Weizak fixa longuement Johnny, puis il tira de sous sa blouse un portefeuille informe et usé.

– Comment savez-vous que je porte sur moi une photo de ma mère ? Elle est morte il y a si longtemps, quand les nazis ont occupé Varsovie.

Johnny lui arracha presque le portefeuille de mains. Ses doigts fébriles écartèrent reçus, chèque annulé, papiers divers et tickets usagés, coupons. Il trouva enfin une petite photo tout abîmée : le portrait d'une jeune femme aux traits réguliers et fins, aux cheveux tirés en chignon. Johnny pressa la photo contre son cœur. Pendant un instant tout fut obscur, puis apparut une charrette. Pas une charrette, un corbillard tiré par des chevaux. Des lanternes voilées de noir... Et le père de Weizak fut également présent. Sabre au clair, en uniforme de l'armée polonaise, dressé sur ses étriers. Nous sommes à la fin de l'été 1939. Des hommes le suivent. Ils pataugent dans la boue. Un panzer les traque. Sa tourelle tourne. Les mitrailleuses crachent. Weizak est touché à l'abdomen, le sabre lui échappe des mains...

– Il faut arrêter ça, fit Brown (Sa voix était lointaine.) Vous vous agitez trop, Johnny. (Il semblait contrarié à présent.)

– Il est en transe, fit Weizak. Il transpire.

Johnny transpirait parce que la ville était en flammes. Ils s'enfuient par dizaines de milliers. Un camion zigzague sur la chaussée pavée, bourré de soldats allemands. La jeune femme de la photo ne sourit plus. Elle fuit. Elle n'a aucune raison de ne pas fuir. Son enfant est en sécurité. Le camion amorce un virage. Son garde-boue la heurte de plein fouet. Elle est projetée dans la vitrine d'un horloger. Tous les carillons se mettent à sonner. Parce qu'il est l'heure.

– Six heures, dit Johnny, les yeux révulsés. 6 heures le 2 septembre 1939 et tous les coucous se sont mis à chanter.

– Seigneur ! gémit Weisak. Que se passe-t-il ?

L'infirmière s'était reculée, effrayée.

Johnny a peur lui aussi. La hanche brisée de la jeune femme, l'homme dans le lit voisin à l'hôpital, il a soif. Il réclame de l'eau.

104

— Il faut arrêter ça, répète Brown.

— Comment ! fit Weizak, la voix mordante. Il est déjà allé trop loin...

Les nuages sur l'Europe, sur des montagnes, la Suisse. Une femme là. Elle s'appelle Johanna Bareutz, son mari est ingénieur des travaux publics. Il construit des ponts. Des ponts en Suisse où il y a du lait. Un bébé ! un accouchement terrible ! Elle a besoin de morphine, à cause de sa hanche brisée...

La voix de Johnny était altérée. On aurait cru qu'elle appartenait à une femme.

— Au nom du ciel, fit Brown. Quelle langue parle-t-il ?

— Le polonais, s'écria Weizak blême, les yeux exorbités. Johnny se mit à chantonner.

— C'est une vieille berceuse polonaise ! Seigneur, c'est inouï !

Et Johnny reprit son énumération.

Des ponts, partout dans le monde. En Turquie, au Laos, en Virginie, un autre en Californie. Puis l'homme meurt. Helmut Bareutz n'est plus. Sa femme s'installe à Carmel avec ses enfants. Tous ses enfants, elle vit avec eux en Californie. Ils grandissent. Elle assiste à la remise de leur diplôme. Sa hanche lui fait mal. L'un des enfants meurt au Vietnam. Les autres se dispersent. L'un d'eux construit des ponts.

Johnny rouvrit les yeux. Il vit les deux médecins, regarda la photo dans le creux de sa main. Il se sentait mal, affreusement écœuré.

— Johnny ? fit Brown. Comment vous sentez-vous ?

— Las, extrêmement las, répondit-il.

— Pouvez-vous nous expliquer ce qui vous est arrivé ? Il regarda Weizak.

— Votre mère est vivante, lui dit-il.

— Non ! hurla le médecin. C'est impossible. Elle est morte en Pologne, à Varsovie, il y a plus de trente ans !

— Un camion de l'armée allemande l'a heurtée. Elle s'est retrouvée à l'hôpital, amnésique. Elle s'est fait prénommer Johanna. A la fin de la guerre elle a épousé un ingénieur en Suisse. Il construisait des ponts. Helmut Bareutz.

Weizak restait pétrifié. L'infirmière et le docteur Brown s'agitèrent, comme s'ils cherchaient à touver un appui alors qu'ils semblaient en proie au vertige.

— Elle a eu quatre enfants avec Helmut Bareutz, poursuivit Johnny, la voix voilée. Le couple prit la nationalité américaine. Le mari est mort, un des enfants également. Les autres ont réussi leur vie. Elle, elle pense toujours à vous, sans même le savoir. Elle ne se souvient pas de votre nom. Elle vous avait confié à une nourrice juste avant l'entrée des nazis à Varsovie. Vous étiez en sécurité. Elle pouvait fuir... Elle vit en Californie...

— En Californie, reprit Weizak.

— Sam, le coupa Brown, vous n'allez pas accréditer ce délire ?

— Oui, en Californie, tout près de Carmel, continua Johnny. Johanna Bareutz. Elle n'est pas très âgée...

— Non certainement, ajouta Weizak devenu pensif. Elle avait vingt-quatre ans en 1939.

— Docteur Weizak ! recommença Brown, la voix mordante.

Weizak semble émerger d'un long rêve. Il jeta un coup d'œil autour de lui, légèrement affolé.

— Oui, oui, certainement, dit-il à tout hasard. Nous en avons terminé avec les premiers tests d'induction ? Certainement.

Il adressa aux trois témoins un sourire timide. (Ce type a peur, pensa Johnny.)

Puis il prit à partie l'infirmière qui continuait de regarder Johnny comme s'il était victime d'une maladie incurable.

— Ne parlez à personne de ce qui vient de se passer dans cette pièce. A personne, vous m'entendez, dit-il, ayant retrouvé un ton très professionnel. Pas même à vos parents, frère et fiancé. Compris.

— Oui, oui docteur, acquiesça-t-elle en battant en retraite.

Elle n'en fera rien, se dit Johnny, et Weizak le sait parfaitement.

Il dormit une bonne partie de l'après-midi. Vers 5 heures, il fut descendu dans le service de neurologie. Il devait y subir de nouveaux tests. Il eut peur, urina sous lui, en pleura, en conçut de la honte, puis se sentit extrêmement abattu, déprimé. Pour la première fois et non pour la dernière, il voulait mourir. Il s'apitoyait sur son sort. On devait le changer comme un enfant, ou comme un vieillard, lorsqu'il faisait ses besoins. Il n'avait plus l'usage de ses membres. Sa petite amie s'était mariée. Sa mère était devenue une hystérique de la foi. Il ne voyait dans tout cela aucune raison de vivre.

De retour dans sa chambre, l'infirmière lui demanda s'il avait besoin de quelque chose.

– Non, dit-il. Je n'ai besoin de rien.

Il s'endormit.

CHAPITRE 8

1

En fin de journée ses parents vinrent une heure à son chevet. Sa mère lui donna des tracts religieux.

— Nous allons rester toute la semaine, fit Herb. Nous rentrerons alors à la maison si tout va bien. Mais nous reviendrons chaque week-end.

— Je veux rester avec Johnny, fit Vera.

— Non, maman, répondit celui-ci.

Il était assez déprimé comme ça. Inutile que sa mère ne lui colle le bourdon avec ses bondieuseries. Il n'était pas en état d'y faire face.

— Tu as besoin de moi, Johnny. Besoin de moi pour t'expliquer que Dieu...

— Il faut d'abord que je me sente mieux. Alors tu pourras m'expliquer tout ce que tu veux. D'accord ?

Elle resta silencieuse. Un vif étonnement, presque comique, se lisait sur son visage. Pourtant il n'y avait rien de drôle dans tout cela. Absolument rien. Afin de rompre le pesant silence Johnny s'enquit.

— Nixon a été réélu ? Qui se présentait contre lui ? Muskie ?

— Non, Mr. McGovern, le sénateur du Dakota du Sud. Il a gagné contre lui haut la main, mais il n'est plus président. Il a été viré.

— Viré ?

— C'était un homme qui vivait dans le mensonge, expliqua Vera. Le Seigneur l'a puni.

— Nixon viré, répéta Johnny abasourdi.

— Oui, enfin c'est tout comme, reprit son père. Il a démissionné avant qu'on le foute à la porte. Une procédure d'« empêchement » était engagée contre lui.

Les choses avaient bien changé, songea Johnny. Jusqu'à quel point avaient-elles changé ?

— Et Agnew est président maintenant ?

— Ford. Gerald Ford, répondit son père.

– Pas Agnew, s'étonna Johnny une fois encore.

– Non. Il a démissionné lui aussi.

– Parce que c'était un voleur, ajouta Vera, les lèvres pincées.

– Oui, une sale combine, fit Herb. Ford a pris le relais, et Nelson Rockefeller est vice-président.

– Dieu nous garde, fit Vera. Un homme divorcé...

– Et qu'a fait Nixon pour en arriver là ?

– Le Watergate, répondit Herb.

Et il lui expliqua par le détail tous les rebondissements du scandale des plombiers de la Maison-Blanche. Johnny se remettait à jour.

2

22 h 30. Johnny seul dans sa chambre ne pouvait pas dormir. Tout dansait dans sa tête. Les grands rebondissements de la vie politique américaine lui faisaient mesurer les bouleversements dont il n'avait pas pu être le témoin. L'essence avait augmenté. La guerre du Vietnam était finie. La vitesse des automobiles était limitée à 90 kilomètres à l'heure dans tout le pays. Nixon avait eu le temps de se rendre en Chine populaire juste avant son éviction. Si tout autre que son père lui avait rapporté de tels propos, Johnny aurait refusé de les écouter tant ils semblaient improbables.

C'était incroyable, tout simplement effarant, cette accumulation de bouleversements. Tout avait donc changé ? Tout, vraiment TOUT ? La question était angoissante.

– Johnny ?

La voix était douce. Elle refit :

– Vous dormez, Johnny ?

Il se retourna et distingua vaguement dans l'entrebâillement de la porte, la silhouette du docteur Weizak.

– Non, je ne dors pas.

– Puis-je entrer ?

– Oui, je vous en prie.

Le médecin entra doucement. Il paraissait épuisé. Il s'assit sur le lit de Johnny.

– J'ai téléphoné à Carmel en Californie, afin de vérifier vos propos, vous savez concernant une certaine Mrs Johanna Bareutz. J'ai obtenu son numéro de téléphone.

– Ah ! fit Johnny.

Cela lui faisait plaisir, non parce que cela confirmait ce qu'il avait assuré – il ne doutait pas une seconde que ces choses-là fussent vraies –, mais parce qu'il aimait bien Weizak.

– J'ai beaucoup réfléchi à tout ce que vous m'avez raconté, fit le médecin. La mort de ma mère, effectivement, n'a jamais été prouvée de façon irréfutable. C'était simplement l'hypothèse la plus certaine. L'amnésie dont elle souffrirait selon vous, cette amnésie totale, est extrêmement rare, voyez-vous. Plus rare encore que l'authentique schizophrénie.

– Elle n'est pas amnésique à proprement parler, fit Johnny. Disons qu'elle refoule un passé. Quand elle a retrouvé le souvenir de sa vie passée, elle était remariée, avait eu des enfants avec son nouveau mari. Sa vie était faite. Évoquer une vie précédente était affligeant. Mais lui avez-vous téléphoné !

– Oui, souffla Weizak. Vous vous doutez bien qu'il m'était difficile d'agir autrement. Un jeune homme m'a répondu. J'ai demandé à parler à sa mère !

– Et alors ?

– Alors ? Eh bien j'ai raccroché à ce moment-là, fit-il avec un sourire contraint.

– Mais pourquoi ? C'est votre mère !

– Johnny, j'avais neuf ans en 1939. J'ai tout oublié de la Pologne, de ma mère. Comment pourrais-je être certain qu'il s'agit bien de ma mère !

– Vous le savez parfaitement. Vous savez que cette femme est votre mère. Vous n'en doutez pas une seconde.

Le docteur Weizak pressa son front contre ses poings.

– Oui, reconnut-il en un murmure.

– Pourquoi avoir refusé de lui parler ?

– Et pourquoi l'aurais-je fait, dit-il en se redressant, la voix furieuse. Sa vie lui appartient. Pourquoi bouleverser la sérénité de ses dernières années. Pourquoi prendrais-je le risque de la faire souffrir, de raviver les blessures du passé. Hein, pourquoi ?

– Je ne sais pas, fit Johnny.

Il ne pouvait apporter aucune réponse à ces interrogations douloureuses. Seul Weizak en son âme et conscience pouvait y répondre.

– Un pays entier nous sépare, une vie entière. Il faut l'accepter et laisser les choses en l'état, les respecter. Mais vous, Johnny, qu'allons-nous faire de vous ?

– Que voulez-vous dire, je ne comprends pas ?

– Eh bien je vais vous expliquer. Brown est furieux, après vous, après moi, furieux après lui je suppose. Furieux d'avoir eu également à tenir compte de phénomènes que jusqu'à présent il considérait comme délirants, comme des foutaises selon ses propres paroles. L'infirmière ne se taira pas. Elle est en train de tout raconter à son mari à la minute même où je vous parle. Il en parlera à ses collègues. Demain ce sera la presse avec gros titres : « Un miraculé sorti d'un coma de quatre ans qui se réveille avec le don de seconde vue » !

– Seconde vue, c'est comme ça que vous appelleriez la chose ?

– On s'en fout de l'appellation contrôlée. On glisse une photo sur votre poitrine et vous voilà à même de dévoiler l'identité de la personne figurant sur le cliché. Où elle habite, ce qu'elle fait. Vous pouvez peut-être aussi lire dans les pensées pendant que nous y sommes. Bref vous êtes pourvu de tous les accessoires surnaturels du médium de music-hall. Une grande carrière de charlatan vous attend, mon vieux. Le mystère du devin, Madame Soleil, tout ce qui faisait rire Brown. Rire n'est plus le mot. Depuis aujourd'hui, il ne rit plus. Plus du tout. Il méprise cette quincaillerie. Il vous méprise.

– Et vous docteur ?

– Là n'est pas la question. Qu'allez-vous devenir Johnny ?

– Il faut vraiment trouver une réponse à cette question ?

– Je vois mal comment nous pourrions en faire l'impasse, fit Weizak en se levant. Pensez-y. Et rappelez-vous ceci : il y a des choses qu'il est préférable de ne pas voir. Des choses qu'il vaut mieux laisser dans l'ombre, qu'il est dangereux d'éclairer.

112

CHAPITRE 9

1

La première opération de Johnny était prévue pour le 28 mai. Weizak et Brown lui avaient expliqué en détail la nature de l'intervention. Il subirait une anesthésie locale. Les deux médecins ne voulaient pas prendre le risque de pratiquer une anesthésie générale. Cette opération porterait sur les ligaments des genoux et des chevilles ; ils seraient rallongés par l'implant de fibres plastiques. Les risques postopératoires ne portaient pas sur un rejet éventuel de cette matière synthétique, c'était l'adaptation musculaire qui était en cause.

Si les résultats se montraient probants, on renouvellerait l'intervention ; cuisses, épaules, cou. Un chirurgien de renom opérerait ; l'un des premiers à avoir pratiqué ce type d'intervention. Il venait de San Francisco.

— Il faut au minimum ce type pour s'occuper de notre superstar, avait dit l'infirmière Mary.

Qu'on le surnomme superstar amusait et dérangeait Johnny tout à la fois.

— Vous méritez cette appellation pourtant, avait dit Weizak. Peu de malades sont sortis d'un aussi long coma en ayant réussi à conserver presque intactes toutes leurs facultés intellectuelles. Et en tant que superstar vous allez avoir droit à toutes les sophistications chirurgicales possibles et imaginables. Vous innovez en quelque sorte. Mais rassurez-vous ces techniques ont déjà été testées pendant la guerre du Vietnam. On n'a pas manqué de trouver des cobayes parmi les vétérans qui encombraient les hôpitaux militaires. Ruapp s'intéresse à vous parce qu'à ses yeux vous constituez un cas rarissime : refaire marcher un adulte qui est resté quatre ans immobile. Faites-lui confiance, c'est un type très sûr. Il ne paye pas de mine, on dirait un petit employé de banque, mais c'est certainement l'un des meilleurs chirurgiens de ce pays. Allez, prenez ça avec le sourire Johnny !

Mais pour Johnny, il était difficile de sourire.

Trois jours après l'épisode relatif à la mère de Weizak,

113

un journaliste du *Bangor Daily News* était monté dans sa chambre et lui avait demandé s'il accordait des interviews.

— Avez-vous obtenu l'autorisation du médecin ? s'était enquis Johnny.

Le journaliste, il s'appelait Bright, avait souri en reconnaissant que non.

— Vous êtes franc, dit Johnny. Je serais heureux de bavarder avec vous.

— Vous êtes une vedette comme je les aime, fit Bright en s'installant au chevet de Johnny.

Sa première question se rapportait aux circonstances de l'accident, puis, bien sûr, aux sensations de Johnny lorsqu'il était sorti de son coma. Et enfin la raison profonde de cette entrevue fut abordée. Bright lui avoua qu'un « informateur » avait parlé de la sorte de don de seconde vue, de sixième sens dont il serait pourvu, et qui serait une des conséquences de son terrible accident.

— Bref, vous me demandez si je suis médium ? s'impatienta Johnny.

Bright haussa les épaules.

— Disons que c'est une bonne façon de rentrer dans le sujet.

Johnny avait beaucoup réfléchi à cet épisode, et à ce que Weizak lui avait dit. Et il en était venu à penser que Weizak avait eu raison de ne pas parler à sa « mère ».

— Je ne suis pas plus médium que vous ne l'êtes, fit Johnny.

— Pourtant, mon « informateur » prétend...

— Rien de ce qu'il peut prétendre n'est exact.

Bright s'efforça de lui adresser un patient sourire. Il semblait hésiter. Devait-il retourner le client sur le gril ou bien jouer en finesse. Il tourna une page de son bloc-notes et interrogea Johnny sur ses projets.

— Que comptez-vous faire lorsque vous quitterez l'hôpital ?

— Je n'y ai pas encore vraiment pensé. J'en suis encore à me mettre dans le crâne que Gerald Ford est mon président.

Bright se mit à rire.

— Vous n'êtes pas le seul, mon vieux, fit-il.

— Je suppose que je reprendrai l'enseignement. C'est tout ce que je peux faire. Mais je vous le répète, je n'ai pas encore arrêté de décision. C'est bien trop tôt.

Bright le remercia et s'en alla.

L'article parut deux jours plus tard. La veille de son intervention chirurgicale. En haut de la première page, le gros titre annonçait : JOHNNY SMITH AFFRONTE SON PASSÉ.

Trois photos illustraient le papier. Johnny étudiant, le taxi retourné et broyé, Johnny dans son lit d'hôpital. Nulle part il n'était question de sixième sens, de seconde vue...

— Comment avez-vous réussi cet exploit, lui demanda Weizak dans la soirée de la publication.

— C'est un brave type, répondit Johnny. Voilà tout.

— Peut-être. Mais il ne renoncera pas si facilement. Surtout s'il est bon journaliste. Et j'ai cru comprendre qu'il l'était.

— Vous avez cru comprendre !

— Je me suis renseigné.

— En songeant à protéger mes intérêts bien sûr !

— Nous agissons tous pour le mieux, n'est-il pas vrai. Comment vous sentez-vous à la veille du grand jour ? Nerveux ?

— Inquiet plutôt.

— Oui, je comprends, il en est de même pour moi.

— Assisterez-vous à l'opération ?

— Oui, en tant qu'observateur. Je serai au balcon, vous ne pourrez pas me reconnaître, mais je serai là.

— Portez quelque chose qui me permette de vous reconnaître.

Weizak sourit.

— D'accord. J'épinglerai ma montre sur ma blouse.

— Merci, et le docteur Brown assistera-t-il également aux réjouissances ?

— Le docteur Brown est à Washington. Il présente un exposé devant l'académie de médecine. J'ai lu son travail. C'est bon, peut-être même trop !

— Vous ne pouviez pas l'accompagner ?

Weizak haussa les épaules.

— Je n'aime pas prendre l'avion. J'ai peur.

— Et peut-être aussi vouliez-vous me tenir compagnie ?

Weizak sourit mais ne répondit pas.

— Le docteur Brown ne m'aime pas beaucoup, n'est-ce pas ? fit Johnny.

— Non, en effet. Il pense que vous cherchez à nous abuser, que vous cherchez à attirer l'attention sur votre cas. Mais ne le jugez pas là-dessus, Johnny. Il est ainsi fait. C'est un homme brillant mais ligoté par certains à priori. Ce qui

115

échappe aux normes l'irrite, il le refuse, pourtant une grande carrière l'attend. Mais ne lui répétez jamais ce que je viens de vous confier.

— Comptez sur moi.

— Bon, eh bien maintenant, reposez-vous. Une rude journée vous attend.

2

Johnny ne vit que deux choses du célèbre chirurgien : sa paire de lunettes à lourde monture d'écaille, et un gros bouton sur le côté gauche du front, tout le reste était masqué.

L'infirmière s'approcha avec la plus grosse seringue qu'il lui ait jamais été donné de voir. Il fut piqué entre la quatrième et la cinquième vertèbre lombaire. L'injection fut douloureuse comme il le redoutait. Allongé sur le ventre, il mordait son bras pour ne pas hurler. La douleur fit place à une terrible sensation de pression, comme si on le tenait violemment plaqué contre la table d'opération.

— Tout va bien, monsieur Smith, s'enquit Ruapp.

— Oui, mais j'aimerais autant ne pas avoir à recommencer.

— Vous pouvez lire des magazines si vous le désirez. La moitié inférieure de votre corps est sous novocaïne à présent. Ou bien si vous le supportez, vous pouvez suivre votre opération dans ce miroir, là au-dessus de vous.

— Je vais voir.

— Parfait. Pression sanguine ?

— Un-vingt-soixante-dix-six, docteur, répondit un assistant.

— Nous commençons, fit le chirurgien.

Ruapp choisit un scalpel et disparut derrière le champ. Le miroir était convexe et renvoyait une image déformée. Il pouvait suivre les mouvements du scalpel et les commentaires du chirurgien.

— Oh, oui. Là, là, là. Pinces, s'il vous plaît. Il chantonnait puis à nouveau, oui, là, là, parfait. Voilà ce qu'il

116

nous faut. Pinces, infirmière, réveillez-vous pour l'amour de Dieu, vous finirez votre nuit plus tard. Donnez-moi, non, pas ça. Donnez-moi ce dont j'ai besoin, pas ce que je vous demande. Nous sommes bien d'accord...

Et Johnny fut incapable d'en voir davantage, entendre Ruapp était bien suffisant.

Il tourna son regard vers le balcon et y surprit la présence de Weizak – il portait effectivement sa montre épinglée sur sa blouse – Johnny eut un petit signe de tête. Weizak le lui rendit.

Et tout se passa bien.

3

Ruapp achevait ses ligatures. Johnny demanda à écouter de la musique. Son désir fut promptement satisfait.

4

Tout était fini. On le plaça dans la salle de réanimation. Une infirmière lui demanda combien de ses doigts de pied elle tenait dans la main. Johnny lui donna la bonne réponse.

Ruapp entra à son tour, défit son masque de pilleur de banque.

– Ça va ? fit-il.

– Ça va.

– Tout s'est bien passé. Je suis optimiste.

– J'en suis heureux.

– Vous allez souffrir un peu maintenant. Quelques douleurs, ajouta-t-il. Assez sérieuses peut-être. La rééducation qui va s'ensuivre risque elle aussi d'être douloureuse. Mais, tenez bon.

– N'ayez crainte, je tiendrai le coup, murmura Johnny.

117

Il s'en alla. (Sans doute va-t-il aller faire ses dix-huit trous, pensa Johnny.)

5

Quelques douleurs !

21 heures – tout était silencieux et Johnny souffrait le martyre. Il ne devait pas bouger. Pourtant une armée d'aiguilles meurtrissaient ses jambes. Le temps ne passait pas. Cinq minutes devenaient une heure de souffrance. Et, se disait-il, je ne supporterai pas cette douleur une minute de plus. Les minutes s'écoulèrent et à sa souffrance physique s'ajouta un immense désarroi moral. Ils le tortureraient, jambes, bras, épaules, cou, tout le corps y passerait. Rééducation. Marche. Fauteuil roulant. Béquilles.

Tenez bon ! c'est vous qui tenez le bon bout, qui vous accrochez comme des fous ! n'approchez pas ! laissez-moi ! laissez vos couteaux de boucher au vestiaire. Si c'est cela votre façon de m'aider, je la refuse...

Douleur intolérable, inépuisable.

Un liquide chaud inonda son ventre. Il venait de se pisser dessus.

Johnny tourna son visage vers le mur et se mit à pleurer.

6

Dix jours après l'opération chirurgicale, quinze avant la suivante, Johnny abandonna sa lecture des *Hommes du Président* de Woodword et Bernstein pour lever les yeux sur Sarah – elle venait d'apparaître dans l'embrasure de la porte où elle se tenait, indécise.

— Sarah ! Est-ce possible ? souffla-t-il.

— Oui, Johnny, c'est moi, fit-elle la voix tremblante.

Elle portait une élégante robe de toile verte et se servait de son petit sac à main marron comme d'un bouclier, le tenant devant elle ; ses cheveux étaient maintenus par un bandeau, elle était belle. Il ressentit la morsure de la jalousie à la pensée qu'un autre homme que lui partageait son lit.

– Entre, entre, dit-il.

Elle s'avança en hésitant. Et soudain il se vit tel qu'elle devait le voir, tassé sur lui-même, vêtu d'une pauvre robe de chambre fournie par l'administration hospitalière.

– Tu vois, je me suis fait beau pour recevoir ta visite, ricana-t-il.

– Mais tu es très bien...

Elle se pencha et l'embrassa sur la joue. Elle s'assit, croisa ses jambes, tira machinalement sur sa robe pour la ramener sur ses genoux. Mille souvenirs l'assaillaient.

Ils se regardaient sans rien dire. Enfin, elle dit :

– Je ne savais pas si je devais venir te voir.

– C'est bien que tu sois venue.

Les répliques tenaient de la visite protocolaire, pensa-t-il tristement.

– Comment ça va ? demanda-t-elle comme pour lui donner raison.

Il sourit :

– Tu veux voir mes cicatrices, mes médailles ? J'ai subi le baptême du feu dans les règles, tu sais.

Il releva sa robe de chambre, découvrit ses jambes couturées.

– Mon Dieu ! fit-elle devant les cicatrices rouges et boursouflées. Qu'est-ce qu'ils t'ont fait ?

– Ils essayent de raccommoder les vieux bouts...

Il s'arrêta là : elle s'était mise à pleurer.

– Johnny, ne parle pas comme ça, je t'en supplie.

– Excuse-moi. J'essayais simplement de plaisanter...

Ou bien était-ce une façon déguisée de la remercier d'être venue le voir taillé en pièces.

– Comment peux-tu vouloir plaisanter avec de telles choses !

Elle essuya ses larmes à grand-peine avec un mouchoir en papier, vite trempé.

– Quand te laisseront-ils sortir d'ici ?

– Les desseins des dieux et des médecins sont impénétrables.

– Cet été ?

– Je ne crois pas...

– Johnny, je suis si malheureuse, dit-elle en un murmure à peine audible. J'ai voulu oublier tout ça. J'en perds le sommeil. Je me sens coupable, si je n'avais pas été malade ce soir-là, si tu étais resté avec moi au lieu de rentrer en taxi.

Johnny acquiesça en souriant.

– Tu te souviens de la roue de la Fortune, Sarah ?

– Oui, et des 500 dollars que tu as gagnés !

– Tu sais, il y a quelque chose de drôle dans cette histoire. Les médecins pensent que je m'en suis tiré parce que plus jeune, enfant, j'aurais déjà été blessé à la tête. Mon cerveau se serait préparé à une nouvelle agression en quelque sorte. Étonnante hypothèse, non ? Le plus étrange, c'est que je ne me souviens nullement d'avoir été blessé enfant. Mes parents pas d'avantage. Pourtant à chaque fois que j'essaye d'en retrouver le souvenir, je revois la roue de la Fortune, et je sens une odeur de caoutchouc brûlé.

– Peut-être avais-tu été victime d'un accident de voiture, tenta-t-elle timidement.

– Non, il ne me semble pas. La roue avait valeur d'avertissement et je n'en ai pas tenu compte.

Elle s'agita sur son fauteuil, mal à l'aise.

– Effectivement, Johnny, tu n'en as pas tenu compte.

Il haussa les épaules de dépit.

– Ainsi j'ai vécu quatre ans de bonheur potentiel en une seule et unique soirée.

Lentement, douloureusement, il souleva une jambe du coussin et la plia à angle droit, puis à nouveau l'étendit.

– Peut-être que ça va marcher. Il y a une semaine, j'en étais incapable.

– Et puis, Johnny, tu peux parler, tu jouis de toutes tes facultés ; nous pensions tous que...

– Ouais, coupa-t-il, l'air lugubre, vous pensiez tous que je serais une sorte de légume.

Il s'ensuivit un lourd silence, que Johnny le premier brisa, s'efforçant à la jovialité.

– Et pour toi, comment va la vie ?

– Bien... je suis mariée. Je pense que tu le sais...

– Oui, mon père me l'a dit.

– C'est un homme charmant, fit Sarah, puis de façon précipitée elle s'empressa d'ajouter :

– Il m'était difficile de t'attendre, Johnny. Je suis

désolée... Les médecins affirmaient que tu ne t'en sortirais pas... que... et même s'il y avait eu un espoir – elle semblait sur la défensive à présent – je crois que je ne t'aurais pas attendu. Quatre ans, c'est long, affreusement long.

– C'est bien vrai – c'est terriblement long. Truman est mort. Joplin, Jimmy Hendrix aussi. Moi, j'étais entre parenthèses. Toi tu t'es esquivée.

– Je suis fautive, reconnut-elle d'une voix lasse, mais j'aime ce type, Johnny, je l'aime vraiment.

– Parfait, c'est tout ce qui compte.

– Il s'appelle Walter Hazlett et il...

– Sans vouloir trop t'offenser, parle-moi plutôt de ton fils.

– Un véritable petit amour. Denis, il a sept mois à présent.

– Viens avec lui un jour, ça me ferait plaisir de le voir.

– Promis, fit Sarah.

Et ils s'adressèrent mutuellement des sourires faux, sachant parfaitement que rien de semblable ne se produirait jamais.

– Johnny, tu as besoin de quelque chose ?

(Seulement de toi et des quatre années qui viennent de s'écouler.)

– Non de rien, tu es gentille. Tu enseignes toujours ?

– Toujours... Pour quelque temps encore.

– Et à part ça, tu sniffes toujours de la coke ?

– Johnny, fit-elle en riant. Ne sois pas taquin, veux-tu !

– Eh oui, je n'ai pas changé !

Et le terrible silence s'abattit à nouveau sur eux. Il rythmait leurs retrouvailles avec la régularité d'un métronome.

– Je pourrai revenir te voir ?

– Oui, ce serait gentil, Sarah...

Il hésitait. Il ne voulait pas la quitter sur de telles banalités. Il ne voulait ni la blesser, ni l'humilier, simplement se montrer sincère.

– Sarah, c'est très bien d'être venue me voir.

– Vraiment ?

Elle souriait, mais ses lèvres tremblaient.

– Je me posais la question – c'était si difficile, si compliqué. Cruel. Injuste. J'aime mon mari, il est ambitieux. Il réussira, j'en suis sûre ! Et je te vois toi, si diminué...

Elle se remit à pleurer.

– Sarah, je t'en prie...

– C'est cruel et injuste, sanglota-t-elle. Je hais cela.

– C'est ainsi. Il faut savoir l'accepter. Allez, pars maintenant, et reviens quand tu veux.

– Oui, pardon d'avoir pleuré devant toi. Tu n'as pas besoin de cela en plus.

– C'est pas grave, et n'oublie pas : laisse tomber la cocaïne, c'est pas bon pour tes cloisons nasales.

Elle sourit et brutalement se leva, se baissa et l'embrassa vivement sur la bouche :

– Guéris vite.

Songeur, il la regarda sur le point de sortir.

– Tu ne l'as pas perdue ? dit-il.

– Perdue quoi ? fit-elle étonnée.

– Ton alliance. Tu ne l'as pas perdue à Montréal.

Il avait porté la main à son front. Son visage ainsi se trouvait à moitié dans l'ombre, pour moitié dans la lumière. Elle se souvint du masque. Dr. Jekyll, Mr. Hyde. Elle eut peur comme lors de cette soirée lointaine où il l'avait reçue masqué.

Elle était partie à Montréal avec Walter pour leur voyage de noces. Comment Johnny pouvait-il savoir. Son père le lui avait-il appris. C'était sûrement l'explication. Ça ne pouvait être que ça. Mais elle était la seule avec son mari à savoir qu'elle y avait perdu son alliance. Walter lui en avait acheté une aussitôt. Et personne n'avait été informé de l'incident.

Le visage de Johnny se crispa ; il réussit finalement à sourire. Sa main retomba le long de son corps.

– Elle n'était pas faite pour ton annulaire. Trop grande. Tu faisais les bagages, lui était sorti acheter... je ne sais pas quoi.

– Il était allé dans une boutique de souvenirs. Mais Johnny, comment peux-tu savoir toutes ces choses ? Comment peux-tu savoir que j'ai perdu mon alliance à Montréal ?

– Elle n'était pas ajustée à ton doigt. Tu comptais la reporter chez le bijoutier à ton retour...

Elle porta une main à sa gorge ; elle manquait d'air. Il avait ce regard perdu, dur, ce même regard qu'il avait eu le soir de la roue de la Fortune. « Qui es-tu Johnny ? Que t'est-il arrivé ? »

Le regard du convalescent s'assombrissait. Pour la

122

femme la pièce entière s'assombrit. Elle avait envie de fuir.

— Tu rangeais ta trousse de toilette, elle a glissé dans l'une des pochettes. Tu ne t'en es pas aperçue.

Il fut secoué par un petit rire discordant, inhabituel chez lui.

— Elle s'y trouve toujours, fouille dans ta trousse et tu la retrouveras.

On fit tomber un objet dans le couloir derrière la porte. Johnny sursauta, son regard retrouva sa limpidité, sa franchise. Il remarqua le désarroi de la jeune femme qui se tenait pétrifiée devant lui.

— Sarah, que se passe-t-il ?

— Comment, comment ? murmura-t-elle. Comment sais-tu toutes ces choses ?

Il comprit immédiatement, répondit.

— Je l'ignore, Sarah, et je suis désolé si cela t'a...

— Il faut que je parte, Johnny, Denis est chez la gardienne.

— Bien sûr, et pardon, tu sembles bouleversée.

— Comment as-tu pu savoir ?

Il ne sut que hocher la tête.

7

Sortie de la chambre, elle eut à peine le temps de trouver les toilettes. Elle s'y précipita, s'enferma dans une cabine et vomit. Brutalement, longtemps. Elle tira la chasse d'eau, et se tint immobile devant la cuvette, les yeux clos, frissonnante — pas loin aussi de la crise de fou rire. La dernière fois qu'elle avait vu Johnny, elle avait vomi. Coïncidence. Elle porta une main à sa bouche, ne sachant si elle voulait retenir un cri, ou un rire. Dans l'obscurité des toilettes le monde parut basculer, tournoyer à une vitesse folle. Comme une roue de la Fortune.

8

Elle n'alla pas chercher Denis chez la gardienne, mais retourna directement chez elle. La maison était silencieuse. Elle gravit l'étroit escalier qui conduisait au grenier, alluma les ampoules nues qui pendaient au bout de leur fil. Les bagages étaient rangés dans un coin. Ils portaient encore les étiquettes indiquant leur passage à Montréal. Elle ouvrit une des trois valises, fouilla dans les poches latérales, et ne trouva rien. Elle se redressa, prit une profonde inspiration avant de se détendre légèrement, le sourire aux lèvres : elle se jugeait ridicule et aussi elle se sentait un peu déçue. Mais soulagée surtout. Incroyablement soulagée. Désolée Johnny, pas d'alliance.

Elle remit les valises à leur place en proie à un vague sentiment coupable. Tu n'as pas beaucoup cherché, n'est-ce pas Sarah ! En fait tu as fait semblant. Sans doute, n'aimerais-tu pas retrouver cette alliance. Ce serait donner raison à Johnny... Elle était en retard. Elle aurait déjà dû récupérer Denis. Walter avait invité à dîner un important responsable de son cabinet ; elle devait écrire à son amie Betty Hackman toujours en Ouganda avec le Peace Corps ; elle devait nettoyer les deux baignoires de la maison, se faire une mise en plis. Bref elle n'avait rien à faire dans ce grenier poussiéreux.

Pourtant, elle déplaça les valises une fois encore. Les rouvrit, les fouilla – consciencieusement. Elle trouva l'alliance dans l'une d'elles. Elle l'éleva à la hauteur d'une ampoule et put déchiffrer distinctement : « Walter et Sarah Hazlett, le 9 juillet 1972 ».

Elle contempla l'alliance un long moment. Elle rangea les valises, éteignit les lumière et quitta le grenier. Elle se changea, se défaisant de sa robe de toile salie dans les combles, enfilant un pantalon et un chemisier légers. Elle alla chercher son fils chez Mrs. Labelle, la gardienne. Une fois de retour chez elle, elle laissa Denis dans le salon – il entreprit de le traverser en rampant à une grande vitesse tandis qu'elle préparait le rôti et épluchait les pommes de terre. Cela fait, elle alla dans le salon. Denis s'était endormi sur le tapis. Elle le coucha dans son petit lit.

En dépit de ses activités ménagères, son esprit

gambergeait toujours : l'alliance, les propos de Johnny. Il avait deviné la vérité. Et elle savait à quel instant précis il avait été capable de cette « vision ». Lorsqu'elle l'avait embrassé, lorsqu'ils s'étaient touchés.

Elle se sentait faible, sans ressort. Elle revoyait son regard perdu, dur, son sourire ironique, cynique même. Ses jambes couturées. Son corps amaigri. Son visage creusé. Ses cheveux secs collés à son front par mèches peu fournies. Elle avait eu pourtant envie de l'embrasser, de l'étreindre.

Elle surprit son reflet dans la glace de la salle de bains. « Ça suffit », se dit-elle. Sa main dans la poche de son pantalon se referma sur l'alliance. Et comme machinalement, comme on se défait d'un emballage de bonbon, elle la jeta dans l'eau bleutée de la cuvette des toilettes. Elle glissa paresseusement, finit par reposer sur la faïence. Étrange spectacle si un invité avait à se rendre à cet endroit. L'alliance de la jeune mariée au fond de la cuvette.

Elle avait la migraine. Il faisait chaud dans le grenier ; l'air y était irrespirable.

Mais le souffle de Johnny lors du baiser avait été si doux !

Elle tira la chasse d'eau. Le bruit lui parut énorme. Sans doute parce qu'elle avait fermé les yeux. Quand elle les rouvrit, l'alliance avait disparu. Perdue à nouveau. Définitivement cette fois.

Elle s'assit sur le bord de la baignoire, les tempes bourdonnantes. Elle ne retournerait plus voir Johnny – ce n'était pas une bonne chose, trop bouleversante.

Walter avait un invité ce soir, voilà à quoi elle se devait de penser. Elle devait penser à l'amour qu'elle vouait à Walter, à Denis endormi dans son petit lit. Elle devait assumer ses choix jusqu'à leurs conséquences les plus ultimes.

Elle ne devait plus penser à Johnny Smith.

9

Le dîner fut une réussite.

CHAPITRE 10

1

Le médecin délivra une ordonnance à Vera Smith : de l'hydroviral pour abaisser sa tension. Sans aucun résultat comme elle se plaisait à l'écrire à ses amies. Il lui fallait toujours s'asseoir entre deux coups de chiffon. Faire le parquet des escaliers la laissait essoufflée, pantelante.

Le médecin ordonna un autre traitement. Mais il provoquait de telles palpitations cardiaques qu'elle renonça bien vite à celui-là aussi.

— C'est une période d'essai, lui dit-il. Ne vous en faites pas, nous finirons bien par trouver la solution.

— Je ne m'en fais pas, répondit-elle. J'ai foi en notre Seigneur.

— Sois patiente, lui conseilla également Johnny. Il faut que ton organisme ait le temps de s'habituer aux médicaments choisis.

Nous étions le premier samedi de juillet. Ses parents étaient venus le voir. Il revenait de sa séance d'hydrothérapie et tenait des billes de plomb dans chaque paume ; tout en leur parlant il levait et abaissait les bras, faisant travailler ses biceps, ses triceps. Les cicatrices qui serpentaient sur ses avant-bras s'étiraient, se contractaient.

— Place ta confiance en Dieu, fit sa mère, et tu n'auras plus besoin de ces bêtises.

— Vera ! fit Herb.

— Laisse-moi, répliqua sa femme. Je dis que ce sont des bêtises. La Bible ne dit-elle pas : Demandez, et il vous sera donné. Appelez, et il vous sera répondu.

Johnny laissa retomber les bras le long de son corps. Ils tremblaient. Il se sentait exténué, et furieux contre sa mère.

— Aide-toi, et le ciel t'aidera, fit-il.

— Johnny !

— C'est comme ça, maman.

— Ne nous disputons pas, intervint Herb. Pas de brouille entre nous, je vous en conjure !

– Si tu as foi en notre Seigneur, recommença Vera, ignorant superbement l'intervention de son époux.

– Je ne crois plus en rien, dit Johnny.

– Les émissaires de Satan sont partout, poursuivit Vera, la voix tranchante. Ils essayent de te détourner de la piété. Ils réussissent avec mon fils...

– Je vais te dire de quoi il en retourne, j'ai été victime d'un accident stupide à cause de deux gosses qui faisaient la course. J'ai été transformé en chair à pâté et maintenant je veux vivre, sortir d'ici. Un point, c'est tout.

– Je n'en écouterai pas davantage. Elle se leva, la figure blême. Je prierai pour toi, Johnny.

Impuissant, il la regardait rassembler ses affaires. Et elle s'en alla.

– Johnny, tu n'aurais pas dû lui parler comme ça.

– Je suis épuisé et elle me fatigue avec ses bondieuseries.

– Oui, bien sûr, fit son père.

Il fut sur le point d'ajouter quelque chose, mais renonça.

– Elle compte toujours se rendre en Californie pour cette conférence sur les soucoupes volantes ? demanda Johnny.

– Oui, mais elle peut encore changer d'avis d'ici là. Avec elle on ne sait jamais.

– Tu devrais intervenir !

– Quoi faire ? la répudier ! la faire enfermer !

Johnny hocha la tête.

– Je ne sais pas, mais tu ne peux pas continuer ainsi à fermer les yeux sur l'évidence. Elle est malade.

Herb s'écria :

– Elle était normale avant ton...

Johnny accusa le coup, baissa les yeux.

– Pardon, Johnny, je ne voulais pas dire que...

– Ça n'fait rien, p'pa. Ça n'fait rien.

Ils s'efforçaient de se rassurer mutuellement. Herb partit rejoindre sa femme, tandis que Johnny se levait et, d'un pas mal assuré, gagnait son fauteuil. Ce n'était pas grand-chose comme déplacement, mais c'était un début. Il aurait voulu que son père sache qu'il n'en voulait nullement à sa mère. Qu'il ne s'agissait que d'une réaction épidermique. Il aurait voulu remettre les choses au point parce qu'il savait que sa mère ne survivrait pas longtemps.

128

Vera refusa de prendre ses médicaments, Herb essaya de la raisonner, puis se fit exigeant. Rien n'y fit. Elle lui montrait les lettres de ses amies (qui lui donnaient grandement raison). Des gribouillages pour la plupart, bourrés de fautes, correspondances geignardes, où on la suppliait de tenir le coup, de ne pas renoncer à une aussi courageuse décision en attendant la fin du monde (qui ne saurait tarder). Dieu est le meilleur des remèdes, pouvait-on y apprendre. Les docteurs sont les suppôts de Satan. Ce sont eux qui provoquent les cancers. C'est prouvé.

Herb appela Johnny au téléphone.

Johnny téléphona à sa mère pour s'excuser, et faire la paix. Il la supplia de suivre le traitement indiqué par le médecin. Vera accepta les excuses, refusa le reste. Si Dieu voulait la rappeler à ses côtés, un camion de médicaments n'y changerait rien. Argument imparable.

— Et si la volonté de Dieu était que les médecins puissent sauver les gens ? As-tu déjà pensé à cela, maman ?

Le téléphone ne favorise pas ce type de conversation : elle avait raccroché.

Le lendemain, Mary Michaud, l'infirmière, entra dans la chambre de Johnny en larmes ;

— Allons, allons, fit-il inquiet. Que se passe-t-il ? Qu'est-ce qui ne va pas ?

— Mon fils Marc, sanglota-t-elle. On l'a opéré. Tout s'est passé comme vous l'aviez prédit. Il va bien, son œil est sauvé.

Elle l'embrassa. Il s'efforça de répondre du mieux qu'il put à cette démonstration d'affection. Pour finir, les choses méritent d'être vues, dites, sues ! Une sorte de volonté divine s'exprimait peut-être de sa bouche. La pensée de tout ceci avait quelque chose de vertigineux.

Il dit à Mary combien il était heureux. Il lui rappela que ce n'était pas lui qui avait accompli le miracle, ni opéré son fils, et qu'il se souvenait à peine de ce qu'il avait pu prédire.

Elle essuya ses larmes, le remercia et le laissa seul à ses pensées.

Début août, Dave Pelsen, le principal du collège, vint rendre visite à Johnny. C'était un petit homme affublé de grosses lunettes et chaussé de Hush-puppies éculées. Il n'avait pas changé d'un iota en quatre ans et demi. Quelques cheveux gris supplémentaires peut-être.

— Alors comment allez-vous, fit-il.

— Pas trop mal, répondit Johnny. J'arrive à me déplacer tout seul. J'ai souvent de terribles migraines. Les médecins pensent, hélas ! que je risque d'avoir à les subir toute ma vie.

— Puis-je vous poser une question d'ordre personnel ?

— Si vous voulez savoir si je bande, soyez rassuré.

— C'est toujours ça, mais je voulais vous parler d'argent. Avez-vous de quoi régler tous ces frais ?

— Je suis ici depuis cinq ans. Hormis Rockefeller personne ne peut acquitter une telle dette. Je bénéficie d'un secours public. Et puis mes médecins traitants me font bénéficier d'un statut particulier. Je suis une sorte de champ expérimental pris en charge par la communauté. Vous voyez ce que je veux dire ?

— Je vois parfaitement.

— Les laboratoires pharmaceutiques financent une partie du traitement en échange de mes bons et loyaux services en tant que cobaye.

— Quand vous laisseront-ils sortir ?

— Dans trois semaines si Dieu le veut. Je boiterai, je ne pourrai plus tourner la tête à gauche...

— Que comptez-vous faire ?

Johnny haussa les épaules.

— Je rentrerai chez moi, je suppose. A Pownal. Ma mère va partir en Californie pour quelque temps. Je tiendrai compagnie à mon père et puis j'ai reçu une proposition d'un agent littéraire new-yorkais. Il pense que je pourrais entreprendre la rédaction de mes Mémoires. Je ne dis pas non. Tout argent est bon à prendre. Je vais m'essayer sur deux ou trois chapitres.

— Avez-vous reçu d'autres propositions de ce genre ?

— Oui, d'un journaliste du *Bangor Daily News*. Il a déjà fait un reportage sur moi.

– Ah oui, Bright, il n'est pas mal.

– Il voudrait me suivre à Pownal, et écrire sur moi. Le type ne m'est pas antipathique, mais je vais écarter sa proposition, il n'a pas d'argent à me proposer. Et pour l'instant l'argent est tout ce qui compte à mes yeux. Les économies de mes parents ont fondu. Mon père a vendu sa voiture, il a pris une deuxième hypothèque sur sa maison, alors qu'il comptait sur ce capital pour assurer ses vieux jours.

– Avez-vous pensé reprendre l'enseignement ?

– Est-ce une proposition ? Je vous en serais reconnaissant, mais je ne pourrai pas reprendre ce travail en septembre.

– Qui parle de reprendre le travail en septembre ? Vous vous souvenez sans doute d'Anna Strafford l'amie de Sarah. Eh bien elle est devenue Anna Beatty, elle doit accoucher en décembre et nous aurons besoin de lui trouver un remplaçant pour le second trimestre.

– C'est sérieux ?

– Absolument.

– C'est rudement gentil à vous, fit Johnny la voix enrouée.

– Pas du tout, vous êtes un excellent professeur.

– Merci, mais puis-je avoir deux semaines de réflexion ?

– Jusqu'en octobre si vous le désirez. D'ici là, vous pourrez travailler à votre livre.

Johnny acquiesça.

– Vous en aurez peut-être assez de Pownal...

Johnny faillit répondre mais les mots moururent au bord des lèvres. (Il pensait, oui, j'en aurai vite assez de ma mère mourante faute d'accepter les soins.)

Dave poursuivit.

– J'ai su par Sarah que votre mère avait des ennuis de santé, mais je suis sûr que ça va s'arranger. Bon, je vais y aller, et réfléchissez à ma proposition.

– Oui. En fait, je pourrais vous donner une réponse tout de suite. Ce serait bon d'enseigner à nouveau, de redevenir normal.

– Je compte sur vous.

Après le départ du principal, Johnny, allongé, contemple le ciel par la fenêtre. « Redevenir normal », avait-il dit. La chose était-elle possible ? Il ne le pensait pas.

La forte migraine revenait.

Le mystérieux pouvoir de Johnny finit par faire la une du quotidien régional. L'article qui portait la signature de Bright fut publié une semaine avant sa sortie de l'hôpital.

Il s'était trouvé peu avant cette parution en salle de rééducation. La kiné, Eileen Magown, surveillait ses mouvements (dix tractions sur les bras). A la huitième il n'en pouvait plus. La sueur lui coulait en abondance sur le visage.

Eileen était une petite femme trapue, auréolée de cheveux roux et frisés, et aux yeux verts piquetés d'or ; Johnny la surnommait parfois « la marine de poche » plus par affection que par envie de se moquer. Ce petit bout de femme autoritaire et décidée était à l'origine de sa véritable résurrection.

Johnny qui pouvait à peine, il y avait peu, tenir un verre d'eau parvenait à présent à remonter seul les longs couloirs du centre hospitalier. Eileen, qui était célibataire, demeurait dans une immense maison en compagnie de ses chats. Les chats, sa maison, son travail, voilà tout ce qui comptait pour elle.

— Je n'en peux plus, fit-il en se laissant rouler sur les flancs.

— Debout, cria-t-elle avec un enjouement presque sadique. On remet ça. Encore deux pompes, et vous aurez droit à un Coca.

Johnny exécuta sa huitième traction en gémissant. La neuvième suivit.

— Bravo, encore une.

Il la réussit, et se laissa définitivement retomber.

— Vous êtes contente, souffla-t-il, je suis mort.

— Petite nature, vociféra l'infirmière. Attendez de voir la suite du programme.

— La prochaine fois je me contenterai de faire la planche dans la piscine.

Il tenait la main de la femme. Il la regardait et lentement une expression effarée se fit jour sur son visage.

— Johnny, que se passe-t-il ? Johnny ?

Il lui tenait toujours la main, la regardait fixement comme en proie à une hallucination. Elle commença à avoir peur. Elle avait entendu les étranges rumeurs le concernant.

Elle n'y avait attaché, jusqu'à aujourd'hui, aucune importance.

— Johnny, ça va ?

— Vous feriez bien... il est encore temps...

— De quoi parlez-vous ?

Il se ressaisit, relâcha la main de la petite femme.

— Appelez les pompiers, dit-il. Vous avez laissé le gaz allumé... vos rideaux ont pris feu...

— Quoi !

— Les rideaux, ils se sont enflammés, reprit-il avec impatience. Dépêchez-vous. Vous voulez que toute votre maison brûle...

— Mais Johnny, comment pouvez-vous le savoir ?

— Ne vous occupez pas de ça, bon Dieu.

Il se leva, la prit par le bras, et parvint même à la bousculer en direction de la sortie tout en boitant.

Ils remontèrent un couloir et se retrouvèrent dans la salle de repos des infirmières. Deux d'entre elles y buvaient un café, tandis qu'une troisième passait un coup de téléphone afin d'expliquer comment elle venait de décorer son appartement.

— Téléphonez, ou bien dois-je le faire moi-même ? fit Johnny à la petite femme.

Elle était hébétée, restait sans voix. Tout cela était tellement fou, bousculait si fort son train-train. Avait-elle réellement oublié de fermer le gaz en partant de chez elle ce matin ?

— Johnny, vraiment, je ne sais pas si je dois vous écouter. Vous êtes sûr de vous ? Où allez-vous chercher des idées pareilles ?

Ça va, j'ai compris, laissez moi faire. Excusez moi, ajouta-t-il à l'adresse de l'heureuse bénéficiaire d'un nouvel intérieur.

— Il y a un autre appareil... commença-t-elle.

— Merci, lui dit-il en lui arrachant le combiné des mains.

— Qu'est-ce qui vous prend !

Johnny avait coupé la communication et appelait la préposée du standard de l'hôpital. Il dut repousser l'infirmière, privée de la fin de sa communication. Joues enflammées, regard furieux, toutes griffes dehors, elle cherchait par tous les moyens à reprendre son bien.

Les deux autres filles présentes s'étaient dressées, prêtes à aider *manu militari* leur collègue spoliée.

– C'est un fou, fit l'une d'elles.

Eileen, au comble de la gêne, haussa les épaules.

– Je ne sais pas, dit-elle. Il...

Johnny pendant ce temps avait obtenu la communication avec le standard.

– Passez-moi les pompiers. Donnez-moi le numéro de leur caserne à Oldtown !

– Qu'est-ce qui se passe, y a le feu quelque part ? fit une des infirmières.

Eileen dansa maladroitement d'un pied sur l'autre.

– C'est ma maison qui brûle, fit-elle.

– Ah, c'est ce type qui... fit l'infirmière qui avait frôlé la crise d'hystérie.

Johnny était en ligne avec les pompiers.

– Je m'appelle John Smith, je voulais vous signaler un début d'incendie à...

(Il se tourna vers Eileen. Votre adresse, lui glissa-t-il à voix basse. Un dixième de seconde, il crut qu'elle n'allait pas la lui donner. Elle restait stupide, bouche ouverte, le regard vide. Les autres filles s'étaient rassemblées dans un coin de la salle de repos et chuchotaient entre elles avec des mines de conspiratrices. Alors ! ça vient !)

– 624 Center Street, bafouilla Eileen.

Johnny communiqua l'adresse aux pompiers.

– Votre nom, monsieur ? demanda la voix à l'autre bout de la ligne.

– John Smith ; je vous téléphone de l'hôpital de Bangor.

– Puis-je vous demander d'où vous tenez cette information ?

– J'en aurais pour la journée. Mon tuyau est bon, à vous d'agir maintenant.

Il raccrocha, et sentit tous les regards de l'assistance posés sur lui.

– Eileen ? demanda-t-il.

– Oui, répondit-elle.

– Avez-vous des amis pour voisins ?

– Euh oui... Burt et Janice, ils habitent juste à côté.

– L'un deux se trouve-t-il habituellement chez lui à cette heure ?

– Oui, Janice, certainement, mais pourquoi ?

– Vous devriez lui téléphoner.

Elle acquiesça, comprenant qu'il voulait vérifier. Elle

composa le numéro de sa voisine sous l'attention avide des autres infirmières.

– Allô Jan ? C'est Eileen. Tu es sans doute dans ta cuisine. Tu pourrais jeter un coup d'œil par la fenêtre et me dire si tout est en ordre chez moi ? Figure-toi qu'un de mes amis prétend que... je t'expliquerai dès que tu auras jeté ton coup d'œil (elle était rouge comme une pivoine). Oui, j'attends, ajouta-t-elle en surveillant Johnny.

L'attente leur parut interminable. Puis l'attention d'Eileen fut à nouveau attirée par sa correspondante. Elle l'écoutait avec gravité sans dire quoi que ce soit, si ce n'est à la fin : « Oui, oui, ils ont été prévenus, ne t'en fais pas. Ils ne vont plus tarder. Non, je n'ai pas le temps de t'expliquer maintenant, ce soir promis. Du moins j'essaierai. Merci, au revoir. »

Elle mit fin à la communication, elle tourna lentement son regard vers Johnny comme désespérée.

– Elle a vu de la fumée s'échapper par la fenêtre de la cuisine.

Toutes les infirmières soupirèrent à l'unisson.

– Il faut que j'y aille, reprit Eileen (la femme adjudant avait fait place à une timide créature morte de peur pour ses chats, ses bibelots), je ne sais pas comment vous remercier, Johnny... et moi qui ne vous croyais pas...

Elle se mit à sangloter. Il l'entoura d'un bras protecteur et l'accompagna jusqu'à la sortie.

– Tout va bien se passer, dit-il. Il y aura bien quelques dégâts à cause de la lance à eau des pompiers, mais rien de grave.

Les infirmières alignées derrière la baie vitrée assistaient à la scène, tels des corbeaux en rang sur un fil téléphonique.

– Retournez donc à votre travail, s'écria-t-il.

Effarouchées, elles reculèrent précipitamment. En boitant il regagna l'ascenseur, leur laissant le soin de colporter son dernier exploit. Il avait mal à la hanche, il avait envie de se reposer.

CHAPITRE 11

1

– Que comptez-vous faire ? lui demanda Sam Weizak.

– Qu'est-ce que j'en sais ! Combien sont-ils, dites-vous ?

– Huit, je crois. Le directeur de l'hôpital vous en veut à mort ; il n'aime guère voir ses locaux transformés en studio de télévision.

– Tout ça pour avoir empêché une maison d'être détruite par un incendie !

– Eh oui ! tout le monde en parle. Les gens veulent en savoir davantage, les journalistes frétillent d'impatience.

– Et si je refusais de les recevoir !

– Ce ne serait pas très judicieux. Ils écriront n'importe quoi et quand vous quitterez l'hôpital, ils vous tomberont dessus à bras raccourcis.

Johnny réfléchit quelques instants.

– Est-ce que Bright est parmi eux ?

– Oui.

– Supposons que je le reçoive seul. Je lui raconte ma petite histoire et il la transmettra aux autres.

– C'est possible en effet. Mais vous allez vous faire des ennemis, les journalistes seront excédés. Un journaliste vexé est dangereux. Souvenez-vous de Nixon

– Je ne suis pas encore Nixon.

Weizak accueillit cette nouvelle avec un grand sourire.

– Alors ? reprit Johnny.

2

Les journalistes se levèrent comme un seul homme lorsqu'il fit son entrée dans la salle. Il portait une chemise blanche et un pantalon en toile trop large et trop long. Il

137

paraissait calme et résolu. Les flashs fusèrent, il sursauta. Les questions l'assaillirent.

– Doucement, doucement, fit Weizak. C'est un convalescent ! il va faire une brève déclaration et répondre à quelques questions. Mais écartez-vous, et laissez-le respirer !

Johnny faisait son apprentissage des feux de la rampe. Tout cela semblait irréel. Un journaliste choisit de s'acharner sur Weizak.

– Qui êtes-vous ? lui demanda-t-il.

– Un des médecins qui s'occupent du jeune homme. Mon nom est Weizak, sans X, sans Y.

Un éclat de rire salua sa présentation.

– Johnny va vous faire sa déclaration, ajouta-t-il.

– Voilà, Eileen Magown est chargée de ma rééducation. Elle est absolument charmante, et ses compétences, son attention m'ont été précieuses. Nous nous trouvions ce matin dans la salle de travail. J'ai eu brusquement le pressentiment que sa maison allait brûler... C'était plus précis qu'un pressentiment. (Seigneur, tu t'y prends comme un manche, se dit-il.) J'ai su qu'elle avait oublié de couper le gaz de sa cuisinière et que les rideaux allaient s'enflammer. Nous avons prévenu les pompiers. Voilà.

Il y eut un silence consterné ; et à nouveau un gigantesque brouhaha s'éleva.

– Un à la fois, hurla Weizak. Levez la main.

Les bras se dressèrent. Johnny désigna Bright.

– Vous considérez-vous comme un médium ?

– Non, j'ai eu un pressentiment.

Il désigna vite un autre journaliste.

– Allen Portland, du *Sunday Telegram*. Mr. Smith, dans votre tête, cela se passait-il comme dans un film ?

– Pas du tout, répondit Johnny, incapable de dire comment ça s'était passé dans sa tête.

– Une telle chose vous était-elle déjà arrivée auparavant ? demanda une jeune femme.

– Oui.

– Pouvez-vous nous en parler ?

– Non, c'est impossible.

Un journaliste de la télévision leva la main. Johnny lui donna la parole.

– Jouissiez-vous de ce don avant votre accident de voiture ?

138

Johnny hésita avant de faire non.

Nouvel assaut anarchique de questions.

Il regarda Weizak totalement désemparé.

— Assez, assez, hurla le médecin. Il est très fatigué, ça suffit pour aujourd'hui...

Bruyante désapprobation.

— Je vais répondre encore à deux questions et puis... vraiment ce fut une longue journée pour moi... Madame ?

Il désignait une forte femme qui venait de se glisser au premier rang de la presse.

— Mr. Smith, qui sera le candidat démocrate à la présidence ?

— Je suis incapable de vous répondre.

Et il passa à un homme grand et sévère dans un costume sombre. Le type s'avança d'un pas. Il y avait en lui quelque chose de guindé, de faux aussi.

— Roger Dussault du *Lewiston Sun*. Mr. Smith, pourquoi, selon vous, avez-vous été choisi pour bénéficier de cet extraordinaire pouvoir si toutefois pouvoir il y a ?

— Si je comprends bien votre question, vous me demandez d'expliquer la raison d'un phénomène auquel je ne comprends rien ?

— En quelque sorte.

— Je vais vous expliquer pourquoi il n'y a pas de réponse à cette question, fit Weizak.

— Vous êtes également médium ? demanda, glacial, Dussault.

— Les neurologues le sont toujours un peu. Quoi qu'il en soit, nous ne savons pas grand-chose sur le coma. De même que demeure mystérieux le fonctionnement du sommeil. Pour en revenir au cas qui nous intéresse, une zone du cerveau de notre patient a été irrémédiablement lésée lors de l'accident. Pour rééquilibrer ce manque, l'activité cérébrale s'est accrue dans d'autres zones ; je résume très schématiquement. La zone privilégiée pour ce plan d'activités semble se situer dans le lobe pariétal très annelé. Les réponses aux tests prouvent que cette zone n'est plus ce qu'elle devrait être. Le lobe pariétal est le centre du « toucher », c'est là que se définissent et se sélectionnent formes et textures. Nous avons pu observer que les pressentiments de Johnny sont toujours précédés d'un contact, d'un « touché ».

Les journalistes s'étaient tus, ils notaient hâtivement les propos de Weizak.

– Alors, faites-nous une démonstration, fit Dussault.

Il triturait une chaîne à son cou ; ses doigts maigres cachaient un médaillon.

– Voyons ce que vous pourrez tirer de ça !

– Nous ne verrons rien du tout, fit Weizak.

Il fixait avec fureur le journaliste au sourire ironique.

– Ce n'est pas un phénomène de foire. Nous ne sommes pas en pleine représentation...

– Ben, si ce que vous racontez est vrai, docteur, il n'y a pas de mal à vouloir le vérifier. Vous n'avez rien à craindre.

Tous les journalistes, à l'exception de Bright visiblement mal à l'aise, semblaient soutenir la demande de leur confrère. Johnny était dans la fosse aux lions ; ils allaient le dévorer tout cru à moins... à moins que je leur fournisse de quoi pondre une bonne première page. Dussault laissait toujours voir son médaillon.

Johnny chercha le secours de Weizak, mais celui-ci avait détourné le visage, écœuré.

– Donnez-moi ça, fit Johnny.

Dussault défit la chaîne et lui tendit le médaillon.

Les opérateurs de la télévision firent jouer les objectifs. Le gros plan s'imposait. Un silence de mort s'était abattu sur la salle. Médecin, infirmières, malades, femmes de ménage, hommes de peine, visiteurs, tous se bousculèrent aux portes conduisant à la salle de télévision de l'hôpital.

L'exhibition pouvait commencer.

Johnny debout, immobile, pâle et mince dans sa chemise blanche, serra la médaille de Saint-Christophe. Les tendons de son poignet droit saillaient sous les projecteurs. Sévère et guindé dans son costume sombre, Dussault le guettait.

– C'est ça, fit doucement Johnny. C'est ça, répéta-t-il.

Un demi-sourire transfigurait son visage. Il n'y avait plus rien de las, de doux dans son expression. Le bleu de ses yeux s'était obscurci. Le regard s'était fait lointain, comme indifférent. Weizak le nota.

– Ce médaillon appartenait à votre sœur, dit-il à Dussault. Elle se prénommait Anne, mais tout le monde l'appelait Terry. Vous l'aimiez beaucoup.

La voix de Johnny s'enfla, devenant en même temps aiguë, mal posée – une voix d'adolescent.

« C'est pour quand vous traverserez Lisbonne Street le soir. N'oubliez pas Terry, n'oubliez pas...

La forte femme qui s'était inquiétée quant à l'identité du candidat démocrate aux présidentielles eut un petit rire étouffé, grotesque.

– Ça suffit comme ça, fit Dussault.

Il avait changé lui aussi, avait perdu de sa superbe, son teint avait viré au gris. Il voulut reprendre son médaillon.

– Souviens-toi de moi, murmura la voix d'adolescent qui sortit de la gorge de Johnny, reste pure, Terry...

– Assez, ça suffit, j'te dis, connard !

La voix de l'adolescent se brisa, et Johnny retrouva son timbre habituel.

– Elle est morte d'une crise cardiaque à vingt-deux ans... elle l'a porté dix ans sur elle... n'a jamais oublié...

Le médaillon lui échappa, glissa entre ses doigts et tomba. Dussault en pleurant se baissa pour le reprendre dans un silence stupéfié.

– Je suis désolé, fit Johnny. Sincèrement désolé.

– Minable, pauvre clown, bafouilla le journaliste. Tout ça n'est que mensonge.

Il essaya de frapper Johnny, le fit maladroitement, touchant la nuque de Johnny du plat de la main. Le choc pourtant suffit à faire tomber Johnny.

Dussault se précipita vers la sortie, se frayant un chemin dans la foule en jouant des coudes. Weizak aida Johnny à se redresser.

– Pas de mal ? s'enquit-il.

– Moins qu'il n'en a supporté, souffla Johnny, souffrant pour se relever.

Il était étourdi, écœuré. Il avait commis une faute, une terrible faute.

Un cri perçant fut poussé. Tous se retournèrent. La forte femme n'en finissait pas de hurler. Dussault tombé à ses genoux agrippait une manche de sa robe imprimée, puis lentement il glissa sur le carrelage à proximité de la porte. Il tenait toujours le Saint-Christophe.

– Il s'est évanoui ? demanda-t-on.

– C'est de ma faute, fit Johnny à Weizak.

– Absolument pas, répondit le médecin, indécis.

Johnny se dirigea vivement vers Dussault qui reprenait conscience. Deux infirmières s'étaient penchées sur lui. Le cameraman de la télévision s'était approché lui aussi, et cadrait la scène.

– Je ne voulais pas le faire souffrir, souffla Johnny à son adresse. Je n'en ai jamais eu l'intention. Je ne savais pas.

L'opérateur recula d'un pas. « Non, disait-il. Bien sûr, je comprends. C'est lui qui vous l'a demandé. Tout le monde est témoin. Mais... ne me touchez... surtout... ne me... »

Bien qu'encore sous l'emprise de l'émotion, Johnny comprit la supplique de l'homme. Le type essaya de sourire ; ce ne fut qu'un sinistre rictus.

– Ne me touchez pas, je vous en prie, répétait-il.

3

– C'est pour votre bien Johnny, expliqua Weizak.

Une infirmière se tenait derrière lui ; elle poussait une petite table roulante encombrée d'ampoules, seringues, coton, flacons, médicaments sous toutes formes.

– Non, répondit Johnny. Pas de piqûre. J'en ai jusque-là des piqûres.

– Une pilule ?

– Pas de pilule.

– Mais c'est pour vous aider à trouver le sommeil !

– Ce type, Dussault, retrouvera-t-il le sommeil ?

– C'est lui qui l'a cherché, rétorqua l'infirmière.

Weizak eut un sourire triste.

– Elle a raison, ajouta-t-il. Il l'a bien cherché. Vous n'avez aucun reproche à vous faire. Une bonne nuit de sommeil et tout sera effacé.

La sonnerie du téléphone retentit dans la chambre. Avant que Weizak n'ait eu le temps d'esquisser le moindre geste, Johnny avait décroché. Il écouta un instant, acquiesça et posa sa main sur le combiné pour s'adresser au médecin.

– C'est mon père (il reprit sa communication). Boujour, papa... (son sourire disparut dans la seconde).

142

– Que se passe-t-il ? s'inquiéta le médedin.

– Très bien, fit Johnny en ignorant l'intervention de Weizak. Oui, je sais où c'est, poursuivit-il dans un murmure, juste au-dessus de Jerusalem Lot, d'accord, très bien, papa...

Sa voix se brisa ; il ne pleurait pas, mais ses yeux étaient embués de larmes. Il raccrocha et prit sa tête à deux mains.

Weizak se pencha doucement.

– C'est votre mère, Johnny ?

– Oui, c'est ma mère.

– Crise cardiaque ?

– Congestion cérébrale. Ils regardaient la télé, ils ont vu ma prestation au journal télévisé... ni l'un ni l'autre ne s'y attendait... elle est à l'hôpital.

Il sortit une jambe de son lit, vêtu en tout et pour tout de sa seule chemise de nuit.

– Qu'est-ce que vous voulez faire ?

– Vous voyez bien.

– Il n'en est pas question. Ne soyez pas ridicule. Vous savez bien que vous n'êtes pas en état...

Oubliant l'infirmière (de toute façon, elle en avait vu d'autres), il fit tomber la chemise de nuit à ses pieds, fouilla dans l'armoire à la recherche de la chemise blanche et du pantalon bleu trop large.

– Johnny, je m'oppose formellement à ce que vous sortiez d'ici. C'est le médecin et l'ami qui vous parle.

– Opposez-vous à tout ce que vous voulez, répliqua Johnny en enfilant sa chemise, l'air lointain.

Weizak savait ce que cette expression du visage annonçait. Il congédia l'infirmière. Elle s'en alla en hésitant, comme à contrecœur.

– Johnny, reprit le médecin lorsqu'ils furent en tête à tête. Ne faites pas cette folie, je vous en conjure.

Il posa une main sur l'épaule de Johnny qui se dégagea d'un haussement brusque.

– Vous n'êtes pas responsable de ce qui vient de lui arriver. Cela aurait pu tout aussi bien se produire demain, la semaine prochaine, le mois suivant...

– Ou dans dix ans.

– Pourquoi vous accabler ? A cause de ce journaliste arrogant. Par pitié dangereuse envers vous-même. Pourquoi ?

Johnny se figea.

— C'est arrivé pendant qu'elle me voyait faire mon numéro à la télévision. Vous comprenez ? Ou bien êtes-vous trop bouché ?

— Écoutez, vous m'avez expliqué vous-même qu'elle devait se rendre en pèlerinage en Californie. L'émotion, les préparatifs ont eu raison de son état. La congestion est souvent la conséquence d'une trop longue et trop grande tension...

— Vous avez sans doute raison, fit Johnny en boutonnant sa braguette. Mais je dois tout de même me rendre à son chevet.

— Pour y faire quoi ? Elle est entre les mains de spécialistes et de son Dieu tout puissant.

— Mon père aura besoin de moi, expliqua doucement Johnny. Il faut me comprendre.

— Comment comptez-vous vous y rendre ?

— Il y a une correspondance de Greyhound.

Johnny cherchait ses chaussures sous le lit. Weizak les trouva le premier et les lui tendit.

— Inutile, je vais vous accompagner.

Johnny s'immobilisa, le regarda fixement.

— Vous allez vraiment faire ça ?

— Oui, si vous acceptez de prendre un léger tranquillisant.

— Mais..., et votre femme ?

Johnny prit soudain conscience qu'il ne savait rien de la vie privée de Weizak si ce n'était que sa mère résidait en Californie.

— Je suis divorcé, dit Weizak. Un médecin doit être disponible vingt-quatre heures sur vingt-quatre ! Ma femme ne s'y est jamais habituée. A voir trop souvent le lit conjugal à moitié vide, elle s'est mise à le remplir à sa façon.

— Je suis désolé.

— Nous n'avons pas de temps à perdre, enfilez vos chaussures.

Le visage du médecin reflétait toujours la bonté, mais son regard s'était durci.

CHAPITRE 12

1

« D'un hôpital à l'autre, songea Johnny, tel est mon destin. »

D'une certaine façon pourtant il appréciait de faire ce trajet aux côtés de Weizak. Pour la première fois depuis cinq ans il quittait l'univers aseptisé de l'hôpital. La nuit était claire, une demi-lune maintenait sa surveillance au-dessus des arbres tandis qu'ils filaient vers le sud dans un total silence.

Arriver dans un hôpital à bord d'une ambulance, le quitter pour se rendre dans un autre à bord d'une Cadillac... Il ne s'en plaignait pas. Une Cadillac, c'est exactement ce qu'il lui fallait pour reprendre goût aux trajets. L'autoroute était vide. Près de cinq ans enfermé ; plus que certains criminels... Il s'endormit ; rêva.

Sa mère, vêtue de haillons et presque chauve, se traînait sur un chemin de pierre ; elle levait vers lui un visage suppliant, tendait des mains tremblantes. « Dieu t'a désigné, tu dois te montrer digne de son choix », disait-elle. Il se hissait, la prenait dans ses bras, elle guérissait. « Tu m'as sauvée », hurlait-elle. Il voulut protester. Il ne voulait pas accomplir de miracle, il ne voulait rien pour lui, rien pour les autres. Elle marchait devant lui à présent à la fois humble et arrogante, proclamant le miracle. Elle était suivie par des milliers, peut-être des centaines de milliers d'estropiés, d'êtres contrefaits, désespérés. La grosse journaliste était présente elle aussi et lui demandait toujours le nom du candidat démocrate aux présidentielles. Il ne pouvait ni répondre, ni prédire l'avenir, ni guérir. Il ne pouvait rien sauver. Il avait voulu le leur dire. Foule mendiante, servile et versatile. Un borgne leva la main sur lui, le secoua...

C'était celle de Weizak qui cherchait à réveiller Johnny. Une lumière orange inondait la voiture. L'éclairage d'un parking.

– Où sommes-nous ? demanda faiblement Johnny.

– Au Cumberland General Hospital.

– Déjà !

Le rêve avait fui, mais le malaise subsistait.

– Ça va ? s'inquiéta le médecin.

Johnny acquiesça. Ils traversèrent l'esplanade devant l'hôpital. Le vent les caressa. Il y avait ici place pour des sentiments de paix, de sécurité. Cela lui parut presque obscène, presque seulement. Il goûta à cette paix.

2

Herbert descendait dans le hall, allant à leur rencontre. Il était pieds nus dans ses chaussures et portait sa veste de pyjama en guise de chemise. « Cette tenue en dit long sur la panique qui a été la sienne », pensa Johnny.

– Fils, fit Herb lorsqu'ils furent près l'un de l'autre. (Il paraissait aux yeux de Johnny avoir rapetissé.)

Il chercha à ajouter quelques paroles de bienvenue. Johnny le prit dans ses bras. Son père se mit à sangloter.

– Tout va s'arranger, p'pa...

Weizak se tenait à l'écart, plongé dans l'examen des gravures hideuses accrochées dans le hall.

– Regarde, je n'ai même pas eu le temps de m'habiller. Tout ça a été si brusque. En fait j'aurais pu me changer en attendant l'ambulance, mais je n'y ai pas pensé. Je dois devenir gâteux.

– Mais non, p'pa.

– Non ! tant mieux. Le docteur t'a conduit ici, c'est gentil à vous, monsieur.

Weizak haussa légèrement les épaules.

Johnny et son père se dirigèrent vers une petite salle d'attente, s'y assirent.

– Comment va-t-elle ?

– Mal, fit Herb.

Il s'était maîtrisé, sa voix était posée.

– C'est la fin, mais elle veut te voir, elle ne tient que pour ça.

– C'est de ma faute, c'est entièrement de ma faute...

Herb lui tordit l'oreille. Il y avait bien longtemps que son père n'avait pas agi de la sorte avec lui. C'était autrefois, durant son enfance, le châtiment réservé aux fautes graves. Et sans doute venait-il d'en commettre une des plus graves !

– Ne dis plus jamais ça, fils. Plus jamais.

Herb relâcha sa prise, et eut un sourire malicieux, complice. Johnny le contemplait, ahuri.

– Mais elle regardait bien les informations quand...

– Oui, elle était en extase, tout émue... et puis elle est tombée. Sa pauvre bouche s'ouvrant et se refermant comme celle d'une carpe...

Il se pencha sur Johnny, baissa la voix avant d'ajouter :

– Les médecins m'ont proposé une « solution », mais j'ai refusé. Elle paye cher ses erreurs passées.

A nouveau il se mit à pleurer ; sa voix se brisa.

– Va la voir, chambre 35. Elle t'attend. Johnny, ne la laisse pas t'avoir attendu pour rien. Écoute-la. Dis oui à tout ce qu'elle te racontera.

Vera Smith n'était qu'une masse informe dans son lit. « C'est comme ça que je devais être », se dit Johnny. Une infirmière lui prenait le pouls... Elle se retourna lorsque les lumières du couloir éclairèrent sa chambre.

– Vous êtes son fils ?

– Oui.

– Johnny ! s'exclama la pauvre voix de sa mère. (Il en eut un recul.)

Mais il s'approcha. Le visage de sa mère, tordu sur la partie gauche, la faisait ressembler à une vieille femme laide et cruelle. Sa main posée sur le couvre-lit s'était crispée.

Il s'obligea à couvrir cette main des siennes. L'infirmière lui jeta un coup d'œil compatissant – il eut envie de la frapper pour cette pitié vaine.

– Je voudrais rester seul avec elle, dit-il.

– Je ne dois pas...

Elle recula sous le regard furieux du jeune homme.

Le chagrin de Johnny était atroce ; il en perdait tout son sang-froid. Il s'assit aux côtés de sa mère. Le temps se dédoublait. Combien de fois ne s'était-elle pas installée de la sorte sur son lit d'hôpital au sortir du coma. Penchée sur lui, murmurant, prononçant des encouragements inutiles.

L'œil gauche semblait figé dans son orbite, l'autre roulait follement.

147

— Johnny, hurla-t-elle.
— Je suis là, m'man, je suis là.
Elle se tourna à demi vers lui.
— Approche-toi que je puisse te voir.
Il s'exécuta.
— Tu es venu, merci.
L'œil fou s'inonda de larmes ; l'autre restait mort, indifférent.
— Bien sûr que je suis venu.
— Je t'ai vu Johnny. Dieu t'a choisi. Je te l'avais dit...
— Oui, c'est vrai.
— Tu as été choisi pour remplir une mission. Ne te dérobe pas, Johnny. Ne te cache pas dans une cave comme Elijah...
— Non, maman, je te le promets.
— Jure, cria-t-elle.
— Je le jure.
Une étrange expression éclaira le visage torturé : était-ce un sourire ?
— Tu crois que je suis folle. (Elle le regardait parfaitement de face cette fois.) Peu importe, reprit-elle. Tu reconnaîtras Sa voix quand Elle se fera entendre. Elle a parlé à Jérémie, à Daniel, à Amos, à Abraham. Elle s'adressera à toi, Johnny, et alors tu Lui obéiras...
— Oui, maman.
— L'élu ! murmura-t-elle. (La voix se fit indistincte.) L'élu. Je le savais. Dieu t'a désigné... Les paupières se refermèrent sur l'œil fou ; l'autre conservait sa terrible fixité.
Il resta assis longtemps près d'elle, puis se leva. Lorsque sa main fut sur la poignée de la porte, le murmure s'éleva à nouveau :
— Tu Lui obéiras...
Ce fut les dernières paroles qu'il entendit. Sa mère mourut le 20 août à 8 h 05 du matin. Au nord du Cumberland General Hospital, Walter et Sarah Hazlett avaient une discussion au sujet de Johnny. Au sud, Greg Stillson faisait son affaire à un connard de première.

CHAPITRE 13

1

– Tu ne comprends pas, affirmait Greg Stillson.

Sa voix restait patiente. Il s'adressait à un gosse assis au fond d'une petite pièce du commissariat de police de Ridgeway. Le môme torse nu se tenait avachi sur sa chaise pliante, une bouteille de Pepsi à la main. Il souriait plein de condescendance. Il ne savait pas encore à qui il avait affaire. Il n'allait pas tarder à l'apprendre.

Il faisait beau et chaud dehors. Nous étions fin août et les oiseaux chantaient dans les arbres. Greg sentait que son avenir se dessinait. Aussi lui fallait-il faire très attention avec ce jeune crétin. Ce n'était pas un vulgaire loubard mais un bon petit collégien, neveu de George Harvey, et George était un type avec qui il fallait compter.

Le môme le fixait toujours avec insistance.

– Ce que je comprends, dit-il, c'est que votre larbin, Dawg, a pris ma chemise, et j'aimerais assez qu'il me la rende. Et à votre tour vous allez comprendre votre douleur s'il s'y refuse !

Greg se leva et se dirigea vers une armoire métallique. Il l'ouvrit, en tira un maillot rouge et l'étala sur le bureau afin de bien laisser voir la légende imprimée : « Baisons un coup ».

– En parlant de chemise, vous faites allusion à ce morceau de tissu ?

Le gosse se balança sur sa chaise, téta le goulot de son Pepsi et ponctua cette débauche d'activité par un sourire.

– Ouais, c'est ça, et je veux qu'on me le rende !

Greg éprouva les premiers symptômes d'une forte migraine, comme à chaque fois qu'il lui prenait l'envie de frapper quelque chose ou quelqu'un. Ce serait facile ici. La pièce était insonorisée – et cette insonorisation avait déjà étouffé bien des hurlements. Pourtant, pour l'heure, il devait faire attention à ne pas dépasser les bornes. Il fouilla ses poches en quête d'un briquet.

— Dites à votre gestapiste de mes deux..., reprit le môme.

Il s'interrompit ; ses yeux s'arrondirent de surprise.

— Qu'est-ce que vous faites ?

Greg pressa la molette et une flamme jaillit. Il mit le feu au maillot. Le môme cessa de se balancer, se précipita sur Greg la bouteille à la main. Le sourire narquois avait déserté ses lèvres, et cédé la place au rictus d'un môme gâté qu'on venait de contrarier.

— Donnez-moi ça, abruti, gueulait-il. C'est à moi.

Greg repoussa le gosse de toutes ses forces — ce qui n'était pas peu dire —, le gosse plana à travers la pièce. Sa fureur murée en une seconde, en trouille — ce que voulait Greg.

Greg éteignit l'incendie du maillot en y jetant le contenu de la bouteille de Pepsi. Le gosse se relevait lentement, dos collé au mur. Greg ne le quittait pas des yeux.

— On va essayer de mieux se comprendre, dit-il sur un ton détaché. On va commencer par décider qui de nous deux, ici, est un abruti. Tu vois ce que je veux dire ? Et en tirer les conclusions.

Le môme reprenait difficilement sa respiration. Il se mit soudain à hurler :

— Au secours !

— Tu vas en avoir besoin, commenta Greg.

— Vous êtes cinglé, fit le neveu du type important, recommençant à hurler : Au secours !

— Cinglé ? C'est possible, c'est même certain, répondit Greg. Mais c'est pas le problème, la question c'est : qui est l'abruti ?

Il baissa les yeux sur la bouteille de Pepsi qu'il tenait toujours, en porta un grand coup sur l'angle de l'armoire métallique. Le verre se brisa, seul le goulot ébréché resta dans la main de Greg. Le môme hurla de plus belle. Le fond clair de ses jean's délavés se fonça. Greg s'avança.

— Quand je m'habille le matin, expliquait-il, j'enfile une chemise blanche, propre et je mets une chouette cravate. Toi, faut que tu portes une loque avec un truc dégueulasse écrit dessus. Alors c'est qui l'abruti ?

Le môme ne put que bafouiller de façon inintelligible, il ne quittait pas des yeux le goulot brisé qui se rapprochait inexorablement.

150

— Je suis là bien au sec alors que t'es en train de te pisser dessus ! Alors, qui est l'abruti ?

Le verre froid griffa légèrement le ventre du môme qui se mit à pleurer.

« Ne pas dépasser les bornes », se répéta Greg.

— J'ai l'air d'un être humain et tu ressembles à un porc. Qui est l'abruti ?

Le verre entama plus profondément cette fois la peau du môme. Une goutte de sang perla sous le sein droit.

— Je te pose une question, t'as intérêt à me répondre. C'est qui l'abruti ?

Le gosse renifla — ce qui ne constituait pas vraiment une réponse aux oreilles de Greg.

— Tes boyaux vont saloper le parquet si tu continues. (Il pensait ce qu'il disait, neveu de George Harvey ou pas, ça ne changerait rien.) Qui est l'abruti ?

— Moi, fit le gosse en se mettant à sangloter.

Greg sourit. Mais la forte migraine le taraudait toujours.

— Bien, c'est un bon début, dit-il, mais c'est encore insuffisant. Je veux que tu me dises si je peux être confondu avec un abruti ?

— Non, non c'est moi l'abruti, refit le gosse toujours pleurant, la morve au bout du nez — il l'essuya d'un revers de la main.

— Alors nous sommes bien d'accord, c'est toi l'abruti.

— Oui, c'est moi l'abruti.

— Encore une chose et nous en aurons fini. Tu vas répéter après moi. Merci monsieur Stillson d'avoir mis le feu à cette affreuse liquette.

Le môme avait définitivement compris la bonne marche à suivre. Docile, il reprit après Greg :

Merci d'avoir mis le feu à cette affreuse liquette.

Greg fit courir une dernière fois le goulot sur le ventre du môme — sans trop appuyer.

— T'as oublié de dire : monsieur Stillson.

Le môme entre deux grimaces rectifia la formule. La migraine de Stillson cessa aussitôt. Il regardait, stupide, le bout de bouteille qu'il serrait — comment en était-il arrivé là ? Merde, il venait de déconner et tout ça à cause de ce merdeux.

— Merci, monsieur Stillson... hurlait intarissable le gosse.

— Ça suffit, aboya Stillson.

— Merci, monsieur Stillson.

151

Greg lui balança une beigne magistrale. La tête du môme alla heurter le mur. Il se tut, hagard. Greg le prit par le cou à deux mains, et colla son visage contre le sien.

— Maintenant écoute-moi, chuchota-t-il à l'oreille du gosse pétrifié. Ton oncle est un type important. Moi aussi. Mais c'est pas une raison pour aller tout lui raconter.

Les lèvres de l'enfant s'étirèrent étrangement laissant passer quelques faibles sons incompréhensibles. Greg, le tenant par les oreilles, le secouait d'avant en arrière, chaque secousse s'achevant contre le mur.

— Si tu parles, je pourrais très bien avoir envie de te tuer. Tu me crois, n'est-ce pas ?

— Oui, parvint à articuler le môme.

— Oui, monsieur Stillson.

— Oui, monsieur Stillson, corrigea le môme.

Il lâcha le gosse, ouvrit l'armoire et trouva une trousse de secours. Il lança une boîte de pansements au gosse.

— Il y a une salle de bains là-bas au fond, fit Greg en pointant un index. Lave-toi. Je vais te prêter une chemise. Tu me la rendras propre et repassée.

— Oui, murmura le gosse.

— Oui, monsieur Stillson ! On ne t'a donc jamais appris les bonnes manières ?

Greg inspira profondément – mieux vallait ne pas insister ; il congédia le neveu du type important en lui donnant un ultime conseil.

— Et te trompe pas sur la personne. Dis-toi bien que tu as affaire à Mr. Stillson. Alors motus. Le mieux serait de tout oublier. Te torture pas les méninges pour chercher une vengeance adéquate ; tu perdrais ton temps.

Il lui destina un dernier regard méprisant. Le gosse se tenait coi, le regard vide, les lèvres tremblantes, le torse piqueté de croûtes. Greg se dit qu'il n'entendrait plus jamais parler de ce gosse. Jamais, il s'en faisait le pari – il devait effectivement le gagner.

A peine une semaine s'écoula avant qu'il ne croisât George Harvey dans un salon de coiffure. Harvey, qui se faisait faire la barbe, remercia Stillson.

— Vous savez vous y prendre avec les gosses. Ils ont l'air de filer doux avec vous.

Greg répondit qu'il était inutile de s'étendre sur ce sujet.

152

Tandis que Stillson mettait le feu à un maillot orné d'une légende obscène, Walt et Sarah Hazlett dans le New Hampshire, prenaient tardivement leur petit déjeuner. Walt lisait le journal. Il reposa sa tasse de café.

– Ton ancien petit ami fait parler de lui, dit-il.

Sarah donnait la becquée à Denis, en robe de chambre, les cheveux en désordre, les paupières bouffies. Elle dormait debout. Ils s'étaient couchés tard, ayant assisté à la réception donnée en l'honneur de Harrison Fisher, membre du Congrès, d'âge canonique, assuré du renouvellement de son mandat lors des prochaines élections. Il était « politique » d'assister à cette sauterie. « Politique », un mot qui revenait souvent dans la bouche de Walt ces derniers temps.

Il avait bu beaucoup – beaucoup plus qu'elle –, pourtant ce matin elle le trouvait frais et dispos – beaucoup plus qu'elle.

– Beurk, fit Denis en recrachant la cuillère de compote de fruits qu'il venait d'enfourner.

– Méchant, dit Sarah.

Puis se tournant vers Walt.

– Tu veux parler de Johnny Smith.

(Le seul, l'unique ancien petit ami !)

Elle se colla contre Walt, essayant de lire l'article du journal par-dessus son épaule.

– Il va bien ? demanda-t-elle.

– On ne peut mieux, il poursuit sa croisade contre le mensonge, commenta sèchement Walt.

Elle lut les gros titres qui l'étonnèrent un peu. Un malade sorti du coma fait la preuve de ses qualités de médium...

Une photo montrait Johnny, amaigri, dans l'éclair impitoyable des lampes flash. Il se tenait devant un corps inanimé, celui d'un journaliste, Roger Dussault.

Elle se laissa retomber brusquement sur sa chaise. Walt lui avait donné le journal et elle lut avidement l'article. Denis entreprit de frapper sur le plateau de sa chaise avec la cuillère.

– Je crois qu'on te demande, souligna Walt.

– Tu veux pas le faire manger ? Tu es le seul à pouvoir lui faire ingurgiter sa dose de vitamines...

Elle était plongée dans sa lecture. Avec mauvaise grâce, le père se dévoua.

Les yeux perdus dans le vague, elle replia le journal.

– Encore une bouchée, maugréait Walt dans son coin – il aurait pu tout aussi bien se trouver à l'autre bout de la planète –, elle ne l'entendait pas. Elle avait peur, elle se souvenait de l'alliance.

– En tout cas, c'est une fameuse trouvaille, s'instituer médium quand on doit un demi-million de dollars à l'hôpital.

– Qu'est-ce que tu veux dire par « trouvaille » ?

– Eh bien, reprit-il sans la regarder – voulant donner l'impression qu'il n'accordait qu'un intérêt minime à cette conversation, médium est une activité fort lucrative, les pigeons ne manquent pas.

– C'est absurde, dit-elle, la voix altérée par une indignation rageuse.

Il la regarda d'abord avec un étonnement feint, puis d'un air entendu. Ce qui eut pour don de l'exaspérer. Si elle avait gagné 10 balles à chaque fois que Walt Hazlett avait fait le malin avec elle, elle aurait déjà mis de côté de quoi se payer un mois à Paris (voyage compris).

– Je suis désolé, voilà, fit-il, piteusement. Johnny n'est pas plus capable de trouvaille que le pape de...

Il éclata de rire. Elle eut très envie de lui renverser la cafetière sur son costume irréprochable de jeune « politique ». Mais elle sut se contenir, se contenta de se tordre les mains. Denis trouvait la scène très drôle, lui aussi riait.

– Chérie, reprit Walt. Je n'ai rien contre lui. En fait, il a droit à toute ma considération. Si Fisher a pu devenir millionnaire en passant quinze ans vautré dans la Chambre des représentants, Johnny Smith a parfaitement le droit de gagner quelques dollars en jouant les médiums.

– Johnny est incapable de tricherie...

Elle revoyait leur dernière rencontre. (Elle n'en avait évidemment pas parlé à son mari – elle n'avait rien fait de mal, essayait-elle de se persuader.)

– Très bien, il ne triche pas. Pour autant, je ne crois pas une seconde que...

– Tu penses que ce journaliste, Dussault, est un compère ?

– Écoute Sarah, ils se sont arrangés pour rendre l'histoire crédible, dit-il avec patience. Sortir un lapin d'un clapier n'a rien de magique. Le faire sortir d'un chapeau par contre... Ceci étant, je te le répète, Johnny Smith a droit à toute ma considération. Et s'il peut s'en sortir comme ça, tant mieux.

A cet instant précis, elle haïssait son époux. Il n'avait plus rien à voir avec le gentil garçon qui l'avait demandée en mariage. Elle ne voyait plus en lui qu'un type bardé de certitude, persuadé que l'humanité entière se soumettait à cette règle de jeu : mettre au point une bonne petite combine juteuse et l'exploiter jusqu'à la corde. Lui-même, ce matin, allait téléphoner à ce vieux porc d'Harrison Fisher. Ce Fisher avec qui il avait ri aux éclats lorsqu'il avait été question d'un rival politique – un certain Greg Stillson assez idiot pour se présenter au Congrès en tant que candidat indépendant. D'un comique !

Dans le monde de Walt il n'y avait pas de médiums, pas de candidats indépendants.

— Tu ferais bien de partir travailler, dit-elle.

— Tu as raison. Amis, amis toujours ? répondit-il avec un sourire.

(Savait-il ce qu'elle avait fait de l'alliance lorsqu'elle l'avait retrouvée ? Le savait-il ? Oui...)

Il l'embrassa. Il l'embrassait toujours de la même façon le matin avant de s'en aller. La tête ailleurs visiblement.

Elle se retrouva seule avec son fils – il avait entamé un douloureux processus d'autostrangulation en voulant se dégager des courroies de sa chaise.

— Tu t'y prends bien mal, lui confia-t-elle.

Elle lui épargna une fin atroce, le coucha.

Elle débarrassait la table, s'en remettant au train-train de la ménagère. Elle alluma la radio et tomba sur un flash d'information : la mère de Johnny Smith venait d'avoir une attaque alors qu'elle suivait le résumé filmé de la conférence de presse donnée par son fils.

Sarah s'essuya les mains et alla téléphoner à l'hôpital. Une standardiste, lasse d'avoir toujours à répéter la même chose, lui apprit que Johnny Smith avait quitté l'hôpital la nuit précédente.

L'eau coulait dans l'évier. Au bout d'un long moment elle alla fermer le robinet.

CHAPITRE 14

1

L'homme de *Vue Intérieure* fit son apparition le 16 octobre, un matin, peu après que Johnny fut passé chercher le courrier.

La maison de son père se trouvait assez loin de la route. Une allée de graviers, longue de 400 mètres environ, serpentait à travers d'épais fourrés de jeunes sapins. Johnny effectuait chaque jour cet aller et retour. Au début il en revenait tremblant d'épuisement, les jambes en feu, boitant tellement qu'il semblait tituber. Mais au bout d'un mois et demi (alors qu'au début ces 400 mètres lui prenaient une heure) la balade était devenue un des plaisirs de la journée, une chose pour laquelle il se réjouissait à l'avance.

Il avait commencé à fendre du bois pour l'hiver. Corvée qu'il avait pensé faire exécuter par un homme de peine.

– Tu sais Johnny, quand l'âge commence à se faire sentir, lui avait dit son père en souriant, tu commences à chercher du travail à l'abri dès que l'automne arrive.

Johnny alla sur la véranda et s'assit dans le fauteuil d'osier, à côté de la balustrade en poussant un soupir de soulagement. Il plaça son pied droit sur la rampe, puis avec une grimace de douleur, à deux mains il souleva sa jambe gauche et la posa à son tour sur la rambarde. Ceci fait, il ouvrit son courrier. Il commençait à être moins abondant. La première semaine passée à Pownal, il était parfois arrivé deux douzaines de lettres et huit ou dix paquets, la plupart ayant d'abord été envoyés à l'hôpital, puis à la poste principale de Pownal, diversement orthographié, Pownell, Poenul et même une fois Poonuts.

Correspondance expédiée par des personnes seules qui semblaient à la recherche d'un guide, des enfants qui voulaient un autographe, des femmes qui voulaient coucher avec lui. Tous, hommes et femmes, en quête d'un remède contre la solitude. On lui envoyait des porte-bonheur, des prévisions astrales. Lettres presque toutes inspirées par la

157

religion. Et ces missives pleines de fautes, rédigées d'une large écriture appliquée, lui rappelaient celles de sa mère.

Il était prophète, lui assurait-on. Guide venu sauver le peuple américain (las et déçu de la violence). Preuve que la fin du monde était proche.

Le 16 octobre il avait reçu huit exemplaires de *La Dernière Grande Planète Terre* de Hal Lindsey. Sa mère les aurait sûrement appréciés. Il était sommé de proclamer la divinité du Christ et de mettre un terme à l'immoralité de la jeunesse.

Il recevait aussi des lettres anonymes, plus rarement il est vrai. Un correspondant lui envoya un feuillet immonde qui le traitait d'antéchrist et qui lui suggérait de se suicider. Quatre ou cinq de ces anonymes lui demandaient ses impressions après le meurtre de sa mère. D'autres l'accusaient de les avoir mystifiés. L'un d'eux disait : Pressentiments, Télépathie ! merde ! crétin extralucide !

Et ils envoyaient des objets, ce qui était le pire. Chaque jour en rentrant de son travail, Herb devait s'arrêter au bureau de poste de Pownal afin d'y prendre les paquets trop volumineux pour la boîte. Toutes les notes qui les accompagnaient n'étaient qu'une même et unique plainte : « Dites-moi, Dites-moi ! Dites-moi ! » « Cette écharpe appartenait à mon frère qui a disparu au cours d'une partie de pêche en 1969, je suis certaine qu'il est encore en vie. Dites-moi où il est ! »

« Ce rouge à lèvres était sur la coiffeuse de ma femme, je crois qu'elle me trompe, mais n'en suis pas sûr. Dites-moi ce qu'il en est ! »

« Voici la carte d'identité de mon fils, il ne rentre jamais directement de l'école à la maison, il reste dehors des heures, je suis malade d'inquiétude. Dites-moi ce qu'il fait ! »

Johnny ne répondait pas aux lettres, renvoyait les objets à ses frais, sans commentaire. Il « toucha » certains d'entre eux. La plupart ne lui apprirent absolument rien. Mais pour quelques autres, des images inquiétantes survenaient, ne laissant ensuite, le plus souvent, qu'un vague souvenir, juste une impression. Mais pour l'un d'eux... Pour la femme qui avait envoyé une écharpe dans l'espoir de découvrir ce qui était arrivé à son frère... C'était une écharpe blanche tricotée, semblable à des milliers d'autres. Quand il la prit dans ses mains, la réalité s'estompa. Le bruit de la télévision dans la pièce voisine s'intensifia, puis diminua, s'intensifia, puis diminua... jusqu'à devenir un bourdonnement d'insectes par une journée d'été, mêlé au lointain murmure d'un ruisseau. Les odeurs de la forêt emplissaient ses narines. La lumière perçait le feuillage de grands arbres. La terre, qui venait d'être arrosée, était détrempée et boueuse. Il avait peur, très peur, mais il gardait la tête froide. Si vous vous perdez dans le Grand Nord et que vous paniquez, votre arrêt de mort est signé. Il continuait en direction du sud. Deux jours avaient passé depuis qu'il s'était trouvé séparé de Stiv, Rocky et Logan. Ils avaient campé près de... un ruisseau, un torrent, et tout était de sa faute, parce qu'il était terriblement ivre.

Maintenant il voyait son sac, contre un tronc renversé couvert de mousse, des racines mortes et blanchies sur la verdure, tels des ossements. Il voyait son sac, mais ne pouvait pas l'atteindre, il s'en était écarté de quelque mètres pour pisser et il avait le pied dans le marécage, la boue passait par-dessus ses bottes. Il essaya de reculer, de trouver un endroit plus sec, mais il ne put se dégager. Il ne pouvait se dégager parce que ce n'était pas de la boue, c'était autre chose...

Il restait là, regardant autour de lui, désemparé, cherchant un appui, riant presque de son inconscience qui l'avait poussé vers les sables mouvants pour pisser...

Il restait là persuadé qu'il s'agissait d'une mare peu profonde, une bonne histoire à raconter quand il aurait retrouvé ses compagnons. Il restait là. Une véritable panique commença à l'envahir, quand il fut enfoncé jusqu'aux genoux. Il commença à se débattre, oubliant que dans les sables mouvants, on est supposé rester immobile. En un rien de temps les sables lui arrivèrent à la taille, puis à la poitrine, le léchant comme de grandes lèvres brunes. Rassemblant son souffle il commença à crier. Personne ne répondit, rien ne se produisit. Seul un écureuil bondit sur la souche mousseuse et se percha sur son sac, le regardant de ses petits yeux noirs et brillants.

Maintenant, il en avait jusqu'au cou, l'odeur forte de la vase l'asphyxiait. Ses cris se faisaient faibles et haletants. Des oiseaux voletaient et gazouillaient, les rayons du soleil, couleur de cuivre, jouaient entre les arbres et les sables mouvants l'engloutissaient. Seul, il allait mourir seul, il ouvrit la bouche pour crier une dernière fois mais il n'y eut pas de cri parce que les sables pénétrèrent dans sa bouche, chargèrent sa langue entre ses dents. Le cri d'agonie fut étouffé.

Johnny se retrouva en sueur, l'écharpe étroitement serrée dans ses mains, le souffle haletant et court. Il jeta l'écharpe sur le sol. Elle s'y étala comme un serpent livide. Il ne voulut plus y toucher. Son père la renvoya.

A présent, Dieu merci, le courrier était moins abondant, les fous avaient découvert une nouvelle psychose. Les journalistes ne lui demandaient plus d'entrevues, en partie parce que le numéro de téléphone avait été changé et ne figurait pas dans l'annuaire, en partie parce que son histoire avait vieilli.

Roger Dussault avait écrit un long article haineux. Selon lui toute l'affaire n'était qu'une cruelle et vulgaire mystification. Johnny avait dû fouiller le passé de plusieurs journalistes qui comme lui assistaient à la conférence de presse, au cas où... Oui, il admettait que sa sœur Anne était surnommée Terry ; oui, elle était morte assez jeune et les amphétamines y avaient beaucoup contribué. Mais tout ça était connu, non caché à qui voulait le savoir.

Johnny ne fit aucun commentaire. L'incident était donc clos. Et il n'avait pas l'intention d'en provoquer d'autres. Quel bien pourrait-il faire à cette femme qui lui avait envoyé l'écharpe, en lui apprenant que son frère avait péri dans les sables mouvants. En quoi cela l'aiderait-il à mieux vivre.

Au courrier aujourd'hui, six lettres, une facture. Une carte d'un cousin de Herb résidant en Oklahama, un crucifix envoyé à Johnny avec « Made in Taiwan » imprimé en fines lettres d'or sur les pieds du Christ. Une courte lettre de Sam Weizak, et une petite enveloppe avec une adresse au dos qui le fit se redresser brusquement : S. Hazlett, 12, Pound Strett, Bangor.

Sarah ! Il déchira l'enveloppe. Il avait reçu un mot d'elle deux jours après l'enterrement de sa mère. Écriture souple, penchée vers la gauche. Elle lui disait :

Je suis désolée de ce qui vient d'arriver. J'ai entendu à la radio que ta mère venait de mourir, et savoir ta douleur devenue chose publique était plus, plus douloureux encore. Tu ne t'en souviens peut-être pas, mais nous avions parlé un peu d'elle la nuit de ton accident. Je t'avais demandé ce qu'elle ferait si tu ramenais à la maison une papiste. Et tu m'avais répondu qu'elle m'aurait souhaité la bienvenue en souriant et en aurait profité pour me glisser quelques

prospectus. A ton sourire j'avais deviné tout l'amour que tu avais
pour elle. Par ton père j'avais appris qu'elle avait changé ; en grande
partie parce qu'elle t'aimait tant, elle ne pouvait accepter ce qui venait
d'arriver. Et je crois que finalement son espérance a été récompensée.
Accepte ma tendre sympathie et si je peux faire quoi que ce soit,
maintenant ou plus tard, compte sur ton amie.   *Sarah.*

Il avait répondu à cette lettre pour la remercier. Il avait
fait très attention, craignant de trahir ses sentiments. Elle
était mariée. Mais il se souvenait de leur conversation au
sujet de sa mère, et de bien d'autres choses encore
survenues cette nuit-là. Sa réponse lui avait pris une soirée
entière. Écrite sur un mode doux-amer, plus amer que doux.
Il aimait toujours Sarah Bracknell et il lui fallait sans cesse
se souvenir qu'elle n'existait plus, qu'elle était devenue une
autre, mère d'un petit garçon.

Il sortit de l'enveloppe une simple feuille qu'il
parcourut rapidement. Elle et son fils étaient à Kennebuk
pour une semaine avec une amie de Sarah, Stephanie
Carsleigh. Il devait se rappeler d'elle. Johnny ne s'en
souvenait pas. De toute façon Walt était retenu à Washington pour trois semaines, à la fois pour ses affaires et celles
du parti républicain. Sarah pensait pouvoir prendre un
après-midi et venir voir Johnny et Herb à Pownal, si
toutefois ça ne les dérangeait pas.

Tu peux me joindre au 814.6219 entre le 11 et le 23 octobre.
Si cela vous gêne en quoi que ce soit, préviens-moi en toute simplicité,
je compendrai. Amitiés à tous deux.   *Sarah.*

Johnny contempla le jardin, les bois roux et dorés. Les
feuilles allaient bientôt tomber, l'hiver arriver.

« Amitiés à vous deux, Sarah. » Il resta pensivement
sur ces mots. Il vaudrait mieux ne pas appeler, ne pas écrire,
ne rien faire, se disait-il. Elle comprendrait. Comme pour
la femme à l'écharpe, quel bien pouvait-il sortir de tout ça.
Pourquoi troubler l'eau qui dort. Sarah pouvait écrire
sincère amitié en toute spontanéité ; lui ne le pouvait pas.
Il n'avait pas encore surmonté le choc du passé. Pour lui
le temps avait été brutalement immobilisé et mutilé. Du fin
fond de son passé elle lui appartenait toujours. Il pouvait
accepter l'accident, le temps gaspillé, mais ses émotions
antérieures résistaient opiniâtrement. Répondre à sa lettre
de condoléances avait été difficile, et plus difficile encore

161

à une lettre de circonstance. Il est toujours possible de déraper. Mais s'il commençait à dépasser les bornes de l'amitié – tout ce qu'ils pouvaient partager maintenant –, s'il la revoyait, il était capable de faire, de dire des choses stupides. Mieux valait ne pas appeler, laisser tout ça en l'état.

Pourtant, il appellerait, pensait-il. Il appellerait et l'inviterait.

Il glissa la lettre dans son enveloppe. Le soleil étincela sur des chromes. Un éclair l'éblouit. Une Ford se frayait un chemin dans l'allée. Johnny essaya d'en deviner le conducteur. Les promeneurs étaient rares par ici. Pownal n'était qu'un petit point sur la carte, assez difficile à trouver. Si la voiture appartenait à un curieux, Johnny l'éloignerait aussi vite que possible, aimablement, mais fermement. Weizak lui avait donné ce conseil. Et c'était un sage conseil.

La voiture réapparut après le tournant entre le hangar et le tas de bois. Johnny aperçut le petit autocollant Hertz au coin du pare-brise. Un homme très grand, en jeans tout neufs et chemise de chasseur rouge, sortit de la voiture et jeta un coup d'œil autour de lui, avec l'air d'un type qui n'est pas habitué à la campagne. Un homme qui sait qu'il n'y a plus de loups ni de pumas en Nouvelle-Angleterre, mais qui veut tout de même s'en assurer. Un citadin. Il leva les yeux vers la maison, aperçut Johnny et agita une main haut levée.

– Belle journée, dit-il. (Il a l'accent de Brooklyn, pensa Johnny, et il parle du nez.)

– Salut dit Johnny, perdu ?

– J'espère que non, dit l'étranger en s'approchant jusqu'au bas des marches. Vous êtes John Smith.

Johnny sourit.

– Vous avez frappé à la bonne porte. Que puis-je pour vous ?

– Eh bien, peut-être pouvons-nous quelque chose l'un pour l'autre. Je m'appelle Richard Dees, je travaille au magazine *Vue Intérieure,* expliqua-t-il en tendant la main.

Il avait les cheveux mi-longs, au goût du jour, et très gris. Teints, estima Johnny amusé. Que penser d'un homme qui parle du nez et se teint les cheveux en gris.

– Peut-être connaissez-vous le magazine ?

– Oh ! j'ai eu l'occasion de le feuilleter. Il est en vente un peu partout. Mais je ne désire pas être interwievé, je

162

suis désolé que vous ayez fait tout ce voyage pour rien. On le vend au supermarché. Les titres en sont sensationnels et racoleurs : « Un enfant tué par des extra-terrestres, cris désespérés de la mère. », « Les aliments qui empoisonnent nos enfants. », « Douze médecins prédisent un tremblement de terre en Californie pour 1983. »

— Bon, une interview n'est pas exactement ce que je suis venu chercher, dit Dees. Puis-je m'asseoir ?

— Vraiment, je...

— Monsieur Smith, je vole depuis New York, et à Boston j'ai pris un petit avion qui m'a obligé à m'interroger sur la condition humaine et sur ce que deviendrait ma femme en cas de catastrophe.

— Pertland Bangor Airways est surnommé Panique Airline, fit Johnny en riant.

— C'est ça, acquiesa Dees.

— Très bien, dit Johnny, je vous écoute. Mais un quart d'heure, pas une minute de plus, je dois dormir l'après-midi. (Pieux mensonge, mais pour la bonne cause.)

« Un quart d'heure c'est plus qu'il n'en faut ! » Dees se pencha en avant.

— Je me suis livré à une simple estimation Mr. Smith, je pense que vous valez environ 200 000 dollars.

Johnny eut un petit sourire.

— Ce que je vaux ou ne vaux pas, c'est mon affaire.

— Bien sûr, je ne voulais nullement vous offenser Mr. Smith. *Vue Intérieure* voudrait vous offrir une situation, très lucrative.

— Non, merci.

— Si vous vouliez me donner une chance de vous expliquer...

— Je ne suis pas médium.

— Juste un instant.

— Mr. Dees, vous n'avez pas l'air de bien comprendre...

— Une minute, supplia Dees avec un sourir engageant.

— Comment avez-vous appris mon adresse ?

— Nous avons un correspondant dans un journal du Maine. Il nous a indiqué que vous résidiez sans doute chez votre père.

— Je lui dois sans doute des remerciements, n'est-ce pas ?

— Mais oui, dit Dees très à l'aise. Je parie que vous serez de mon avis quand vous saurez de quoi il s'agit. Puis-je...

– Très bien, allez-y, dit Johnny, puisque vous avez voyagé sur Panique Airline pour venir jusqu'ici ! Mais, je vous préviens je ne changerai pas d'avis.

– Écoutez-moi. Nous sommes dans un pays libre, n'est-ce pas ? *Vue Intérieure* s'est spécialisé dans les histoires de médiums, de voyants, comme vous devez le savoir. Nos lecteurs, pour être tout à fait franc, n'y connaissent pas grand-chose. Nous avons un tirage hebdomadaire de trois millions d'exemplaires. Trois millions de lecteurs par semaine, Mr. Smith. Comment y arrivons-nous ? Nous faisons dans le spirituel...

– Deux jumeaux dévorés par l'ours tueur, murmura Johnny.

Dees haussa les épaules.

– Oui, bien sûr. Nous vivons dans un monde dur, les gens doivent-être informés de ces choses : c'est leur droit de savoir. Mais pour un article minable, nous en avons trois qui expliquent à nos lecteurs comment maigrir sans souffrir, comment trouver l'harmonie sexuelle, et l'entente conjugale, comment se rapprocher de Dieu.

– Croyez-vous en Dieu, Mr. Dees !

– En fait non, répondit Dees, avec son sourire de charme, mais nous sommes en démocratie, le plus puissant pays du monde, n'est-ce pas ? Chacun est maître de son destin. Non, le fait est que nos lecteurs croient en Dieu, ils croient aux anges et aux miracles...

– A l'exorcisme, aux démons, aux messes noires...

– Exact, exact, exact. Vous saisissez, c'est une audience spirituelle. Ils croient à toutes ces histoires-là. Nous avons dix médiums sous contrat, y compris Kathleen Nolan, la voyante la plus célèbre d'Amérique. Nous voudrions vous avoir sous contrat, Mr. Smith.

– Vraiment ?

– Absolument ! Qu'est-ce que cela signifie pour vous ? Votre photo et de petits articles qui paraîtrons douze fois par an ! Nous sortons chaque année une édition spéciale pour le Nouvel An, et une le 4 juillet sur l'avenir de l'Amérique au cours de l'année. Cette édition très complète donne des tas d'informations sur la politique étrangère, l'économie politique...

– Je crois que vous ne comprenez pas, dit Johnny.

Il parlait lentement, comme à un enfant. J'ai eu deux pressentiments, mais d'une manière tout à fait hasardeuse.

Je serais aussi incapable de prédire l'avenir de l'Amérique que de traire un taureau.

Dees eut l'air scandalisé.

– Qui parle de ça ? Notre équipe de rédacteurs s'en charge.

– Une équipe... ? dit Johnny stupéfait.

– Évidemment, poursuivit Dees avec impatience. Un de nos types les plus populaires ces deux dernières années a été Frank Ross, spécialiste des catastrophes ; c'est un garçon très gentil, mais il a quitté l'école en neuvième. Il a fait deux passages dans l'armée, et conduisait les cars Greyhound au dépôt de Port Authont à New York, quand nous l'avons découvert. Vous croyez que nous l'avons laissé écrire ses articles ? Il ne sait même pas épeler merci.

– Mais les prédictions...

– De l'improvisation, rien d'autre que de l'improvisation. Mais vous seriez surpris de voir à quel point ces types savent deviner le truc énorme.

– Énorme, répéta Johnny ahuri. Sa mère avait été une fidèle lectrice de *Vue Intérieure*. Jusqu'au jour où ils avaient fait paraître des photos de débris de voiture ensanglantés, de décapitations, d'exécutions de trafiquants. Elle avait juré à chaque légende, et sans doute la plus grande partie des 2 999 999 autres lecteurs en avaient-ils fait autant. Et maintenant ce type était assis là avec ses cheveux teints en gris, ses chaussures à 50 dollars et sa chemise qui portait encore l'étiquette du magasin, et il parlait de trucs énormes !

– Mais ça marche, poursuivait-il. Si vous vous décidez, tout ce que vous aurez à faire c'est de nous téléphoner vos informations et nos services les traiteront. Par ailleurs, vous êtes parfaitement libre de signer un contrat chez un éditeur. Tout ce que nous vous demandons c'est d'avoir la première exclusivité. Croyez-moi, nous payons très bien. De quoi mettre du beurre dans vos épinards, ricana Dees.

– Quel peut être le montant de ce contrat, demanda doucement Johnny, agrippé aux bras de son fauteuil, la veine de sa tempe droite palpitant.

– 30 000 dollars par an, pendant deux ans, répondit Dees. Et si vous devenez populaire, cette somme sera négociable. Tous nos médiums ont leur spécialité, vous, je crois que ce sont les objets.

Dees cligna des yeux rêveusement. Deux fois par mois, les lecteurs de *Vue Intérieure* seront invités à envoyer un objet personnel à Johnny Smith. Quelque chose comme ça. Nous serons précis. Il ne faut pas qu'ils envoient des choses chères, car rien ne sera renvoyé. Mais vous seriez surpris – il y a des gens absolument cinglés. Dieu les aime ceux-là –, vous seriez surpris de voir ce qu'ils expédient, diamants, pièces d'or, alliances... et nous pourrions préciser dans votre contrat que tous les objets envoyés à votre nom deviennent votre propriété personnelle.

Johnny commençait à voir rouge.

– Ainsi les gens enverront des choses que je pourrais garder. C'est bien ce que vous voulez dire ?

– Absolument, je n'y vois aucun inconvénient. C'est un problème de clause dans le contrat. Un peu plus de beurre dans vos épinards.

– Supposons dit Johnny, contrôlant soigneusement sa voix, supposons... que je trouve un événement sensationnel comme vous dites... je n'ai qu'à vous téléphoner et vous dire le président Reagan sera assassiné le 31 Septembre 1983... non parce que j'en aurai eu le pressentiment, mais parce que j'en aurai eu l'idée.

– Eh bien, septembre n'a que trente jours vous savez, remarqua Dees, mais à part ça, je crois que ce serait bien joué. Vous avez un don, Johnny, et vous avez l'esprit large. Vous seriez surpris de savoir combien les gens sont mesquins. Un de nos gars, Tim Clark, de l'Idaho, nous a écrit il y a deux semaines qu'il avait eu une vision, Earl Butz allait être obligé de donner sa démission l'année prochaine. Pardonnez-moi l'expression, mais qui est Earl Butz pour une ménagère américaine ? Vous avez des ondes positives, Johnny. Vous êtes fait pour ce boulot.

– Des ondes positives, murmura Johnny.

Dees le regarda surpris.

– Vous vous sentez bien, Johnny. Vous êtes tout pâle.

Johnny pensa à la femme qui avait envoyé l'écharpe. Sans doute lisait-elle *Vue Intérieure*.

– Je résume, dit-il : Vous me payez 30 000 dollars par an pour mon nom...

– Et votre photo, n'oubliez pas.

– Et ma photo, pour un article bidon. De plus je dis aux gens ce qu'ils veulent savoir au sujet des objets qu'ils m'enverront, et en extra, je les garde pour moi...

– Si l'avocat est d'accord.

– Ils deviennent ma propriété personnelle, c'est bien ça ?

166

– C'est ça, grosso modo, Johnny, les choses s'imbriquent les unes dans les autres de façon surprenante. En six mois vous serez membre à part entière de la famille et après le ciel est à vous. Les tournées Carson, signatures, conférences, un livre bien sûr. Les éditeurs font des ponts d'or aux médiums, Kathy Nolan a démarré avec un contrat semblable au vôtre et maintenant elle fait plus de 200 000 par an. Aussi a-t-elle fondé sa propre école. Elle n'en rate pas une, notre Kathy.

Dees se pencha en avant tout souriant.

– Je vous le dis, Johnny, le paradis est à vous.

– C'est à parier.

– Eh bien, qu'en pensez-vous ?

Johnny se pencha vers Dees, agrippa la manche de sa chemise neuve d'une main, et le col de la même chemise neuve de l'autre.

– Hé, qu'est ce qui vous prend ?

Johnny tira des deux mains sur la chemise. Cinq mois d'exercices quotidiens avaient musclé ses mains et ses bras de façon incroyable.

– Vous me demandez ce que je pense, dit Johnny. (Il commençait a avoir très mal à la tête.) Je vais vous le dire, je pense que vous êtes un vampire, un fossoyeur des rêves. Je pense que votre mère aurait dû mourir d'un cancer le lendemain de votre conception. Si l'enfer existe, vous y brûlerez.

– Ne me parlez pas sur ce ton, cria Dees d'une voix stridente. Vous êtes complètement cinglé. Oubliez tout ça, espèce d'abruti ! Vous aviez votre chance ! Ne venez surtout pas ramper après ça...

– De plus vous parlez du nez, dit Johnny en se levant, et en soulevant Dees en même temps que lui. Le pan de sa chemise sortait de ses jeans, dévoilant un maillot de corps ajouré. Johnny commença à le secouer en cadence d'arrière en avant.

Dees en oubliait d'être furieux. Il en bredouillait. Johnny le traîna jusqu'au haut des marches, leva un pied et l'expédia sur le fond du Levis tout neuf. Dees arriva en bas en deux grandes enjambées, toujours bafouillant. Il glissa dans la boue et s'étala de tout son long. Quand il se releva son ensemble était maculé, ce qui à la campagne le rendait plus présentable, pensa Johnny tout en doutant que Dees partageât cet avis.

– Je devrais prévenir la police, éructa-t-il, et je vais peut-être le faire.

– Faites ce que vous voulez, dit Johnny, mais par ici on ne traite pas très gracieusement ceux qui mettent leur nez dans les affaires des autres.

Le visage de Dees était déformé par un mélange de peur, de colère et d'étonnement.

– Si jamais un jour vous aviez besoin de nous, dit-il !

Johnny avait très mal à la tête maintenant, mais il réussit à maîtriser sa voix.

– Ça va comme ça, filez !

– Vous le regretterez, vous savez, trois millions de lecteurs, ça vous coûtera cher. Quand nous nous serons occupés de vous, vous n'aurez plus aucune audience. Même si vous annoncez le printemps en avril. On ne vous croira plus... si... si, bredouillait Dees furieux.

– Sortez d'ici, espèce de minable.

– Vous pouvez dire adieu à la gloire, cria Dees en donnant l'impression d'avoir essayé d'être le plus injurieux possible. Avec son visage défait, ses vêtements tachés, il avait l'air d'un gosse puni. Son accent de Brooklyn s'était aggravé au point de devenir incompréhensible. Toutes les maisons d'éditions vont vous rire au nez ! Les lecteurs ne voudront plus de vous quand je vous aurai démoli ! Il y a des moyens pour abattre les petits rigolos comme vous et nous les avons ! Nous...

– Je crois que je vais prendre mon flingue et faire un carton en état de légitime défense, commenta Johnny.

Dees recula vers sa voiture, lâchant toujours menaces et obscénités. Johnny resta sous la véranda en l'observant, sa tête le faisant de plus en plus souffrir. Dees emballa le moteur, souleva des nuages de poussière, fit une légère embardée. Rentra dans la pile de bois... Johnny sourit en dépit de sa migraine. Il remettrait le bois en place plus facilement que Dees n'expliquerait aux gens de Hertz la grosse bosse dans l'aile avant de la Ford.

Le soleil brillait encore sur les chromes quand Dees s'engagea dans l'allée pour rejoindre la route. Johnny reprit place dans son fauteuil d'osier. Puis il prit son front à deux mains, attendant la fin de sa migraine.

Que comptez-vous faire ? demanda le banquier.

Le trafic était intense, dans la grande rue de Ridgeway, New Hampshire. Au troisième étage, les murs, lambrissés de pin, du bureau du banquier, étaient décorés de toiles de F. Remington, ainsi que de photos du banquier dans l'exercice de ses fonctions. Sur le bureau un cube transparent protégeait les photos de sa femme et de son fils.

– Je vais me présenter à la Chambre des représentants l'année prochaine, fit Greg Stillson.

C'était devenu un homme corpulent, vêtu d'un pantalon kaki, d'une chemise bleue aux manches retroussées et d'une cravate noire ornée d'un motif bleu. Il avait l'air déplacé dans cette pièce, comme si à chaque instant on s'attendait à le voir se livrer à une mêlée de rugby.

Le banquier, Charles « Chuck » Gendron, président du Lions Club, se mit à rire, un peu décontenancé, Stillson avait le don de déconcerter les gens. S'il avait été un enfant maigrichon, son poids actuel lui permettait de savourer sa revanche. Assis là, dans le bureau de Gendron, il ressemblait beaucoup au paysan rougeaud qu'avait été son père.

Il tiqua à la remarque de Gendron.

– Je pense que George Harvey a son mot à dire, ne croyez-vous pas, Greg ?

George Harvey non seulement orientait la politique de la ville, mais conseillait aussi le troisième district républicain du New Hampshire.

– George ne dira rien, répondit Greg calmement.

Sa chevelure était légèrement grisonnante et son visage rappelait celui d'un homme qui longtemps auparavant avait battu à mort un chien dans une cour de ferme. Sa voix cependant demeurait posée.

– George va se trouver sur la touche, si vous voyez ce que je veux dire. Je n'ai pas l'intention de lui marcher sur les pieds, parce que je me présenterai comme candidat indépendant. Je ne vais pas passer mon temps à lécher des bottes.

– Vous plaisantez, n'est-ce pas Greg ? interrogea Gendron d'une voix hésitante.

Greg grimaça une fois de plus.

— Je ne plaisante jamais, les gens pensent... que je plaisante. L'*Union Leader* et tous ces gogos du *Daily Democrat* pensent que je plaisante. Mais rencontrez George Harvey et demandez-lui si j'ai l'habitude de plaisanter. Après tout, nous avons quelques cadavres en commun derrière nous, pas vrai, Chuck ? conclut-il dans un gigantesque éclat de rire.

C'était là une allusion à l'affaire Laurel Estaks. Ce dernier, un vieillard qui habitait Back Ridgeway, avait refusé de vendre. Ses quatorze poulets étaient alors morts de façon mystérieuse ; ensuite, un incendie s'était déclaré dans son cellier, et puis un jour où le vieux avait été voir sa sœur dans une maison de retraite de Keene, quelqu'un avait étalé de la merde sur les murs du living-room, après quoi le vieillard avait vendu, et l'affaire Laurel Estaks avait été considérée comme classée. Il y avait bien ce motard, Sonny Elliman, qui traînait de nouveau dans les parages. Lui et Greg étaient très copains. Mais cela ne pouvait alimenter les ragots car Greg, comme responsable de la réinsertion des toxicomanes, rencontrait souvent des loubards ou des Hell's Angels. Au lieu de les condamner ou de les arrêter, la ville les prenait en charge. C'était une idée de Greg, et une fameuse idée !

Le banquier était le premier à l'admettre, puisqu'elle lui avait permis d'être désigné comme grand électeur. Mais ça... ça, c'était de la démence. Greg avait dit autre chose que Gendron n'avait pas bien compris.

— Pardon ? dit-il.

— Je vous ai demandé si vous vouliez patronner ma campagne, répéta Greg

— Greg... Gendron s'éclaircit la voix et reprit, Greg... vous donnez l'impression de ne pas comprendre. Harrison Fisher est le représentant du troisième district à Washington. Harrison Fisher est respecté et probablement éternel.

— Personne n'est éternel, répliqua Greg.

— Harrison oui, dit Gendron. Demandez à Harvey. Ils sont allés à l'école ensemble.

— En 1800 et quelques, je suppose.

Le banquier ne tint aucun compte de cette astuce bidon.

— C'est pas ça qui m'arrêtera.

— Greg, vous êtes fou.

Le sourire de Greg avait disparu et son visage s'était fait menaçant.

– Ne dites jamais une chose comme ça, Chuck ! jamais !

Le banquier était maintenant terrorisé.

– Greg, je m'excuse, c'est seulement...

– Ne me parlez jamais sur ce ton, à moins que vous ne vouliez vous aussi rencontrer Sonny Elliman.

Les lèvres de Gendron frémirent, mais aucune parole n'en sortit.

Greg sourit à nouveau.

– Peu importe, nous n'allons pas nous chamailler, puisque nous allons travailler ensemble.

– Greg !

– J'ai besoin de vous, parce que vous connaissez les milieux d'affaires du New Hampshire. Nous gagnerons beaucoup d'argent quand tout sera mis sur pied. Mais il va falloir amorcer la pompe. Je pense que 50 000 dollars suffiront pour commencer.

Le banquier, qui avait travaillé pour Harrison Fisher au cours de ses quatre dernières campagnes électorales, était si abasourdi par la naïveté de Greg en la matière qu'il se trouva pris de court. Finalement il déclara :

– Greg, les hommes d'affaires ne financent pas une campagne électorale par simple bonté d'âme, mais parce que celui qui pense l'emporter leur est redevable de quelque chose. Dans une campagne serrée, ils soutiendront un candidat qui a une chance de gagner. C'est le maître mot, gagner. Maintenant, Fisher est...

– Regardez, pria Greg en sortant une enveloppe de sa poche revolver. Je voudrais que vous jetiez un coup d'œil là-dessus.

Gendron contempla l'enveloppe avec méfiance, puis leva les yeux vers Greg qui l'encouragea d'un hochement de tête. Le banquier prit l'enveloppe et l'ouvrit.

Un long silence régna dans le bureau, troublé seulement par le doux mouvement de la pendule électrique, puis par le craquement de l'allumette dont se servit Greg pour allumer un cigare. Sur les murs, toujours les tableaux de Frédérique Remington, et sur le bureau le cube transparent et les photos de la famille. Mais maintenant, étalées sur le même bureau, des photos du banquier la tête enfouie entre les cuisses d'une jeune femme brune, ou peut-être rousse. Les épreuves étaient en effet d'un tirage grossier en noir et blanc. Le visage de la femme était éloquent. Ce n'était pas le visage d'une femme de banquier. Les gens de Ridgeway

171

auraient pu reconnaître celui d'une serveuse du routier de Bobby Strang. Ces photos du banquier étaient inutilisables puisque le visage du banquier y était invisible. Mais, sur d'autres clichés, par contre, sa grand-mère l'aurait immédiatement reconnu. Gendron et la serveuse y étaient bestialement et audacieusement mêlés et ce n'était certainement pas des photos pour illustrer un manuel d'éducation sexuelle.

Gendron leva les yeux, le visage défait, les mains tremblantes. Il redoutait une attaque cardiaque. Greg ne le regardait même pas, il était à la fenêtre contemplant le ciel tamisé d'octobre.

– Le vent du changement se lève, dit-il, l'œil lointain. Il se retourna vers Gendron.

– Un de ces toxicos du centre, vous savez ce qu'il m'a donné ?

Chuck Gendron fit signe que non, il ne savait pas. Les yeux toujours fixés sur les photos, il se massait le côté gauche de la poitrine, au cas où... les maudites photographies. Et si jamais sa secrétaire entrait ? Il cessa de se masser, rassembla les photos et les remit dans l'enveloppe.

– Il m'a donné le petit livre rouge de Mao, dit Greg.

Un petit rire étouffé sortit de sa large poitrine. Cette poitrine qui faisait honte à son père adoré tant elle était malingre autrefois.

– J'ai trouvé un proverbe qui dit... je ne me rappelle plus exactement, mais c'était quelque chose comme : « L'homme qui sent que le vent va changer ne construira pas un paravent, mais un moulin à vent. »

Il se pencha, poursuivit :

– Harrison Fisher n'est pas un gagnant, il est fini. Une bonne partie des hommes politiques, à l'échelon local ou national, vont se réveiller au lendemain des élections et s'apercevoir qu'ils sont morts.

Les yeux de Greg Stillson étincelaient.

– Vous voulez connaître la nouvelle vague ? Observez-moi. Les républicains présentent un gars nommé Erwin et les démocrates Mitchell, mais quand ils compteront les votes, tous deux auront une grande surprise parce que les gens auront voté pour un homme de Lewiston qui n'appartient à aucun parti. Pour l'instant on parle de lui comme d'un mystérieux candidat à la présidence...

Gendron restait muet.

Greg reprit son souffle.

– Ils vont tous penser que je plaisante, que je suis givré. Mais je ne plaisante pas, je construis des moulins à vent, et vous allez me fournir les matériaux de construction.

Il se tut, et le silence retomba dans le bureau, à nouveau troublé par le ronron de la pendule.

Gendron murmura :

– Où avez-vous eu ces photos ? C'est Elliman ?

– Ne parlons plus de ça, oubliez ces photos, gardez-les...

– Et qui a les négatifs ?

– Chuck, dit Greg avec gravité, vous ne comprenez pas que je vous offre Washington. Le paradis nous attend. Je ne vous demande même pas de me trouver beaucoup d'argent. Juste un broc d'eau pour amorcer la pompe. Quand tout sera en ordre, l'argent rentrera. Vous connaissez les gens qui en possèdent. Vous déjeunez avec eux à Caswell House. Vous jouez au pocker avec eux. Vous avez échangé de la correspondance avec eux au sujet de prêts à des taux usuraires. Aussi avez-vous les moyens de leur passer les menottes.

– Greg, vous ne comprenez pas, vous ne...

Greg se leva.

– De la même manière que moi je vous passe les menottes, dit-il.

Le banquier leva vers lui un regard désespéré qui lui donnait l'air d'un mouton qu'on mène à l'abattoir, pensa Greg.

– 50 000 dollars, précisa-t-il avant de sortir, refermant doucement la porte derrière lui. Gendron entendit sa voix tonitruante à travers la mince cloison ; il échangeait des plaisanteries avec sa secrétaire. Cette dernière, la soixantaine, à la poitrine plate, devait sans doute être prise de fou rire comme une écolière. Greg était un bouffon. Et on n'élisait pas de bouffons à Washington... Enfin assez difficilement tout de même. Mais ce n'était pas là le problème. L'esprit de Chuck aborda le problème comme une souris blanche grignote un morceau de fromage sur une assiette. Ça devrait pouvoir se faire. Oui ça devrait pouvoir se faire. Mais est-ce que ça s'arrêterait là ?

L'enveloppe blanche se trouvait toujours sur le bureau. Sa souriante épouse la contemplant depuis son cube translucide. Il attrapa l'enveloppe et la fourra dans la poche intérieure de son pardessus. C'était sûrement Elliman, lui seul avait pu prendre ces photos, il en était certain. Mais c'était Stillson qui l'avait commandité. Peut-être après tout n'était-il pas aussi bouffon que ça ? Pourtant son jugement sur le monde politique était absolument stupide. Construire des moulins à vent au lieu de paravents... Le paradis vous attend, ce n'était pas le problème.

50 000 dollars. Chuck Gendron, président du Lions, connu partout comme un chic type (l'année dernière, il était monté sur une de ces drôles de petites bicyclettes pour la parade du 4 Juillet à Ridgeway), tira un bloc du premier tiroir de son bureau et commença à y jeter quelques noms.

En bas dans Main Street, Greg Stillson leva son visage vers le soleil d'automne et se félicita pour ce travail bien fait, ou plutôt bien emmanché.

CHAPITRE 15

1

Par la suite Johnny pensa que la raison pour laquelle il avait cessé de penser à Sarah était liée à la visite de Richard Dees, l'homme de *Vue Intérieure,* puis il avait fini par faiblir et avait appelé Sarah pour l'inviter à venir. Il estimait qu'elle pourrait lui remonter le moral. Il téléphona à Kennebunk et obtint d'abord son amie. Un silence s'ensuivit, puis la voix de Sarah.

— Johnny, c'est toi ?
— En personne
— Comment vas-tu ?
— Très bien, et toi ?
— Très bien. Je suis heureuse que tu aies appelé... Je n'étais pas sûre que tu le ferais.
— Tu sniffes toujours ?
— Non, je suis à l'héro maintenant.
— Tu viens avec le bébé ?
— Bien sûr je l'emmène partout avec moi.
— Parfait, quand venez-vous me rendre visite ?
— Ça me ferait plaisir, dit-elle avec empressement.
— Mon père travaille à Westbrook et je suis chef cuisinier. Il rentre vers 4 heures et demie et nous mangeons une heure plus tard. Vous serez les bienvenus pour dîner, mais je vous préviens, tous mes plats sont à base de spaghetti américains.

Elle se mit à rire.

— Accepté, quel jour ?
— Que pensez-vous de demain ou après-demain ?
— Demain c'est parfait, dit-elle après une brève hésitation. A bientôt alors.
— Sois prudente, Sarah !
— Toi aussi.

Il raccrocha, à la fois excité et coupable, absolument sans raison. Mais on n'est pas maître de ses sentiments, après tout ?

175

« Bon, elle sait ce qu'elle doit savoir. Elle sait à quelle heure papa rentre. » Qu'avait-elle besoin de savoir d'autre ?

Une petite voix intérieure ajouta : « Que ferez-vous si elle débarque à midi ? – Rien », répondit-il sans y croire.

Il pensait simplement au dessin des lèvres de Sarah, à ses yeux verts légèrement en amande. C'était suffisant pour qu'il se sente faible, idiot et vaguement désespéré.

Johnny passa dans la cuisine et lentement commença a préparer le dîner. Pas très compliqué, juste pour deux, père et fils. Cela ne se passait pas trop mal. Il se remettait lentement. Lui et son père avaient parlé de ces quatre ans et demi perdus, de sa mère, avec des ménagements d'abord puis de façon de plus en plus ouverte. Pas tellement pour comprendre, mais pour en finir. Non ça ne se passait pas trop mal. Mais tout se terminerait en janvier quand il retournerait à Cleaves Mills pour y enseigner. Il avait reçu son contrat la semaine dernière, l'avait signé et renvoyé à Dave Pelsen. Que ferait son père à ce moment-là ? Continuer, pensa Johnny. Les gens ont des dispositions pour ça, continuer tout simplement, avancer sans drame, sans roulement de tambour. Il viendrait voir Herb, aussi souvent que possible. Chaque week-end si c'était la bonne solution. Tant de choses étaient devenues incompréhensibles, et si rapidement, que tout ce qu'il pouvait faire, c'était de suivre le mouvement général de son mieux, en tâtonnant comme un aveugle perdu dans un appartement inconnu.

Il mit le rôti dans le four, gagna le living-room, alluma la T.V. puis l'éteignit et finit par s'asseoir en pensant à Sarah. Le bébé, se dit-il. Le bébé sera notre chaperon si elle vient de bonne heure. Tout serait bien ainsi. Longtemps encore il se laissa aller à rêver.

2

Elle arriva à midi et quart – le lendemain, au volant d'une petite voiture rouge dernier modèle. Elle se gara, sortit, grande et belle, le doux vent d'octobre jouant dans ses cheveux d'un blond cuivré.

– Johnny ! appela-t-elle, levant la main.

– Sarah ! il vint à sa rencontre, l'embrassa légèrement sur la joue.

– Il faut que je sorte l'empereur, dit-elle en ouvrant la portière.

– Je peux vous aider ?

– Nous nous entendons très bien, n'est-ce pas Denis. Viens bébé. Elle manipula adroitement les courroies, dégagea le bébé potelé et le souleva ; Denis, curieux, regarda les alentours, puis ses yeux se fixèrent sur Johnny. Il sourit.

– Vig, dit Denis en applaudissant des deux mains.

– Je crois qu'il veut aller avec toi, dit Sarah. C'est très inhabituel. Denis comme son père a une sensibilité républicaine, il est réservé ! Tu veux le prendre ?

– Oui, dit Johnny incertain.

Sarah sourit.

– Il ne bougera pas et tu ne le lâcheras pas, dit-elle en lui tendant Denis. Si jamais ça arrivait, il rebondirait comme une balle.

Denis passa un bras nonchalant autour du cou de Johnny et regarda sa mère.

– C'est drôle, dit Sarah, jamais il ne... Johnny ? Johnny ?

Quand le bébé avait passé son bras autour de son cou Johnny s'était senti submergé comme par une eau tiède. Rien de sombre, rien de trouble, tout était simple. Aucune sensation de malaise. Pas de passé douloureux. Et pas de mots. Uniquement des images fortes.

– Johnny ? elle le regardait songeuse.

– Oui,

– Tout va bien ?

« Elle me parle de Denis, réalisa-t-il. Est-ce que tout va bien pour Denis ? »

– Tout va bien, dit-il, Nous pouvons entrer si tu veux, mais généralement nous restons sur la véranda. Il sera bien assez tôt de se blottir près du poêle.

– La véranda sera parfaite. Denis a l'air de vouloir rester dehors, pas vrai bébé ? Elle lui ébouriffa les cheveux et il se mit à rire.

– Il sera bien là ?

– Aussi longtemps qu'il n'essayera pas de manger des morceaux de bois.

177

— J'ai scié des bûches, dit Johnny en posant Denis avec autant de précautions qu'un vase Ming.

— Comment te sens-tu physiquement ?

— Je pense, répondit Johnny en se remémorant la raclée qu'il avait infligée à Richard Dees quelques jours auparavant, que je vais aussi bien que possible.

— Tant mieux. Tu avais l'air très abattu la dernière fois que je t'ai vu.

Il hocha la tête.

— Johnny ?

Il la regarda et de nouveau il sentit une vague culpabilité tordre ses tripes. Elle le fixait franchement, ouvertement.

— Oui ?

— Tu te souviens... l'alliance ?

Il acquiesça.

— Elle était là, où tu l'avais dit, je l'ai jetée.

— C'est vrai ? Il était sincèrement étonné.

— Je l'ai jetée, et je n'en ai jamais parlé à Walt. Elle hocha la tête, je ne sais même pas pourquoi — j'y pense sans cesse.

— Il ne faut pas.

Ils étaient sur les marches, en face l'un de l'autre.

— Il y a une chose que je voudrais faire, dit-elle avec simplicité, quelque chose que nous n'avons jamais eu la chance de faire.

— Sarah !... commença-t-il, puis il se tut. Il ne savait absolument plus quoi dire. Denis montait laborieusement les marches en gazouillant.

— Oui, dit-elle, je ne sais si c'est bien ou mal. J'aime Walt, il est bon, facile à vivre. Peut-être la seule chose que je sache vraiment, c'est distinguer un homme bien de celui qui ne l'est pas. Dan, ce type avec qui j'étais au collège, était mauvais. C'est toi qui m'as donné le goût de l'homme bien, Johnny. Sans toi je n'aurais jamais pu apprécier la valeur de Walt.

— Sarah, tu n'as pas à...

— Si, justement, répliqua Sarah à voix basse. Parce que ce sont des choses qu'on ne peut dire qu'une fois, et que vous les disiez bien ou mal, c'est une fois pour toutes. Elle eut un regard presque suppliant. Tu comprends ?

— Oui, je crois.

— Je t'aime, Johnny, poursuivit-elle, je n'ai jamais cessé

de t'aimer. J'ai essayé de me dire que c'était la volonté de Dieu. Je ne sais pas. Est-ce qu'un mauvais hot dog est un acte divin ? Ou deux gosses traînant sur une route secondaire en pleine nuit ? Tout ce que je désire... Sa voix s'était faite un peu véhémente. Tout ce que je désire, c'est ce qui nous a été enlevé. Sa voix faiblit. Elle baissa les yeux. Et je le désire de tout mon cœur, Johnny. Et toi ?

– Oui, dit-il, il tendit les bras et fut surpris de son recul.

– Non, pas devant Denis, dit-elle, c'est peut-être stupide, mais... Je veux tout Johnny. Elle rougit légèrement et son émotion nourrit sa propre excitation. Je veux que tu me portes, que tu m'embrasses, que tu m'aimes, dit-elle. Sa voix faiblit, presque brisée. Je pense que j'ai tort, je n'y peux rien. Ce n'est que justice.

D'un doigt, elle essuya une larme sur sa joue.

– Mais ce sera l'unique fois, c'est bien ça ?

– Une seule fois paiera pour tout. Tout ce qui aurait pu être, si les choses n'avaient pas mal tourné. Elle leva vers lui des yeux plus verts que jamais, noyés de larmes. Pouvons-nous être payés pour tout en une seule fois, Johnny ?

– Non, dit-il en souriant. Mais nous pouvons essayer, Sarah.

Elle regarda Denis, il essayait sans succès de grimper sur le tas de bois.

– Il va dormir, dit-elle.

3

Ils s'assirent sur la véranda en surveillant Denis. Pas d'impatience entre eux, mais une montée de désir dont ils étaient tous deux conscients. Elle avait enlevé son manteau, s'était assise sur le rebord de la balustrade, les chevilles croisées, ses cheveux blonds épars sur les épaules, le visage un peu empourpré. Des nuages blancs passaient dans le ciel d'ouest en est.

Ils parlaient de choses insignifiantes, tranquillement. Pour la première fois depuis cinq ans le temps n'était pas

179

leur ennemi. Le temps leur offrait son déroulement paisible. Ils parlaient des gens qui s'étaient mariés, d'une fille de Cleaves Mills qui avait obtenu une bourse du gouverneur du Maine. Sarah trouvait qu'il avait le physique de Lurch dans la pièce *La Famille Addams,* et qu'il pensait comme Herbert Hoover, et tous deux en rirent.

— Regarde-le, dit Sarah en désignant Denis.

Il était assis sur l'herbe près du lierre grimpant de Vera Smith, le pouce dans la bouche, et les regardait, l'air ensommeillé.

Elle sortit un lit de toile de la voiture.

— Il sera bien sous la véranda ? demanda-t-elle à Johnny. Il fait doux. Je voudrais qu'il fasse un petit somme dehors.

— Il sera très bien là, dit Johnny.

Elle installa le lit à l'ombre, le coucha et lui remonta les deux couvertures jusqu'au menton.

— Dors mon bébé, dit Sarah.

Il lui sourit et ferma immédiatement les yeux.

— C'est aussi simple que ça ? s'étonna Johnny.

— Mais oui. Elle s'avança vers lui et lui passa les bras autour du cou. Je voudrais que tu m'embrasses, dit-elle. J'ai attendu cinq ans pour que tu m'embrasses à nouveau, Johnny.

Il l'enlaça, l'embrassa doucement. Ses lèvres s'entrouvrirent.

— Oh ! Johnny, dit-elle contre son cou, je t'aime.

— Moi aussi Sarah.

— Où nous mettons-nous, demanda-t-elle en s'écartant, ses yeux clairs et profonds comme des émeraudes. Où ?

4

Il étala la vieille couverture de l'armée, vieille mais propre, sur la paille du grenier. L'odeur en était capiteuse et douce ; au-dessus d'eux, le mystérieux volettement des hirondelles ; ils s'installèrent. Il y avait une petite fenêtre d'où on pouvait surveiller la véranda. Sarah en essuya un coin pour regarder Denis.

— Tout va bien ? demanda Johnny.

— Oui, il est mieux qu'à l'intérieur, ç'aurait été comme si... elle haussa les épaules.

— Comme si mon père avait été là.

— Oui, c'est entre nous.

— Notre histoire.

— Notre histoire, exactement. Elle était allongée à plat ventre, un côté de son visage sur la couverture décolorée, les genoux pliés. Elle enleva ses chaussures.

— Johnny, défais ma fermeture éclair.

Il s'agenouilla près d'elle et tira sur la fermeture qui fit un léger bruit dans le silence. Son dos était couleur ocre, constrastant avec la blancheur de son slip. Il l'embrassa, elle frisonna.

— Sarah, murmura-t-il.

— Quoi ?

— Il faut que je te dise quelque chose.

— Quoi ?

— Le docteur a commis une erreur en m'opérant, il m'a châtré !

Elle le boxa sur les épaules.

— Toujours le même vieux Johnny, dit-elle.

— Oui, dit-il.

Sa douce main le caressa en un tendre va-et-vient.

— Il semble que ce ne soit pas irréversible, dit-elle, son regard brillant cherchant le sien. Pas du tout. Voyons voir.

Il y eut l'odeur du foin, la couverture rugueuse, la douceur de sa chair, sa nudité. Se noyer en elle, c'était se noyer dans un rêve ancien et jamais tout à fait oublié.

— Oh, Johnny, mon chéri. Sa voix s'élevait dans l'excitation, ses hanches rythmaient un désir de plus en plus frénétique. Le contact de sa chevelure contre sa poitrine et ses épaules. Il y plongea son visage, se perdant dans leur sombre blondeur.

Le temps s'écoulait. La douce odeur du foin, la couverture rugueuse, le bruit du vieux grenier grinçant comme un navire dans le vent d'octobre. Une lueur blanchâtre filtrait entre les lézardes du toit piégeant des fétus de paille dans d'innombrables faiseaux de lumière.

Elle se mit à crier, à crier son nom encore, encore et encore, comme une litanie. Ses doigts enfoncés dans sa chair tels des éperons, cavalier et monture.

Ils s'assirent près de la fenêtre donnant sur le jardin,

181

Sarah enfila sa robe et le laissa seul un instant. Seul sans pensée, heureux de la voir réapparaître par la fenêtre ; elle se pencha sur le bébé, remit les couvertures en place. Le vent agitait ses cheveux et jouait avec le bas de sa robe.

— Il va dormir encore une demi-heure, dit-elle.

— Vraiment ? sourit Johnny. Je vais peut-être en faire autant.

Elle promena son doigt de pied nu sur son ventre.

— Il vaut mieux pas !

Ils refirent l'amour, mais cette fois elle le guida dans une attitude de prière, tête penchée, chevelure voilant son visage, avec lenteur.

5

— Sarah.

— Non Johnny, ne dis rien.

— J'allais dire que tu étais belle.

— C'est vrai ?

— Oui, dit-il doucement.

— Avons-nous pris notre revanche, lui demanda-t-elle.

Johnny sourit.

— Sarah, nous avons fait de notre mieux.

Herb, en arrivant de Westbrook, ne parut pas surpris de voir Sarah. Il lui souhaita la bienvenue, fit grand cas du bébé et gronda Sarah pour ne pas l'avoir amené plus tôt.

— Il a vos cheveux et votre teint, dit Herb, et je pense qu'il aura vos yeux quand ils auront pris leur teinte définitive.

Elle avait mis un tablier par-dessus sa robe de lainage bleu. Dehors le soleil déclinait, dans vingt minutes il ferait nuit.

— Vous savez, la cuisine, c'est le rayon de Johnny, dit Herb.

— Je n'ai pas pu l'arrêter, elle m'a mis un revolver sur la tempe.

— Après tout, c'est peut-être mieux comme ça, dit Herb, tout ce que tu prépares, toi, a toujours le goût de spaghetti américains.

182

Johnny lui lança un magazine et Denis se mit à rire. Un cri strident remplit la maison.

« Papa se doute-t-il de quelque chose ? se demandait Johnny. J'ai l'impression que c'est écrit sur mon visage et une pensée fulgurante lui traversa l'esprit alors qu'il regardait son père fouiller dans l'armoire de l'entrée pour trouver une boîte de vieux jouets (il avait toujours interdit à Vera de les donner). Peut-être qu'il le sait et qu'il comprend. »

Ils se mirent à table. Herb demanda à Sarah ce que faisait Walt à Washington. Elle leur parla de la conférence à laquelle il assistait et qui traitait des revendications sur les territoires indiens.

Herb regardait Denis manger ses petits pois un par un faisant travailler ses six dents sur ce problème.

Après le dîner ils s'installèrent dans le living-room et cessèrent de s'intéresser à la politique. Ils regardaient Denis jouer avec les vieilles voitures et les vieux camions de bois qu'Herb Smith avait fabriqués autrefois pour son propre fils. Un Herb Smith beaucoup plus jeune, qui avait épousé une jeune femme vigoureuse et gaie, qui buvait parfois une bouteille de bière dans la soirée. Un homme qui n'avait pas de cheveux gris et ne nourrissait d'autre ambition que de voir son fils réussir dans la vie.

« Il sait, pensait Johnny en buvant son café, il sait ce qui s'est passé entre Sarah et moi cet après-midi, ou il suppose ce qui aurait pu se passer et il comprend. On ne peut rien changer ni dissimuler. Le mieux que l'on puisse faire est d'accepter. Cet après-midi elle et moi avons consommé un mariage qui ne l'avait pas été, et ce soir il joue avec son petit-fils. » Une tragique sensation d'irrémédiable. Il la repoussa, ce n'était pas le moment, il le refusait.

A 8 heures et demie, Denis devint grognon et turbulent.

– Il est temps de partir, dit Sarah.

Son lumineux regard vert fixa un instant celui de Johnny.

– Ce fut vraiment un plaisir, dit Herb en se levant, n'est-ce pas Johnny !

– Absolument. Je vais porter la chaise du bébé jusqu'à la voiture de Sarah.

A la porte, Herb embrassa Denis sur le front – celui-ci attrapa son nez, le tordit si fort que les larmes lui montèrent aux yeux – et Sarah sur la joue. Johnny porta la chaise dans

183

la voiture. Sarah lui donna les clefs pour qu'il l'installe à l'arrière. Quand il eut fini, elle se tenait près de la portière côté passager et le regardait.

— Nous avons fait de notre mieux, dit-elle avec un petit sourire.

Johnny comprit à son regard que les larmes n'étaient pas loin.

— Ce n'était pas mal du tout, dit Johnny.

— Nous gardons le contact ?

— Je ne sais pas Sarah, en fait...

— Non, je suppose que c'est non, ce serait trop facile, n'est-ce pas ?

— Trop facile, oui.

Elle se haussa pour l'embrasser sur la joue. Il respira sa chevelure.

— Fais attention, murmura-t-elle, je penserai à toi.

— Que tout aille bien, Sarah, dit-il en lui touchant le nez.

Elle se détourna et s'installa au volant. Une jeune femme dans le vent dont le mari amorçait une belle carrière. « Je doute que l'année prochaine elle ait encore une si petite voiture », pensa Johnny.

Les phares s'allumèrent, puis le petit moteur de machine à coudre se mit à tourner. Elle leva la main, s'avança dans l'allée. Johnny resta à côté du tas de bois, les mains dans les poches, et la regarda s'éloigner. Quelque chose dans son cœur s'était fermé. Ce n'était pas un bouleversement, c'était pire : il n'était pas bouleversé du tout.

Il resta là jusqu'à ce que les feux arrière disparaissent, puis il remonta les marches de la véranda et entra dans la maison. Son père était assis dans le grand fauteuil du living-room, la T.V. était éteinte. Les jouets étaient éparpillés sur le tapis et il les contemplait.

— C'est bon de voir Sarah, dit Herb, as-tu passé... (il hésita une seconde) un moment agréable.

— Oui, dit Johnny.

— Reviendra-t-elle ?

— Non, je ne crois pas.

Lui et son père se regardèrent.

— C'est peut-être mieux, dit finalement Herb.

— Oui, peut-être.

— Tu as joué avec ces jouets, fit Herb en s'agenouillant

et en commençant à les rassembler. J'en ai donné à Lottie Gedreau quand elle a eu ses jumelles, mais je savais qu'il en restait quelques-uns.

Il les rangea dans un carton, les retournant dans ses mains, les examinant. Une voiture de course, une voiture de police, un petit camion et sa remorque dont la peinture avait presque disparu. Il remit le carton dans l'armoire.

Pendant trois ans, Johnny ne revit pas Sarah Hazlett.

CHAPITRE 16

1

La neige tomba tôt cette année-là. Déjà 6 pouces le 7 novembre. Johnny qui portait sa vieille parka pour aller chercher le courrier laçait une paire de bottes en caoutchouc. La semaine précédente Dave Pelsen avait expédié un colis contenant les polycopiés des cours qu'il aurait à donner en janvier. Il préparait son retour. Dave lui avait également trouvé un appartement dans Howland Street au n° 24, à Cleaves Mills. Johnny, parce qu'il avait une fâcheuse tendance à ne pas se souvenir des noms et des chiffres, l'avait inscrit sur une feuille qu'il gardait dans son portefeuille. Le ciel était gris et bas, la température oscillait au-dessous de 2 degrés ; tandis qu'il remontait l'allée, les premiers flocons commencèrent à tomber. Comme il était seul, il n'hésita pas à tirer la langue pour essayer d'en toucher un. Il ne boitait presque plus et se sentait en pleine forme. Il n'avait pas eu de migraine depuis deux semaines.

Une circulaire de *Newsweek,* une petite enveloppe bulle adressée à John Smith, sans nom au dos, composaient son courrier. Johnny l'ouvrit sur le chemin du retour. Il en sortit une simple feuille de journal et lut en haut : *Vue Intérieure,* il s'arrêta.

C'était la troisième page du prochain numéro. La manchette était consacrée à un exposé sur le beau héros d'une série policière à la T.V. Des informations aussi pour les maîtresses de maison américaines, des régimes, la photo d'un bébé, et l'histoire d'une petite fille de neuf ans qui avait été miraculeusement guérie à Lourdes. « Les docteurs mystifiés », annonçait triomphalement le titre. Un titre au bas de la page était entouré. Le médium du Maine reconnaît sa supercherie, disait le titre, l'article n'était pas entouré.

« Le propos de *Vue Intérieure* a toujours été non seulement de vous révéler les médiums inconnus de la presse officielle, mais aussi de dénoncer les tricheurs et les charlatans qui ont retardé pendant si longtemps l'acceptation de l'authentique médium.

Un de ces mystificateurs révèle sa supercherie à un de nos informateurs. Ce soi-disant "médium", John Smith, de Pownal dans le Maine, a raconté à notre informateur que toute l'affaire était une trouvaille publicitaire pour payer sa note d'hôpital. "S'il y a un livre là-dessus, il me rapportera suffisamment pour payer tout ce que je dois et vivre tranquille pendant deux ans par la même occasion. Les gens sont prêts à croire n'importe quoi, prétend Smith. Pourquoi ne pas en profiter." Grâce à *Vue Intérieure* qui a toujours prévenu ses lecteurs qu'un médium en cache deux faux, le train de l'abondance de John Smith a fini par dérailler. Nous renouvelons notre récompense de 1 000 dollars à quiconque dénoncera un faux médium.

Tricheurs et charlatans attention ! »

Johnny lu deux fois l'article. Un sourire sinistre se dessina sur ses lèvres. Visiblement, la presse n'appréciait guère d'être considérée comme quantité négligeable.

2

Herb lut l'article, puis jeta la feuille sur la table avec dégoût.

– Tu devrais faire un procès à ce fils de pute. Ce n'est rien d'autre que de la diffamation, Johnny. Un travail de démolition délibéré.

– D'accord, d'accord dit Johnny.

Dehors il faisait nuit. La neige tombait silencieusement. Le vent hurlait sous l'auvent. L'allée avait disparu sous la progression des petites dunes.

– Mais il n'y a pas eu de témoin et Dees le sait très bien. C'est sa parole contre la mienne.

– Il n'a même pas eu le courage de signer ce mensonge, dit Herb. Regarde-moi ça, un « informateur de *Vue Intérieure* ». Qui est-ce, cet informateur, qu'il se nomme, voilà ce que je dis.

– Oh ! c'est impossible dit Johnny. Ils en font une

question de principe, gros titres, articles vengeurs et anonymes. Dans la mesure où je suis directement concerné, ils me rendent service. Je ne veux pas faire carrière en révélant au public où les vieux cachent leurs actions, le billet de loterie qu'il faut acheter. C'est de la démence !

— Je ne vois pas le rapport avec cet article dégueulasse.

— Si les gens pensent que je suis un imposteur, peut-être me laisseront-ils tranquille.

— Oh ! dit Herb. Oui, je vois ce que tu veux dire. (Il alluma sa pipe.) Tu n'as jamais beaucoup apprécié ton nouveau don, n'est-ce pas ?

— Non, dit Johnny. C'est pourtant la seule chose qui semble intéresser mon prochain.

Quand il allait au magasin faire des courses, la caissière essayait de prendre son argent sans toucher la main de Johnny. L'expression inquiète, apeurée, de son regard ne pouvait tromper personne. De même, les amis de son père lui faisaient un petit signe au lieu de lui serrer la main. Au mois d'octobre, Herb avait engagé une jeune fille pour venir faire le ménage, une fois par semaine. Au bout de trois semaines elle les avait quittés sans donner de raison précise ; sans doute lui avait-on appris pour qui elle travaillait en réalité.

— Ta mère, elle était certaine que tu avais le... peu importe le mot, et quelquefois je me demande si elle n'avait pas raison.

Johnny haussa les épaules.

— Tout ce que je demande, c'est une vie normale, je veux enterrer tout ça. Et si ce pétard mouillé m'y aide ce sera tant mieux.

— Mais tu posséderas toujours le don, n'est-ce pas ? demanda Herb en regardant attentivement son fils.

Johnny se souvint de leur sortie moins d'une semaine auparavant, un petit événement compte tenu de leur pauvre budget. Ils étaient allés à Cole Farm, sans doute le meilleur restaurant des environs, un endroit toujours plein. La nuit était froide, la salle à manger gaie et accueillante. Johnny avait porté son manteau et celui de son père au vestiaire, et tandis qu'il fouillait parmi les vêtements à la recherche d'un portemanteau libre, toute une série d'impressions précises s'étaient fait sentir. C'était comme ça parfois. En d'autres circonstances il aurait pu tenir entre ses mains ces vêtements pendant vingt minutes, sans rien ressentir du

189

tout. Un manteau de femme avec un col de fourrure se trouvait là. Elle avait une liaison avec un des partenaires de jeu de poker de son mari ; elle en avait assez, mais ne savait pas comment rompre. Un blouson de jean doublé de peau de mouton. Ce type aussi se faisait du souci au sujet de son frère blessé sur un chantier une semaine auparavant. La parka d'un petit garçon, sa grand-mère de Durkam lui avait offert un transistor et il était furieux parce que son père n'avait pas voulu qu'il l'emporte dans la salle à manger. Et puis un autre, un simple pardessus noir, l'avait glacé d'effroi et lui avait coupé l'appétit. Le propriétaire de ce vêtement était en train de devenir fou. Jusqu'à présent rien d'évident, même sa femme ne se doutait de rien, mais sa vision du monde s'assombrissait lentement.

— Oui, je peux encore le faire, répondit-il brièvement, et je voudrais ne pas le pouvoir.

— Tu le penses vraiment ?

Johnny revint au pardessus noir. Il avait à peine touché à son repas, regardant ici et là, essayant de localiser l'homme dans la foule, incapable de le faire.

— Oui, je le pense vraiment.

Il vaut mieux oublier tout ça, fils ! dit Herb en lui tapant sur l'épaule.

3

Le mois suivant, tout semblait en effet oublié. Johnny partit assister à une réunion de professeurs et en profita pour transporter quelques affaires dans son appartement. Il avait utilisé la voiture de son père pour ce déplacement. Au moment du départ, Herb lui avait demandé :

— Tu ne te sens pas trop nerveux pour conduire ?

Johnny secoua la tête. Le souvenir de son accident ne le troublait plus à présent. Si quelque chose devait lui arriver, eh bien elle lui arriverait ! Mais tout au fond de lui-même il était persuadé que la foudre ne frapperait pas deux fois au même endroit. Quand l'heure de sa mort tonnerait, ce ne serait pas dans un accident de voiture.

190

En fait le voyage fut calme et tranquille. Tous ceux de ses anciens collègues qui enseignaient encore au collège vinrent l'accueillir et l'encourager. Mais il ne pouvait s'empêcher de constater combien étaient rares ceux qui lui serrèrent la main, et il pouvait aussi déceler une certaine réserve, une méfiance dans leur regard. Sur le chemin du retour, il réussit à se convaincre que ce constat était le fruit de son imagination.

La réunion terminée, il n'y avait plus rien d'autre à faire que retourner à Pownal et y attendre les vacances de Noël.

Les colis contenant des objets personnels cessèrent d'arriver comme par enchantement (le pouvoir de la presse, expliqua Johnny à son père). Ils furent remplacés par un bref afflux de lettres injurieuses et le plus souvent anonymes. « Vous devez brûler en Enfer pour vous être moqué de la République américaine », disait une des plus typiques, écrite sur une feuille froissée de Ramada Inn ; elle avait été postée à York en Pennsylvanie. « Vous n'êtes qu'un con, une merde dégoûtante. Je remercie Dieu que ce journal vous ait démasqué. Vous devriez avoir honte de vous, monsieur. La Bible dit que le simple pécheur sera jeté dans un lac de feu et consumé. Mais un faux prophète brûlera éternellement, et vous êtes un faux prophète qui avez vendu votre âme pour quelques dollars. Ma lettre se termine et j'espère pour vous ne jamais vous rencontrer sur les chemins de votre ville natale. Signé Un Ami (de Dieu, pas le vôtre, Monsieur). »

Environ deux douzaines de lettres de ce genre arrivèrent au cours des vingts jours qui suivirent la parution de l'article de *Vue Intérieure*. Quelques âmes entreprenantes exprimèrent le désir d'avoir Johnny comme partenaire. « Je suis l'assistant d'un prestidigitateur, prétendait l'auteur d'une de ces lettres. Et si vous préparez un numéro de magie vous aurez besoin de nos services... »

Puis les lettres cessèrent d'arriver, comme avaient cessé d'arriver les colis. Un jour de la fin novembre, alors qu'il avait trouvé la boîte aux lettres vide, Johnny, en revenant à la maison, se souvint qu'Andy Warhol avait pronostiqué que le jour viendrait où chacun en Amérique, durant sa vie, serait célèbre pendant un quart d'heure. Son quart d'heure venait de s'achever, et personne n'en était plus heureux que lui.

En fait il n'en était rien, ce n'était pas encore fini.

— Smith, demanda une voix au téléphone. John Smith ?

— Oui.

Ce n'était pas une voix familière, ni un faux numéro ; c'était une chose inhabituelle depuis que son père avait retiré son nom de l'annuaire. Nous étions le 17 décembre et leur appareil était placé dans un coin du salon. Dehors il neigeait.

— Mon nom est Bannerman. Sheriff George Bannerman, de Castle Rock. Il s'éclaircit la voix. J'ai une... J'ai une proposition à vous faire.

— Comment avez eu mon numéro ?

Bannerman s'éclaircit à nouveau la voix.

— Eh bien, j'aurais pu l'avoir par la compagnie du téléphone, ça fait partie des privilèges de mon métier. Mais dans ce cas précis, je le tiens d'un ami à vous, le docteur Weizak.

— Sam Weizak vous a donné mon numéro.

— Exactement.

Johnny s'assit, très perplexe. Le nom de Bannerman lui disait quelque chose. Il l'avait lu dans un article du supplément du dimanche. C'était le sheriff du comité de Castle Rock, à l'ouest de Pownal dans la région des lacs.

— Une affaire de police ? répéta-t-il.

— Oui, je pense qu'on peut dire oui, je me demandais si nous pourrions prendre une tasse de café ensemble.

— Cela concerne Sam ?

— Non, le Dr. Weizak n'a rien à voir là-dedans, dit Bannerman. Il m'a téléphoné et m'a donné votre nom. C'était... il y a un mois au moins. Pour être franc, j'ai d'abord cru qu'il plaisantait, mais maintenant, je ne sais plus à quel saint me vouer.

— C'est à quel sujet ? Mr. Bannerman je ne vois pas en quoi je peux vous être utile ?

— Ce serait vraiment mieux si nous pouvions prendre une tasse de café ensemble, reprit Bannerman. Peut-être ce soir ? Il y a un bar appelé Jon's dans la grande rue à Bridgton. A mi-chemin entre votre ville et la mienne.

— Non, je regrette, dit Johnny. Je veux savoir de quoi il s'agit, et pour quelle raison Sam ne m'a pas appelé directement.

Bannerman soupira.

— Je suppose que vous ne lisez pas les journaux, dit-il.

Il lisait les journaux attentivement, essayant de combler

les vides de sa si longue absence. Et il avait vu le nom de Bannerman récemment, il en était certain. Parce que Bannerman était sur les dents. Il était chargé de...

Johny écarta le téléphone de son oreille et le surveilla avec une brutale attention, un peu comme on surveille un serpent venimeux.

– Mr. Smith ? le ton était impatient. Allô ? Mr. Smith ?

– Oui, dit Johnny.

Il en voulait à Sam Weizak. Sam qui lui avait recommandé la discrétion, et qui avait donné son numéro à ce sheriff de province !

– C'est l'affaire de l'étrangleur, n'est-ce pas ?

Bannerman hésita un long moment. Puis il reprit :

– Pouvons-nous en parler, Mr. Smith ?

– Non, absolument pas.

Le ressentiment était devenu fureur, fureur et aussi quelque chose d'autre, de l'effroi en quelque sorte.

– Mr. Smith, c'est important, aujourd'hui...

– Non, je veux qu'on me laisse seul. D'autre part, vous ne lisez donc pas *Vue Intérieure,* je suis un imposteur de toute façon.

– Le Dr. Weizak m'a dit que...

– Il n'avait rien à vous dire, explosa Johnny. (Il tremblait.) Au revoir.

Il jeta le téléphone sur son support et s'en éloigna vivement. Il sentait venir la migraine. Douloureuse, lancinante. « Je devrais peut-être appeler sa mère en Californie, lui dire où est son petit garçon, lui dire de prendre contact. Œil pour œil... »

Mais, au lieu de ça, il chercha dans le répertoire le numéro de Sam à Bangor et appela. Dès qu'il entendit la sonnerie retentir à l'autre bout du fil, il raccrocha, à nouveau effrayé. Pourquoi Sam avait-il fait ça ? Pourquoi ?

Il se retrouva en train de contempler l'arbre de Noël.

Les mêmes vieilles décorations. Ils les avaient descendues du grenier, sorties de leur papier de soie, accrochées et suspendues, deux jours auparavant. C'est bizarre les décorations de Noël. Il n'y a pas beaucoup de choses que l'on conserve année après année quand on grandit. Pas tellement de continuité, pas d'objets qui puissent facilement servir à la fois à l'enfance et à l'âge adulte. Il n'y a que peu de choses auxquelles s'accrocher. Quelques livres peut-être, une médaille porte-bonheur, la collection de timbres qu'on a conservée et enrichie... Ajoutez à ça les décorations de Noël de la maison de vos parents.

Les mêmes anges, ébréchés année après année. La même étoile argentée au sommet. Le dernier carré de ce qui avait été une armée entière de boules de verre, celle-ci tirée par la main avide d'un bébé, cette autre qui avait glissé quand papa l'accrochait et s'était écrasée sur le sol. La rouge, avec une étoile de Bethléem peinte dessus, s'était simplement et inexplicablement cassée pendant la descente du grenier. L'arbre restait.

Tu contemples les décorations, et tu te souviens que vous n'étiez que deux cette année pour les arranger. Seulement deux parce que ta mère est devenue folle et qu'elle est morte, mais les fragiles ornements de Noël sont toujours là. Toujours accrochés sur l'arbre.

Quel pouvoir Dieu t'a-t-il transmis, Johnny ? Oui, c'est vrai, Dieu est tout-puissant. Il m'a fait passer à travers le pare-brise d'une voiture, je me suis cassé les jambes, j'ai passé cinq ans dans le coma, trois personnes sont mortes. La fille que j'aimais s'est mariée. Elle a un un fils, qui devrait être le mien, d'un avocat qui se casse le cul pour réussir à Washington. Si je reste sur mes pieds plus de deux heures c'est comme si on m'enfonçait des éclats de verre dans les jambes jusqu'aux couilles. Dieu est vraiment très marrant. Il l'est même tellement qu'il a organisé un monde d'opérette où une poignée de boules multicolores peut vous survivre. Un monde ordonné et dirigé par un Dieu de tout premier ordre. Il devait être de notre côté au Vietnam, parce que c'est de cette manière catastrophique qu'il mène les choses depuis le commencement des temps.

– J'ai un travail pour vous, Johnny. Ne vous dérobez pas, Johnny, ne vous cachez pas.

Il frotta ses tempes. Dehors le vent s'était levé. Il espérait que son père se montrerait prudent sur le chemin du retour.

Johnny se leva et enfila un gros pull. Il sortit et se dirigea vers le hangar. A gauche se trouvait la pile de bois coupé dans le courant de l'automne. A côté, un casier de petit bois et un tas de vieux journaux ; il s'accroupit et commença à les feuilleter ; ses mains s'engourdirent rapidement ; mais il poursuivit sa tâche et, finalement, trouva ce qu'il cherchait. Un journal du dimanche vieux de trois semaines. Il le rapporta à la maison, l'étala sur la table de la cuisine et commença à le parcourir.

194

L'article était accompagné de plusieurs photos, l'une d'elles montrait une vieille femme fermant une porte, une autre un car de police passant dans une rue pratiquement déserte et deux autres des magasins presque vides. Le titre indiquait « La chasse à l'étrangleur de Castle Rock se poursuit »...

Cinq ans auparavant, selon l'article, une jeune femme, Alma Frechette, qui travaillait dans un restaurant de la localité, avait été violée et étranglée. Une enquête menée conjointement par l'attorney général et le sheriff avait été entreprise. Le résultat en avait été absolument nul. Une année plus tard une femme violée et étranglée avait été découverte dans son petit appartement de Carbine Street à Castle Rock. Un mois après le tueur avait de nouveau frappé. Cette fois la victime était une jeune et brillante étudiante.

Une autre enquête avait été ordonnée, les moyens du F.B.I. avaient été utilisés, sans résultat. Au mois de novembre le sheriff Carl M. Kelso, chef de la police du district pratiquement depuis la guerre de Sécession, avait été congédié et George Bannerman nommé à sa place, en grande partie grâce à la campagne menée sur le thème : « pour l'arrestation de l'étrangleur de Castle Rock ».

Deux années étaient passées. L'étrangleur n'avait pas été arrêté, mais aucun crime n'avait été commis. Puis en janvier dernier le corps de Carol Dunbarger, dix-sept ans, avait été découvert par deux jeunes garçons. La jeune fille avait été signalée comme fugueuse par ses parents. Elle avait été souvent mêlée à des manifestations au collège de Castle Rock où elle avait une réputation d'instable. Elle avait été renvoyée deux fois pour vol et avait fait une fugue jusqu'à Boston. Bannerman et la police pensaient qu'elle avait dû faire du stop, et que le tueur avait dû la prendre. Un redoux au milieu de l'hiver avait dévoilé son corps près de Strimmers Brook où les deux jeunes garçons l'avaient trouvé. Le médecin légiste avait déclaré qu'elle était morte depuis deux mois. Puis le 2 novembre, un autre crime avait été commis. La victime : un professeur de grammaire très appréciée, appelée Erta Ringgold, membre de l'Église méthodiste et d'une société de bonnes œuvres. Son corps avait été dissimulé dans un conduit souterrain qui longeait une route secondaire. La rumeur de l'assassinat de Miss Ringgold s'était répandue dans tout le nord de la Nouvelle-

Angleterre. Psychose comparable à celle provoquée par l'étrangleur de Boston, Albert de Salvo. Comparaison qui n'aida pas à faire avancer les choses. William Boet, de *l'Union Leader* de Manchester, dans le New Hampshire, avait publié un éditorial intitulé « Les bons à rien de flics ». Cet article du supplément du dimanche sentant le moisi faisait mention de deux psychiatres très heureux de commenter l'événement aussi longtemps que leurs noms n'étaient pas cités. L'un d'eux parlait d'éjaculation précoce ? de l'irrépressible impulsion de commettre un acte de violence au moment de l'orgasme. « Pal mal, pensa Johnny avec une grimace, il les étrangle au moment de jouir. »

Son mal de tête empirait.

L'autre article mettait l'accent sur le fait que les cinq meurtres avaient eu lieu à l'automne ou au début de l'hiver. « Alors que la personnalité du maniaco-dépressif ne trouve pas de point de repère, il était fréquent pour ces malades de subir des sautes d'humeur au moment des changements de saison. Il peut se produire une dépression de la mi-avril jusqu'à fin août, puis s'amorce une remontée de la courbe jusqu'à la période des crimes.

Pendant la crise, la personne en question serait très active sexuellement, se montrerait audacieuse et optimiste. Il croit que la police est incapable de l'arrêter », avait conclu le psychiatre anonyme. L'article se terminait en remarquant que jusque-là le comportement de la personne concernée était conforme aux observations clinique de la maladie.

Johnny laissa tomber le journal, regarda la pendule et constata que son père allait bientôt rentrer, à moins que la neige ne l'ait retardé. Johnny ramassa le vieux journal et le fourra dans le ventre de la cuisinière.

Ce n'est pas mon affaire, maudit Sam Weizak. « Ne vous cachez pas dans une cave, Johnny. »

Il ne se cachait pas dans une cave, ce n'était pas le problème. C'est tout simplement qu'il avait du temps à rattraper. Perdre un grand morceau de votre vie vous donne le droit de le rattraper, n'est-ce pas ? Et de vous apitoyer sur vous-même le plus possible.

— Merde, murmura-t-il.

Il se dirigea vers la fenêtre, jeta un coup d'œil au-dehors. Rien d'autre à voir que la neige tombant en rafales. Il espérait que son père serait prudent, mais il espérait aussi qu'il arriverait assez vite pour mettre un terme à cette crise d'introspection. Il se retourna vers le téléphone et resta là indécis.

Apitoiement ou pas, il avait tout de même perdu de belles années. Les meilleures si on regardait bien les choses. Il s'était donné du mal pour s'en sortir. N'avait-il pas droit à un peu de discrétion. N'avait-il pas droit à cette fameuse « vie ordinaire ».

– Ça n'existe pas, mon vieux !

Peut-être, mais ce qui existe à coup sûr, c'est la vie anormale. Toucher les vêtements des gens et tout connaître dans l'instant, de leur détresse, de leurs petits succès, de leurs secrets, c'était anormal. Ce n'était pas un don, c'était une malédiction.

Supposons qu'il voie ce sheriff. Rien ne prouvait qu'il pourrait faire quoi que ce soit pour lui. Et supposons qu'il le puisse. Supposons qu'il puisse lui apporter son tueur sur un plateau d'argent. Ce serait la conférence de presse, et tout recommencerait.

Il décrocha le téléphone et composa le numéro de Weizak. Il était 5 heures passées et Sam devait être rentré chez lui. Le téléphone sonna six ou sept fois, Johnny allait raccrocher quand Sam décrocha le combiné.

– Sam !

– John Smith ! La joie était indéniable dans le ton de Sam et peut-être aussi un peu de gêne.

– Oui, c'est moi.

– Qu'est-ce que vous dites de cette neige ? fit Weizak.

– Il neige là où vous êtes ?

– Il neige. Ça a commencé il y a une heure. Ils disent... John ? C'est le sheriff ? C'est pour ça que vous êtes furieux ?

– Oui, il m'a appelé, dit Johnny, et je me suis demandé ce qui se passait. Pourquoi lui avez vous donné mon nom ? Pourquoi ne m'avez-vous pas appelé pour me prévenir ? Et pourquoi ne pas m'avoir appelé avant pour me demander si vous pouviez le faire ?

Weizak soupira.

– Johnny ! Je pourrais vous mentir, mais ce ne serait pas bien. Je ne vous ai appelé en premier lieu parce que j'avais peur d'essuyer un refus. Et je ne vous en ai pas parlé après, parce que le sheriff s'était moqué de moi, et quand on se moque de mes suggestions, je pense qu'elles ne seront pas prises en considération.

Johnny se massa les tempes et ferma les yeux.

– Mais pourquoi, Sam ? Vous savez ce que je pense de tout ça. C'est vous qui m'avez recommandé de me faire oublier. C'est vous-même qui me l'avez recommandé.

– C'est cet article dans le journal. Je me suis dit : cinq femmes sont mortes, cinq.

Sa voix était sourde, haletante, ce qui ne fit qu'embarrasser Johnny plus enore. Il regrettait d'avoir appelé.

– Deux toutes jeunes filles, une jeune mère, une institutrice. Tout ça est donc si banal ? Tellement banal qu'on n'en fera même pas un téléfilm. Mais pourtant vrai. Une institutrice jetée dans un égout comme un sac d'ordures...

– Vous n'allez pas m'associer à vos sentiments de culpabilité, dit Johnny sans ménagement.

– Non, peut-être pas !

– J'ai un mal de tête... Je voudrais au nom du Christ qu'on me laisse tranquille. Quand je vous ai parlé de votre mère, vous ne l'avez pas appelée parce que, disiez-vous... certaines choses sont mieux perdues que trouvées.

– Mais ce n'est pas toujours vrai, Johnny. Cet homme est un cas terriblement dangereux. Il peut vouloir se suicider. Je suis certain que cette pause dans sa série de meurtres a été ainsi interprétée par la police. Un maniaco-dépressif connaît de longues périodes de rémission. On appelle ça un « plateau de normalité », puis il revient aux mêmes sautes d'humeur. Il a pu se suicider après le meurtre de l'institutrice le mois dernier. Mais s'il ne l'a pas fait ? Il peut tuer encore, une fois, deux fois, quatre fois... ou...

– Assez !

– Pourquoi le sheriff Bannerman vous a-t-il appelé, reprit Sam ? Qu'est-ce qui l'a fait changer d'avis ?

– Je ne sais pas, ses électeurs sont peut-être peu satisfaits de lui.

– Je regrette de l'avoir appelé, Johnny, et plus encore de ne pas vous avoir prévenu. J'ai eu tort. Dieu sait que vous avez droit à une vie tranquille.

D'entendre ses propres pensées ainsi énoncées ne lui remonta pas le moral, au contraire il se sentait de plus en plus misérable et coupable.

– Bon très bien, Sam.

– Je ne dirai plus jamais rien à qui que ce soit. Je suppose qu'il est trop tard pour vous faire des promesses, mais c'est tout ce que je trouve à dire. J'ai été indiscret, pour un médecin c'est impardonnable.

— Bon, bon, répéta Johnny. Il était désemparé, les excuses de Sam ne faisaient qu'aggraver les choses.

— Je vous verrai bientôt ?

— Je serai à Cleaves Mills le mois prochain.

— Parfait, je m'excuse encore, John.

(Cessez de répéter ça !)

Ils se dirent au revoir et Johnny raccrocha. Peut-être qu'il n'avait pas envie d'entendre Sam reconnaître ses torts. Peut-être qu'il aurait préféré entendre, oui, je l'ai appelé, je voulais que vous vous bougiez, que vous fassiez quelque chose.

Il allait et venait devant la fenêtre en contemplant les ténèbres. Jeté dans un égout comme un sac d'ordures...

4

Herb rentra une demi-heure plus tard, jeta un coup d'œil à Johnny et remarqua sa pâleur : la migraine ?

— Oui,

— Forte ?

— Pas trop.

— Il faut regarder les informations, dit Herb. Des tas de gens de la N.B.C. sont arrivés à Castle Rock cet après-midi. Cette femme journaliste tu trouvais jolie, Cassie Mackin.

Il fut surpris par la réaction de Johnny. Un instant ses yeux se fixèrent pleins d'une indicible souffrance.

— Castle Rock ? Un autre crime ?

— Oui, ils ont trouvé une petite fille sur le pré communal ce matin. Une histoire affreusement triste. On suppose qu'elle a dû traverser la place pour aller à la bibliothèque. Elle y est allée, mais n'en est pas revenue... Johnny, tu me fais peur, fils...

— Quel âge avait-elle ?

— Juste neuf ans, dit Herb. Un type qui fait une chose pareille devrait être pendu par les couilles. Voilà mon avis.

— Neuf ans, dit Johnny en s'asseyant lourdement.

— Johnny, tu es certain que tout va bien, tu es tout pâle...

– Tout va bien, voyons toujours la télé.

Très vite, il fut question de la campagne de Fred Harris ; elle ne faisait pas d'étincelles selon le présentateur. Les décisions gouvernementales (d'après le Président, les villes américaines devraient connaître l'usage fait du budget communal), des incidents internationaux, puis l'histoire d'un garçon qui élevait une vache, frappé de paralysie cérébrale.

– Peut-être qu'ils ont coupé ça, dit Herb.

Mais après une annonce publicitaire :

« Dans le Maine, il y a ce soir une ville qui vit dans l'inquiétude et la fureur. Il s'agit de Castle Rock. Au cours de ces cinq dernières années, cinq crimes affreux y ont été commis, cinq femmes de quinze à soixante et onze ans ont été enlevées et étranglées. Aujourd'hui, un sixième crime a eu lieu, la victime est une petite fille de neuf ans. Catherine Mackin est à Castle Rock et suit l'enquête pour nous. » Elle était là, en surimpression sur l'image ; elle se tenait devant la mairie. La première neige de l'après-midi avait poudré les épaules de son manteau et ses cheveux blonds.

« Une vague d'hystérie est en train de s'étendre sur une petite ville de la Nouvelle-Angleterre, commença-t-elle. Les habitants de Castle Rock sont fort inquiets et depuis long-temps au sujet de celui que la presse locale appelle : "l'étrangleur de New-Castle" ou "le tueur de novembre". Cette inquiétude vient de se muer en terreur (personne ici ne trouvera que le mot est trop fort) à la suite de la découverte du corps de Mary Kate Hendrasen sur la place, non loin du kiosque à musique ou avait été retrouvé le corps de la première victime, une serveuse de bar du nom d'Alma Frechette. »

Panoramique de la place, morne et lugubre sous l'averse de neige, suivi d'une photographie d'école de Mary Kate Hendrasen, riant effrontément sous son accoutrement des grands jours. Ses cheveux très fins étaient d'un blond argenté ; sa robe bleue électrique. « Sans aucun doute sa plus jolie robe », pensa Johnny. Sa mère lui avait mis ce qu'elle avait de mieux pour la photo.

Le reportage se poursuivait, maintenant on passait en revue les crimes précédents.

Johnny était au téléphone, l'inter d'abord, puis Castle Rock.

Il avait très mal à la tête.

Herb sortit du living-room, le regarda, surpris.

– A qui téléphones-tu ?

Johnny hochait la tête, guettait la sonnerie à l'autre bout du fil. On décrocha.

— Le bureau du sheriff de Castle Rock ? Je voudrais parler au sheriff Bannerman s'il vous plaît.

— Votre nom ?

— John Smith, de Pownal.

— Ne quittez pas.

Johnny se retourna et vit sur l'écran de la T.V. Bannerman emmitouflé dans une grosse parka avec ses insignes sur l'épaule. Il avait l'air mal à l'aise, traqué par les questions des journalistes. C'était un homme aux larges épaules, penchant la tête sous des cheveux sombres et bouclés. Il portait des lunettes sans monture qui paraissaient déplacées, comme le sont toujours les lunettes sur un homme corpulent.

« Nous suivons plusieurs pistes », disait Bannerman.

— Allô, Mr. Smith, disait Bannerman ;

De nouveau cette étrange impression de dédoublement. Bannerman était à deux endroits à la fois. Deux séquences en même temps, si vous vouliez voir les choses comme ça. Johnny un instant fut saisi par le vertige.

— Mr. Smith ? Vous êtes là ?

— Oui, j'ai changé d'avis.

— Bravo ! Je suis fameusement content d'entendre ça.

— Il se peut que je ne sois pas à même de vous aider vous savez.

— Je sais. Mais... qui ne risque rien n'a rien. Bannerman s'éclaircit la voix. Ils me feraient sortir de la ville au bout d'une corde s'ils savaient que je fais appel à un médium.

Johnny eut un triste sourire.

— Et un médium discrédité qui plus est !

— Vous avez où se trouve Jon à Bridgton ?

— Je trouverai.

— Pouvons-nous nous y retrouver à 8 heures.

— Oui.

— Merci, M. Smith.

Herb le regardait. Derrière lui, les nouvelles télévisées continuaient.

— Il t'avait déjà appelé ?

— Oui, Sam Weizak lui avait dit que je pourrais peut-être l'aider.

— Penses-tu pouvoir le faire ?

— Je ne sais pas, dit Johnny. Mais ma migraine est déjà moins douloureuse.

201

Un quart d'heure plus tard, il arrivait au restaurant Jon à Bridgton, sans doute le seul établissement ouvert de la bourgade. A la jonction des routes 302 et 117, un feu orange clignotait tandis que le vent hurlait. Une voiture de police – Castle County Sheriff peint en doré sur la portière – était rangée devant chez Jon.

Bannerman était assis devant une tasse de café et une assiette de chili. La télévision était trompeuse, ce n'était pas un homme corpulent, c'était un homme énorme. Johnny s'avança et se présenta. Bannerman se leva et serra la main offerte en regardant le visage de Johnny, pâle et tendu ; le corps aminci du jeune homme semblait flotter dans son caban, et la première pensée de Bannerman fut : « Ce type est malade, il ne fera sûrement pas de vieux os. » Seul le regard de Johnny, très bleu, direct, fermement fixé sur celui de Bannerman, semblait vivant.

– Je suis heureux que vous soyez venu. Café ?

– Avec plaisir.

– Que diriez-vous d'un chili. Ils sont fameux ici. Je ne devrais pas en manger, car j'ai un ulcère, mais tant pis !

Lisant la surprise sur le visage de Johnny, il lui sourit et poursuivit :

– Je sais, ça surprend un ulcère chez un homme si costaud ! Qu'est-ce qui vous a fait changer d'avis ?

– Les nouvelles, la petite fille. Vous êtes sûr que c'est le même type ?

– C'est le même.

Il regarda Johnny alors que la serveuse s'approchait.

– Café ? demanda-t-elle.

– Thé, répondit Johnny.

– Apportez-lui aussi une assiette de chili, mademoiselle, ajouta Bannerman.

Quand elle eut disparu, il poursuivit :

– Ce docteur prétend que, si vous touchez un truc quelconque, vous devinez parfois d'où ça vient, à qui ça appartient... enfin, des choses comme ça.

Johnny sourit :

– Je viens de vous serrer la main, et je peux vous dire que vous avez un setter irlandais, appelé Rusty. Je sais aussi qu'il est vieux, qu'il devient aveugle, qu'il va falloir penser à le faire piquer, mais que vous ne savez pas comment le dire à votre fille.

Bannerman en laissa tomber sa cuillère dans son chili. Plop ! Il fixa Johnny, la bouche ouverte :

— Mon Dieu ! Vous avez tiré cela de moi en me serrant la main ?

Johnny acquiesça.

Bannerman hocha la tête et murmura :

— C'est une chose d'entendre parler d'un truc comme ça, et une autre de... ça ne vous fatigue pas ?

Johnny regarda Bannerman, c'était la première fois qu'on lui posait cette question.

— Oui, oui ça me fatigue.

— Mais vous saviez...

— Oui, mais, sheriff...

— George, tout bêtement George...

— O.K. Je suis Johnny, tout bêtement Johnny. George, tout ce que j'ignore de vous remplirait cinq volumes. J'ignore où vous avez grandi, qui sont vos amis, où vous habitez. Je sais que vous avez une petite fille qui s'appelle Cathy. Mais j'ignore ce que vous avez fait la semaine dernière, votre marque de bière favorite ou le programme T.V. que vous préférez.

— Ma fille s'appelle Katrina, dit doucement Bannerman. Elle a neuf ans, elle était dans la classe de Mary Kate.

— Ce que j'essaie de vous faire comprendre, George, c'est que je n'ai pas la science infuse.

La serveuse revint avec le thé et le chili. Johnny le goûta et reconnut :

— Vous aviez raison, c'est bon, surtout par une soirée comme celle-ci.

— Allez-y, invita Bannerman. J'aime le chili, le bon. Mon ulcère me fait souffrir l'enfer ! Je t'emmerde, que je lui dis, à la tienne !

Ils se turent un moment, Johnny occupé par son plat et Bannerman l'observant avec curiosité. Il pensait que Smith pouvait avoir appris l'existence de son chien et de son nom, Rusty. Il pouvait même avoir appris que Rusty était vieux et presque aveugle. On pouvait même aller plus loin : s'il savait le nom de Katrina, il pouvait avoir employé ce diminutif de Cathy pour ajouter une touche de réalisme à la vérité dans ce qu'elle peut avoir d'hésitant. Mais rien de tout cela n'expliquait cette bizarre impression qu'il avait ressentie quand Smith lui avait serré la main. Si c'était un simulateur, c'en était un fameux.

Dehors, le vent soufflait en rafales qui semblaient vouloir ébranler le petit bâtiment.

— Écoutez ça, dit Bannerman, et n'allez pas me dire qu'il n'y a plus de saison.

— Avez-vous quelque chose ayant appartenu à ce type, demanda Johnny.

— Peut-être, répondit Bannerman en branlant la tête, mais c'est vraiment pas épais.

Bannerman se lança dans de grandes explications. L'école et la bibliothèque se faisaient face sur la place, et il était courant d'envoyer à cette dernière les élèves qui avaient besoin d'un livre. Leur professeur leur donnait un mot que le bibliothécaire paraphait quand ils sortaient. Au milieu de la place, le terrain allait en pente. Sur le côté gauche de la pente se trouvait le kiosque à musique, et dans le creux lui-même deux douzaines de bancs permettaient aux gens de s'asseoir pendant les concerts ou les parties de foot.

— Nous pensons qu'il s'est assis là pour attendre le passage d'un enfant. Il se trouvait alors hors de vue des deux extrémités de la place. Mais un sentier passe sur le côté nord, tout près de ces bancs.

Bannerman hocha lentement la tête.

— Ce qui complique encore les choses, c'est que Mlle Frechette a été tuée dans le kiosque. Je vais devoir affronter une tempête de merde à la réunion du conseil municipal de mars prochain, si je suis encore en poste... Je pourrai toujours leur faire remarquer que j'ai écrit au maire pour réclamer des policiers sur la place pendant les heures de classe. Mais je ne pensais pas du tout à cet assassin. Jamais, même au cours de mes pires cauchemars, je n'aurais imaginé qu'il reviendrait ici commettre un second crime.

— Le maire a-t-il fait quelque chose ?

— Manque de crédits, répliqua Bannerman. Bien sûr, il pourra faire taire les conseillers municipaux qui essaieront de me noircir, et l'herbe poussera sur la tombe de Mary Kate Hendrasen, et...

Il fit une pause, s'inquiétant d'avoir trop parlé. Johnny l'observait avec sympathie.

— Ça ne fait aucune différence, de toute façon, poursuivit Bannerman d'une voix plus calme.

Ils avaient trouvé une douzaine de mégots au bout d'un des bancs et quatre autres derrière le kiosque, ainsi qu'une boîte de Marlboro, la deuxième ou troisième marque au hit-parade des fumeurs du patelin. Le paquet avait été examiné pour les empreintes digitales, mais ça n'avait rien donné.

— Rien donné, s'étonna Johnny, c'est drôle !

— Pourquoi ?

— Eh bien, même si l'assassin portait des gants – après tout il faisait froid –, il y avait bien eu un vendeur !

Bannerman sourit.

— Vous êtes doué pour ce travail, dit-il, mais vous n'êtes pas fumeur.

— Non, dit Johnny.

— Un homme garde ses cigarettes dans sa poche de poitrine. Il les sort, en prend une, range le paquet. Si vous portez des gants, d'une part, vous ne laissez pas d'empreintes, mais, d'autre part, vous polissez la cellophane, vous voyez ? Et il y a autre chose que vous oubliez, Johnny, est-il besoin que je vous le dise ?

Johnny réfléchit puis déclara :

— Le paquet sortait d'une cartouche, et les cartouches sont emballées mécaniquement.

— Voilà, approuva Bannerman. Vous êtes fait pour ce métier.

— Et le timbre ?

— Maine, dit Bannerman.

— Ainsi si l'assassin et le fumeur sont le même homme, fit pensivement Johnny.

Bannerman haussa les épaules. Évidemment il y a toujours la possibilité qu'il y ait eu deux personnes, mais qui aurait pu avoir l'idée de s'asseoir sur la place par une froide matinée, assez longtemps pour fumer douze ou seize cigarettes ?

— Et les enfants, ils n'ont rien vu ? s'enquit Johnny.

— Rien, répondit Bannerman ; j'ai interrogé tous les enfants qui sont allés à la bibliothèque ce matin-là.

— C'est encore plus étrange que les empreintes, vous ne trouvez pas ?

— Mettons que le type soit assis là, que ce qu'il attend soit un enfant, une fille. Il peut les entendre venir et se cacher à chaque fois derrière le kiosque.

– Des traces de pas ? demanda Johnny.

– Pas ce matin-là. Il n'y avait pas de neige. La terre était gelée. Vers 8 h 30 Peter Harrington et Melissa Loggins arrivent. Quand ils sont passés, notre homme regagne son banc. A 9 h 15, il retourne de nouveau derrière le kiosque. Cette fois ce sont deux petites filles, Susan Florhaty et Katrina Bannerman.

Johnny laissa retomber bruyamment sa tasse de thé. Bannerman avait enlevé ses lunettes et les essuyait furieusement.

– Votre fille est passée par là le matin en question ?

Bannerman remit ses lunettes, le visage assombri et marqué par la rage. « Il a peur, pensa Johnny, peur non pas que les électeurs ne le désavouent ou que l'*Union Leader* ne publie un autre éditorial sur les flics bons à rien, mais peur rétrospectivement pour sa fille.

– Oui, acquiesça Bannerman doucement. Je pense qu'elle a dû passer à quarante pas de cette... bête féroce. Vous ne pouvez pas savoir l'effet que cela me fait.

– Je m'en doute, dit Johnny.

– Non, je ne pense pas que vous puissiez y arriver. C'est pour cela que je vous ai appelé. Je voudrais lui mettre la main dessus. Maintenant.

Dehors, un énorme tracteur orange surgit. Il se rangea, deux hommes en descendirent qui traversèrent la rue pour entrer chez Jon et s'installer au comptoir.

– Le type retourne à son banc, poursuivit Bannerman, mais pas pour longtemps. Vers 9 h 25, il entend le petit Harrington et la petite Loggins revenir de la bibliothèque. Il se cache donc de nouveau derrière le kiosque. Il devait être environ 9 h 25, puisque le bibliothécaire a signé leur bulletin à 9 h 18. A 9 h 45, trois garçons de la classe de cinquième passent devant le kiosque en allant à la bibliothèque. L'un d'entre eux croit avoir vu un type de l'autre côté du kiosque. Voilà toute sa description : un type !

Bannerman eut un rire qui ressemblait à un aboiement.

– A 9 h 55, ma fille et son amie Susan passent pour retourner à l'école. Puis, vers 10 h 05, Mary Kate s'avance, seule... Katrina et Sue la croisent, elles se disent bonjour.

– Mon Dieu ! murmura Johnny en se passant la main dans les cheveux.

– Pour finir, à 10 h 30, les trois garçons de cinquième repassent. L'un d'eux voit quelque chose. C'est Mary Kate,

206

la culotte arrachée, du sang sur les jambes, le visage... son visage...

– Calmez-vous, dit Johnny en posant sa main sur le bras de Bannerman.

– Je n'ai jamais rien vu de pareil, en dix-huit ans de service dans la police. Il avait enlevé cette petite fille, cela aurait dû lui suffire... pour la tuer... le médecin qui l'a examinée dit que la manière dont il a fait ça... a déchiré quelque chose et que... ça avait suffi à la tuer, mais il a continué à l'étrangler. Neuf ans... étranglée... et abandonnée, sa culotte arrachée.

Bannerman se mit à pleurer. Au comptoir, les deux gars de Bridgton parlaient du Superbowl. Bannerman éponge a son visage avec son mouchoir, haussa les épaules et soupira avant de remettre son mouchoir dans sa poche. Ses yeux étaient rouges, et Johnny remarqua combien son visage semblait nu sans lunettes.

– Je suis désolé, dit le policier. Ça a été une rude journée.

– Mais oui, dit Johnny.

– Je savais que je craquerais, mais je pensais pouvoir tenir jusqu'à chez moi.

– C'est normal.

– Vous êtes sympa, remarqua Bannerman. Vous êtes même mieux que ça. Vous avez quelque chose, quoi, je serais incapable de le dire, mais quelque chose...

– Qu'avez-vous d'autre pour continuer ?

– Rien. J'en prends plein la tête, mais la police d'État ne s'est pas particulièrement distinguée, pas plus que l'envoyé de l'attorney général, ni notre chouchou du F.B.I. Le laboratoire a pu étudier le sperme, mais ce n'est pas d'une grande utilité à ce niveau de l'enquête. Ce qui m'intrigue le plus, c'est l'absence de poils ou de peau sous les ongles des victimes. Toutes ont dû se débattre, mais nous n'avons pas un millimètre de peau. Le diable doit être du côté de ce type. Il n'a pas perdu un seul bouton. Un enquêteur d'Augusta nous a bien dit que ces gens-là se trahissaient tôt ou tard. C'est réconfortant, mais que se passera-t-il si c'est tard ? Douze cadavres de plus !

– Le paquet de cigarettes est à Castle Rock ? demanda Johnny.

– Oui.

Johnny se leva.

– Allons y faire un tour.

– On prend ma voiture ?

– Par une nuit comme celle-ci, il est bon d'être avec un policier, conclut Johnny.

6

La tempête de neige faisait rage, et ils mirent plus d'une heure pour arriver à Castle Rock. Il était 10 h 20 quand ils entrèrent dans les locaux de la police. Ils secouèrent la neige de leurs bottes. Il y avait là une douzaine de journalistes, la plupart assis sous l'affreux portrait du fondateur de la ville. Ils se levèrent et entourèrent Bannerman et Johnny.

– Sheriff, est-il exact que l'enquête piétine ?

– Je n'ai rien à vous dire pour l'instant, répondit Bannerman impassible.

– Le bruit court que vous avez appréhendé un homme d'Oxford, sheriff, est-ce exact ?

– Non. Excusez-nous.

Mais leur attention s'était tournée vers Johnny qui ressentit un vide dans les entrailles en reconnaissant au moins deux visages entrevus lors de la conférence de presse de l'hôpital.

– Seigneur ! s'exclama l'un d'eux. Vous êtes bien Johnny Smith.

– Oui, dit-il, c'est moi.

– Le médium ? reprit un autre.

– Laissez-nous passer, intervint Bannerman en haussant la voix, vous n'avez donc rien de mieux à faire...

– Selon *Vue Intérieure*, vous êtes un mystificateur, lança un jeune homme vêtu d'un lourd pardessus. Est-ce vrai ?

– *Vue Intérieure* écrit ce qui lui plaît, dit Johnny.

– Vous niez donc ce que raconte *Vue Intérieure*...

– Je ne vous dirai rien de plus.

Tandis que Johnny et le sheriff franchissaient une porte vitrée, les journalistes se ruèrent sur les téléphones.

– Maintenant, c'est vraiment la merde, dit Bannerman, désespéré. Je jure devant Dieu que je ne pensais vraiment

208

pas qu'ils seraient encore là par une nuit pareille, j'aurais dû vous faire entrer par-derrière.

– Oh ! comme si vous ne le saviez pas ? dit Johnny avec amertume. Nous adorons la publicité nous autres médiums.

– Non, je n'en crois rien, enfin pas vous, répliqua le sheriff. Mais c'est fait, c'est fait, on n'y peut plus rien.

Johnny voyait déjà les gros titres dans les journaux : « Le sheriff de Castle Rock fait appel à un médium dans l'affaire de l'étrangleur. » « Un prophète va s'occuper du tueur de novembre. »

Deux policiers se trouvaient dans le bureau. L'un d'eux dormait tandis que l'autre, tout en buvant du café, consultait d'un air renfrogné une pile de documents.

– Sa femme l'a mis dehors, ou quoi ? demanda aigrement Bannerman en désignant le dormeur.

– Il vient d'Augusta, répondit le policier en dévisageant Johnny avec curiosité.

– Johnny Smith. Frank Dodd, et la belle au bois dormant c'est Roscoe Fisher.

Roscoe dit que l'attorney général veut prendre l'affaire en main, expliqua Dodd à Bannerman, l'air furieux. Un vrai cadeau de Noël !

Bannerman posa sa main sur la nuque de Dodd et le secoua amicalement.

– Tu prends l'affaire trop à cœur, Frank, tu y passes trop de temps.

– Je continue à croire qu'il y a peut-être quelque chose dans ces rapports. Il haussa les épaules en les poussant d'une chiquenaude. « Quelque chose. »

– Rentre chez toi et repose-toi, Frank. Emmène la belle au bois dormant avec toi. Un de ces journalistes risquerait de le prendre en photo, avec pour légende : « A Castle Rock, l'enquête continue. » Nous nous retrouverions tous en train de balayer les rues.

Bannerman conduisit Johnny dans son bureau. La table disparaissait sous les paperasses. Sur la tablette de la fenêtre, une photo de Bannerman avec sa femme et sa fille Katrina. Sur un des murs son diplôme, encadré, et à côté, dans un autre cadre, la première page du *Call* de Castle Rock annonçant son élection.

– Café ? proposa Bannerman en ouvrant une armoire métallique.

– Non merci, je reste fidèle au thé.

– Mrs. Sugarman garde fidèlement son thé et l'emporte chez elle chaque soir. Putain, ces journalistes, comme j'aurais aimé qu'ils rentrent chez eux !

– N'en parlons plus.

Bannerman revint avec une petite enveloppe fermée.

– Voilà, dit-il. Il hésita un instant, puis la lui tendit.

Johnny la prit, mais ne l'ouvrit pas immédiatement.

– Comprenez-moi bien, je ne peux rien promettre. Parfois je peux, parfois non.

Bannerman haussa les épaules, l'air las, et répéta :

– Qui ne risque rien n'a rien.

Johnny ouvrit l'enveloppe et en sortit un paquet vide de Marlboro. Il prit la boîte rouge et blanc dans sa main gauche et fixa le mur, un mur gris. Un mur gris neutre, une boîte rouge et blanc. Il fit passer le paquet dans son autre main, puis le plia en deux. Il attendit quelque chose, n'importe quoi. Rien. Il le garda longtemps, espérant contre tout espoir. Finalement, il rendit le paquet.

– Je suis désolé.

Après avoir frappé à la porte pour la forme, Roscoe Fisher passa la tête dans l'embrasure, l'air un peu confus.

– Frank et moi, nous allons rentrer, George.

– Très bien, dit Bannerman, mes amitiés à Deenie. Ça valait tout de même la peine d'essayer, reprit-il à l'adresse de Johnny. Je vais vous raccompagner.

– Je voudrais aller sur la place, dit brusquement Johnny.

– Non, ça ne vaut pas la peine ; elle est sous un pied de neige.

– Vous pouvez tout de même retrouver l'endroit ?

– Bien sûr, mais à quoi bon !

– Je ne sais pas, allons-y.

– Les journalistes vont nous poursuivre, Johnny.

– Vous n'avez pas parlé d'une porte de derrière ?

– Oui, mais c'est une sortie de secours. Pour entrer pas de problème, mais pour sortir cela déclenche le signal d'alarme

Johnny siffla entre ses dents.

– Eh bien, qu'ils nous suivent !

Bannerman le regarda pensivement puis accepta. Quand ils sortirent, les journalistes se levèrent et les entourèrent immédiatement. Ils rappelèrent à Johnny un chenil à Durham, où une vieille et étrange femme gardait des bergers. Quand vous passiez à proximité, avec votre canne à pêche, les chiens se précipitaient, aboyant et grognant, grondant après vous. Ils voulaient pincer, sans vraiment mordre.

— Vous savez qui a fait ça, Johnny ? Vous avez une idée ? Une inspiration ?

— Sheriff, c'est une idée à vous de faire appel à un médium ?

— La police d'État et le bureau de l'A.G. sont au courant de ce recrutement ?

— Pensez-vous pouvoir arriver à un résultat, Johnny ?

— Sheriff, c'est vous qui avez engagé ce type ?

Bannerman, lentement mais sûrement, se fraya un chemin. Pas de commentaires, pas de commentaires. Johnny se taisait. Les journalistes se rassemblèrent dans le hall tandis que Bannerman et Johnny descendaient les marches enneigées. Quand ils eurent dépassé le bâtiment et traversé la rue, les journalistes comprirent enfin qu'ils se dirigeaient vers la place. Certains revinrent sur leurs pas pour prendre leurs manteaux. Ceux qui étaient déjà habillés leur emboîtèrent le pas, dévalant les marches et s'interpellant comme des gosses.

7

Des torches électriques agitées dans les ténèbres, un vent soufflant en rafales.

— Vous ne pourrez rien voir, dit Bannerman.

Il fut presque renversé par un journaliste en gros pardessus.

— Désolé, sheriff, s'excusa-t-il piteusement. J'ai glissé.

Un peu plus loin, une corde de nylon jaune, tendue, tranchait dans l'obscurité. Un écriteau malmené par le vent indiquait : Enquête policière.

— Reculez tous. Reculez.

— La place est à tout le monde, sheriff, s'écria un des journalistes.

— C'est vrai, mais ça c'est le travail de la police. Vous

restez derrière la corde, ou vous passez la nuit en taule, ordonna le sheriff en soulevant la corde pour faire passer Johnny. Ils descendirent le talus en direction des amoncellements de neige qui indiquaient l'emplacement des bancs. Les journalistes restaient groupés derrière la corde, suivant le faisceau de leur lampe.

— C'est là ? demanda Johnny.

— Non, pas encore. J'avais dit à Frank qu'il pouvait enlever la corde, mais maintenant je suis content qu'il n'en ait rien fait. Vous voulez aller jusqu'au kiosque ?

— Pas tout de suite. Montrez-moi où se trouvaient les mégots.

Ils avancèrent encore un peu, puis Bannerman s'arrêta.

— Là, indiqua-t-il en dirigeant sa lampe vers une masse blanche qui devait être un banc.

Johnny retira ses gants, les mit dans sa poche, puis s'agenouilla et creusa la neige pour dégager le siège du banc. Bannerman fut à nouveau frappé par la pâleur de son visage. A genoux, il avait l'air d'un pénitent. Autrefois le banc était vert, mais presque toute la peinture s'en était écaillée. Deux tiges de fer rouillées fixaient le siège à l'armature métallique.

Il saisit le banc à deux mains et un soudain mystère l'envahit. Il n'avait rien ressenti d'aussi intense auparavant. Il fixa le banc et s'y agrippa, c'était...

Combien de personnes avaient pu s'asseoir là un jour ou l'autre pour écouter *God Bless America* ou *Stars and Stripes Forever.*

Feuilles vertes de l'été, brumes automnales, comme un souvenir de la poussière des moissons, des hommes avec des râteaux à la nuit tombante. Le bruit sourd d'un tambour, trompettes d'or sombre et trombones. Uniformes de l'orchestre de l'école. Public des beaux jours d'été assis là, applaudissant, regardant leur programme qui avait été dessiné et imprimé à l'école des arts plastiques de Castle Rock.

Mais ce matin, un tueur s'était assis là, Johnny le sentait. Branches noires d'un arbre, se détachant sur le ciel gris de neige. Il s'était assis là, fumant, attendant, aussi heureux que s'il était sur le point d'assister à son triomphe, fredonnant une chanson, un air des Rolling Stones. Je ne sais pas quoi exactement, mais tout est... est quoi ?

Parfait, tout est bien, tout est gris et attend la neige et... moi...

212

– Habile, murmura Johnny, je suis habile, si adroit...

Bannerman s'approcha, incapable de saisir les paroles dans le hurlement du vent.

– Quoi ?

– Habile, répéta Johnny, levant les yeux vers Bannerman. Le sheriff recula : les yeux de Johnny étaient froids et lointains. Ses cheveux sombres, agités par le vent, étaient rabattus sur son visage, il avait les mains rivées au banc.

– Putain, je suis si habile, dit-il distinctement. Un sourire triomphant étirait ses lèvres. Son regard transperçait Bannerman. Personne n'était capable d'inventer cela, de produire une telle mise en scène, et le plus terrible c'est que cela lui rappelait quelqu'un, le sourire, l'intonation de la voix... Johnny Smith avait disparu, remplacé par un autre. Dissimulé derrière les traits de Johnny, un autre visage apparaissait : le visage du tueur. Un visage que, lui, Bannerman connaissait.

– Vous ne me prendrez jamais parce que je suis trop habile pour vous. Un petit rire lui échappa. Je mets ça chaque fois, et si elles griffent ou si elles mordent... elles n'emportent rien de moi, parce que je suis le plus habile. Sa voix s'éleva en un cri de triomphe qui rivalisa de fureur avec le vent, et de nouveau Bannerman recula d'un pas.

« Assez, pensait-il. Arrêtons maintenant. »

Johnny se pencha sur le banc, de la neige fondue coulant entre ses doigts (neige, neige silencieuse et secrète).

– Elle m'a mis une pince à linge pour que je sache ce que ça fait quand on attrape une maladie. Une maladie de ces salopes, toutes des salopes, et il faut les arrêter, les arrêter, arrêter... Oh mon Dieu !... Il était redevenu enfant, s'en allait à l'école en marchant dans la neige. Et un homme apparaissait dans toute cette blancheur, un homme terrible, un homme noir, riant aux éclats avec des yeux aussi brillants que des pièces neuves. Il tenait un panneau Stop dans une main gantée, lui !... lui !... lui !...

– Oh ! ne le laissez pas m'emporter maman, ne le laissez pas...

Johnny hurla et s'écarta du banc, pressant ses mains sur ses joues. Il regarda Bannerman douloureusement. Il voyait toujours cette forme noire émergeant de la neige, avec ses yeux brillants, l'entrejambes meurtri par la pince à linge que la mère du tueur y avait placée. Il n'était pas un assassin alors, ni une bête, ni une ordure, il n'était qu'un petit garçon affolé avec une pince à linge sur son... son...

— Aidez-moi à me relever, murmura-t-il.

Bannerman lui donna un coup de main.

— Le kiosque à musique maintenant, dit Johnny.

— Non. Je pense qu'il vaut mieux rentrer.

Johnny l'écarta d'un geste et se dirigea en trébuchant, un peu plus loin, vers la grosse forme ronde qu'on avait peine à distinguer dans l'obscurité. Bannerman se précipita et agrippa Johnny :

— Qui est-ce ? Vous savez ?

— Vous n'avez jamais trouvé de parcelles de tissu sous ses ongles parce qu'il portait un ciré, haleta Johnny. Un ciré avec un capuchon, un ciré de vinyl. Consultez les rapports, retournez consulter les rapports et vous verrez que chaque fois il pleuvait ou il neigeait. Elles griffaient, elles se débattaient, mais leurs doigts ne faisaient que glisser...

— Qui, Johnny, qui ?

— Je ne sais pas, mais je vais savoir.

Il buta sur la première des six marches qui conduisaient au kiosque, essaya de retrouver son équilibre et n'y parvint qu'avec l'aide de Bannerman. Puis ils atteignirent l'estrade. Peu de neige à cet endroit. Bannerman le balaya du faisceau de sa torche. Johnny tomba sur les mains et les genoux, et commença à avancer lentement, les mains rougies. Puis il s'arrêta et renifla comme un chien.

— Là, murmura-t-il, c'est là.

Visions, sensations, impressions l'envahirent, goût acide de l'excitation. La fille était au supplice et essayait de crier. Il lui fermait la bouche d'une de ses mains gantées. Horrible excitation. Jamais ils ne me prendront, je suis l'homme invisible, est-ce que c'est assez ignoble pour vous, maman ?

Johnny commença à bredouiller en balançant la tête d'arrière en avant.

Bruit de vêtements déchirés. Chaleur. Un écoulement, du sang ? du sperme ? de l'urine ?

Il commença à trembler, cheveux rabattus sur le visage. Son visage encadré par un capuchon, tandis que ses mains se referment sur le petit cou au moment de l'orgasme et serrent... serrent...

La force abandonna ses bras, les images s'évanouirent, il glissa en avant. Il gisait maintenant, secoué de sanglots,

214

sur l'estrade. Quand Bannerman lui toucha l'épaule, il se mit à crier puis, peu à peu, s'apaisa. Il renversa la tête contre la balustrade du kiosque et ferma les yeux. Des frissons secouaient son corps, ses vêtements étaient poudrés de neige.

— Je sais qui c'est, dit-il.

8

Un quart d'heure plus tard, Johnny, de nouveau assis dans le bureau de Bannerman, près d'un radiateur électrique, avait encore l'air transi mais il ne tremblait plus.

— Vous ne voulez vraiment pas de café ?

Johnny refusa.

— Johnny, dit Bannerman en s'asseyant. Vous savez vraiment quelque chose.

— Je sais qui les a tuées. Vous auriez très bien pu le trouver vous-même, mais il vous était trop proche. Vous auriez pu le voir dans son ciré, parce que c'est lui qui a fait traverser les enfants ce matin-là. Il avait un signal Stop au bout d'un bâton et il a fait traverser les enfants.

Bannerman regarda Johnny, abasourdi.

— Vous voulez parler de Frank ? Frank Dodd ? Vous êtes fou.

— Frank Dodd les a tuées, Frank Dodd les a toutes tuées.

Bannerman avait l'air d'hésiter entre éclater de rire ou bien frapper.

— C'est la chose la plus stupide que j'aie jamais entendue, dit-il pour finir. Frank Dodd, un fonctionnaire modèle, un type vraiment bien. Il va se présenter en novembre pour le poste de chef de police et avec ma bénédiction, croyez-moi.

Le sheriff exprimait maintenant un amusement mêlé de mépris.

— Frank a vingt-cinq ans. Ce qui signifie qu'il aurait commencé cette folie quand il en avait dix-neuf. Il vit tranquillement avec sa mère qui ne va pas très bien. Hypertension, diabète. Johnny, vous ne savez pas où vous mettez les pieds. Frank Dodd n'est pas l'assassin, j'en donnerais ma tête à couper.

— Les crimes ont cessé pendant deux ans. Où était alors Frank Dodd, demanda Johnny. Ici ?

Bannerman lui fit face, l'amusement condescendant avait disparu, son visage était dur et furieux.

— Plus un mot là-dessus, vous n'êtes qu'un mystificateur.

— Vous dites cela parce que j'accuse un homme que vous considérez comme votre fils, fit calmement Johnny.

Bannerman pinça les lèvres :

— Sortez ! Demandez à un de ces journalistes de vous raccompagner. Vous pourrez tenir une conférence de presse en chemin. Mais je vous jure, je jure devant Dieu que, si vous mentionnez le nom de Frank Dodd, je vous briserai l'échine. Compris ?

— Mais oui, mes copains journalistes, explosa tout à coup Johnny. C'est vrai ! Vous m'avez bien vu répondre à leurs questions ? Poser pour leurs photos en m'assurant qu'ils prenaient bien mon bon profil ?

Bannerman tressaillit.

— Non, dit Johnny en élevant encore le ton. J'ai l'impression que vous ne savez plus qui est qui, et je vais vous rafraîchir la mémoire. C'est vous qui m'avez appelé. C'est pour ça que je suis ici...

— Ça ne signifie pas que vous...

Johnny s'avança vers Bannerman, pointant son index tel un pistolet. Il mesurait plusieurs centimètres de moins et lui rendait environ 20 kilos, pourtant Bannerman recula. Les joues de Johnny s'étaient enflammées, ses lèvres se retroussèrent légèrement.

— En effet, que vous m'ayez appelé ne signifie pas que je doive foutre le bordel, mais vous ne voulez pas que ce soit Dodd, n'est-ce pas ? S'il s'agissait d'un autre, vous feriez procéder à des vérifications. Mais ça ne peut pas être Frank Dodd, parce qu'il est intouchable ; parce qu'il prend soin de sa mère ; parce qu'il a de la considération pour le bon vieux sheriff George Bannerman ; parce qu'il... sauf quand il enlève et étrangle les vieilles femmes et les petites filles. Et il aurait pu s'agir de votre fille, Bannerman, vous ne comprenez pas, votre fille...

Bannerman le frappa. Au dernier moment il retint le coup, mais il fut tout de même assez fort pour bousculer

Johnny, qui trébucha sur un pied de chaise et tomba sur le sol. Du sang coulait de sa joue à l'endroit où la bague du sheriff l'avait touché.

– Vous l'aurez cherché, dit Bannerman, mais sa voix n'était pas vraiment convaincue. Pour la première fois de sa vie, il avait frappé un type qui n'était pas en état de rendre le coup.

– Vous devriez vous agenouiller et remercier Dieu qu'il n'ait pas laissé d'indices, car, avec les sentiments qui vous animent, vous les auriez fait disparaître. Vous auriez pu vous porter ainsi définitivement garant de son innocence.

– Ce n'est qu'un affreux mensonge, prononça lentement Bannerman. J'arrêterais mon propre frère si je le croyais coupable. Relevez-vous ; je regrette de vous avoir frappé.

Il aida Johnny à se remettre sur pied.

– Je vais chercher des pansements et vous mettre de la teinture d'iode.

– Laissez, fit Johnny, toute colère ayant disparu de sa voix. Je vous ai poussé à bout.

– Je vous le répète, il est impossible que ce soit Frank. Vous ne recherchez sans doute pas la publicité et sur ce point j'ai eu tort.

– Vérifiez, prouvez-moi que je me trompe, dit Johnny en regardant Bannerman. (Il avala sa salive.) Vérifiez l'emploi du temps de Frank. Vous voulez bien ?

A contrecœur, le sheriff lui indiqua les fiches d'emploi du temps qui se trouvaient dans l'armoire et qui remontaient jusqu'à quatorze ou quinze ans en arrière.

– Je pense que je pourrais tout vérifier, dit-il.

– Alors, faites-le.

– Monsieur... commença-t-il en hésitant, Johnny, si vous connaissiez Frank Dodd, vous comprendriez à quel point votre supposition est grotesque. J'en suis persuadé. Il ne s'agit pas seulement de moi, demandez à ceux qui le connaissent.

– Si j'ai tort, je serai heureux de le reconnaître.

– C'est de la folie, murmura Bannerman.

Mais il se dirigea vers le classeur.

Il était à présent près de 1 heure du matin. Johnny avait appelé son père pour le prévenir qu'il resterait coucher à Castle Rock ; la tempête faisant rage, il était pratiquement impossible de reprendre la route.

– Que se passe-t-il là-bas ? demanda Herb.

– Je peux pas te le dire au téléphone, papa.

– Très bien, Johnny, mais fais attention à pas trop te fatiguer.

Épuisé il l'était, plus las qu'il ne l'avait jamais été depuis les séances de rééducation avec Eileen Magown. Une femme très gentille, pensa-t-il mélancoliquement. Une femme amicale, au moins jusqu'au jour où il lui avait prédit que sa maison était en train de brûler. Après cela, elle était devenue distante, méfiante. Elle l'avait remercié, bien sûr, mais l'avait-elle touché après cela, vraiment touché ? Et il en irait de même avec Bannerman quand l'affaire serait terminée. C'était triste. C'était, comme Eileen, quelqu'un de charmant. Mais les gens se méfient de ceux qui peuvent tout connaître d'eux rien qu'en les touchant.

– Ça ne prouve rien, commenta Bannerman, l'intonation boudeuse.

Étalées sur le bureau de Bannerman, sept ou huit fiches d'emploi du temps, et dans la corbeille à courrier les fiches de Dodd remontant jusqu'en 1971, époque à laquelle il était entré dans l'équipe du sheriff. Les fiches indiquaient ceci :

Les crimes	Frank Dodd
Alma Frechette, serveuse 3.00 p.m. 11/12/70	Travaille à Gulf Station
Pauline Toohaker 10.00 a.m. 11/17/71	Libre
Cheryl Moody (J.H.S.) Étudiante, 2.00 p.m. 1216/71	Libre
Carole Dunberger H.S. Étudiante, 11/?/74	En vacances pour deux semaines
Etta Ringgold. Institutrice 10/29 ?/75	Déplacement de travail
Marie Kate Hendrasen 10.10 a.m. - 12/17/75	Libre

Les heures indiquées sont celles fournies par le médecin légiste.

– Ça ne l'accuse pas, reprit Johnny en se massant les tempes. Mais ça ne l'innocente pas non plus.

Bannerman tapota la liste.

– Quand Miss Ringgold a été tuée, il était en service.

– Oui, si elle a vraiment été tuée le 29 octobre. Mais ça peut tout aussi bien être le 28 ou le 27. Et, même s'il était en service, qui irait suspecter un flic ?

Bannerman examinait la note avec attention.

– Et cette coupure, remarqua Johnny, cette coupure de deux ans. Frank était-il en service ici pendant 1973 et 1974.

– Son mal ne s'est sans doute pas manifesté ces années-là.

– Et fin 1972, début 1973 ? Il n'y a pas de fiche pour cette période ; il était en congé ?

– Non, répondit Bannerman. Frank et un autre type, Tom Harrison, ont suivi des cours pendant un semestre dans une université du Colorado. Ils ont été absents du 15 octobre jusqu'à Noël. L'État du Maine assure une partie des frais, le gouvernement fédéral le reste. J'ai désigné Harrison, maintenant chef de police à Gates Fall, et Frank. Ce dernier n'avait pas très envie d'y aller, il était inquiet à l'idée de laisser sa mère seule. Pour vous dire la vérité, je crois qu'elle a essayé de le retenir. J'en avais parlé avec lui. Il voulait faire carrière dans la fonction publique et c'était une occasion à saisir. Je me souviens de leur retour à Noël. Frank avait chopé un virus et perdu 20 livres. Il prétendait que personne ne savait cuisiner comme sa mère.

Bannerman se tut. Quelque chose dans ce qu'il venait de dire le gênait.

– Il a pris une semaine de congé de maladie, poursuivit-il presque fébrilement. Il est revenu le 15 janvier, vérifiez vous-même.

– Ce n'est pas nécessaire. Pas plus qu'il n'est nécessaire que je vous dise ce que vous devez faire.

– Non, dit Bannerman. Je vous avais dit que vous étiez fait pour ce travail. C'était sans doute plus vrai que je ne croyais.

Il décrocha le téléphone et sortit un annuaire bleu du tiroir de son bureau. Tout en le feuilletant, il expliquait à Johnny que cet annuaire permettait de trouver les numéros de téléphone de tous les sheriffs du pays. Il trouva le numéro qu'il cherchait et le composa.

– Allô ? Le bureau du sheriff de Pueblo ?... Je suis George Bannerman, sheriff de Castle Rock dans le Maine... Oui... C'est ça, dans le Maine. Qui est à l'appareil, s'il vous plaît ? Monsieur Taylor, voici ce dont il s'agit. Nous avons eu ici une série de crimes, d'enlèvements suivis de strangulations, six d'entre eux au cours de ces cinq dernières années. Tous à l'automne ou au début de l'hiver. Nous avons un... (Il regarda Johnny, l'air désemparé, puis poursuivit :) Nous avons un suspect qui se trouvait à Pueblo du 15 octobre 1972 jusqu'au 17 décembre. Ce que je voudrais savoir, c'est s'il n'y a pas eu à Pueblo pendant cette période un crime resté impuni ? La victime serait une femme, l'âge est sans importance, enlevée et étranglée. De plus je voudrais connaître les rédultats de l'analyse de sperme, si toutefois un prélèvement a été effectué... Quoi ?... Oui, très bien... Merci... J'attends votre coup de fil, à tout à l'heure.

Il raccrocha :

– Il va vérifier et me rappeler. Voulez-vous une tasse de... non, c'est vrai, vous n'en buvez pas...

– Non, dit Johnny, mais j'accepterais volontiers un verre d'eau.

Le sheriff se dirigea vers l'appareil et revint avec un gobelet de carton plein d'eau fraîche. Dehors, la tempête faisait rage. Bannerman semblait embarrassé :

– C'est vrai, vous aviez raison. Franck Dodd est le fils que j'aurais voulu avoir. Ma femme a subi une césarienne pour Katrina et elle ne peut plus avoir d'autre enfant ; le docteur nous a dit que cela la tuerait. Elle a subi une ligature des trompes et j'ai accepté la vasectomie. Pour être sûr.

Johnny scrutait les ténèbres de la nuit. Il n'y avait rien à voir, mais il savait que s'il faisait face au sheriff ce dernier craquerait. Pas besoin d'être médium pour savoir cela. – Le père de Frank travaillait sur la B. & M. Line. Il est mort dans un accident quand son fils avait cinq ans. Il était ivre, il a été broyé entre deux voitures. Depuis, Frank est devenu l'homme de la maison. Roscoe prétend qu'il avait une petite amie à l'école supérieure, mais Mrs. Dodd dément énergiquement.

« Je veux bien le croire, pensa Johnny. Une femme qui a pu faire cela... cette pince à linge... à son propre fils. Rien n'arrête ce genre de femme. Elle doit être aussi folle que lui. »

– Quand il a eu seize ans, il est venu me voir et m'a demandé s'il pouvait devenir policier. C'était la seule chose qui l'intéressait vraiment. Tout de suite, il m'a été sympathique. Je l'ai engagé pour de menus travaux, en le payant de ma poche. Ce que je pouvais, vous savez, mais il ne protestait jamais. C'était le genre de type qui aurait travaillé pour rien. Il fit une demande pour un emploi à plein temps en sortant du collège, mais à ce moment-là nous n'avions pas de place. Il a été travailler chez Donny Haggar's Gulf et a suivi des cours du soir à l'université. Je crois que Mrs. Dodd a aussi essayé de l'en empêcher, prétextant qu'elle était trop seule, etc. mais cette fois Frank a passé outre... avec mes encouragements. Nous l'avons engagé en juillet 1971, et depuis il est resté. Maintenant vous me racontez ça et je pense à Katrina, hier matin, passant à côté de celui qui... et c'est comme une impression d'inceste. Frank venait chez nous, mangeait avec nous, gardait parfois Katrina... c'est arrivé une fois ou deux... et vous me dites que...

Johnny se détourna. Bannerman avait enlevé ses lunettes et s'essuyait à nouveau les yeux.

– Si réellement vous voyez de telles choses, je vous plains. Vous êtes un phénomène, pas tellement différent du veau à deux têtes. J'en ai vu un au Luna Park. Je suis désolé. C'est triste à dire, je sais.

– La Bible dit que Dieu aime toutes ses créatures, dit Johnny d'une voix mal assurée.

– Vraiment ? Bannerman frottait son nez là où ses lunettes reposaient. Il a une drôle de manière de le montrer, vous ne trouvez pas ?

10

Vingt minutes plus tard, le téléphone sonna. Bannerman décrocha immédiatement. Il parlait, puis écoutait. Johnny épiait son visage. Il raccrocha et regarda longuement Johnny sans rien dire.

– Le 12 novembre 1972, dit-il enfin, une étudiante. Ils l'ont trouvée dans un champ, près du péage. Anne Simon. Enlevée et étranglée. Vingt-trois ans. Pas de prélèvement de sperme ; ce n'est pas encore la preuve irréfutable, Johnny.

– Vous n'avez pas besoin d'autres preuves et, si vous le confrontez avec celles que vous possédez déjà, il avouera.

– Et s'il n'avoue rien ?

Johnny se souvint de sa vision ; elle lui revenait comme un boomerang. Cette sensation déchirante. Cette douleur bienfaisante. La douleur, celle de la pince à linge, la douleur qui expliquait tout.

– Faites lui baisser son pantalon, dit Johnny.

Bannerman le regarda...

11

Les journalistes étaient toujours là. A vrai dire, ils ne pouvaient pas bouger, les routes étant impraticables. Bannerman et Johnny s'échappèrent par la fenêtre des toilettes.

– Êtes-vous certain que ce soit la bonne méthode, demanda Johnny. La tempête chassait les mots de sa bouche, sa jambe le faisait souffrir.

– Non répondit le sheriff avec simplicité. Mais je crois qu'il faut le faire, qu'il faut qu'il vous voie en face, Johnny. Venez, les Dodd habitent à deux pas d'ici.

Ils se mirent en route, encapuchonnés et bottés, deux ombres dans la tempête. Bannerman portait son arme réglementaire. Ses menottes étaient attachées à sa ceinture. A peine avaient-ils fait quelques pas que Johnny se mit à boiter douloureusement. Bannerman le remarqua :

– Que se passe-t-il ?

– Rien, répondit Johnny.

– Il y a sûrement quelque chose ; vous marchez comme si vous aviez les deux jambes brisées.

– Ils ont été obligés de m'opérer quand je suis sorti du coma. Les muscles s'étaient atrophiés et les articulations s'étaient abîmées. Ils ont arrangé cela du mieux qu'ils ont pu.

– Comme l'homme qui valait 6 millions de dollars ?

Johnny pensa à la pile des factures de l'hôpital, dans le tiroir du buffet de la salle à manger.

– Oui, quelque chose comme ça. Quand je suis trop longtemps debout, mes jambes me font souffrir.

– Vous voulez rentrer ?

« Et comment ! Rentrer et ne plus avoir à penser à cette histoire infernale. Je voudrais n'être jamais venu. Ce n'est pas mon problème. Et ce type qui me compare à un veau à deux têtes. »

Ils luttaient dans le halo des lampadaires, courbés contre la tempête. Ils tournèrent dans une petite rue, et Bannerman s'arrêta devant la cinquième maison. Comme toutes les autres de la rue, ses volets étaient clos et on n'y voyait aucune lumière.

– Nous y voilà, dit Bannerman d'une voix atone.

Ils se frayèrent un chemin à travers la neige que le vent avait amoncelée et montèrent les marches.

12

Mrs. Henrietta Dodd était une grosse femme. Johnny n'avait jamais vu quelqu'un en aussi mauvaise santé. Sa peau était d'un gris jaunâtre, ses mains, à cause de l'eczéma, semblaient couvertes d'écailles. Et il y avait quelque chose dans ses yeux, réduits à deux fentes dans leur poche de graisse, qui rappelait douloureusement à Johnny le regard de sa mère.

Elle ouvrit la porte après que Bannerman eut frappé pendant près de cinq minutes. Johnny se tenait près de ce dernier, tant bien que mal sur ses pauvres jambes, et se demandant si cette nuit finirait jamais.

– Que voulez-vous au beau milieu de la nuit, George Bannerman, demanda-t-elle soupçonneuse.

Comme beaucoup de grosses femmes, elle avait une voix aiguë et nasillarde, bourdonnante comme une mouche prise dans une bouteille.

– Il faut que je parle à Frank, Henrietta.

– Vous lui parlerez demain matin, lui répondit-elle en essayant de fermer la porte.

Mais Bannerman la maintint ouverte de sa main gantée.

– Désolé, Henrietta, il faut que ce soit maintenant.

– Je ne le réveillerai pas, s'écria-t-elle sans bouger. Il est en plein sommeil ! Il y a des nuits où j'agite ma sonnette, tellement mes palpitations sont terribles, croyez-vous qu'il se dérange ? Pas du tout, il continue à dormir et il pourrait aussi bien, un beau matin, me retrouver morte dans mon lit, au lieu d'être en train de lui préparer son œuf. Tout ça, parce que vous le faites trop travailler : jour et nuit, changement d'équipe, chasse aux ivrognes qui pourraient cacher une arme sur eux mais vous vous en fichez ; et toutes ces femmes qui seraient trop contentes de passer une maladie incurable à un aussi gentil garçon que mon Frank pour le prix d'un verre de bière.

Sa voix stridente agressait et bourdonnait. La migraine de Johnny lui faisait contrepoint en martelant ses tempes. Il aurait voulu la faire taire. C'était une hallucination, il en était conscient ; la fatigue, les émotions de cette affreuse nuit, de plus en plus il lui semblait que c'était sa mère qui était là et qu'elle allait se retourner pour lui parler du don merveilleux que Dieu lui avait fait.

– Madame Henrietta Dodd... commença calmement Bannerman.

C'est alors qu'elle se retourna vers Johnny, le fixa de ses stupides yeux porcins et interrogea :

– Qui est-ce ?

– Un policier, répondit promptement Bannerman. Henrietta, je prends la responsabilité de réveiller Frank.

– Ooh ! la responsabilité nasilla-t-elle ironiquement, et Johnny réalisa qu'elle avait peur. La peur émanait d'elle en ondes répugnantes qui ne faisaient qu'augmenter sa migraine. Bannerman en était-il conscient ?

– La responsabilité, quel grand mot ! Mais je ne veux pas qu'on réveille mon fils en pleine nuit, George Bannerman, aussi, vous et votre policier, n'avez qu'à repartir.

Elle essaya à nouveau de refermer la porte, mais cette fois Bannerman l'ouvrit toute grande.

– Écartez-vous, Henrietta, immédiatement. Sa voix était pleine d'une colère contenue.

224

– Vous n'avez pas le droit, cria-t-elle. Ce n'est pas la police d'État. Montrez-moi votre mandat.

– Je vais parler à Frank, dit Bannerman en la repoussant.

Johnny le suivit mécaniquement, mais Henrietta Dodd l'agrippa. Johnny lui saisit le poignet et une douleur terrible envahit sa tête. La femme le sentit aussi. Tous deux se regardèrent fixement, pendant un temps qui parut s'éterniser, en une affreuse et parfaite compréhension. Ils semblaient soudés l'un à l'autre. Puis elle recula, soutenant sa poitrine d'ogresse.

– Mon cœur... Mon cœur...

Elle fouilla dans la poche de sa robe de chambre et en sortit un flacon de pilules. Son visage était devenu terreux. Elle enleva le bouchon du flacon, répandant des pilules partout sur le sol, pour en saisir une et la glisser sous sa langue. Johnny continuait à la fixer en une muette horreur. Sa tête lui semblait être une poche pleine de sang chaud.

– Vous saviez, murmura-t-il.

La grosse bouche flétrie de Mrs. Dodd s'ouvrait et se refermait, s'ouvrait et se refermait, sans qu'aucun son n'en sorte ; c'était la bouche d'un poisson en pleine asphyxie.

– Vous saviez...

– Vous êtes un démon, hurla-t-elle, un monstre... le diable... le diable... Oh ! mon cœur... George Bannerman, ne montez pas réveiller mon bébé.

Johnny la lâcha et inconsciemment frotta sa main contre son manteau comme pour se débarrasser d'une souillure. Il grimpa les escaliers derrière le policier. Dehors le vent sanglotait sous l'auvent comme un enfant perdu. A mi-chemin, il se retourna ; Henrietta Dodd était écroulée dans un fauteuil d'osier, telle une montagne de chair, haletante et soutenant de chacune de ses mains un énorme sein. Il pensa comme en un rêve : « Bientôt tout sera fini, Dieu merci ! »

Un vieux tapis troué recouvrait le palier, le papier était taché d'humidité. Il faisait froid là-haut. Bannerman frappa à une porte.

– Frank ! Frank ! C'est George Bannerman, réveillez-vous, Frank.

Pas de réponse. Bannerman tourna la poignée et ouvrit la porte. Sa main était sur la crosse de son arme ; il n'avait pas dédaigné, ce qui aurait pu être une erreur fatale ; mais la chambre de Frank était vide.

Tous deux se tenaient sur le seuil. C'était une chambre d'enfant. Le papier peint, taché d'humidité, représentait des clowns et des chevaux caracolant. Un pantin en lambeaux qui les contemplait de son regard vide était posé sur une chaise d'enfant. Dans un coin un coffre à jouets, et dans un autre un lit étroit aux couvertures défaites, et, accroché aux barreaux, de façon insolite, l'étui du revolver de Frank.

– Mon Dieu, dit tout bas Bannerman, qu'est-ce que c'est que ce bazar !

– Au secours ! La voix de Mrs. Dodd monta jusqu'à eux. Au secours !

– Elle savait, fit Johnny. Elle savait depuis le début. Depuis le début, depuis Alma Frechette. Il le lui avait dit et elle l'a couvert.

Bannerman sortit de la chambre à reculons et ouvrit une autre porte, l'air abasourdi et malheureux. C'était une chambre d'amis, inoccupée. Il en ouvrit l'armoire qui était vide, à l'exception d'une trappe à souris. Une autre pièce : rien, hormis qu'il y faisait glacial. Il ne restait plus qu'une porte, juste en haut de l'escalier. Le sheriff s'y dirigea, suivi de Johnny. Elle était fermée.

– Frank, vous êtes là ? Il manœuvrait la poignée. Ouvrez Frank !

Pas de réponse. Bannerman donna un coup de pied juste à hauteur du pène.

– Oh ! mon Dieu ! s'exclama Bannerman d'une voix sourde et altérée. Frank !

Johnny vit la scène par-dessus son épaule. C'en était trop ! Frank Dodd gisait sur le siège de la cuvette des toilettes, nu, à l'exception de son ciré noir qu'il avait dû en toute hâte jeter sur ses épaules. Le capuchon noir s'était accroché au robinet de la chasse et pendait de façon grotesque. Il avait réussi à se trancher la gorge. Johnny n'aurait jamais cru cela possible.

Un paquet de lames Wilkenson se trouvait sur la tablette du lavabo. Une seule lame sur le sol, étincelante. Des gouttes de sang perlaient sur le tranchant. Le sang, jaillissant de la jugulaire et de la carotide, avait tout éclaboussé. Il coulait dans les plis de l'imperméable qui traînait sur le sol, sur le rideau de douche, orné de canards porteurs de parapluies.

226

Autour du cou de Frank, maintenu par une ficelle, un mot crayonné au bâton de rouge à lèvres : j'avoue.

« Il savait, pensa Johnny de façon incohérente. Il a su quand il m'a vu. Il a su que tout était fini ; il est rentré et s'est donné la mort. »

Des cercles noirs s'enchevêtraient devant ses yeux comme des vagues maléfiques.

« Quel don Dieu vous a donné, Johnny. »

« J'avoue »

– Johnny ?

Tout disparut.

– Johnny ?

« L'évanouissement. Il aurait mieux valu ne jamais sortir du coma ».

– Johnny ?

Frank Dodd est monté ici ; il s'est tranché la gorge d'une oreille à l'autre pendant que la tempête faisait rage au-dehors ; sans doute avait-il crié, mais ce n'était pas certain. Son cri n'avait dû jaillir que dans sa conscience, exprimant toute l'horreur au fond de son cœur. Puis il avait sombré dans les ténèbres.

Johnny était sans connaissance.

13

New York Times, 19 décembre 1975 :

« Le médium du Maine conduit le sheriff au domicile du policier assassin, après s'être rendu sur les lieux du crime.

« John Smith, de Pownal, peut très bien ne pas être un médium. Mais on aura du mal à en persuader le sheriff George Bannerman, du comté de Castle, dans le Maine.

« Le lendemain du sixième meurtre perpétué dans la petite ville de Castle Rock, le shériff Bannerman a appelé Mr. Smith au téléphone et lui a demandé de venir l'aider. Mr. Smith, qui a attiré l'attention du pays au début de l'année en sortant d'un coma de cinquante-cinq mois, avait été traité de mystificateur par *Vue Intérieure*. Mais hier, au cours d'une conférence de presse, le sheriff Bannerman a simplement déclaré : "Nous n'attachons aucune importance aux déclarations de ces journalistes new-yorkais."

« Selon le sheriff Bannerman, Mr. Smith a rampé sur ses mains et sur ses genoux sur les lieux du crime, la place de Castle Rock. Il s'est relevé avec des engelures et le nom du meurtrier : le policier Frank Dodd en poste à Castle Rock depuis cinq ans.

« Au début de l'année, Mr. Smith provoqua une vive polémique dans sa ville natale en prédisant à sa rééducatrice que sa maison était en train de brûler. A la conférence de presse qui s'ensuivit, un journaliste le mit au défi de... »

Newsweek, page 41, 24 décembre 1975 :

« Sans doute le premier médium authentique depuis Peter Hurkos-Hurkos allemand de naissance, prophète capable de répondre à ceux qui le questionnaient sur leur vie privée en apposant ses mains sur les leurs, ou même sur leur argenterie ou le contenu de leur sac à main.

« John Smith est un garçon timide et modeste, originaire de Pownal. Au début de l'année, il a repris conscience après un coma de plus de quatre ans, consécutif à un accident (voir photo). Selon le neurologue Samuel Weizak, Smith s'est rétabli de façon absolument stupéfiante. Aujourd'hui il soigne ses engelures et se remet d'une syncope de quatre heures, qui suivit l'étrange dénouement d'une série de crimes perpétrés dans la ville de... »

Chère Sarah

Papa et moi avons été heureux de recevoir ta lettre, arrivée cet après-midi même. Je vais vraiment très bien aussi, ne t'en fais pas. Je te remercie de ta sollicitude. Les engelures ont été très exagérées ; deux taches sur le bout de trois doigts de la main gauche. L'évanouissement ne fut rien d'autre, selon Weizak, que la conséquence du choc émotionnel. Il s'est déplacé en personne et a insisté pour s'occuper de mon hospitalisation à Portland. Il veut pratiquer une série de tests, dont certains me paraissent dignes de l'inquisition.

228

« Renonce hérétique, ou tu auras droit à un autre électrochoc. » (Renifles-tu toujours ton horrible cocaïne, chérie ?) De toute façon, j'ai refusé. Papa le regrette. Il fait un parallèle entre ce refus et celui de ma mère de prendre ses médicaments contre l'hypertension. C'est très dur de lui faire comprendre que, si Weizak avait trouvé quelque chose, il n'aurait qu'une chance sur dix de pouvoir y remédier.

Oui, j'ai bien lu l'article de Newsweek. La photo est celle de la conférence de presse. Bien sûr, j'aurais préféré qu'ils ne parlent pas de cette histoire. Colis et lettres recommencent à arriver. Je ne les ouvre pas, je retourne à l'expéditeur ceux qui portent une adresse. Ils sont trop pitoyables, trop pleins d'espoir, de haine, de ferveur et de méfiance ; de toute façon, tout cela me rappelle ma mère.

Bon, je ne veux pas me montrer trop sinistre. Tout ne va pas si mal. Mais je ne veux pas devenir un médium professionnel. Je ne veux pas faire des tournées, ni des émissions télévisées. On a trouvé mon numéro de téléphone et on m'a demandé si j'envisageais de participer au Carson Show. Quelle idée ! Le tout produit par General Food ! Je déteste l'idée de cette mascarade; ce que j'aimerais vraiment : retourner à Cleaves Mills et me noyer dans l'anonymat des professeurs d'anglais d'un collège moyen.

Je crois que c'est tout. J'espère que toi-même, Walt et Denis avez passé un joyeux Noël. Envisagez l'avenir avec confiance. Je suis heureux de voir que ton époux a été désigné pour briguer un siège de sénateur. Croise les doigts, Sarah. L'année ne s'annonce pas triomphale pour les républicains.

Mon père t'envoie ses amitiés et te remercie pour la photo de Denis. Reçois mes amitiés. Merci de ta lettre et de ta sollicitude injustifiée (injustifiée mais très bien venue). Je vais bien et suis impatient de reprendre le harnais.

Tendresses et bons vœux.

Johnny.

P.-S. – Pour la dernière fois, bébé, laisse tomber la cocaïne.

J.

29 décembre 1975

Cher Johnny,

« Je crois que c'est la lettre administrative la plus difficile et la plus pénible que j'ai eu à écrire en seize ans de censorat. Non seulement parce que vous êtes un ami, mais aussi parce que vous

229

êtes un bon professeur. Inutile de vous passer de la pommade. Je vais donc m'en dispenser.

Une réunion s'est tenue à l'école hier au soir (à la demande de deux membres dont je tairai les noms, mais que vous devinerez aisément, car ils étaient en fonction de votre temps). Ils ont voté la résiliation de votre contrat. La raison : vous êtes trop controversé pour pouvoir être professeur. J'étais tout près de donner ma démission tellement j'étais écœuré. Sans Maureen et les enfants, je crois que je l'aurais fait. C'est répugnant.

Je leur ai fait part de mon dégoût, mais tout ce qu'ils voient c'est votre photo dans Newsweek *et le* New York Times. *Trop porté à la controverse. Cinq vieillards momifiés à s'intéresser davantage à la longueur des cheveux qu'à celle des idées.*

J'ai écrit une lettre de protestation, et en lui tordant un peu le bras, je pense obtenir d'Irving Finegold qu'il la cosigne. Mais je n'ai aucun espoir de voir changer le point de vue de ces vieillards.

Je vous conseille donc de prendre un avocat, Johnny. Vous étiez de bonne foi et je crois que vous pourrez obtenir jusqu'au dernier centime de votre salaire, même si vous ne mettez pas les pieds dans une salle de classe de Cleaves Mills.

Appelez-moi quand vous voudrez. Du fond du cœur je suis désolé.

Votre ami. Don Pelsen.

14

Johnny se tenait à côté de la boîte aux lettres. Il regardait la lettre de Don d'un air incrédule.

– Merde, murmura-t-il. Oh ! merde.

Engourdi, stupéfait, il se pencha sur la boîte aux lettres ; comme d'habitude elle était pleine à craquer ; tout juste si la lettre de Don avait pu y trouver place. Un avis de la poste lui demandait de venir retirer des paquets (inévitables paquets). « Mon mari m'a quitté en 1969, voilà une paire de ses chaussettes, dites-moi où il est, que je puisse obtenir de ce salaud une pension alimentaire pour les enfants. »

« Mon bébé est mort l'année dernière, voilà son petit jouet. Pouvez-vous me dire s'il est heureux avec les anges.

Je ne l'avais pas fait baptiser car son père était contre, et depuis j'en ai le cœur brisé. »

« Quel don Dieu vous a transmis, Johnny. »

« Vous êtes trop controversé pour pouvoir être professeur. »

Pris d'une rage soudaine, il commença à piétiner les lettres dans la neige. L'inévitable migraine martelait ses tempes, les larmes coulaient sur son visage, presque immédiatement figées par le froid.

Il se baissa et entreprit de ramasser le courrier épars sur la neige. Il remarqua une enveloppe, rédigée au marqueur noir et qui portait : John Smith, prophète.

Prophète ! Ses mains se mirent à trembler et il laissa à nouveau tout tomber, y compris la lettre de Don qui se mit à voltiger comme une feuille morte. Il pouvait en lire l'en-tête et la devise : « Enseigner, Apprendre, Savoir, Servir. » Servir, mon cul, bande de pourris, lâcha-t-il.

Il tomba à genoux et rassembla ses lettres, les essuyant avec ses moufles. Ses doigts engourdis le faisaient souffrir. Il se souvint de Frank Dodd, chevauchant un siège de faïence pour l'éternité, du sang partout ; j'avoue. Il s'entendit murmurer, sans arrêt, comme un disque rayé : « Vous me tuez, vous êtes en train de me tuer, laissez-moi seul. Vous voyez bien que vous me tuez. »

Ce n'était pas une conduite. La vie devait continuer. D'une manière ou d'une autre, la vie continuerait. Johnny s'en retourna vers la maison, se demandant ce qu'il allait faire maintenant. Une quelconque occasion se présenterait sans doute. De toute façon, il avait accompli la prophétie de sa mère. Si Dieu avait eu une mission pour lui, alors il l'avait remplie. Peu importait à présent qu'il fût question d'une mission suicide. Il l'avait remplie. Il était quitte avec son créateur.

LIVRE II

Le rire du tigre

CHAPITRE 17

1

Le garçon lisait lentement, en suivant les mots du doigt. Ses longues jambes de footballeur étaient allongées sur une chaise, près de la piscine, dans la claire lumière de juin.

– « Bien sûr, le jeune Danny Ju... Juniper... le jeune Danny Juniper était mort et je su... suppose que peu de gens au monde pourront dire... » Oh, merde, je n'y arrive pas !

– « Que peu de gens au monde pourront dire qu'il ne l'avait pas mérité », enchaîna Johnny. Une manière de dire que sa mort était une bonne chose.

Chuck le regarda et son visage se teinta d'amusement, d'embarras et d'une pointe d'obstination. Puis il soupira et reprit la lecture du *Western* de Max Brand.

– ... « mérité sa mort. Mais ce fut une grande tragé... »

– Tragédie, aida Johnny.

– « Mais ce fut une grande tragédie qu'il fût mort juste au moment où il allait racheter sa vie de misérable en rendant un grand service à l'humanité. Bien sûr... »

Chuck ferma le livre et regarda Johnny avec un sourire radieux.

– Laissons tomber Johnny, qu'en dites-vous ?

Son sourire, qui était toujours celui d'un gagnant, avait fait chavirer pas mal d'admiratrices.

– La baignade ne vous attire pas ? La sueur coule pourtant sur votre petit corps décharné et mal nourri.

Johnny devait admettre (du moins en ce qui le concernait) que la piscine était tentante. Les deux premières semaines de l'été du Bicentenaire avaient été particulièrement chaudes. Derrière eux, près de la spacieuse et élégante maison blanche, le jardinier vietnamien s'activait et le bourdonnement d'une tondeuse électrique arrivait jusqu'à eux. Ce qui donnait, selon Chuck, envie de boire frais et d'aller dormir.

– Pas de commentaires sur mon corps décharné, répondit Johnny. Nous venons à peine de commencer le chapitre.

— Oui, mais on en a déjà lu deux avant.

Johnny soupira. Généralement il arrivait à tenir Chuck en main, mais pas cet après-midi. Aujourd'hui le gosse, péniblement, avait réussi à comprendre comment John Sherbune avait posté les sentinelles autour de la prison d'Amity et comment le maudit Red Hawk avait réussi à déjouer leur surveillance pour aller tuer Danny Juniper.

— Bon, eh bien au moins finissons la page.

— Merci. (Le sourire s'élargit.) Et pas de questions ?

— Eh bien... disons, quelques-unes, pas plus.

Chuck bouda un peu, mais c'était de la comédie. Il s'en tirait à bon compte et le savait. Il rouvrit son livre et recommença sa lecture de sa voix lente et hésitante... une voix qui ne ressemblait en rien à celle dont il usait d'habitude.

— « Bien sûr, cela me rendait malade, mais cela n'était rien à côté de ce qui m'attendait au chevet du pauvre Tom Keyn... Kenyon. Il avait eu le corps transpercé et se décomposait rapidement quand... »

— « Et il se mourait », corrigea Johnny calmement. Soyez à votre livre, Chuck, ne lisez pas sans comprendre le texte.

— « Se décomposait rapidement, reprit Chuck en éclatant de rire. Puis très vite... et il se mourait quand je suis arrivé... arrivé... »

Johnny eut presque pitié en le voyant penché sur son livre. Une bonne bouillie qu'il aurait dû dévorer à toute vitesse au lieu de suivre la prose de Max Brand d'un doigt laborieux. Son père, Stuart Chatsworth, était propriétaire de Chatsworth, Mills et Weaving, une importante affaire dans le sud du New Hampshire ; il possédait également cette maison de seize pièces à Dunham, où l'on comptait cinq domestiques y compris Ngo Phat. Chatsworth conduisait une Cadillac. Son épouse, une femme charmante, aux yeux pâles, âgée de quarante-deux ans, conduisait une Mercedes et Chuck une Corvette. La fortune de la famille avoisinait les 5 millions de dollars.

Chuck, à dix-sept ans, était physiquement très réussi, hormis le visage trop éteint pour être vraiment beau. Mais il n'avait ni acné ni boutons, et ses yeux verts étaient étincelants. Aussi verts et aussi étincelants que ceux de Sarah. Au collège, Chuck était capitaine des équipes de base-ball et de football, président de la classe des juniors, président du Conseil des étudiants. Et, le plus drôle, c'est que tout cela ne lui avait pas enflé la tête. Selon Herb, venu une fois pour se rendre compte des nouvelles activités de son fils, c'était un chic type. C'était là le qualificatif le plus élogieux du vocabulaire de Herb. De plus, c'était un chic type qui serait un jour très riche.

Et il était là, assis, s'acharnant sur son livre comme un mitrailleur dans un poste avancé, envoyant les mots, un par un, au hasard. Il avait choisi un récit passionnant et mouvementé, de Max Brand, relatant l'affrontement de John Sherburne avec un hors-la-loi comanche, Red Hawks. Chuck arrivait à en faire quelque chose d'aussi excitant que la lecture d'une annonce d'emploi.

Pourtant, Chuck n'était pas stupide. Ses notes en maths étaient bonnes, sa mémoire excellente et il était très adroit de ses mains. Son problème résidait seulement dans la lecture. Problème que prirent vraiment au sérieux ses parents et qui menaçait ses activités sportives. De plus, Chuck ne pouvait pas se permettre de redoubler son année. Les maths n'offraient pas de réelles difficultés, mais le reste !... S'il pouvait disposer d'un lecteur à même de lui déchiffrer les questions, tout se passerait comme sur des roulettes. Mais la chose n'était guère possible, même avec un père gros bonnet dans le monde des affaires du New Hampshire.

– « Je le trou... le trouvais changé. Il savait ce qui l'attendait et son courage était super... sup... Il ne demandait rien, ne regrettait rien. Toute la terreur et la fièvre qui l'avaient env... enva... envahi quand il s'était vu con... conf... confronté à l'imprévisible... »

Johnny, ayant lu l'annonce dans le *Maine Times*, avait posé sa candidature sans grand espoir. Il était venu à Kittery à la mi-février avant tout pour fuir Pownal, la boîte aux lettres pleine chaque matin ; les journalistes, qui avaient fini par le retrouver, chaque jour plus nombreux ; la femme, une hystérique aux yeux écarquillés, qui passait par là, les mains tendues, pour le toucher...

A Kittery, pour la première fois, il avait apprécié les avantages d'un nom aussi anonyme que John Smith. Le troisième jour, il s'était présenté pour une place de cuisinier dans un restaurant, mettant à profit l'expérience en la matière qu'il avait acquise dans un camp de vacances à Rangeby Lake. La propriétaire du restaurant, une veuve solide du nom de Ruby Pelletier, avait remarqué son application.

– Vous êtes peut-être un peu trop instruit pour préparer le hachis ? Vous ne trouvez pas ?

– C'est exact, avait acquiescé Johnny, j'ai suivi des cours du soir.

Ruby Pelletier, les mains sur ses hanches maigres, avait rejeté la tête en arrière et éclaté de rire.

– Vous pensez que vous pourrez vous débrouiller quand une douzaine de cow-boys entreront tous ensemble pour commander des œufs brouillés, du bacon, des saucisses et des tartines ?

– Je crois que oui, avait répondu Johnny.

– Je crois surtout que vous ne savez pas de quoi je parle, avait poursuivi Ruby. Mais je vais vous donner un conseil. Faites-vous établir un certificat médical afin d'être en règle et rappelez-moi. Je vous engagerai tout de suite.

Il avait suivi ces directives et, après une semaine de purgatoire (qui comprenait une éruption de cloques sur la main droite pour avoir lâché trop vite un panier de frites dans l'huile bouillante), il connaissait le boulot. Quand il avait vu l'annonce à Chatsworth, il avait envoyé son curriculum vitae, en mentionnant le stage de six mois qu'il avait effectué dans une institution prenant en charge les retards scolaires.

Fin avril – il terminait son deuxième mois au restaurant –, il avait reçu une lettre de Stuart Chatsworth lui demandant de se présenter le 5 mai. Il fit le nécessaire pour être libre ce jour-là ; et, à 2 h 10, par un bel après-midi de printemps, il s'était retrouvé assis dans le bureau de Chatsworth, un verre de Pepsi-Cola glacé à la main, écoutant Stuart lui exposer les difficultés scolaires de son fils.

– Pensez-vous qu'il s'agisse de dyslexie ? s'enquit Stuart.

– Ce serait plutôt une phobie de la lecture.

Chatsworth l'avait arrêté :

– Le syndrome de Jackson ?

Johnny en avait été surpris. Michael Carey Jackson, grammairien de l'université de Californie, avait été à l'origine d'un scandale neuf ans auparavant avec un livre intitulé *Le Lecteur illettré*. Le livre décrivait une pleine charrette de problèmes touchant à la lecture, et depuis ils étaient connus sous le nom de syndrome de Jackson. Le livre était intéressant si vous arriviez à en maîtriser le lourd jargon académique. Le fait que Chatsworth y fût parvenu avait favorablement impressionné Johnny.

– Quelque chose comme ça, avait-il concédé. Mais je n'ai pas encore rencontré votre fils.

– Il suit des cours de rattrapage. Il a raté son examen de fin d'année parce qu'il n'arrivait pas à lire convenablement. Avez-vous une licence pour enseigner dans le New Hampshire ?

– Non, mais je l'obtiendrai sans difficulté.

– Et comment comptez-vous aborder le problème ?

Johnny avait exposé la méthode qu'il comptait employer. Beaucoup de lectures : romans, science-fiction, westerns, et des questions portant sur ce que qu'il viendrait de lire. Puis une technique de relaxation décrite dans le livre de Jackson. Les perfectionnistes sont ceux qui ont le plus de difficultés. Ils s'attellent à la tâche de tout leur cœur et se bloquent. Ils bégayent mentalement si l'on peut dire.

– Jackson dit ça ? avait coupé Chatsworth.

– Non, c'est moi qui le dis.

– C'est bon. Continuez.

– Parfois, si l'élève peut vraiment faire le vide dans son esprit immédiatement après la lecture, sans ressentir l'urgence irrésistible de la commenter, les circuits peuvent se débloquer d'eux-mêmes. Quand ce processus s'amorce, l'élève commence à repenser sa manière d'aborder le problème. C'est une réaction extrêmement positive...

Le regard de Chatsworth s'était éclairé. Johnny avait touché un point sensible, sa philosophie personnelle. Sans doute celle de tous ceux qui avaient réussi par eux-mêmes.

– Rien ne réussit plus que le succès, avait-il commenté.

– Oui, quelque chose comme cela.

– Combien de temps vous faudra-t-il pour obtenir vos licences ?

– Deux semaines, je pense.

– Vous pourriez donc commencer le 20 ?

Johnny avait été surpris :

– Vous voulez dire que je suis engagé.

– Si la place vous intéresse, vous êtes engagé. Vous pourrez occuper la chambre d'amis. Je veux que Chuck se mette réellement au travail. Je vous paierai 600 dollars par mois. Ce n'est pas royal, mais si Chuck progresse vous recevrez une prime substantielle, très substantielle...

Chatsworth avait retiré ses lunettes et passé une main sur son visage :

– J'adore mon fils, Mr. Smith. Je voudrais ce qu'il y a de mieux pour lui. Aidez-nous un peu si vous le pouvez.

– J'essaierai.

Chatsworth avait chaussé ses lunettes et lisait le curriculum de Johnny.

– Vous n'avez pas enseigné pendant une assez longue période ? Cela ne vous plaisait plus ?

Nous y voilà, pensa Johnny.

– Cela me plaisait toujours, mais j'ai eu un accident.

Chatsworth avait regardé les cicatrices sur le cou de Johnny :

– Un accident de voiture ?

– Oui.

– Dur ?

– Oui.

– Vous avez l'air en forme maintenant, conclut Chatsworth.

Il avait pris la feuille et l'avait jetée dans un tiroir ; et il n'en fut plus question. Ainsi, après cinq ans d'interruption, Johnny allait reprendre son métier, mais sa classe ne compterait qu'un élève.

2

« Quant à moi... qui avait indir... rectement provoqué sa mort, il prit ma main, et tout en l'agrippant faiblement, il me sourit pour me faire comprendre qu'il me pardonnait. C'était insupportable et je sortis en sentant que j'avais fait plus de mal que je ne pourrais jamais en faire... »

Chuck ferma brusquement le livre :

– Et voilà !

– Une minute, Chuck.

– Ah h h h !

Chuck se rassit lourdement, et l'expression que Johnny avait appris à connaître et qui signifiait « Et maintenant, à vous les questions » était apparue sur son visage. On y

240

lisait aussi résignation, ironie parfois, et l'on découvrait le masque d'un autre Chuck, sombre, las et meurtri.

— Simplement deux questions, Chuck.

— A quoi bon ! Vous savez très bien que je ne pourrai pas y répondre.

— Oh ! si, cette fois vous pourrez.

— Je ne comprends jamais rien à ce que je lis, vous devez le savoir maintenant.

Chuck avait l'air renfrogné et malheureux.

— Je me demande où vous voulez en venir ?

— Vous pourrez me répondre parce que ces questions n'ont rien à voir avec votre lecture.

Chuck lui lança un coup d'œil.

— Rien à voir avec le livre, alors pourquoi les poser ?

— Écoutez-moi.

Le cœur de Johnny battait très fort, et il fut surpris de se sentir angoissé. Pourtant, depuis longtemps il s'était préparé à ce moment, n'attendant qu'un concours de circonstances favorable. Et jamais il n'en avait été aussi près. Mrs. Chatsworth ne tournait pas anxieusement autour d'eux. Aucun des copains de Chuck ne s'ébattait dans la piscine. Et plus important que tout, son père, l'homme auquel Chuck désirait plaire par-dessus tout, était absent. Il était à Boston, assistant à une conférence sur la pollution des eaux.

D'Edward Stanney. Point de vue sur les difficultés de la lecture :

Le sujet, Rupert J., *était assis au troisième rang de l'amphithéâtre, très près de l'estrade, et il était le seul à pouvoir se rendre compte qu'un incendie venait de se déclencher parmi les ordures qui s'étaient accumulées sur le sol. Rupert se leva et cria : F... F... F... F... pendant que les gens derrière lui protestaient pour le faire asseoir.*

— *Qu'avez-vous ressenti ? demandai-je à Rupert.*

— *Même si je vivais cent ans, je ne pourrais pas l'expliquer, me répondit-il. J'étais affolé ; mais plus encore je me sentais frustré, je ne me sentais pas à ma place en tant que membre de l'espèce humaine, le bégaiement me l'avait toujours fait comprendre mais là, j'étais absolument impotent.*

— *Y avait-il encore autre chose ?*

— *Oui, j'étais jaloux parce que quelqu'un d'autre allait voir le feu et vous voyez...*

241

– Il aurait l'avantage de l'avoir découvert ?

– Oui, c'est ça. J'avais vu l'incendie commencer, j'étais le seul et tout ce que j'arrivais à dire c'était F... F... F... F... bêtement, comme un disque usé. Hors de la communauté des hommes. C'est comme cela que je peux expliquer les choses.

– Et comment vous en êtes-vous tiré ?

– La veille, c'était l'anniversaire de ma mère et j'avais acheté une demi-douzaine de roses chez le fleuriste. Et j'étais là au milieu d'eux qui criaient pour me faire asseoir. Je me suis dit, je vais ouvrir la bouche et hurler « Roses ». Aussi fort que je pourrai, j'avais le mot sur la langue.

– Et alors ?

– J'ai ouvert la bouche et j'ai crié : « Au Feu ». De toute la force de mon organe.

Il y avait huit ans que Johnny avait lu ce texte, introduction au livre de Stanney, et il ne l'avait jamais oublié. Il avait toujours pensé que le mot clé dans le souvenir de Rupert était « impotent ». Si vous pensez que les rapports sexuels sont la chose la plus importante au monde, vous risquez de vous retrouver avec un pénis flasque, tout fripé. Et si vous pensez que la lecture est la chose la plus importante au monde...

– Quel est votre deuxième prénom, Chuck ? demanda-t-il à tout hasard.

– Murphy, répondit Chuck avec un petit sourire, le nom de jeune fille de ma mère. Si jamais vous le dites à Jack ou à Al, vous vous en repentirez.

– N'ayez crainte, quelle est la date de votre naissance ?

– Le 8 septembre.

Johnny posa les questions de plus en plus rapidement, sans laisser à Chuck le temps de réfléchir.

– Le nom de votre petite amie ?

– Beth, vous connaissez Beth, Johnny.

– Son second prénom ?

Chuck se mit à rire :

– Alma. Franchement horrible, vous ne trouvez pas ?

– Votre favori dans l'American Ligue, cette année ?

– Les Yankees.

– Comment Red Hawk a-t-il fait pour tuer Danny Juniper malgré la garde ?

– Sherbune n'a pas assez étroitement surveillé la porte

242

conduisant à la cour de la prison, répondit immédiatement Chuck sans réfléchir.

Et Johnny ressentit une bouffée de joie proche du triomphe. Ça avait marché. Chuck le regarda, surpris.

— Red Hawk est entré dans la cour, a enfoncé la porte, a tué Danny Juniper et aussi Tom Kenyon.

— C'est exact, Chuck.

— Je m'en suis souvenu, murmura-t-il. Et il regarda Johnny, les yeux écarquillés, un sourire s'esquissant sur ses lèvres. Vous m'avez obligé à m'en souvenir.

— Je n'ai fait que vous prendre par la manche et vous conduire sur le chemin qui était le vôtre depuis toujours, dit Johnny. Mais quoi qu'il en soit, Chuck, ne rêvez pas. Qui était la petite amie de Sherbune ?

— C'était... Son regard se brouilla et il se frappa la tête en hésitant. Je ne m'en rappelle pas. Il se frappa rageusement la cuisse. Je ne peux rien retenir, je suis bouché.

— Vous a-t-on raconté dans quelles circonstances votre père a fait la connaissance de votre mère ?

Chuck le regarda, souriant à demi ; sa cuisse, là où il l'avait frappée, était rouge.

— Elle travaillait chez Avis à Charleston, Caroline du Sud. Elle lui a loué une voiture avec un pneu à plat, dit Chuck en riant.

— Et qui était la fille qui intéressait tellement Sherburne ?

— Jenny Longhorne. Grave problème pour lui, c'était l'amie de Gresham, une rousse comme Beth. Elle...

Il s'arrêta, contemplant Johnny comme si celui-ci venait de faire sortir un lapin de la poche de poitrine de sa chemise.

— Vous avez encore réussi.

— Non, vous avez réussi. Une simple ruse. Parfait. C'est assez pour aujourd'hui.

Johnny était fatigué, en sueur, mais très, très heureux.

— Allons nager. Le dernier arrivé est une nouille.

— Johnny ?

— Oui ?

— Est-ce que ça va toujours marcher ?

— Oui, si vous en faites une habitude, expliqua Johnny. Chaque fois que vous buterez sur l'obstacle, au lieu d'essayer de l'attaquer de front, il faudra le contourner. Ainsi, vous allez améliorer votre lecture mot à mot avant peu. Je connais encore deux ou trois trucs.

Il se tut. Ce qu'il venait de révéler à Chuck était moins la vérité qu'une intox psychologique, de l'agit-prop en quelque sorte.

– Merci ! dit Chuck.

Le masque de la résignation était tombé pour faire place à une reconnaissance éperdue :

– Si vous me tirez de là... eh bien, je m'agenouillerai pour vous baiser les pieds. Je suis parfois si malheureux !

– Chuck, savez-vous que ce n'est qu'une partie du problème ?

– Vraiment ?

– Oui, vous bégayez, vous butez, et il se peut que ce ne soit pas uniquement psychologique. Il y a des gens qui croient que les problèmes de lecture, les syndromes de Jackson, la phobie de l'écrit, toutes ces choses, sont peut-être une sorte de tare héréditaire. Un circuit défectueux, un relais défaillant, une zone cérébrale...

Il se tut brusquement.

– Quoi ? demanda Chuck.

– ... morte, dit lentement Johnny. Bref, il nous faut réactiver cette capacité chez vous bien déficiente.

– Je pourrai... y arriver ? Vous croyez ?

– J'en suis persuadé, répondit Johnny.

– Très bien, alors j'y arriverai.

Chuck plongea.

– Venez, elle est bonne, dit-il en émergeant.

– J'arrive, promit Johnny.

Mais, pour l'heure, il préférait se tenir sur le bord de la piscine, contemplant Chuck qui crawlait de façon puissante, savourant sa réussite. Il n'avait rien ressenti de tel depuis longtemps. Si Dieu lui avait transmis un don, c'était celui d'enseigner, pas de découvrir des choses qui ne le concernaient pas. Voilà ce pour quoi il était fait. Quand il avait enseigné à Cleaves Mills en 1970, il le savait déjà. Plus important encore, les enfants le savaient aussi et lui répondaient comme Chuck venait de le faire.

– Vous allez rester là comme un empaillé ? demanda Chuck.

Johnny plongea.

CHAPITRE 18

Warren Richardson sortit de son petit bureau à 5 heures
moins le quart, comme à l'accoutumée. Il se dirigea vers
le parking, hissa son quintal derrière le volant de sa
Chevrolet Caprice et mit le moteur en marche. Tout cela
machinalement, jusqu'à ce qu'apparût dans le rétroviseur
un visage qui, lui, n'était pas habituel. Un visage mal rasé,
au teint olivâtre, encadré de longs cheveux et éclairé par
des yeux aussi vifs que ceux de Sarah Hazlett ou de Chuck
Chatsworth. Jamais, depuis son enfance, Richardson n'avait
été aussi terrorisé, et son cœur bondit dans sa poitrine.

— Comment ça va ? demanda Sonny Elliman en se
penchant sur le siège.

— Qui... fut tout ce que Richardson réussit à articuler.

Son cœur battait terriblement fort ; des taches sombres
dansaient et palpitaient devant ses yeux, il redouta la crise
cardiaque.

— Doucement, dit l'homme sur la banquette arrière.
Allez doucement.

Warren Richardson ressentit alors une émotion absurde. De la gratitude. L'homme qui lui avait fait si peur
n'allait pas recommencer. C'était sûrement un type gentil...

— Qui êtes-vous ? réussit-il à demander.

— Un ami.

Lorsque Richardson démarra, des doigts durs comme
des pinces mordirent sa nuque grasse. La douleur était
intolérable, et Richardson eut une convulsion plaintive.

— Vous n'avez pas besoin de vous retourner, tenez-le-
vous pour dit.

— Oui, souffla Richardson, oui, oui, oui, allons-y.

L'étau se desserra et à nouveau il ressentit ce ridicule
sentiment de reconnaissance. Mais il ne doutait plus que
l'homme, sur le siège arrière, était dangereux, qu'il était dans
cette voiture dans un but précis, mais il ne savait pas lequel.

Il comprit tout à coup. Ce n'était pas le genre de chose
à laquelle on pouvait s'attendre d'un candidat ordinaire ;
mais Greg Stillson n'était pas ordinaire, Greg Stillson était
fou et...

Tout doucement, Warren Richardson commença à
pleurer.

– J'ai à vous parler, dit Sonny. Sa voix était posée, respectueuse et pleine de regrets, mais ses yeux brillaient de façon ironique. J'ai à vous parler, à vous faire entendre raison.

C'est Stillson, n'est-ce pas ? C'est...

L'étau se referma aussitôt, et Richardson poussa un cri aigu.

– Pas de nom, lui expliqua l'épouvantable type de la même voix posée. Vous pensez ce que vous voulez, monsieur Richardson, mais gardez les noms pour vous. J'ai un pouce sur votre artère carotide et un index sur votre jugulaire, je peux vous changer en navet si ça me plaît.

– Que voulez-vous ? gémit Richardson.

Ce qui lui arrivait se passait sur le parking de Capital City, dans le New Hampshire, par une belle journée d'été. Il n'arrivait pas à y croire. Il voyait la pendule encastrée dans les briques rouges de la tour de l'hôtel de ville. 5 heures moins dix. Chez lui, Norma mettait les côtelettes de porc dans le four pour les faire griller. Sean regardait Sesame Street à la télévision. Mais derrière lui, l'homme pouvait arrêter sa circulation sanguine, asphyxier son cerveau et faire de lui à tout jamais un idiot. Non, ce n'était pas vrai, c'était un cauchemar.

– Je ne veux rien, reprit Elliman. Il s'agit seulement de vous.

– Je ne comprends pas de quoi vous parlez.

Mais il redoutait affreusement de l'apprendre.

– L'histoire, dans le journal de New Hampshire, d'un marché financé par l'État, dit Sonny. Vous avez sûrement beaucoup à dire là-dessus ; surtout au sujet de certaine personne.

– Je...

– Cette affaire du Capitol Mall, par exemple. Hein ! Malversations, faillite, tout ce merdier ?

Les doigts se resserrèrent de nouveau sur la nuque de Richardson. Pourtant il n'avait pas été nommé dans l'affaire, il était uniquement question de milieu bien informé. Comment avaient-ils su ? Comment Greg Stillson savait-il ?

Derrière lui, l'homme commença à lui souffler dans l'oreille, son haleine était chaude et lourde.

– Vous pourriez attirer des ennuis à certaines personnes en parlant à tort et à travers, vous le savez, n'est-ce pas ? Des gens qui briguent un poste officiel, par exemple.

246

Briguer un poste, c'est comme de jouer au bridge, vous voyez ? On est vulnérable. On remue la boue et ça pue, surtout en ce moment. Pour l'instant, pas de problème. Je suis heureux de pouvoir vous le dire parce que, s'il y avait des problèmes, vous seriez là, les dents vous sortant du nez, au lieu de me parler gentiment.

En dépit de ses palpitations et de sa peur, Richardson lui répondit :

— Cette... cette personne, jeune homme, vous seriez fou de croire que vous pouvez la protéger. Il mène son affaire comme un charlatan et tôt ou tard...

Le pouce s'enfonça dans son oreille. La douleur fut terrible, intolérable. Richardson passa la tête par sa fenêtre et hurla. A tâtons, il cherchait son klaxon.

— Laissez ça tranquille ou je vous tue, murmura la voix.

Richardson laissa retomber sa main.

— Vous devriez vous laver les oreilles, dit la voix, j'en ai plein le pouce, c'est tout gras.

Warren Richardson recommença à pleurer silencieusement, il ne pouvait pas s'en empêcher.

— Je vous en prie, ne me faites pas de mal. Je vous en prie.

— C'est comme je vous l'ai dit, répliqua Sonny, ça dépend uniquement de vous. Votre travail n'est pas de vous occuper de ce qu'on peut dire de cette personne. Votre boulot c'est de faire attention à ce que vous dites ; c'est de réfléchir avant de parler, la prochaine fois que vous verrez ce type du journal. Vous devez réfléchir et savoir qu'il est très facile de comprendre qui est bien informé.

L'homme derrière Richardson s'était mis à haleter.

— Vous devez savoir combien il serait facile d'enlever votre fils sur le chemin de l'école.

— Ne dites pas ça, cria Richardson, hors de lui ; ne dites pas ça, pauvre salopard.

— Il faut savoir ce que vous voulez, dit Sonny. Une élection, c'est l'affaire de tous les Américains, surtout l'année du Bicentenaire. Tout le monde a sa chance. Mais personne n'a sa chance si des abrutis de votre espèce commencent à raconter n'importe quoi.

L'étau se desserra, la portière arrière s'ouvrit. Oh, mon Dieu, merci !

— Pensez-y, répéta Sonny Elliman. Mais je pense que nous nous sommes très bien compris.

247

– Oui, murmura Richardson. Mais si vous croyez que Gr... qu'une certaine personne peut être élue en utilisant de pareilles méthodes, vous vous trompez lourdement...

– Non, répliqua Sonny, c'est vous qui vous trompez. Tout le monde a sa chance, et soyez sûr que vous ne serez pas oublié.

Richardson ne répondit pas. Raide derrière son volant, la nuque douloureuse, il regarda la pendule de l'hôtel de ville ; comme s'il s'agissait de la seule chose demeurée intacte dans sa vie. Il était presque 5 heures moins cinq, les côtelettes de porc devaient être au four.

L'homme dit encore quelque chose, puis s'en alla, en allongeant le pas, ses longs cheveux raclant le col de sa chemise. Il ne se retourna pas. Arrivé au coin du bâtiment, il disparut.

La dernière chose qu'il avait dite à Warren Richardson était : Lave-toi les oreilles. Richardson tremblait, et un bon moment se passa avant qu'il ne puisse conduire. Sa première réaction fut la fureur, une fureur terrible, et avec elle le désir de foncer au commissariat, de raconter ce qui venait de se passer, sans oublier les menaces contre son fils. « Vous devriez réfléchir combien il serait facile d'enlever votre fils. »

Mais pourquoi, pourquoi prendre ce risque ? Ce qu'il avait dit à cet étrangleur était la pure vérité. Tout le monde dans le New Hampshire savait que Stillson faisait des affaires douteuses qui tôt ou tard le conduiraient en prison. Sa campagne électorale était un catalogue de conneries. Et maintenant, l'emploi du gros bras ! Personne, en Amérique, ne pouvait réussir longtemps de cette manière-là, surtout pas dans la Nouvelle-Angleterre. Mais laissons à d'autres le soin de le dénoncer. Un autre qui aura moins à perdre.

Warren Richardson démarra, regagna sa maison et ses côtelettes de porc, et ne souffla mot de tout ça. Un autre s'en chargerait à coup sûr. Un autre.

CHAPITRE 19

1

Un jour, peu après les premiers succès de Chuck, Johnny Smith se trouvait dans la salle de bains de la chambre des invités. Il était en train de se raser. Regarder de près dans la glace, lui faisait ces derniers jours une étrange impression, comme s'il avait à comtempler l'image d'un frère aîné. De profondes rides horizontales s'étaient gravées sur son front ; deux autres encadraient sa bouche. Plus insolite encore, cette mèche blanche et le reste de sa chevelure qui commençait à grisonner. Il secoua son rasoir, le posa et entra dans le salon-kitchenette. Quel luxe, pensa-t-il avec un petit sourire, presque sincère. Il ouvrit la télévision, sortit un Pepsi du réfrigérateur et s'installa pour regarder les nouvelles. Roger Chatsworth était attendu tard dans la soirée, et demain Johnny aurait le plaisir de lui annoncer que son fils commençait à faire de réels progrès.

Johnny allait voir son père à peu près tous les quinze jours. Herb était satisfait du nouveau travail de Johnny et écoutait avec intérêt tout ce qu'il lui racontait sur les Chatsworth : la maison dans l'agréable ville universitaire de Durham, les problèmes de Chuck. Johnny, en retour, écoutait son père lui parler du travail bénévole qu'il allait faire chez Charlene Mac Kenzie dans les environs de New Gloucester. Feu son mari avait été docteur, mais pas du tout bricoleur. Charlene et Vera avaient été amies avant que Vera ne sombre dans sa folie douce. Le mari de Charlene était mort en 1973, et la maison s'écroulait autour d'elle.

— Je me suis dérangé samedi et elle m'a invité à dîner. Je dois dire qu'elle est meilleure cuisinière que toi, Johnny.

— Et plus agréable à regarder aussi !

— C'est vrai ; c'est une femme agréable à regarder, mais sans plus. Il n'y a un an à peine que ta mère est morte.

Johnny estimait pourtant qu'il y avait peut-être quelque chose de plus... et il en était secrètement heureux. Il n'aimait pas l'idée de voir son père vieillir seul.

Walter Cronkite présentait les nouvelles télévisées de la soirée. Maintenant que les primaires étaient terminées, la désignation de Jimmy Carter par le parti démocrate se précisait. La cote de Ford semblait décliner chez les républicains. Dans ses rares lettres, Sarah Hazlett écrivait : Walt croise les doigts, même ceux des pieds pour Ford. Candidat au poste de sénateur, il pense déjà à sa queue-de-pie et il prétend que, dans le Maine du moins, Reagan n'a aucune chance.

Pendant la période où il travaillait au restaurant à Kittery, Johnny avait pris l'habitude de descendre deux fois par semaine à Dover ou Portsmouth, ou d'autres petites villes du New Hampshire. Tous les candidats à la présidence s'y agitaient ; c'était l'occasion unique de rencontrer ceux qui menaient le pays, sans cette cohue de services de sécurité qui les entourerait plus tard. C'était devenu un passe-temps et, quand les élections seraient terminées dans l'État, les candidats partiraient pour la Floride sans jeter un seul regard en arrière. Bien sûr, en cours de route, certains enterreraient leurs ambitions politiques entre Portsmouth et Keene. Johnny ne s'était jamais intéressé à la politique, sauf pendant la guerre du Vietnam. Il se mit pourtant à assister aux réunions électorales. L'affaire de Castle Rock, et son « don » particulier – ou sa disgrâce, comme on voudra –, y était sûrement pour quelque chose.

Il serra la main de Morris Adall, Henry Jackson. Fred Harris lui administra une tape dans le dos. Ronald Reagan lui donna une rapide et adroite double poignée de main en lui disant : « Descendez dans l'arène et aidez-nous ! » Johnny avait acquiescé, ne voyant pas de raison de contrarier Mr. Reagan. Il avait bavardé avec Sarge Shriver, à l'entrée du monstrueux Newington Hall, pendant près d'un quart d'heure. Shriver, les cheveux fraîchement coupés, sentant l'after-shave et peut-être le désespoir, n'était accompagné que d'un secrétaire, les poches pleines de tracts, et d'un homme du service secret qui grattait furtivement son acné. Shriver avait paru inhabituellement heureux d'être reconnu. Une minute ou deux avant que Johnny ne le quitte, un candidat à la recherche d'un bureau s'était approché de Shriver et lui avait demandé de signer sa nomination. Shriver avait souri gentiment. Johnny n'avait rien ressenti de vraiment particulier au contact de ces célébrités, bien qu'il ait vu la plupart des prétendants, à l'exception du président Ford. Johnny n'avait ressenti qu'une fois cette soudaine et électrisante connaissance qu'il associait à l'incendie d'Eileen Magown et, d'une manière tout à fait différente, à Frank Dodd.

Il était 7 heures et quart du matin. Johnny était descendu à Manchester dans sa vieille Plymouth. La veille, il avait travaillé de 10 heures du soir à 6 heures ce matin même. Il était fatigué, mais l'aube calme de l'hiver était trop belle pour qu'il aille dormir. De plus, il aimait Manchester, ses rues étroites, ses vieilles maisons de brique, ses filatures alignées au long du fleuve. Il ne recherchait pas spécialement à rencontrer une personnalité politique ce matin-là, il songeait plutôt à flâner dans les rues avant qu'elles ne soient envahies par la foule et que le charme glacé et silencieux de février ne soit rompu. Il rentrerait alors à Kittery.

Au détour d'une rue, il se trouva devant trois voitures banalisées arrêtées devant une fabrique de chaussures. Debout, près de la porte, au milieu d'une foule tumultueuse de gardes du corps, se tenait Jimmy Carter, serrant les mains des hommes et des femmes qui partaient au travail. Ils portaient leurs gamelles ou toute autre affaire dans de grands sacs de papier. Emmitouflés dans de gros manteaux, les yeux encore ensommeillés, ils exhalaient de vrais nuages blancs quand ils respiraient. Carter avait un mot pour chacun, et son sourire ne manquait pas de charme.

Johnny se gara un peu plus loin et revint vers la porte de l'usine. Ses chaussures faisaient crisser la neige sous ses pas. L'agent du service secret le jaugea, puis l'oublia ou du moins en donna l'impression.

– Je voterai pour celui qui supprimera les taxes, disait un homme portant un vieux parka dont une manche semblait avoir été brûlée par des gouttelettes d'acide de batterie. Ces maudites taxes me tuent, je ne plaisante pas.

– Nous verrons ce que nous pourrons faire, répondit Carter. Les taxes seront une de nos priorités quand je serai à la Maison-Blanche, ajouta-t-il avec une confiance en l'avenir qui frappa Johnny.

Le regard de Carter, brillant et d'un bleu quasi artificiel, se posa sur Johnny.

– Bonjour ! lança-t-il.

– Bonjour, Mr. Carter, répondit Johnny. Je ne travaille pas ici, je passais et je vous ai vu.

– Je suis heureux que vous vous soyez arrêté. Je me présente comme candidat à la présidence.

– Je sais.

Carter tendit une main que Johnny serra.

– J'espère que vous..., commença Carter dont le regard se fit inquisiteur. Les deux hommes se fixèrent interminablement. Le type des services secrets n'appréciait pas. Il s'approcha de Carter et déboutonna vivement son manteau. Derrière eux – à des milliers de kilomètres derrière eux –, la sirène de la manufacture de chaussures se mit à hurler sur une longue note monotone.

Johnny relâcha la main de Carter. Les deux hommes se regardaient toujours aussi fixement.

– Que s'est-il passé ? demanda doucement Carter.

– Vous ne devez pas rester là, dit tout à coup le type des services secrets en posant une main sur l'épaule de Johnny, une main lourde.

– Ça va, dit Carter.

– Vous serez président, ajouta Johnny.

La main de l'agent de sécurité se fit plus légère sur l'épaule de Johnny, qui n'aimait pas son regard : yeux d'assassin, de fou – froids et étranges – et, si le type glissait la main dans la poche de son manteau, en regardant dans sa direction, c'est que derrière son évaluation de la situation une litanie affolante se répétait : Robert Kennedy, Robert Kennedy...

– J'espère, avait répondu Carter.

– Ça viendra très vite, plus vite que vous ne le pensez. Vous gagnerez.

Carter le regarda avec un demi-sourire.

– Vous avez une fille. Elle ira à l'école à Washington, elle ira à... (le nom de l'école était celui d'un esclave affranchi, mais Johnny ne le trouva pas).

– Je vais vous demander de circuler, dit l'agent.

Carter lui jeta un coup d'œil et l'agent s'écrasa.

– Ce fut un plaisir de vous rencontrer, coupa Carter, un peu déconcertant mais très agréable.

D'un seul coup Johnny refit surface. Le « trouble » était passé. Il était à nouveau conscient du froid ambiant.

– Bonne journée, souhaita-t-il faiblement.

– A vous aussi.

Il rejoignit sa voiture, sentant le regard du type des services secrets fixé sur lui. (Peu de temps après, Carter emporta les primaires dans le New Hampshire.)

252

Walter Cronkite en termina avec la politique intérieure et aborda la guerre civile libanaise. Johnny leva son verre de Pepsi : « À ta santé, Walt ! »

On frappa légèrement à la porte.

— Entrez, dit Johnny, s'attendant à voir entrer Chuck. Mais ce n'était pas le fils, c'était le père.

— Bonjour, Johnny, dit-il. (Il portait de vieux jeans et une chemise de sport.) Puis-je entrer ?

— Bien sûr ! Je pensais que vous deviez rentrer plus tard.

— Shelley m'a appelé. (Roger entra et referma la porte.) Chuck est allé la voir. Il a éclaté en sanglots et lui a annoncé que vous aviez réussi, Johnny. Il lui a dit qu'il pensait que maintenant tout irait bien.

Johnny reposa son verre.

— Nous avons trouvé une méthode.

— Chuck est venu me chercher à l'aéroport. Je ne l'ai jamais vu comme cela depuis qu'il a eu dix... onze ans ? Quand je lui ai offert le « 22 » qu'il attendait depuis cinq ans. Il m'a lu un article de journal, les progrès sont presque incroyables. Je suis venu vous remercier.

— Remerciez Chuck. C'est un garçon plein de bonne volonté. Ce qui lui arrive est très positif. Il s'est fait à l'idée qu'il pouvait y arriver et il persévérera.

Roger s'assit.

— Pourra-t-il passer ses examens ?

— Je ne sais pas. Je détesterais le voir jouer et perdre. Et les examens sont une loterie. Avez-vous pensé à l'inscrire à des cours préparatoires, à l'envoyer dans un endroit comme Pittsfield Academy ?

— Nous l'avons envisagé, mais franchement toujours comme un dernier recours.

— C'est une des choses qui ont perturbé Chuck, cette sensation de devoir vaincre ou mourir.

— Je n'ai jamais fait pression sur Chuck.

— Non, bien sûr, je le sais, et lui aussi. Mais vous êtes un homme riche, diplômé, à qui tout a réussi, etc. Chuck a l'impression d'être engagé dans un combat perdu d'avance.

– Je n'y peux rien.

– Je pense qu'une année préparatoire, loin de la maison, l'aiderait à prendre du recul. De plus, il veut commencer à travailler dans l'une de vos usines l'été prochain. S'il était mon fils, si les usines m'appartenaient, je le laisserais faire.

– Chuck veut faire ça ? Il ne m'en a jamais parlé.

– Parce qu'il ne voulait pas que vous le preniez pour un lèche-bottes.

– Il vous l'a dit ?

– Oui, il souhaite le faire parce qu'il pense que l'expérience pratique l'aidera par la suite. Il veut marcher sur vos traces, Mr. Chatsworth.

En fait, Johnny mentait un peu. Chuck avait fait allusion à ces choses, mais n'avait jamais été aussi direct que Johnny le laissait entendre à Roger Chatsworth. Johnny l'avait sondé de temps à autre et avait obtenu des indications. Il avait aussi examiné les photos que Chuck gardait dans son portefeuille et mesuré toute l'admiration que ce dernier portait à son père. Il y avait des choses qu'il ne pourrait jamais dire à cet homme assis en face de lui, indéniablement charmant, mais froid et distant. Chuck idolâtrait son « vieux » ; sous ses dehors détendus (assez semblables à ceux de Roger), le garçon était dévoré par la conviction secrète qu'il ne pourrait jamais se mesurer à lui. Son père s'était bâti un empire dans les manufactures de textile de la Nouvelle-Angleterre. Il croyait que pour mériter son amour il lui faudrait déplacer d'aussi grosses montagnes. Faire du sport, aller à l'université et « lire ».

– Qu'en savez-vous exactement ? demanda Roger.

– J'en suis convaincu. Je vous serais reconnaissant de ne jamais en parler à Chuck. Ce sont ses petits secrets que je vous dévoile.

– Très bien. Chuck, sa mère et moi, nous allons envisager la question de l'année préparatoire. Mais en attendant, ceci est pour vous.

Il sortit une simple enveloppe commerciale et la tendit à Johnny.

– Qu'est-ce que c'est ?

– Ouvrez et vous verrez bien.

Johnny l'ouvrit. A l'intérieur se trouvait un chèque de 500 dollars.

– Oh ! je ne peux pas accepter cela.

254

– Vous le pouvez et vous le ferez. Je vous avais promis une prime si vous réussissiez. Je tiens mes promesses. Il y en aura un autre quand vous partirez.

– Vraiment, Mr. Chatsworth.

– Écoutez-moi, Johnny.

Il se pencha en avant, avec un sourire étrange, et tout à coup Johnny devina sous ses dehors agréables l'homme qui était à l'origine de cette maison, de ces terres, de cette piscine, de ces usines ; sans oublier la phobie de la lecture de son fils, signe d'une névrose et sans doute conséquence de l'autorité du père.

– Mon expérience, Johnny, m'a prouvé que quatre-vingt-quinze pour cent des gens étaient des larves, un pour cent des saints, un pour cent des salopards. Les trois pour cent qui restent sont des gens qui font de leur mieux. Je fais partie de ces trois pour cent et vous aussi. Vous méritez cet argent. J'ai des employés à l'usine qui gagnent 11 000 dollars par an à ne rien faire ou presque. Mais je ne suis pas un défaitiste, je suis actif ; ce qui signifie que je comprends ce qui fait bouger le monde. L'essence, c'est une dose d'octane pur pour neuf de merde. Vous n'êtes pas un imbécile ; alors, mettez cet argent dans votre portefeuille et essayez de vous estimer à votre juste valeur.

– Très bien. J'en ferai bon usage, vous pouvez me croire.

– Les honoraires des médecins ?

Johnny regarda Roger Chatsworth d'un œil aigu.

– Je sais tout de vous, précisa ce dernier. Croyez-vous que je ne me sois pas renseigné avant de vous confier mon fils ?

– Vous savez pour...

– Vous passez pour être médium ou quelque chose d'approchant. Vous avez contribué à dénouer une affaire criminelle dans le Maine. Enfin, c'est ce que prétendent les journaux. Vous deviez obtenir un poste de professeur en janvier dernier, mais ils vous ont laissé tomber quand votre nom est apparu dans les journaux.

– Vous « saviez » depuis quand ?

– Avant que vous ne veniez ici.

– Et vous m'avez tout de même engagé ?

– Je voulais un précepteur, n'est-ce pas ? Vous aviez l'air tout à fait capable, et je crois que j'ai fait le bon choix en m'assurant de vos services.

255

– Merci, dit Johnny d'une voix enrouée.

– Ne me remerciez pas, c'est inutile.

Tandis qu'ils parlaient, Walter Cronkite en avait terminé avec les nouvelles importantes de la journée et en était aux faits divers. « Les électeurs du New Hampshire, commença-t-il, ont un nouveau candidat indépendant cette année... »

– Écoutez ça, dit Chatsworth, penché en avant, les mains pendant entre ses genoux, un sourire sur les lèvres.

Johnny regarda à son tour l'écran.

« ... Stillson, poursuivait Cronkite, quarante-trois ans, fonctionnaire de l'État, est en train de mener la campagne la plus originale de l'année 76. Le candidat républicain Harrison Fisher et son rival démocrate David Bowes sont inquiets. Les sondages donnent à Greg Stillson une avance confortable : George Herman nous fait un compte rendu. »

– Qui est ce Stillson ? demanda Johnny.

Chatsworth se mit à rire.

– Oh ! vous devriez voir ce type, Johnny, c'est un fou. Mais je crois que l'électorat modéré du troisième district le conduira à Washington en novembre. Il démarre sur les chapeaux de roue et son succès me paraît acquis.

Sur l'écran, un beau jeune homme en chemise blanche à col ouvert s'adressait à une petite foule du haut d'une estrade, dans le parking pavoisé d'un supermarché. Il haranguait une foule plutôt indifférente. La voix de George Herman s'éleva. « Voici David Bowes, le candidat démocrate, faisant campagne pour le siège du troisième district du New Hampshire. Bowes s'attendait à un rude combat parce que le troisième district du New Hampshire n'a jamais voté démocrate, même en 1964. Mais il s'attendait à trouver un adversaire en la personne de... »

Sur l'écran apparut un homme de soixante-cinq ans. Il prenait la parole lors d'un dîner de bienfaisance. La réunion avait un côté confortable, correct et légèrement constipé, propre aux hommes d'affaires qui font partie du parti républicain. L'orateur ressemblait à Edward Gurney sans en avoir toutefois la robuste minceur.

« Voici Harrison Fisher, annonça Hermann. Les électeurs du troisième district l'ont régulièrement désigné tous les deux ans depuis 1960. C'est une personnalité importante qui siège dans cinq comités et assure bon nombre de présidences. On s'attendait à ce qu'il batte le jeune Bowes sans difficulté. Mais ni Fisher ni Bowes n'avaient compté avec l'imprévisible. Voici l'imprévisible. »

L'image changea.

– Seigneur ! s'exclama Johnny.

Derrière lui, Chatsworth éclata de rire en se tapant sur les cuisses.

Ici, pas de foule compassée sur le parking d'un supermarché, ni réunion dans une salle élégante du Hilton de Portsmouth. Greg Stillson se tenait sur une estrade en plein air, à Ridgeway sa ville d'adoption. Derrière lui, la statue d'un soldat l'arme à la main, le képi rabattu sur les yeux. Les rues étaient bouchées et envahies par une foule exubérante, où les jeunes étaient majoritaires. Stillson portait des jeans et une vieille chemise militaire. Brodé sur une des poches : « Donnez une chance à la paix. » Sur la tête, un casque d'ouvrier de chantier, porté de façon nonchalante, un autocollant représentant le drapeau vert des écologistes américains collé sur le devant. A ses pieds, un bac en acier inoxydable. De deux haut-parleurs s'élevait la voix de John Denver chantant : « Dieu merci je suis un gars de la campagne. »

– Qu'est-ce que c'est que ce bac ? s'étonna Johnny.

– Vous verrez, répondit Roger toujours en proie au fou rire. La surprise, la voilà. Gregory Ammas Stillson, quarante-trois ans, ancien vendeur de Bible, ancien peintre en bâtiment en Oklahoma où il passa sa jeunesse, faiseur de pluie, sorcier...

– Faiseur de pluie ? reprit Johnny, stupéfait.

– Oui, rétorqua Roger, s'il est élu nous aurons de la pluie à volonté.

John Denver termina sa chanson par un hurlement que la foule reprit en chœur. Stillson commença à parler d'une voix violente, une voix qui mit Johnny mal à l'aise, aiguë, heurtée, celle d'un prédicateur fanatique. Il postillonnait en parlant.

« Que ferons-nous à Washington ? Pourquoi voulons-nous aller à Washington ? rugit Stillson. Quel est notre programme ? Notre programme se compose de cinq points, amis et voisins, cinq points bien connus. Et quels sont-ils ? Premièrement : foutre les bons à rien à la porte. »

Un rugissement d'approbation s'éleva de la foule. Quelqu'un jeta une double poignée de confettis en l'air, un autre hurla : « Yaaaoh Hoo. »

« Savez-vous pourquoi je porte ce casque, amis et voisins ? Je vais vous le dire. Je le porte parce que quand vous m'aurez envoyé à Washington je leur rentrerai dedans, comme ça. »

Et, sous les yeux ahuris de Johnny, Stillson baissa la tête et se mit à charger l'estrade comme un taureau tout en poussant des cris aigus. Roger Chatsworth était écroulé de rire. La foule délirait. Stillson recommença sa charge, puis enleva son casque qu'il jeta à la foule. Une émeute s'ensuivit quasiment.

« Deuxièmement, hurla Stillson dans le micro, nous mettrons dehors tous ceux qui au gouvernement, du plus gros au plus petit, passent leur temps au pieu avec une pute qui n'est pas leur femme. S'ils veulent coucher avec des putes, ils ne doivent pas le faire avec les deniers publics. »

– Qu'est-ce qu'il raconte ? s'inquiéta Johnny.

– Oh, il s'amuse. Il adore faire monter la pression, expliqua Roger en essuyant ses larmes de joie.

Johnny aurait bien voulu s'amuser autant que lui.

« Troisièmement, gronda Stillson, nous balancerons la pollution dans l'espace. Dans de grands sacs en plastique, on l'enverra sur Mars, Jupiter ou les anneaux de Saturne. Nous aurons un air pur, une eau pure, et tout ça dans les six mois. »

La foule était au paroxysme de la joie, et Johnny remarqua bien des gens littéralement morts de rire tout comme Roger Chastworth.

« Quatrièmement nous aurons tout le gaz et l'essence dont nous avons besoin. Nous allons cesser de faire joujou avec les Arabes. Il n'y aura plus de vieilles gens qui mourront de froid quand viendra l'hiver comme l'année dernière. »

Cette remarque provoqua une tempête d'applaudissements. L'hiver précédent, en effet, une vieille femme de Portsmouth avait été retrouvée morte de froid dans son appartement, vraisemblablement parce que le gaz lui avait été coupé pour non-paiement.

« Nous avons du muscle, amis et voisins, nous pouvons le faire. Y a-t-il quelqu'un ici pour dire que c'est impossible ?

– Non ! » hurla la foule.

« Pour finir, poursuivit Stillson en s'approchant du bac métallique. (Il écarta le couvercle et un nuage de vapeur s'en échappa.) Pour finir... des saucisses. »

Il plongea ses deux mains dans le récipient et en

258

ressortit des poignées de saucisses qu'il jeta à la foule. Il recommença à plusieurs reprises ; les saucisses pleuvaient ; il y en avait pour tous, hommes, femmes, enfants.

« Et quand vous m'aurez envoyé à la Chambre des représentants, vous pourrez dire que les choses changeront enfin. »

L'image montrait maintenant une équipe de jeunes chevelus qui démontaient l'estrade. George Herman résuma :

« Le candidat démocrate David Bowes qualifie Stillson de plaisantin qui perturbe le jeu démocratique. Harrison Fisher est plus sévère dans son jugement. Il dénonce en Stillson un cynique guignol qui considère les élections comme une farce de carnaval. Il en parle comme de l'unique candidat et le seul membre du parti des saucisses. Mais les faits sont là. Les derniers sondages du New Hampshire annoncent David Bowes vingt pour cent, Harrison Fisher trente-six et Greg Stillson quarante-deux pour cent. Bien sûr, les élections sont encore loin, et les choses peuvent changer. Mais pour l'instant, Greg Stillson a conquis les cœurs sinon les esprits des électeurs du troisième district du New Hampshire. »

Herman apparut à l'écran, il leva une main qui tenait une saucisse et il en croqua un morceau. « Ici George Herman, C.B.S. à Ridgeway, New Hampshire. »

Walter Conkrite fit sa réapparition dans le studio de C.B.S.

« Des saucisses, gloussa-t-il, ainsi vont les choses. »

Johnny se leva et ferma brusquement la télévision.

– Je n'arrive pas à y croire. Ce type est vraiment candidat ? Ce n'est pas une plaisanterie ?

– Plaisanterie ! C'est une question d'appréciation personnelle, dit Roger en riant. Mais il est certain qu'il se présente. Je suis moi-même un républicain convaincu, et je dois admettre que ce Stillson ne m'est pas antipathique. Il a engagé une demi-douzaine de motards comme gardes du corps, de vraies brutes. Mais pas du tout du genre « anges de l'enfer » ; il les a convertis.

Des loubards convertis en équipe de sécurité, Johnny n'y croyait pas. Une expérience de ce genre avait déjà été tentée quand les Rolling Stones avaient donné un concert à Altamont Speedway en Californie, et les choses avaient mal tourné.

– Les gens acceptent cette équipe de crétins motorisés ?

– Ce ne sont pas tout à fait des crétins. Ils se montrent corrects, maintenant. Et Stillson a la réputation de savoir s'y prendre avec les mômes à problèmes.

Johnny grogna sa désapprobation.

– Vous le voyez là en train de gesticuler, dit Roger, semblable à un clown. A chaque réunion, il charge l'estrade, lance un casque à la foule. Il a déjà dû en lancer une centaine. De même avec les saucisses. C'est un clown, et après ? Peut-être les gens attendent-ils cela ? Ils ont envie de se détendre de temps en temps. On ne parle que du pétrole, de l'inflation galopante ; les impôts n'ont jamais été aussi lourds et, apparemment, nous sommes prêts à élire un casse-noisettes de Georgie, débile léger, président des États-Unis. Alors les gens veulent rire. Mieux, ils veulent faire un pied de nez à cette élite politique qui semble incapable de résoudre quoi que ce soit. Stillson est inoffensif.

– Un peu dingue tout de même, estima Johnny.

– Nous avons toutes sortes de politiciens dingues, dit Roger. Dans le New Hampshire, nous avons Stillson. Il veut se frayer un chemin à coups de saucisses jusqu'à la Chambre des représentants, et alors ? En Californie, ils ont Hayakawa qui entre au Sénat en faisant des claquettes.

– Vous trouvez normal que les gens du troisième district élisent l'idiot du village pour les représenter à Washington ?

– Vous n'y êtes pas, répondit patiemment Chatsworth. Mettez-vous à la place de l'électeur, Johnny. Les gens du troisième district sont pour la plupart des cols bleus et des commerçants. Ils voient en David Bowes un jeune homme aux dents longues qui essaie de se faire élire sur la base de quelques discours habiles et d'une vague ressemblance avec Dustin Hoffman. Ils sont censés penser que c'est un homme du peuple parce qu'il porte des blue-jeans.

Maintenant, prenez Fisher. J'ai organisé des souscriptions pour lui et les autres candidats républicains dans cette partie du New Hampshire. Il est resté en poste si longtemps qu'il s'imagine sans doute que le dôme du Capitole s'écoulerait s'il n'était pas réélu. Il n'a jamais eu une seule idée originale de toute sa vie. Aucune tache sur son nom parce qu'il est trop bête pour être malhonnête.

Toutefois, il sera peut-être éclaboussé par cette histoire de scandale immobilier. Ses discours sont aussi passionnants qu'un catalogue de grossiste en plomberie. L'idée que Harrison Fisher puisse faire quelque chose pour ses électeurs est tout simplement ridicule. Tout le monde le sait.

— Alors, la réponse à tout cela, c'est d'élire un cinglé ?

Chatsworth sourit avec indulgence. Parfois, ces cinglés font du bon travail. Mais même si Stillson se révélait être aussi fou à Washington qu'à Ridgeway, il ne sera en poste que pour deux ans. En 78, ils le renverront et le remplaceront par un nouveau venu qui aura compris la leçon.

— La leçon ?

Roger se leva.

— Ne pas se foutre du monde trop longtemps, voilà la leçon. Adam Clayton Powel l'a compris, Agnew et Nixon également... C'est simple, ne vous payez pas la tête des gens trop longtemps.

Il jeta un coup d'œil sur sa montre.

— Allons prendre un verre, Johnny. Shelley et moi devons sortir ce soir, mais nous trouverons bien le temps de trinquer en votre compagnie.

Johnny eut un sourire et se leva.

— Puisque vous me tordez le bras, je ne peux qu'accepter !

CHAPITRE 20

1

A la mi-août, Johnny se retrouva seul à occuper le domaine des Chatsworth. Ngo Phat jouissait d'un appartement de fonction au-dessus du garage. La famille Chatsworth était à Montréal pour trois semaines de vacances, avant le rentrée scolaire et la réouverture de l'usine.

Roger avait laissé à Johnny les clefs de la Mercedes de sa femme. Il s'en servait pour se rendre chez son père à Pownal, avec l'illusion d'être un parmi les grands de ce monde. Les relations de son père avec Charlene Mac Kenzie étaient entrées dans la phase « séduction ». Herb, du reste, n'osait plus prétendre que son seul intérêt pour cette personne se confondait avec sa conscience professionnelle. La maison qu'il lui avait construite n'allait-elle pas s'écrouler ? Tout ça rendait Johnny un peu nerveux. Et après trois jours de purgatoire, il regagna la demeure des Chatsworth, y reprit ses lectures, sa correspondance et profita de sa tranquillité.

Il était posé sur une bouée en forme de fauteuil, dérivant au milieu de la piscine, buvant un Seven Up et lisant le *New York Time Review* quand Ngo s'approcha du bord du bassin et trempa son pied dans l'eau.

— Ahhhh ! dit-il, c'est mieux. (Il sourit à Johnny). Tranquille, hein !

— Très, comment vont les cours d'instruction civique, Ngo ?

— Très bien, répondit Ngo. Samedi nous allons faire une excursion, la première, c'est très intéressant. Toute la classe y va.

Johnny sourit à l'idée de toute une classe allant fumer de l'herbe en piétinant la flore américaine.

— Puis, nous irons à une réunion électorale à Trimbull, ce sera très instructif.

— Certainement, qui allez vous voir ?

— Greg Stirr... il s'arrêta et reprit après s'être concentré, Greg Stillson. Il se présente comme candidat indépendant à la Chambre des représentants.

— J'ai entendu parler de lui. Avez-vous eu des précisions à son sujet lors de vos cours, Ngo ?

— Oui. Il est né en 1933 et a exercé de nombreux métiers. Il est venu dans le New Hampshire en 1964. Notre professeur nous a dit qu'il était ici depuis assez longtemps pour être un candidat valable.

— Vous ne trouvez pas Stillson un peu bizarre ?

— Pour un Américain peut-être, dit Ngo. Au Vietnam on en trouve beaucoup comme lui. Des gens qui sont... Il s'assit et réfléchit un moment, agitant son petit pied dans l'eau bleue de la piscine. Je ne trouve pas les mots en anglais pour dire ce que je veux dire. Il y a un jeu auquel se livrent les gens de mon pays qui s'appelle le rire du tigre. C'est très ancien et très apprécié comme votre base-ball. Un enfant se déguise en tigre. Il revêt une peau et les autres enfants essaient de l'attraper pendant qu'il court et danse. L'enfant dans sa peau rit, mais gronde aussi et mord, parce que c'est le jeu. Dans mon pays, avant l'arrivée des communistes, de nombreux chefs de village jouaient au rire du tigre. Et je crois que ce Stillson connaît aussi le jeu.

Johnny regarda Ngo, étonné. Ngo n'avait pas l'air surpris du tout, il souriait.

— Aussi allons-nous le voir par nous-mêmes, après notre pique-nique. Pour ma part, j'ai fait deux pâtés impériaux. J'espère qu'ils seront bons.

— Ça s'annonce bien.

— Ce sera très bien, conclut Ngo en se levant. Après le cours, nous raconterons ce que nous avons vu à Trimbull. Peut-être ferons-nous une composition. Les compositions écrites sont plus faciles parce qu'on peut chercher le mot juste.

— Oui, parfois il est plus facile d'écrire.

Ngo sourit.

— Comment ça marche pour Chuck ?

— Bien.

— Oui, il est heureux maintenant, il ne fait plus semblant, c'est un gentil garçon. Au revoir Johnny, je vais faire la sieste.

Il regarda Ngo s'éloigner, petit, mince et souple dans ses blue-jeans et sa chemise de coton.

L'enfant dans la peau d'un tigre gronde aussi et mord,

parce que c'est le jeu... et ce Stillson, je crois qu'il connait le jeu...

Ce léger malaise à nouveau. Il rouvrit son livre, mais l'article dont il avait entamé la lecture ne l'intéressait plus. Trimbull était à moins de trente miles. Peut-être y ferait-il un saut samedi. Voir Greg Stillson en personne, assister au spectacle et peut-être... peut-être lui serrer la main.

Pourquoi pas. Les hommes politiques étaient devenus plus ou moins son passe-temps cette année. Qu'y avait-il d'extraordinaire à en voir un de plus. Penser à Greg Stillson le faisait penser à Frank Dodd. C'était ridicule. Il ne pouvait rien « ressentir » pour Stillson puisqu'il ne l'avait vu qu'à la T.V. Enfin, peut-être irait-il, peut-être pas. Ou bien irait-il plutôt à Boston voir un film ?

Un étrange sentiment d'effroi s'était emparé de lui alors qu'il regagnait la maison. D'une certaine façon, c'était un sentiment familier, de ceux que l'on hait secrètement. Oui, samedi il irait à Boston. Cela valait mieux.

Après coup, quand Johnny repensa à cette journée, il fut incapable de se rappeler exactement le comment du pourquoi de sa présence à Trimbull. Il avait décidé de se rendre à Boston, d'aller éventuellement à Cambridge fouiner chez les bouquinistes. S'il lui restait assez d'argent. Il avait envoyé 400 dollars à son père, prélevés sur la prime versée par Chatsworth. Une goutte d'eau dans l'océan si l'on tenait compte de ses dettes. Il envisageait d'aller au cinéma Orson Welles voir un film musical reggae, *The Arder they come*. Il faisait un temps magnifique, clair et doux, le type même d'un beau jour d'été dans le New Hampshire.

Il se rendit dans la cuisine et se prépara trois gros sandwichs jambon et fromage ; il les rangea dans un panier de pique-nique qu'il trouva dans un placard et compléta le tout avec un paquet de six Tuborg.

Jusque-là, tout s'était parfaitement déroulé. Pas une pensée pour Greg Stillson. Il rangea le panier dans la Mercedes, s'y installa à son tour et prit la direction du sud. Tout allait bien. Puis il commença à gamberger. Il pensa à sa mère sur son lit d'hôpital, visage déformé, mains crispées comme des serres sur le couvre-lit, voix comme étouffée par un bâillon.

Johnny mit la radio. Un vieux bon rock jaillit des haut-parleurs de la voiture. S'il avait dormi quatre ans et demi, le rock, lui, ne s'était pas assoupi. Il se mit à chanter

265

suivant le tempo. « Y a un boulot pour toi. Cherche pas à te défiler. »

A peu de chose près, les propos que sa mère lui avait tenus. « Ne te cache pas dans une cave. »

La bretelle d'accès fut en vue puis dépassée. Il était perdu dans ses pensées et venait de la manquer. Ses vieux démons revenaient à la charge. Bon, à la première occasion il ferait demi-tour.

— Ne te cache pas Johnny !

— Oh, assez, murmura-t-il.

Il fallait se sortir ça de l'esprit, un point c'est tout. Sa mère était folle, folle de religion ; dans la constellation Orion, des anges conduisant des soucoupes volantes. A sa manière, Greg Stillson était aussi cinglé qu'elle. « Oh ! pour l'amour de Dieu, ne plus penser à ce type ! »

Et quand vous aurez envoyé Gerg Stillson à la Chambre des représentants, vous commanderez : saucisses ! Enfin quelqu'un qui fait bouger les choses !

Il rejoignit la route 63. En tournant à gauche il se dirigeait vers Concorde, Berlin, Ridder's Mill, Trimbull ; Johnny prit le virage sans même s'en rendre compte, ses pensées étaient ailleurs.

Roger Chatsworth s'était moqué de Greg Stillson : c'est un clown, Johnny ! Et si Stillson n'était que cela, un doux dingue, ce ne serait pas grave. Une feuille vierge sur laquelle les électeurs inscriraient : « Vous êtes tous tellement minables que nous allons élire ce fou. » Sans nul doute ce qu'était Stillson. Un fou inoffensif. Aucune raison de l'associer à la folie destructive de Frank Dodd. Et pourtant ! Johnny sentait une similitude entre ces deux hommes.

L'embranchement était en vue, à gauche Berlin et Ridder's Mill, à droite Trimbull et Concorde ; Johnny prit à droite.

Mais quel mal peut-il y avoir à lui serrer la main ?

Aucun. Un politicien de plus à sa collection. Certains collectionnaient les timbres, d'autres les pièces de monnaie. Johnny Smith collectionnait les poignées de main d'hommes politiques.

Et tu dois l'admettre, tu cherches à prouver quelque chose !

Cette idée le frappa si brusquement qu'il fit faire une embardée à la voiture. Il jeta un coup d'œil dans le rétroviseur. Il y surprit son image ; de son visage l'expression n'était ni heureuse ni détendue. Il arborait cette expression qu'il avait eue le jour de la conférence de presse, le jour où il avait rampé dans la neige à Castle Rock. Blême, les yeux cernés, les traits tirés.

Non, ce n'est pas vrai.

Mais ça l'était. Maintenant il ne pouvait plus le nier. Au cours des vingt-trois premières années de sa vie, il avait serré la main d'un seul homme politique : Ed. Muskie venu parler à l'université en 1966. Pendant ces sept derniers mois, il avait donné plus d'une douzaine de poignées de main. Et aucune ne l'avait particulièrement marqué.

Qui est ce type ? Que va-t-il me dire ? Ne ressemble-t-il pas à Frank Dodd ?

Oui, c'était vrai. A part Carter, aucun candidat ne lui avait fait forte impression. Pour autant, serrer la main de Carter ne lui avait pas procuré une sensation d'affolement identique à celle ressentie lorsqu'il avait découvert Stillson à la T.V. Stillson devait connaître le rire du tigre. Il avait en quelque sorte perfectionné les règles du jeu. Sous la peau du tigre, un homme, oui ! Mais dans l'homme, un fauve.

2

Bref, Johnny s'était retrouvé en train de dévorer ses sandwichs dans un jardin public de Trimbull. Il était arrivé peu après midi et avait vu sur un tract, collé sur un panneau indicateur, que la réunion se tiendrait à 3 heures.

Il fit un tour dans le parc, pensant pouvoir choisir sans problème une bonne place. Mais il y avait déjà beaucoup de monde occupé à étendre des couvertures et à étaler les provisions des pique-niques.

Des hommes s'affairaient sur une estrade. Deux d'entre eux en décoraient les montants, qui arrivaient à hauteur de poitrine, avec des drapeaux. Un autre, grimpé sur une échelle, accrochait des bandes de papier crépon aux couleurs vives. D'autres encore installaient la sonorisation, et, comme Johnny l'avait prévu, ce n'était pas de la camelote.

Les haut-parleurs (des Altec-Lansing) étaient placés de manière à couvrir avec un maximum d'efficacité le jardin public.

Les accompagnateurs (qui ressemblaient toujours selon Johnny à des routards mettant en place la sono des Eagles ou des Geils) accomplissaient leur besogne avec une virtuosité de professionnels. Tout cela donnait un sentiment de compétence qui ne cadrait pas avec l'image de l'aimable sauvage de Bornéo entretenue par Stillson.

La moyenne d'âge des spectateurs tournait aux alentours de la vingtaine (entre quinze et trente-cinq ans) ; ils s'amusaient. Des bébés trottinaient, les femmes bavardaient et riaient entre elles. Les hommes buvaient de la bière. Les chiens bondissaient, cavalant après ce qu'on leur lançait, et le soleil chauffait doucement le décor.

— Essai, lança avec nonchalance un des hommes de l'estrade placé devant un micro. Essai un, essai deux...

Un des haut-parleurs fit entendre un bruit de grésillement. Le type du podium demanda qu'on le déplace.

— Essai un... Essai deux... Un deux, un deux, un deux.

On plaçait les haut-parleurs avec moult précautions, remarqua Johnny. On ne se contentait pas de les fixer au petit bonheur. Stillson était un écologiste notoire, et on avait recommandé à son équipe de ne pas abîmer les arbres du parc. L'opération donnait le sentiment d'avoir été pensée dans ses moindres détails. Pas question d'improviser à la va comme j'te pousse.

Deux cars scolaires jaunes se rangèrent sur le petit parking déjà bourré. Les portes s'ouvrirent toutes grandes. Des hommes et des femmes en sortirent en bavardant. Ils contrastaient avec ceux qui étaient déjà là parce qu'ils avaient mis leurs plus beaux atours. Les hommes en costume, les femmes en ensemble jupe et blouse ou robe habillée. Ils regardaient les alentours, curieux, émerveillés comme des enfants. Johnny reconnut le groupe de Ngo et sa classe d'instruction civique.

Il se dirigea vers eux, Ngo se tenait avec un grand type en costume de velours côtelé et deux femmes, toutes deux chinoises.

— Salut Ngo ! dit Johnny.

Ngo eut un large sourire.

— Johnny ! C'est marrant qu'on se retrouve. C'est un grand jour pour le New Hampshire.

– C'est vrai, approuva Johnny.

Ngo fit les présentations. L'homme en costume de velours était polonais. Les femmes, deux sœurs de Taiwan ; l'une d'elles déclara à Johnny qu'elle espérait beaucoup pouvoir serrer la main du candidat après la réunion, puis timidement elle montra son livre d'autographes à Johnny.

– Je suis si heureuse d'être en Amérique, dit-elle, mais c'est étrange, vous ne trouvez pas ?

Johnny, pour qui tout était étrange, acquiesça.

Les moniteurs rassemblèrent le groupe, et Ngo dit à Johnny :

– Nous nous verrons plus tard.

– Amusez-vous bien, Ngo.

– Oh oui. Ses yeux brillaient d'un secret amusement, je suis sûr que ce sera très amusant.

Le groupe d'environ quarante personnes s'éloigna pour aller pique-niquer, et Johnny reprit la mastication de ses sandwichs. Ils avaient un goût de pâte à papier.

Une sournoise tension commençait à naître en lui.

3

Vers 2 heures et demie, le parc était rempli, les gens serrés épaule contre épaule. La police de la ville renforcée par un contingent de la police d'État, on avait barré les accès au parc. La similitude avec un concert rock était de plus en plus forte. Mais seule de la musique country s'échappait des haut-parleurs.

Brusquement les gens se haussèrent sur la pointe des pieds et tendirent le cou. Une rumeur parcourut la foule. Johnny aussi se leva. Stillson serait-il en avance ? Il pouvait à présent percevoir le ronflement des motos qui, à mesure qu'elles se rapprochaient, finit par couvrir le calme de ce bel après-midi d'été. Johnny vit briller des chromes, et quelques instants plus tard dix engins prirent le virage, là où étaient garés les cars scolaires. Pas de voiture, Johnny pensa qu'il s'agissait de l'avant-garde.

Son malaise augmentait. Les motards étaient assez

simplement vêtus, en jeans pour la plupart et chemise blanche ; les motos, des Harley, des B.S.A., avaient été modifiées à en devenir méconnaissables : sacoches, guidons, tubulures de chrome étincelantes et carénages biscornus abondaient.

Après s'être arrêtés, les pilotes se rendirent vers l'estrade en file indienne. Un seul se retourna. Son regard parcourut la foule lentement. Il semblait estimer l'importance de la foule. Il s'attarda sur un groupe de quatre policiers adossés à une barrière métallique et fit un signe de la main. Un des flics se redressa et cracha. Cette scène tenait du rituel, ce qui aggrava encore l'anxiété de Johnny. L'homme se dirigea à son tour vers l'estrade.

Au-delà de l'anxiété, Johnny ressentait un sentiment d'horreur mêlé d'hilarité, quelque chose comme un rêve absurde ou l'effet que peut produire une peinture surréaliste. Les motards semblaient sortir d'un film où tout le monde a décidé d'être beau et gentil. Leurs jeans impeccables étaient rentrés dans des bottes à bout carré. Johnny avait remarqué des chaînes enroulées sur le cou-de-pied. Les chromes brillaient sauvagement dans le soleil.

L'expression commune reflétait la bonne humeur, la disponibilité à l'égard de tous. Pourtant, sous le masque perçait le mépris pour ces ouvriers d'usine, ces étudiants venus de Durham, ces manœuvres des manufactures accourus pour les applaudir. Tous arboraient des badges. L'un de ceux-ci figurait le casque jaune de travailleur de chantier sur lequel était collé le drapeau écologiste. D'autres portaient la devise de Stillson : « On va leur tordre le bras. » Et, dépassant de toutes les poches, un manche de queue de billard sciée.

Johnny se retourna vers son voisin immédiat accompagné de sa femme et de son jeune enfant.

— Ces choses sont-elles autorisées ?

— Peu importe, répondit celui-ci en riant. Ils ne sont là que pour la frime de toute façon.

Il applaudit et hurla :

— Allez, allez Greg !

Les motards se déployèrent en arc de cercle autour de l'estrade.

Les applaudissements éclatèrent et la rumeur s'amplifia.

Chemises brunes, pensa Johnny en s'asseyant. Le retour des chemises brunes.

Et alors ! Les Américains étaient peut-être mûrs pour le décorum fasciste. Pourtant, même un réactionnaire comme Reagan ne mangeait pas de ce pain-là. Peu importait les colères de la nouvelle gauche ou les nouvelles chansons de Joan Baez. Huit ans auparavant, les méthodes fascistes de la police de Chicago avaient fait échouer l'élection de Hubert Humphrey. Peu importait à Johnny que ces types soient impeccables ; ils étaient au service d'un dingue, candidat à la Chambre des représentants. Stillson était peut-être un pantin dépassé par les événements.

Johnny regrettait d'être le complice de cette scène.

4

Juste avant 3 heures, un roulement de tambour retentit. D'autres instruments se mirent progressivement de la partie, interprétant bientôt à l'unisson une marche de Sousa. Joyeux tapage électoral dans une petite ville de province par un beau jour d'été.

La foule se dressa. La fanfare était en vue, d'abord une majorette, faisant des moulinets avec sa baguette, porteuse d'une jupe courte, levant haut des jambes bottées de blanc, puis deux autres majorettes, ensuite deux garçons boutonneux au visage sévère portant une banderole annonçant qu'ils étaient la fanfare du collège de Trimbull (et vous aviez intérêt à ne pas l'oublier), puis la fanfare elle-même ; rutilante, suante dans ses uniformes blancs à boutons dorés.

La foule leur laissa le passage et les applaudit. Derrière venait un camion blanc ; debout, sur le toit, jambes écartées, le visage bronzé et fendu par un large sourire sous son casque rejeté en arrière, le candidat en personne. Il éleva une corne de taureau et souffla dedans à pleins poumons (en fait elle était reliée à une batterie).

– Salut à tous !

– Salut Greg, répondit la foule en écho.

« On l'appelle par son prénom ! » La chose avait de quoi laisser rêveur.

Stillson sauta du toit du camion, s'arrangeant pour le

271

faire en souplesse. Il était habillé comme à son habitude, d'un jeans et d'une chemise kaki. Il entama son bain de foule en se dirigeant vers l'estrade, serrant des mains, touchant d'autres mains tendues par-dessus les têtes des premières rangées. La foule se bousculait, oscillait vers lui, en plein délire, et Johnny lui-même ne resta pas insensible devant ce spectacle invraisemblable.

Non ! Je ne vais pas lui serrer la main. Il n'en est pas question !

Mais brusquement la foule parut s'écarter devant lui, et il se retrouva au premier rang. Il était assez près du joueur de tuba de la fanfare pour pouvoir astiquer l'instrument s'il l'avait voulu.

Stillson traversa rapidement les rangs des musiciens pour aller serrer d'autres mains. Johnny le perdit de vue. Il se sentit soulagé. C'était bien ainsi, pas de problème. Et quand il accéderait au podium, Johnny rassemblerait ses affaires et s'esquiverait. Il en avait assez vu.

Les motards remontaient l'avenue autour de Stillson, empêchant la foule de le serrer de trop près ; les queues de billard sciées dans les poches, leurs propriétaires vigilants. Johnny se demanda ce qu'ils redoutaient exactement, un bonbon, une glace à la vanille jetés à la figure du candidat, peut-être ? Mais les motards avaient vraiment l'air sur le qui-vive.

Alors, l'événement se produisit. Sa nature exacte échappa à Johnny. Une main de femme se tendit vers le casque jaune simplement pour le toucher, sans doute comme on touche un talisman. Un des gars de l'équipe Stillson se déplaça rapidement. Il y eut un cri d'épouvante. Et ce fut tout.

La rumeur de la foule était énorme, et de nouveau il pensa aux concerts de rock auxquels il avait assisté. Cela aurait été exactement pareil si Paul McCartney ou Elvis Presley avaient décidé de serrer des mains dans la foule.

Ils scandaient son nom : Greg... Greg... Greg...

Le jeune homme, qui était venu avec sa petite famille et qui se trouvait à côté de Johnny, tenait à bout de bras son fils au-dessus de sa tête pour qu'il puisse mieux voir l'idole. Un autre, le visage brûlé d'un côté, agitait une pancarte sur laquelle on pouvait lire : « Vivre libre ou mourir. » Une très jolie fille d'environ dix-huit ans tendait une tranche de pastèque, le jus rose coulait sur sa peau bronzée. La plus grande confusion régnait. L'événement se propageait aussi sûrement que de l'électricité dans des câbles à haute tension.

Greg Stillson fendit la foule pour revenir du côté de Johnny. Il ne s'arrêta pas, mais trouva tout de même le temps de donner une tape dans le dos du joueur de tuba.

Par la suite, Johnny essaya de se souvenir s'il avait eu une chance de rester protégé par la foule ; il invoquait le fait que la foule l'avait quasiment jeté dans les bras de Stillson. Il prétendit que Stillson avait tout fait pour lui serrer la main. Rien de tout cela n'était vrai. Il avait disposé du temps nécessaire pour fuir. Une grosse femme, ridiculement vêtue d'un pantalon de pêcheur jaune, avait passé ses bras autour du cou de Stillson pour lui donner un baiser sonore que Stillson lui rendit en riant et en lui disant qu'il se souviendrait d'elle. La grosse femme avait hurlé de rire.

Johnny sentit l'habituel frisson glacé l'envahir, une sensation de transe. Le sentiment que plus rien n'avait d'importance hormis « savoir ». Cette constatation lui arracha un vague sourire qui n'était pas son sourire habituel. Il tendit la main, et Stillson la saisit dans les siennes la secouant de bas en haut.

Alors, j'espère que vous allez nous soutenir...

Puis Stillson lâcha prise. De la même manière qu'Eileen Magown, le Dr. Brown, Roger Dussault l'avaient fait. Ses yeux s'agrandirent et se remplirent de... peur ? Non, c'était de la terreur.

L'instant s'éternisa. Temps suspendu tandis qu'ils ne se quittaient pas des yeux. Johnny prisonnier d'un corridor sans fin. Stillson à ses côtés, ils partageaient... ils partageaient quoi ? Tout !

Pour Johnny, rien n'avait jamais été aussi violent. Tout arrivait en même temps : le bruit infernal d'un train lancé à toute vitesse dans un étroit tunnel, un projecteur dérisoire à l'avant, mais pas d'issue, et la parfaite conscience de ce qui allait se passer le plaquait contre un mur tandis que le train des ténèbres fonçait sur lui.

Il lui sembla qu'il criait, mais il n'en avait ni l'envie ni la force...

Jamais il ne devait oublier cette image : Voilà... Greg Stillson prêtant serment. Assisté d'un humble vieillard au regard de souris effarouchée, traquée par un terrible (tigre) chat sauvage. Une des mains de Stillson se posa sur la Bible, l'autre s'éleva. C'était loin dans le futur, parce que Stillson avait perdu ses cheveux. Le vieillard parlait, Stillson répondait... (le voile bleu s'obscurcissait, recouvrant tout, sans rémission. Le visage de Stillson se trouva derrière le voile bleu et les rayures jaunes du tigre)... qu'il le ferait. Que Dieu lui vienne en aide. Son visage était solennel, sévère même, mais une joie immense soulevait sa poitrine et grondait dans son âme. Parce que l'homme au regard de souris était le juge de la cour suprême des États-Unis et... tout commença à disparaître lentement derrière le voile, mais ce n'était pas un voile, c'était l'avenir chargé de mort, de danger.

L'avenir ? le sien ? celui de Stillson. Johnny ne le savait pas. Il avait l'impression de flotter dans le bleu au-dessus des scènes de désolations imprécises, et la voix désincarnée de Greg Stillson se faisait entendre telle celle d'une divinité mise en scène dans un opéra-comique. « Je vais leur rentrer dedans comme on gave les oies. Comme on pousse la merde dans un tube. »

Le tigre murmura faiblement : Johnny. Le tigre derrière le bleu, derrière le jaune.

Puis les mots, les images s'évanouirent. Il lui sembla respirer une douceâtre odeur. L'œil s'ouvrait de plus en plus grand, inquisiteur, le bleu et le jaune qui avaient tout obscurci parurent se matérialiser en un objet d'où s'éleva lointaine et pleine de terreur la plainte d'une femme. Puis tout s'effaça.

Combien de temps sommes-nous restés ainsi ? devait-il se demander plus tard. Sans doute cinq secondes. Puis Stillson retira sa main, fixant Johnny la bouche ouverte, pâlissant sous son hâle. Johnny put distinguer le plombage de ses dents. Son expression était celle d'une révolte horrifiée.

Bien, aurait voulu crier Johnny. Que Dieu vous anéantisse ! destruction ! désintégration ! accordez cette faveur à l'humanité !

Deux des motards se précipitèrent, ils saisirent les queues de billard et Johnny fut la proie d'une terreur indicible, ils allaient le frapper, le frapper sur la tête avec leurs gourdins et le renvoyer dans les ténèbres d'où cette fois il ne sortirait pas. Il ne pourrait dire à personne ce qu'il avait pressenti, il ne pourrait rien y changer. Il essaya de reculer. Les gens affolés hurlaient. Stillson se retourna vers ses gardes du corps. Il s'était ressaisi et sut les retenir.

274

Johnny ne se rappela jamais ce qui s'ensuivit. Il tituba tel un homme ivre après une longue semaine de débauche. Puis l'apaisante douceur du néant s'étendit sur lui, et Johnny s'y abandonna avec délices. Il avait perdu connaissance.

CHAPITRE 21

1

– Non.

Ainsi répondit le chef de police de Trimbull à la question de Johnny.

– On ne vous reproche rien, vous n'êtes pas en état d'arrestation. Et vous n'avez pas à répondre à nos questions. Nous vous serions pourtant reconnaissant de bien vouloir le faire.

– Infiniment reconnaissant, reprit en écho un type déguisé en courtier de Wall Street.

Il appartenait au F.B.I. et son nom était Edgar Lancle. Il trouvait Johnny Smith peu en forme avec sa cicatrice au-dessus de l'œil gauche, enflée et rouge. Quand Johnny s'était évanoui il s'était écroulé sur les chaussures d'un musicien de la fanfare ou bien sur le bout carré des bottes d'un motard. Lancle penchait pour la deuxième possibilité.

Smith était pâle, ses mains tremblaient (de façon inquiétante quand il avait pris le gobelet d'eau que le policier Bass lui avait donné), et sa paupière était agitée par un continuel frémissement. Il pouvait faire selon les flics un excellent assassin. Bien que la seule chose qu'on pouvait lui reprocher eût été une éraflure sur le cuir d'une botte. Lancle devait toujours s'entêter dans cette dernière conviction.

– Qu'cst-ce que je peux vous dire ? s'étonna Johnny assis sur la couchette d'une cellule.

Il avait mal à la tête et se sentait étrangement vide. Ses oreilles bourdonnaient constamment. Il était 9 heures, l'équipe de Stillson avait quitté la ville depuis longtemps. Toutes les saucisses avaient été mangées.

– Vous pouvez nous dire exactement ce qui s'est passé, répondit Bass.

– J'avais chaud, j'étais sûrement très énervé, je me suis évanoui.

– Vous êtes infirme, handicapé ? demanda Lancle à tout hasard.

Johnny le regarda fixement.

– Ne jouez pas à ce jeu avec moi, Mr. Lancle. Si vous savez qui je suis, dites-le.

– Je le sais, dit Lancle. Vous êtes médium, vous venez du Maine, Johnny. Que fait un gars du Maine dans le New Hampshire ?

– Précepteur.

– Chez les Chatsworth ?

– Encore une fois, si vous savez tout, pourquoi poser des questions ? A moins que vous ne me suspectiez de quelque chose.

– Une famille riche, hein !

– Oui, c'est exact.

– Tu es « partisan ou inconditionnel » de Stillson, Johnny ? demanda Bass.

Johnny n'aimait pas beaucoup qu'on le tutoie et qu'on le traite de la sorte. Ce que faisaient pourtant ces deux types, et ça le rendait nerveux.

– Et vous ? leur demanda-t-il à son tour.

Bass fit entendre un bruit obscène.

Il y a environ cinq ans, nous avons eu un concert rock qui a duré toute une journée, ici à Trimbull. Après avoir hésité, le conseil municipal avait fini par dire oui pour faire plaisir aux jeunes. Nous pensions voir venir deux cents mômes du coin. Ils sont venus à six cents, fumant du hash et buvant sec. Ils ont fait un chahut monstre, et le conseil a décidé que ça ne se reproduirait plus. Tous en ont été très attristés et se demandaient pourquoi. Personne n'avait été blessé. Ils trouvaient que tout s'était bien passé puisque personne n'avait été blessé. C'est la même chose pour ce Stillson. Je me rappelle une fois...

– Vous n'avez rien contre Stillson, Johnny ? demanda Lancle. Rien, vraiment ? reprit-il en souriant avec condescendance.

– Je ne savais même pas qui il était il y a encore six semaines.

– Oui, bon, mais ça ne répond pas exactement à ma question.

Johnny resta silencieux quelques instants.

– Il me dérange, finit-il par reconnaître.

– Ça ne répond pas exactement à ma question.

278

– Si, je crois que si.

– Vous n'êtes pas aussi coopérant que nous le souhaiterions, constata Lancle avec regret.

Johnny lança un coup d'œil à Bass.

– Quand quelqu'un perd connaissance dans une réunion publique dans votre ville, on lui fait subir un interrogatoire au troisième degré ?

Bass parut gêné,

– Non... bien sûr...

– Vous étiez en train de serrer la main de Stillson quand vous vous êtes senti mal. Vous aviez l'air malade. Stillson lui-même était vert. Vous avez eu de la chance que ses copains ne vous fassent pas une tête au carré. Ils pensent que vous lui avez jeté un sort.

Johnny regardait Lancle avec une surprise grandissante. Il jeta un coup d'œil sur Bass puis de nouveau sur l'homme du F.B.I.

– Vous étiez là, dit-il. Bass ne vous a pas appelé. Vous assistiez à la réunion. Vous y étiez ?

Lancle écrasa sa cigarette.

– Oui, j'étais là.

– Pourquoi le F.B.I. s'intéresse-t-il à Stillson ? s'écria Johnny.

– Parlons plutôt de toi, Johnny...

– Parlons de Stillson. Parlons de ses copains comme vous dites. C'est légal, leurs matraques ?

– Parfaitement, dit Bass.

Lancle lui lança un coup d'œil, voulant l'arrêter, semblait-il. Mais Bass ne le vit pas ou bien il l'ignora.

– Des battes de base-ball, des clubs de golf, des queues de billard, la loi n'interdit pas qu'on se trimballe avec.

– J'ai entendu dire que ces types faisaient partie d'un gang de motards.

– Il y en a qui effectivement font partie d'un gang du New Jersey, d'autres d'un club de New York.

– Bass, interrompit Lancle. Je crois vraiment qu'il est temps de...

– Je ne vois pas le mal qu'il y a à lui en parler, dit Bass, ce sont des minables. Parmi eux, certains ont formé une bande il y a quatre ou cinq ans, d'autres faisaient partie d'un club de moto, le Devil's Dozen, qui se saborda en 1972. Le garde du corps de Stillson est un nommé Sonny Elliman. C'était le président du Devil's Dozen. Il a été arrêté plusieurs fois, mais on n'a jamais pu rassembler suffisamment de preuves contre lui.

— Vous vous trompez, dit Lancle en allumant une cigarette. Il a dû comparaître devant la justice en 1973 pour avoir brûlé un feu rouge. Il a signé sa contravention et payé 25 dollars.

Johnny se leva pour aller chercher un autre gobelet d'eau. Lancle le surveillait attentivement.

— Ainsi, vous vous êtes simplement évanoui.

— Non ! dit Johnny en se retournant, j'allais lui tirer dessus avec un bazooka. Mais au moment de presser sur la détente j'ai eu un malaise.

Lancle soupira.

— Vous êtes libre, dit Bass.

— Merci.

— Mais je vais vous dire exactement ce que Mr. Lancle vous dirait. A l'avenir, si j'étais vous, je me tiendrais à l'écart des réunions de Stillson, si vous tenez à votre peau. Des choses désagréables ont l'air de survenir aux gens que Greg Stillson n'aime pas...

— Vraiment, dit Johnny tout en buvant son eau.

— Tout ça ne vous concerne pas, Bass, dit Lancle, son regard froid posé sur ce dernier.

— Très bien, fit Bass doucement. Je ne vois aucun inconvénient à vous raconter que d'autres incidents se sont produits lors des réunions électorales de Stillson. A Ridgeway, une jeune femme enceinte a été rouée de coups. Elle a fait une fausse couche. Juste après la réunion filmée par C.B.S., elle a déclaré qu'elle ne pouvait pas identifier son agresseur, mais nous avons toutes les raisons de penser qu'il s'agit d'un motard de Stillson. Il y a un mois, un gosse de quatorze ans a eu le crâne fracturé. Il avait un pistolet à eau. Il ne put pas non plus identifier son agresseur. Le pistolet a eau nous incite à penser qu'ils se sont crus menacés, en état de légitime défense !

Comme c'est bien dit, pensa Johnny.

— Vous n'avez pas pu trouver de témoin ?

— Personne n'a voulu parler, fit avec un sourire ironique Lancle, et il secoua la cendre de sa cigarette. Il est l'élu du peuple !

Johnny pensa au jeune homme portant son fils afin qu'il puisse voir Greg Stillson. Qui s'en soucie, de toute façon ? Ils sont venus là pour s'amuser.

Ainsi il a son agent du F.B.I. personnel !

Lancle haussa les épaules et eut un nouveau sourire, désarmant celui-ci.

— Que puis-je répondre ? Que ce n'est pas toujours facile, Johnny, et que parfois je n'en mène pas large. Il émane de sa personne un puissant magnétisme. Si du haut de son podium il me désignait à la foule en leur disant qui je suis, je crois qu'ils me lyncheraient dans la seconde.

Johnny pensa à la foule de l'après-midi, à la jolie fille agitant frénétiquement sa tranche de pastèque.

— Vous avez peut-être raison, reconnut-il.

— Donc, si vous savez quelque chose qui puisse nous aider...

Lancle se pencha en avant. Le désarmant sourire s'était fait gourmand.

— Peut-être, en tant que médium, avez-vous ressenti quelque chose, et c'est peut-être ça qui vous a fait perdre connaissance ?

— Peut-être, répondit Johnny sans broncher.

— Eh bien ?

Un instant il pensa tout leur avouer. Puis il se ravisa. Je l'avais vu à la T.V., je n'avais rien de particulier à faire aujourd'hui, j'ai donc décidé de venir le voir en personne. Je pense que je ne suis pas le seul.

— Je comprends, dit Bass.

— Et c'est tout ? demanda Lancle.

— C'est tout ! dit Johnny (puis... il hésita), je pense qu'il gagnera l'élection.

— Nous en sommes certains, dit Lancle. A moins qu'il ne se passe quelque chose entre-temps. Je suis tout à fait de l'avis de Bass, tenez-vous à l'écart de ses réunions.

— Ne vous en faites pas ; Johnny froissa son gobelet de carton et le jeta. Content d'avoir pu bavarder avec vous, mais j'ai un long trajet à faire pour rentrer à Durham.

— Vous retournerez bientôt dans le Maine ?

— Je ne sais pas.

Son regard passa de Lancle — mince, impeccable, tapotant une nouvelle cigarette sur le cadran de sa montre digital — à Bass, homme las, à gueule de lévrier.

— Pensez-vous qu'il ambitionne d'aller plus loin ? S'il gagne son siège à la Chambre des représentants ?

— Seigneur, murmura Bass en roulant des yeux.

— Ces types vont et viennent, dit Lancle, ses yeux bruns

presque noirs ne quittaient pas Johnny. Ils sont comme ces éléments radioactifs, si instables qu'ils ne durent pas longtemps. Des types comme Stillson n'ont pas de base politique, mais bénéficient des coalitions ponctuelles qui ne durent qu'un temps avant de se défaire. Avez-vous observé la foule aujourd'hui ? Des étudiants et des ouvriers acclamant le même personnage. Ce ne sont pas des politiciens, plutôt des pêcheurs à la ligne repentis. Il fera son temps à la Chambre et on n'en parlera plus.

Johnny se posait justement la question.

2

Le lendemain, le côté gauche de son visage était devenu très rouge, presque violet au-dessus du sourcil et jaunâtre jusqu'à la racine des cheveux. Sa paupière avait légèrement enflé, lui donnant une expression comique.

Il fit quelques brasses dans la piscine, puis s'affala sur une chaise. Il se sentait affreusement mal. Il avait à peine dormi quatre heures la nuit dernière, et d'un mauvais sommeil plein de rêves.

— Salut Johnny, comment ça va ?

Il se retourna. Ngo lui souriait gentiment. En tenue de travail, avec ses gants de jardinier. Derrière lui une petite brouette pleine de pousses de pin, leurs racines enveloppées dans une toile.

— Vous allez les planter ?

— Oui, Mr. Chatsworth les aime bien, je lui ai fait remarquer qu'ils n'étaient pas beaux et qu'on en voyait partout et il m'a répondu :

— Plantez-les !

Johnny se mit à rire.

— Avez-vous apprécié la réunion ?

Ngo sourit aimablement.

— Très instructif, dit-il.

Impossible de lire dans son regard. Il n'avait pas l'air d'avoir remarqué la gamme chromatique sur le visage de Johnny.

282

– Oui, très instructif, nous nous sommes bien amusés.

– Parfait.

– Et vous ?

– Pas tellement, dit Johnny en touchant légèrement sa cicatrice du bout du doigt. C'était très sensible.

– Oui, c'est malheureux, vous devriez mettre une escalope dessus, conseilla Ngo toujours souriant.

– Que pensez-vous de lui, Ngo ? Qu'en pense votre groupe ? Votre ami polonais ? Ruth Chen et sa sœur ?

– A la demande de notre professeur, nous n'en avons pas parlé. « Pensez à tout ce que vous avez vu, nous a-t-il recommandé. » Mercredi prochain nous l'écrirons en classe, nous ferons une composition.

– Et que direz-vous dans votre composition ?

Ngo contempla le bleu du ciel. C'était un homme de petite taille, avec quelques fils gris dans les cheveux. Johnny ne savait pratiquement rien de lui. Il ignorait s'il avait été marié, s'il avait des enfants, s'il avait fui le régime communiste, s'il venait de Saigon ou de la campagne. Il n'avait aucune idée de ce que pouvaient être ses convictions politiques.

– Nous avons parlé du rire du tigre, vous vous souvenez ?

– Oui.

– Je vais parler d'un vrai tigre. Quand j'étais petit garçon, il y avait un tigre qui s'approchait très près du village. C'était un « mangeur d'hommes » ou plutôt non, c'était un mangeur de petits garçons, de petites filles, de vieilles femmes, parce que c'était pendant la guerre et qu'il n'y avait pas d'hommes à manger. Pas la guerre que vous connaissez, mais la Seconde Guerre mondiale. Il avait pris goût à la chair humaine, ce tigre. Qui dans cet humble village aurait pu tuer cette épouvantable créature ? L'homme le plus jeune avait soixante ans et un seul bras, et le garçon le plus âgé c'était moi, j'avais sept ans ! Un jour, ce tigre fut retrouvé dans une fosse où le corps d'une vieille femme avait été placé comme appât. C'est une chose terrible que de se servir d'un être humain fait à l'image de Dieu pour tendre un piège. Je le dirai dans ma composition, mais c'est encore plus terrible de ne rien faire alors qu'un tigre emporte les petits enfants. Et je dirai dans ma composition que ce tigre vivait encore quand nous l'avons découvert. Il avait un pieu enfoncé dans le corps, mais il vivait encore.

283

Nous l'avons battu à mort avec des branches et des bâtons. Des vieillards, des vieilles femmes, des enfants si excités et apeurés qu'ils en avaient mouillé leur pantalon. Le tigre était tombé dans le piège et nous l'avons battu à mort avec nos branches, parce que les hommes du village étaient partis combattre les Japonais. Je pense que ce Stillson est comme ce tigre qui avait pris goût à la chair humaine. Je pense qu'un piège devrait lui être tendu, et je crois qu'il y tomberait. Et s'il vit encore, je pense qu'il devrait être battu à mort.

Il sourit gentiment à Johnny dans le clair soleil de l'été.

— Vous pensez vraiment ce que vous dites ?

— Oh oui, dit Ngo.

Il s'exprimait avec insouciance, comme s'il s'agissait d'une chose sans importance.

— Je me demande ce que mon professeur va dire quand je lui remettrai ma composition. (Il haussa les épaules.) Il dira sans doute : « Ngo vous n'êtes pas prêt pour être fait citoyen américain... » Mais je dirai la vérité comme je la sens. Qu'en pensez-vous Johnny ? (Son regard se porta sur la cicatrice, puis se perdit ailleurs.)

— Je pense qu'il est dangereux, dit Johnny. Je... Je sais qu'il est dangereux.

— Vraiment, remarqua Ngo. Oui, je crois que vous le savez. Les gens du New Hampshire le voient comme une espèce de clown. Ils le voient comme tant de gens dans le monde voient Idi Amin Dada, mais pas vous.

— Non, dit Johnny, mais de là à penser qu'il doit être abattu.

— « Politiquement » abattu, dit Ngo en souriant. Je suggère simplement qu'il soit abattu politiquement.

— Et si ce n'est pas possible.

Ngo sourit à Johnny. Il tendit son index, redressa son pouce et fit claquer ses doigts.

— Pan, dit-il doucement.

— Non, dit Johnny surpris de l'enrouement de sa propre voix. Ce n'est jamais la solution, jamais.

— Non ? Moi, je pensais que c'était une solution que vous utilisiez très souvent, vous, les Américains.

Ngo saisit les bras de sa brouette.

— Je dois aller planter ces petits arbres, Johnny. A bientôt.

Johnny le regarda s'éloigner, menu sous son hâle et

chaussé de mocassins, traînant sa brouette pleine de pousses d'arbres ; il disparut au coin de la maison.

Non ! Tuer ne fait qu'aiguiser les dents du dragon, je le crois du fond du cœur.

3

Le premier mercredi de novembre, qui se trouvait être le second jour du mois, Johnny, écroulé dans le fauteuil de son studio, regardait les résultats des élections. Chancellor et Brinkley les commentaient sur une carte électronique, il était près de minuit, et l'écart entre Ford et Carter s'amenuisait. Mais Carter allait gagner, Johnny le savait.

Greg Stillson aussi avait gagné.

Sa victoire avait été largement commentée dans les bulletins locaux, mais les journalistes nationaux l'avaient également annoncée, comparant sa victoire à celle de James Longley, gouverneur indépendant du Maine deux ans auparavant.

Les derniers sondages, déclarait Chancellor, annonçant la victoire du candidat républicain étaient apparemment faux. N.B.C. avait prédit que Stillson, qui faisait campagne coiffé d'un casque de travailleur et dont le programme préconisait l'envoi des déchets dans l'espace, serait élu avec quarante-six pour cent des votes, Fisher en obtiendrait trente et un. Dans ce district où les démocrates ont toujours été sous-représentés, David Bows n'a que vingt-trois pour cent des voix.

« Et voilà, dit Brinkley, le temps de la saucisse est venu pour le New Hampshire... au moins pour les deux années à venir. » Chancellor et lui-même se mirent à rire. Une publicité interrompit l'émission.

Il pensait aux tigres. Entre la réunion de Trimbull et les élections, l'emploi du temps de Johnny avait été bien rempli. Il avait poursuivi son travail, Chuck avait progressé lentement mais sûrement. Il s'était présenté à deux examens et les avait réussis. La saison de football touchait à sa fin, il était pratiquement assuré qu'il ferait partie de l'équipe du New Hampshire. Les visites empressées, inévitables, des démarcheurs de faculté avaient commencé. Il leur faudrait encore attendre un an, car Chuck et son père avaient décidé qu'il passerait une année à Stovington, une bonne école privée du Vermont. Johnny savait qu'à Stovington l'annonce déclencherait une inévitable fantasia. L'école du Vermont ne disposait que de piètres joueurs. On lui donnerait sans doute tous les diplômes possibles et une clef d'or pour ouvrir le dortoir des filles. Johnny savait que c'était là une bonne décision. Une fois prise, la pression sur Chuck s'allégea et ses progrès se firent encore plus évidents.

Fin septembre, Johnny s'était rendu à Pownal pour le week-end, et, après avoir passé toute la soirée du vendredi à regarder son père s'agiter nerveusement et s'esclaffer à des blagues de la T.V. qui n'étaient pas particulièrement drôles, il avait demandé à Herb ce qui le tracassait.

— Rien, répondit celui-ci avec un sourire contraint, frottant ses mains l'une contre l'autre, rien du tout, qu'est-ce qui te fait croire que ça ne va pas ?

— Dis-moi ce qui te tracasse ?

Herb cessa de sourire, mais continua à se frotter les mains.

— Je ne sais pas comment te le dire, Johnny ? Voilà...

— Il s'agit de Charlene ?

— Oui, c'est ça.

— Tu l'as demandée en mariage ?

Herb le regarda avec humilité.

— Que dirais-tu d'avoir une belle-mère à vingt-neuf ans, Johnny ?

Johnny se mit à rire.

— Je dirais que c'est très bien. Félicitations, papa.

Herb sourit, soulagé.

— Merci, ça m'ennuyait un peu de te dire ça, je l'admets. Je sais ce que tu disais quand nous abordions ce sujet avant. Mais on ressent les choses autrement quand on en parle ou quand il faut les vivre. J'aimais ta mère, Johnny, et je crois que je l'aimerai toujours.

— Je le sais, papa.

— Mais je suis seul, et Charlene est seule... et je crois que notre union pourrait être profitable à chacun de nous.

Johnny se leva et embrassa son père :

— Tous mes vœux, je suis sûr que tout ira bien.

– Tu es un bon fils, Johnny.

Herb prit son mouchoir et s'essuya les yeux.

– Nous pensions t'avoir perdu. Moi en tout cas, Vera n'a jamais perdu espoir. Elle a toujours cru. Johnny, je...

– Papa, c'est fini.

– Il le faut, je l'ai sur le cœur depuis un an et demi. J'ai prié pour que ta mort survienne, Johnny. Mon propre fils, j'ai demandé à Dieu de te rappeler à Lui.

Il s'essuya de nouveau les yeux et fit disparaître son mouchoir.

– Viendras-tu à mon mariage, Johnny ?

Johnny sentit en lui quelque chose comme un sanglot.

– Avec plaisir, dit-il.

– Merci, je suis content, je suis soulagé de t'avoir parlé, et je suis le plus heureux des hommes. Ça fait longtemps que ça ne m'est pas arrivé.

– Avez-vous fixé une date ?

– Oui, que penses-tu du 2 janvier ?

– Parfait, dit Johnny, vous pouvez compter sur moi.

– Nous avons une petite ferme en vue à Biddeford, un beau coin, 20 acres ; la moitié en forêt, un nouveau départ.

– Oui, un nouveau départ, c'est très bien.

– Tu ne vois pas d'inconvénient à ce que nous vendions la maison ? demanda Herb anxieusement.

– Un petit serrement de cœur, le rassura Johnny.

– C'est vrai, rien de plus ?

– Non, un petit serrement de cœur.

– Comment vont les choses pour toi ?

– Bien.

– Et ton élève ?

– Formidablement bien, dit Johnny usant d'une expression favorite de son père.

– Combien de temps penses-tu encore y rester ?

– Pour travailler avec Chuck, une année scolaire s'ils veulent bien de moi. Instruire un seul élève a été une expérience nouvelle et agréable. Et c'était vraiment un bon boulot.

– Que feras-tu après ?

Johnny secoua la tête.

– Je n'en sais rien encore. Mais je sais une chose.

– Quoi donc ?

– Je vais aller chercher une bouteille de champagne, et nous allons nous saouler.

En ce soir de septembre, son père lui donna une tape dans le dos.

– Prends-en deux, dit-il.

Il reçut encore une lettre de Sarah Hazlett. Elle et Walt attendaient leur second enfant. Johnny leur envoya ses félicitations et ses vœux pour la campagne électorale de Walt. Il pensait parfois au long et bel après-midi passé avec Sarah. Il s'interdisait néanmoins d'y revenir trop souvent, de peur de voir son souvenir s'altérer sous les projecteurs de la mémoire, telles ces photos qui jaunissent.

Il était sorti quelques fois cet automne, entre autres avec la sœur aînée et divorcée de l'amie de Chuck, mais ces quelques rendez-vous n'eurent aucune suite.

Presque tout son temps libre, il le passa en compagnie de Gregory Ammas Stillson. Il était devenu Stillsonphile. Il gardait trois blocs dans son tiroir, sous ses chaussettes, ses sous-vêtements et ses T-shirts. Ils étaient couverts de notes, de réflexions, de copies d'articles.

Accomplir ce travail pourtant lui déplaisait. Le soir, quand il annotait les coupures de journaux avec son crayon feutre, il se sentait un peu comme Arthur Bremmer ou Mrs. Moore essayant de tuer Gerald Ford. Il savait que si Edgar Lancle, enfant chéri du F.B.I., pouvait le voir, son studio, sa salle de bains seraient investis en un clin d'œil. Un camion de déménagement stationnerait devant sa porte bourré de caméras, de micros et de Dieu sait quoi d'autre.

Il avait beau se dire qu'il n'était pas Bremmer, que Stillson n'était pas chez lui l'objet d'une névrose obsessionnelle, c'était difficile tout de même à avouer après ces longs après-midi passés à la bibliothèque de la fac en quête de vieux journaux et magazines qui lui faisaient remplir le photocopieur de pièces de monnaie ; c'était plus difficile aussi à admettre après les nuits passées à essayer de faire des recoupements. Et c'était tout à fait impossible à admettre quand il se réveillait en sueur à 3 heures du matin.

Le cauchemar était toujours le même, une reprise de la poignée de main échangée avec Stillson à la réunion de Trimbull. L'obscurité soudaine. La sensation d'être dans un tunnel, illuminé par le projecteur se rapprochant à une allure folle. Un projecteur fixé sur un engin de mort. Le vieillard à l'humble regard effrayé assistant à l'incroyable prestation de serment. Les sensations se succédant en un désordre accéléré. Des séries d'images brèves défilant comme un film délirant. Ces images avaient un sens, il le savait pertinemment. Elles racontaient une histoire d'apocalypse, peut-être l'Armaguedon dont parlait Vera Smith avec tant de conviction.

Mais quelles étaient ces images ? Qu'étaient-elles exactement ? Elles étaient floues, impossibles à distinguer nettement, parce qu'elles étaient toujours dissimulées par le voile bleu, un voile bleu parfois strié de jaune comme les rayures du tigre.

La seule image claire apparaissait à la fin du rêve. Les cris d'agonie, l'odeur de mort. Et un tigre solitaire avançant à pas feutrés dans un décor de métal tordu, de verre en fusion, de terre brûlée. Le tigre riait. Il tenait quelque chose dans sa gueule, quelque chose de bleu et jaune dégoulinant de sang.

Il y eut des moments, au cours de l'automne, où il estima que le rêve allait le rendre fou. Rêve idiot, dont la matérialisation était impossible et qu'il aurait fallu se sortir de l'esprit.

Mais parce que c'était impossible, il fit des recherches sur Gregory Stillson et essaya de se persuader qu'il ne s'agissait que d'une lubie sans conséquence, et non d'une dangereuse obsession.

Stillson était né à Tulsa. Son père, ouvrier agricole peu recommandable, travaillait plus dur que ses collègues du fait de sa vigoureuse stature. Sa mère avait dû être jolie autrefois, mais on n'en voyait qu'un pâle reflet sur les deux photos que Johnny avait réussi à dénicher. Si jamais elle le fut, le temps et l'homme auquel elle s'était mariée l'avaient très vite enlaidie. Ces photos ne montraient qu'une femme du Sud en robe imprimée, tenant un bébé, Greg, entre ses bras maigres, et grimaçant dans le soleil.

Son père avait été un homme autoritaire qui s'était peu préoccupé de son fils. Enfant, Greg était pâle et maladif. Il n'existait aucune preuve démontrant que l'enfant avait été maltraité moralement ou physiquement, mais on avait l'impression qu'à la limite il avait vécu les neuf premières années de sa vie dans un climat hostile. Sur la seule photo que Johnny ait trouvée du père et du fils réunis, ils avaient pourtant l'air heureux ; on les voyait tous deux dans un champ, le bras du père passé autour du cou de son fils, dans une pose affectueuse.

Mais en même temps elle était insupportable. Harry

Stillson était en tenue de travail, pantalon de coutil et chemise à deux poches kaki, son chapeau amidonné rejeté en arrière.

Greg fréquenta d'abord l'école de Tulsa. Puis il se rendit à Oklahoma City quand il eut dix ans. L'été précédent, son père avait été tué dans l'explosion d'un derrick. Marie-Lou Stillson était partie pour Okie City avec son fils, parce que sa mère y vivait et que l'industrie de guerre permettait d'y trouver des emplois. C'était en 1942, et des jours meilleurs s'annonçaient.

Greg réussit ses examens jusqu'à la fin du collège, puis commença une série de coups durs, école buissonnière, bagarres, vols. En 1949, il avait été renvoyé des cours pendant deux jours pour avoir déposé des pétards dans les toilettes.

Dans tous ses démêlés avec les autorités, Marie-Lou Stillson prenait le parti de son fils. Le bon temps – enfin du point de vue de Stillson – prit fin en 1945 quand la guerre se termina. Sa grand-mère mourut, ne leur laissant qu'une petite maison. Sa mère travailla pendant un temps dans un bar comme serveuse. Quand son fils avait des ennuis, elle payait les amendes sans trop chercher à savoir.

Le petit garçon pâle et maladif que son père avait surnommé « le gringalet » avait changé. Alors que Greg avançait en âge, il prenait la corpulence de son père. Il ne fit pas de sport à l'école, mais se procura un équipement de gymnastique et un jeu de poids et haltères. Le gringalet devint une redoutable baraque.

Johnny supposait qu'il avait dû se trouver souvent à deux doigts de quitter l'école, et que seule la chance lui avait évité le renvoi. Si seulement il avait été vraiment mis à la porte, pensait souvent Johnny. Il en aurait terminé avec toutes ses préoccupations, car une personne auteur d'un délit ne peut briguer un poste important.

Stillson passa ses examens ; il fut classé parmi les derniers, bien sûr ; nous étions en juin 1951. Cette réussite, cependant, prouvait qu'il pouvait suivre sans problème un enseignement supérieur. Il avait de la chance, la langue bien pendue et une volonté de battant. Il travailla quelque temps dans une station-service. Puis, en août de la même année, Greg Stillson rencontra Jésus au cours d'une cérémonie à Wildwood Green. Il quitta son emploi et entra dans les affaires comme faiseur de pluie « avec l'aide de Jésus-Christ Notre Seigneur ».

Par un heureux concours de circonstances, l'été fut un des plus secs qu'on ait connus depuis longtemps en Oklahoma, les récoltes étaient pratiquement perdues, le bétail suivrait bientôt, si les puits venaient à tarir. Greg avait été invité à une réunion de l'association des éleveurs. Johnny avait mis la main sur toute une série d'articles des périodiques régionaux qui rendaient compte de la chose, ce fut un des points culminants de la carrière de Greg Stillson. Aucun papier ne pouvait être formellement démenti, et Johnny comprit bien vite pourquoi. Ils allaient dans le sens des mythes américains. Ceux des Davy Crockett, des Pecos Bill, Paul Bunyan. Quelque chose s'était passé, c'était indéniable. Mais l'exacte vérité ne fut jamais dévoilée.

Une chose néanmoins semble certaine. Cette réunion de l'Association des éleveurs dut être une cérémonie assez étrange. Ils avaient invité plus de deux douzaines de faiseurs de pluie, « sorciers » venus de plusieurs localités de l'Est, de l'Ouest, du Sud. Pour la moitié ils étaient noirs. Deux étaient indiens – un métis Pawnie, un apache pur sang – et un mexicain. Greg était un des neuf blancs présents et le seul à habiter la ville.

Les éleveurs écoutèrent les propositions des faiseurs de pluie, un par un. Les sorciers se partagèrent en deux groupes. Ceux qui voulaient recevoir une avance, et ceux qui voulaient être payés entièrement avant le miracle.

Quand le tour de Greg arriva, il se leva, glissa ses pouces dans les passants de sa ceinture et on suppose qu'il leur déclara : « Je pense que vous savez que je ne suis pas devenu un faiseur de pluie parce que j'ai donné mon âme à Jésus. Avant, j'étais enfoncé dans le péché et les chemins qui y conduisent. Maintenant, un des moyens les plus sûrs d'y arriver, nous l'avons vu ce soir, est habituellement représenté par le dollar. »

Les éleveurs se montrèrent intéressés. A dix-neuf ans, Stillson était déjà doué pour le baratin. Et il leur faisait une offre qu'ils ne pouvaient pas décliner ; tout ça parce qu'il venait de retrouver la foi et qu'il savait que dans l'argent se trouve l'origine du mal. Il ferait tomber la pluie, et ils le paieraient après ce qu'ils jugeraient constituer de bons résultats.

Il fut plébiscité par les éleveurs, et deux jours plus tard, à genoux sur la plate-forme d'un camion, sillonnant lentement routes et chemins de l'Oklahoma, vêtu de noir, coiffé du chapeau des prédicateurs, il priait pour la venue de la pluie, sa supplique amplifiée par deux haut-parleurs branchés sur une batterie. Des gens venaient le voir par milliers.

La fin de l'histoire est prévisible, à défaut d'être satisfaisante. Le ciel se couvrit de nuages au cours de l'après-midi du deuxième jour, et le matin suivant la pluie tomba. Elle tomba trois jours et deux nuits, les inondations noyèrent quatre personnes ; toutes les maisons, avec la volaille perchée sur les toits, furent balayées par la rivière Green Wood, les puits se remplirent et le bétail fut sauvé. L'Association des éleveurs de l'Oklahoma estima que de toute façon la pluie serait venue. Ils firent néanmoins la quête pour Greg lors de la réunion suivante, et le jeune faiseur de pluie reçut la somme royale de 17 dollars.

Greg ne se laissa pas démonter. Il utilisa les 17 dollars à faire publier un avis dans l'*Oklahoma City Herald*. L'avis précisait qu'une mésaventure semblable était arrivée à un dératiseur dans la ville de Hamblin. Bon chrétien, expliquait-il dans son avis, et sachant qu'il n'avait aucun recours possible contre un groupe aussi structuré et puissant que l'Association des éleveurs de l'Oklahoma, il n'éprouvait aucune amertume. Mais l'honnêteté est l'honnêteté. Sa vieille mère était à sa charge, et elle était en mauvaise santé. L'annonce suggérait qu'il avait prié pour une bande de prétentieux, riches et ingrats, ces mêmes hommes qui avaient arraché de pauvres gens à leur terre dans les années 30. Il laissait également entendre qu'il avait sauvé pour des dizaines de milliers de dollars de bétail et avait reçu 17 dollars pour sa peine. Comme il était bon chrétien, ce genre d'ingratitude ne le préoccupait pas, mais peut-être que les bons citoyens de cette ville y réfléchiraient. Les bien-pensants pouvaient envoyer leurs contributions boîte postale 47.

Johnny se demandait combien Greg Stillson avait réellement perçu. Les estimations différaient. Mais cet automne-là, Greg circula en ville dans une nouvelle Mercury. Trois années d'arriérés d'impôts pour la petite maison furent réglés, et Mary-Lou (qui n'était pas en si mauvaise santé que ça et n'avait jamais que quarante-cinq ans) s'épanouit dans un manteau de ragondin tout neuf. Stillson avait à l'évidence découvert un des principaux ressorts qui mènent le monde. « Si ceux qui possèdent tout ne paient pas, ceux qui n'ont presque rien le feront. Selon le même principe, les hommes politiques sont assurés qu'il y aura toujours de jeunes hommes pour servir de chair à canon. »

Les éleveurs se rendirent compte qu'ils avaient mis la main sur un nid de frelons. Quand certains de leurs membres arrivèrent en ville, des rassemblements se formèrent et ils se firent huer. Ils furent dénoncés du haut des chaires des églises, et ils éprouvèrent des difficultés soudaines pour vendre le bétail que la pluie avait sauvé.

En novembre de cette année mémorable, deux jeunes types, certainement engagés par l'Association, équipés de coups-de-poing américains et de 32 nickelés, s'étaient postés sur le pas de la porte de Greg Stillson, et ce afin de lui suggérer aussi énergiquement que possible d'aller voir ailleurs si le climat lui convenait mieux. Tous deux finirent à l'hôpital, l'un d'eux avec une commotion cérébrale, l'autre ayant perdu quatre dents ; ils avaient été retrouvés sans pantalon au coin de l'immeuble de Greg, leurs coups-de-poing américains insérés dans une partie de leur anatomie le plus souvent associée à la position assise. Pour l'un des deux, une petite intervention chirurgicale fut rendue obligatoire.

L'Association comprit la leçon et, à la réunion de décembre, un chèque de 700 dollars fut envoyé à Greg Stillson.

Il avait obtenu ce qu'il voulait.

En 1953, lui et sa mère partirent pour le Nebraska. Le métier de faiseur de pluie ne faisait plus recette. Ils s'installèrent à Omaha où Greg monta une entreprise de peinture en bâtiment qui devait faire faillite deux ans plus tard. Il eut plus de chance en vendant des bibles. Il sillonna la grande plaine, partageant ses repas avec des ouvriers agricoles, des familles de fermiers, racontant l'histoire de sa conversion et vendant des bibles, des jésus lumineux en plastique, des livres de prières, des disques, des tracts et un livre de poche violemment réactionnaire : *La Conspiration judéo-communiste contre nos États-Unis.* En 1957, la vieille Mercury fut remplacée par une Ford Wagon.

En 1958, Mary-Lou Stillson mourut d'un cancer, et à la fin de la même année Greg Stillson abandonna la vente des bibles et partit vers l'est. Il passa une année à New York, avant de se rendre à Albany. Son année new-yorkaise fut consacrée à l'étude de placements. Une activité qui, avec la peinture en bâtiment, ne lui rapporta pas un sou. Puis, jusqu'en 1965, il travailla pour Prudential comme courtier en assurance et ne connut que des succès médiocres, peu de résultats et le renoncement à la foi. Pendant ces cinq ans, le fougueux et tapageur Greg Stillson d'autrefois donna l'impression d'hiberner. Au cours de sa carrière mouvementée, la seule femme de sa vie fut sa mère. Il ne se maria jamais et n'eut même pas de liaison. Tout au moins Johnny n'en trouva pas trace.

En 1965, Prudential lui offrit une place à Ridgeway dans le New Hampshire, et Greg l'accepta. A peu près au même moment, sa période d'hibernation parut prendre fin. C'était l'époque de la minijupe et du « Faites l'amour pas la... ». Greg devint actif dans le milieu des affaires de Ridgeway. Il fréquenta la Chambre de commerce et le Rotary Club. Il trouva l'occasion de montrer son zèle en 1967, au cours de discussions sur les parcmètres. Pendant six ans, des querelles avaient eu lieu à leur sujet. Greg suggéra qu'on enlève les parcmètres et qu'on les remplace par des tirelires. Les gens paieraient ce qu'ils voudraient. Certains jugèrent l'idée complètement farfelue. Greg leur répondit qu'ils seraient peut-être surpris. Oui monsieur ! Il sut se montrer persuasif. Finalement, la ville adopta sa proposition, et le flot de monnaie qui tomba dans les tirelires surprit en effet tout le monde sauf Greg. Il avait découvert le truc des années auparavant.

En 1967, il fit de nouveau parler de lui lorsqu'il préconisa, dans une longue lettre soigneusement rédigée et adressée au journal de Ridgeway, de mettre les drogués au travail sur les chantiers municipaux, les jardins, les pistes cyclables et aussi à l'arrachage des mauvaises herbes. *Certains jugèrent l'idée complètement farfelue.* Greg leur conseilla de tenter l'opération et de laisser tomber si ça ne marchait pas. La ville tenta l'opération. Un junk réorganisa entièrement la bibliothèque, renonçant à l'ancien système de classement pour en adopter un autre plus efficace et sans aucuns frais pour la ville. Des hippies, arrêtés au cours d'une H party, aménagèrent le jardin public en aire de spectacle, avec un bassin et un terrain de jeu. Comme le fit remarquer Greg, la plupart de ces drogués s'abandonnaient à leurs démons au collège, ce qui n'était pas une raison pour ne pas utiliser cette science qu'ils y avaient acquise.

294

Tout en bouleversant les mœurs de sa ville d'adoption, Greg écrivait des lettres au *New York Times*. Soutenant la position des faucons dans la façon de conduire la guerre du Vietnam, réclamant des peines sévères contre ceux qui s'adonnaient à l'héroïne, le retour de la peine de mort spécialement pour les trafiquants de drogue. Au cours de sa campagne, il avait clamé à plusieurs occasions qu'il était contre la guerre, mais la réalité de son comportement dénonçait ses affirmations.

En 1970, Greg Stillson avait ouvert son propre cabinet d'assurances, qui fut une réussite. En 1973, associé à trois hommes d'affaires, il avait financé et construit un centre commercial dans la banlieue de Capital City, le siège du district dont il était maintenant le représentant. C'était l'année de la pénurie d'essence et aussi celle où il commença à conduire une Lincoln Continental. Ce fut aussi l'année où il se présenta à la mairie de Ridgeway.

Le mandat de maire durant deux ans, et deux ans auparavant, en 1971, républicains et démocrates d'une ville assez importante (8 500 habitants) de la Nouvelle-Angleterre lui avaient demandé de se présenter. Il avait décliné leur offre d'un sourire. En 73, il s'était présenté comme indépendant, contre le candidat républicain, honnête et populaire, mais vulnérable à cause de son soutien au président Nixon, et contre un démocrate insignifiant. Pour la première fois il se coiffa de son casque ; son slogan était : « Construisons un meilleur Ridgeway ! » Il fut porté par un raz de marée. Un an plus tard, dans le Maine, État voisin du New Hampshire, les électeurs se détournèrent du démocrate George Mitchell et du républicain James Erwin pour élire, au poste de gouverneur, un agent d'assurances de Lewiston, James Longley.

La leçon de Gregory Ammas Stillson avait été profitable.

Son enquête avait permis à Johnny de se faire une opinion personnelle sur le personnage, si précise qu'en entendant Chancellor et Brinkley commenter les résultats il aurait pu les éclairer.

Premièrement, Greg Stillson n'aurait pas dû se faire élire. Ses promesses électorales n'étaient que d'aimables plaisanteries. Son passé était douteux, son éducation aussi. Il arrêta ses études à douze ans et jusqu'à 1965 il n'avait été qu'une sorte de vagabond. Dans un pays où les électeurs ont décidé que les juristes feraient les lois, les prétentions de Stillson auraient dû le desservir. Il n'était pas marié, et sa vie privée était des plus fantaisistes.

Deuxièmement, la presse l'avait pratiquement ignoré. Au cours d'une année électorale qui avait vu Wilbur Mills reconnaître l'existence d'une maîtresse dans sa vie, Wayne Hays perdre son siège à cause de la sienne, qui avait vu les plus puissants menacés, les journalistes auraient pu poursuivre leur croisade contre Stillson. Sa personnalité pourtant trouble semblait n'avoir suscité qu'un amusement admiratif et n'avait agacé personne hormis Johnny Smith. Ses gardes du corps en Harley Davidson, personnages peu recommandables, et la manière dont les gens étaient malmenés au cours de ses réunions n'avaient su déclencher aucun scandale. Au cours d'une séance électorale à Capital City, une jeune fille de dix-huit ans avait eu un bras cassé. Sa mère jura qu'un de ces motards l'avait fait tomber de l'estrade alors qu'elle essayait d'y grimper pour obtenir une signature du grand homme. Résultat, seul un entrefilet dans le journal local : « Une jeune fille blessée à une réunion électorale conduite par Stillson. » Et le tout fut vite oublié.

Stillson avait fait une opération financière que Johnny jugeait trop belle pour être honnête. En 1975, Stillson avait payé 11 000 dollars d'impôts sur un revenu de 36 000 dollars. Il expliquait que son revenu provenait uniquement de son cabinet d'assurances et de son salaire de maire. Il n'était pas question du centre commercial de Capital City. Aucune explication sur le fait que Stillson vivait dans une maison d'une valeur de 86 000 dollars dont il était propriétaire.

Il y avait aussi sa fonction de maire. Sa performance

dépassa largement ce que sa campagne laissait espérer. C'était un homme rusé et prudent, avec un sens fruste mais aigu de la politique. Il avait terminé son mandat en 1975, avec un excédent fiscal pour la première fois en dix ans ; il était fier de son organisation du parking et de ce qu'il appelait son opération « Hippies au travail ». Ridgeway avait été également une des premières villes à organiser un comité du Bicentenaire. Une société qui fabriquait des classeurs s'était installée à Ridgeway et, en période de récession, le chômage local n'atteignait que le taux enviable de 3,2 pour cent.

Absolument admirable.

D'autres choses qui s'étaient passées pendant le mandat de Stillson gênaient Johnny.

Les fonds pour la bibliothèque avaient été ramenés de 11 500 dollars à 8 000, puis au cours de la dernière année à 6 500. Dans le même laps de temps, le budget de la police municipale avait augmenté de quarante pour cent. Trois nouveaux véhicules blindés avaient été commandés, plus des équipements anti-émeutes. Deux nouveaux officiers avaient été nommés, et le conseil de la ville avait accepté sa proposition d'indemniser à cinquante pour cent l'achat d'une arme personnelle par les policiers. Il en résulta que plusieurs policiers de cette paisible petite ville de New Hampshire firent l'acquisition de 357 Magnum, l'arme immortalisée par l'inspecteur « Dirty » Harry. Pendant le mandat de Stillson, un club de jeunes avait été fermé, et un couvre-feu, soi-disant volontairement observé mais sous la surveillance de la police, avait été institué pour les moins de seize ans ; et les fonds de la protection sociale avait diminué de trente-cinq pour cent.

Oui, il y avait beaucoup de choses concernant Greg Stillson qui gênaient Johnny.

Un père dominateur, une mère trop indulgente, les réunions politiques qui ressemblaient surtout à des concerts. rock, la foule manipulée, les gardes du corps...

Depuis Sinclair Lewis, les gens avaient décrié et anéanti toutes tentatives d'instauration d'un État fasciste en Amérique, et leur vigilance avait été efficace. Toutefois, il y avait eu Huey Long là-bas en Louisiane, mais Huey Long avait...

« Avait été assassiné. »

Johnny ferma les yeux et revit Ngo tendant le doigt. Pan, pan, pan. Tigre, tigre étincelant dans les forêts de la nuit.

Mais tu n'aiguiseras pas les dents du dragon, non, à moins que tu ne veuilles te retrouver avec Frank Dodd dans son imperméable de vinyl, avec les Oswald, les Shiran et les Bremmer, le syndicat des cinglés de ce monde. Garde tes notes de paranoïaque à jour, rédige-les en vrac spontanément. Quand les choses iront en s'aggravant, tu pourras toujours t'acheter un Magnum 357.

Johnny Smith rencontra Charles Manson :

– Heureux de vous connaître, Johnny, tout ce que vous avez écrit dans ces notes m'intéresse. Je veux que vous fassiez la connaissance de mon gourou. Johnny, voilà Charlie. Charlie, voilà Johnny. Quand vous en aurez fini avec Stillson, nous allons nous unir et éliminer ce qui reste de ces porcs.

Sa tête tournait, l'inévitable migraine revenait. Ça se terminait toujours ainsi. Il était temps d'aller dormir, et « je vous en prie, mon Dieu, pas de rêves ».

Restait « la question ».

Il l'avait inscrite dans un de ses bloc-notes et y revenait souvent. Il l'avait écrite en belles lettres et entourée d'un triple cercle, comme pour l'emprisonner. La question était la suivante : « Si vous pouviez utiliser la machine à remonter le temps et revenir en 1932, assassineriez-vous Hitler ? »

Johnny consulta sa montre. 1 heure moins le quart. On était le 3 novembre. Les élections du Bicentenaire faisaient partie de l'histoire. L'Ohio n'avait pas encore fait son choix. Mais Carter menait la course. Sans discussion possible, mon bébé... Fini le remue-ménage, perdants et gagnants des élections déjà désignés... Gerald Ford pouvait commencer sa traversée du désert.

La grande maison était plongée dans l'obscurité. Mais l'appartement de Ngo, au-dessus du garage, restait éclairé. Ngo qui serait bientôt citoyen américain... bon citoyen soucieux de justice... Johnny alla se coucher. Au bout d'un long moment, il s'endormit.

Et rêva d'un tigre qui riait.

CHAPITRE 22

1

Herb Smith épousa Charlene Mac Kenzie en secondes noces le 2 janvier 1977 dans l'après-midi, comme prévu. La cérémonie eut lieu à l'église de Soutnest Bend. Le père de la mariée, un vieux gentleman de quatre-vingts ans presque aveugle, assistait à la cérémonie. Johnny, lui, se tenait près de son père et sortit l'anneau au bon moment. Ce fut un beau mariage.

Sarah Hazlett se trouvait là aussi avec son mari et son fils ; elle était enceinte et radieuse, l'image même du bonheur et de l'épanouissement. En la regardant, Johnny fut saisi par un brutal sentiment de jalousie qui le laissa sans force. Mais bientôt tout rentra dans l'ordre, et il put même aller bavarder en leur compagnie.

Pour la première fois, il rencontrait le mari de Sarah. C'était un grand et bel homme avec une moustache fine et des cheveux prématurément gris. Sa tournée électorale avait été un succès, et il était intarissable sur la question, les entretenant de la difficulté de travailler avec un gouverneur indépendant, tandis que Denis s'accrochait à la jambe de son pantalon en réclamant à boire.

Sarah parlait peu, mais Johnny sentait son regard posé sur lui, ce n'était pas désagréable, un peu triste peut-être...

L'alcool coulait à flots, et Johnny but plus que de raison. A cause de Sarah sans doute, ou bien à cause du visage radieux de Charlene qui semblait prouver que Vera Smith était bel et bien oubliée, et pour toujours. Quand il se retrouva près de Hector Mac Kenzie, le père de la mariée, environ un quart d'heure après le départ des Hazlett, il fut heureux de cette compagnie.

Le vieillard était assis dans un coin, à côté des restes du gâteau de mariage, ses mains noueuses posées sur sa canne. Il portait des lunettes noires, dont une branche avait été réparée avec du chatterton noir. A côté de lui, deux bouteilles de bière vides et une autre à moitié pleine. Il examina Johnny.

— Vous êtes le fils de Herb, n'est-ce pas ?

— Oui.

Après un second examen plus appuyé, Hector Mac Kenzie lui déclara :

— Vous n'avez pas l'air d'aller bien.

— Trop de nuits blanches, sans doute.

— Vous avez besoin de boire quelque chose, un remontant.

— Vous avez bien fait la Première Guerre mondiale, n'est-ce pas ? demanda Johnny (de nombreuses médailles, y compris la croix de guerre, étaient épinglées sur le costume de serge bleu du vieillard).

— C'est exact, dit Mac Kenzie en s'animant, j'ai servi sous Black Jack Pershing en 1917 et 18. Dans la boue et la merde. Le vent soufflait et la merde ruisselait. Bois Belleau, mon gars, Bois Belleau. Ce n'est plus qu'un nom dans les livres d'histoire. Mais j'y étais, j'ai vu des hommes y mourir. Le vent soufflait, la merde était partout, et au-dessus des tranchées volaient ces maudits corbeaux.

— Et Charlene dit que votre fils...

— Buddy, oui, il aurait été votre oncle par alliance. L'aimions-nous ? Je pense que oui. Il s'appelait Joe, mais tout le monde l'appelait Buddy presque depuis sa naissance. La mère de Charlene est morte le jour où le télégramme est arrivé.

— Mort au combat, c'est ça ?

— Oui, c'est ça, dit doucement le vieillard. A Saint-Lô en 1944. C'est en France comme le Bois Belleau. Ils ont achevé Buddy à bout portant ; les nazis.

— Je travaille sur un essai, dit Johnny éprouvant un léger vertige. Il avait réussi à orienter la conversation dans le sens qui l'obnubilait. J'espère le vendre à *Atlantic News, Harpers...*

— Vous êtes écrivain ?

— Eh bien, j'essaie, dit Johnny qui regrettait déjà de s'être laissé aller (oui, je suis un écrivain. J'écris dans mes bloc-notes après le coucher du soleil). L'essai porte sur Hitler.

— Hitler ?

— Eh bien, supposons que vous puissiez utiliser une machine à remonter le temps et revenir en 1932. En

300

Allemagne. Et supposons que votre chemin croise celui d'Hitler. L'assassineriez-vous ? Ou lui laisseriez-vous la vie sauve ?

Les lunettes noires opaques du vieillard se relevèrent vers le visage de Johnny. Et Johnny ne ressentit plus ni ivresse, ni pédanterie, ni malignité. Tout semblait dépendre de ce que ce vieil homme allait dire.

– C'est une plaisanterie ?

– Non ! pas du tout.

Une des mains d'Hector Mac Kenzie lâcha la canne, se glissa dans la poche de son pantalon et y fouilla interminablement. Finalement elle en sortit armée d'un canif à manche en os poli comme de l'ivoire. L'autre main s'agita, cherchant à en faire sortir la lame. Elle brilla cruellement dans la lumière du hall de l'église. Un petit couteau qui avait accompagné en France, en 1917, un jeune soldat ; un jeune soldat d'une armée décidée à arrêter les salopards de boches, tueurs de bébés à coups de baïonnette. Ces jeunes gars avaient été mitraillés, avaient attrapé la dysenterie et la fièvre ; ils avaient avalé des gaz asphyxiants. Et tout ça pour rien, puisqu'il avait fallu recommencer.

On entendait de la musique, des gens qui riaient dans le lointain, des gens qui dansaient. Johnny regarda la lame nue, hypnotisé par le jeu de la lumière sur le tranchant affûté.

– Vous voyez ça ? dit doucement Mac Kenzie.

– Oui, souffla Johnny.

– Je le planterais dans son noir cœur d'assassin, aussi profondément que je le pourrais, puis je le retournerais dans la plaie. Il fit tourner la lame dans sa main. Il sourit, exhibant des gencives de bébé dotées d'une unique dent jaune.

– Mais avant, ajouta-t-il, j'enduirais la lame de poison.

2

Tuer Hitler ? dit Roger Chatsworth, exhalant la fumée par petites bouffées.

Tous deux, chaussés de raquettes, progressaient dans les bois derrière la maison de Durham. Tout était silencieux.

Nous étions début mars, mais cette journée était aussi calme et froide qu'en plein janvier.

– Oui, c'est ça.

– Question intéressante, dit Roger, non, je crois au contraire que j'entrerais au parti et que j'essaierais de changer les choses de l'intérieur. Il aurait peut-être été possible de le purger, de le réformer, en sachant ce qui allait s'y fabriquer.

Johnny pensa aux queues de billard sciées, au regard sadique de Sonny Elliman.

– Vous auriez pu aussi vous faire tuer, dit-il, les types faisaient autre chose que de chanter après avoir bu de la bière, en 1933.

– Oui, c'est assez vrai. (Il releva un sourcil interrogateur et demanda à Johnny :) Et vous, qu'auriez-vous fait ?

– Je n'en sais vraiment rien.

Roger abandonna le sujet.

– Vos parents ont-ils passé une agréable lune de miel ?

Johnny sourit.

– Ils sont allés à Miami, à l'hôtel, Charlene s'y sentait comme chez elle, et mon père a attrapé un coup de soleil, ils ont l'air très heureux.

– Ont-ils vendu les maisons ?

– Oui, les deux le même jour, et au prix qu'ils en demandaient. Maintenant, si ce n'était pas cette maudite dette de l'hôpital suspendue au-dessus de ma tête, j'aurais le vent en poupe.

– Johnny...

– Oui...

– Rien, rentrons, j'ai reçu du Chivas Regal, si vous voulez y goûter ?

– Je crois que oui.

3

Ils lisaient Jude l'obscur et Johnny avait été surpris par l'attitude de Chuck. Il avait accepté cette lecture après quelques grognements et ronchonnements durant les quarante premières pages. Il lui avoua qu'il avait l'intention d'entreprendre un autre livre lorsqu'il en aurait fini avec Hardy. Pour la première fois de sa vie, il lisait par plaisir ! Et, tel un puceau qui vient d'être initié aux joies du sexe par une femme plus âgée, il en redemandait.

Pour l'instant le livre était ouvert, retourné sur ses genoux. Ils se trouvaient près de la piscine vide, et tous deux portaient des vestes légères. Des nuages blancs filaient dans le ciel, s'unissant avant de se répandre en pluie. Le printemps n'était pas loin. Nous étions le 16 avril.

– Encore une question piège ? demanda Chuck.

– Pas du tout.

– Bon, est-ce que je serais arrêté ?

– Pardon ? C'était une question qu'aucun autre n'avait posée.

– Si je l'avais tué, me pendraient-ils à un réverbère ?

– Je n'en sais rien, répondit Johnny, mais je pense en effet qu'ils vous arrêteraient.

– Je ne pourrais pas revenir dans un monde meilleur ? au bon vieux 1977 ?

– Non, je ne crois pas.

– Peu importe, je l'aurais tué de toute façon.

– Tout simplement.

– Oui, dit Chuck en souriant, je me serais muni de ces ampoules qu'on dissimule dans une dent creuse, remplie d'un poison super-actif, ou d'une lame de rasoir dans mon col de chemise, ou une chose dans ce goût-là. Et s'ils m'avaient arrêté, ils n'auraient pas pu me torturer. Mais je l'aurais fait. Sinon, j'aurais trop redouté que tous ces gens qu'ils avaient fait mourir ne viennent me hanter dans ma tombe.

– Dans votre tombe, dit Johnny mal à l'aise.

– Ça ne va pas, Johnny ?

Il fit un effort pour rendre son sourire à Chuck.

– Tout va bien, juste une petite palpitation.

Chuck reprit sa lecture de Jude sous le ciel bas.

Mai.

L'odeur du foin coupé était de retour avec celle du chèvrefeuille et des roses. En Nouvelle-Angleterre, le printemps, qui n'a pas de prix, ne dure vraiment qu'une semaine ; puis avec les vacanciers et le bourdonnement des motos l'été arrive d'un seul coup.

Par une soirée de cette semaine de printemps, Johnny contemplait la nuit douce et profonde. Chuck était sorti avec son amie du moment, plus intellectuelle que la demi-douzaine qui l'avait précédée (elle lisait, avait-il confié à Johnny).

Ngo était parti. Il avait obtenu son statut de citoyen américain et trouvé un emploi de jardinier dans un hôtel en Californie. Il avait répondu à une annonce et avait été engagé sur-le-champ. Avant de partir, il était venu voir Johnny.

– Vous vous en faites trop au sujet des tigres qui n'existent pas. Le tigre a des rayures qui se confondent avec la végétation et il passe inaperçu. Ce qui fait que l'homme inquiet voit des tigres partout.

– Il y a un tigre, lui avait répondu Johnny.

– Oui, sans doute, lui concéda Ngo.

CHAPITRE 23

1

Le 23 juin, Chuck passa ses examens. Johnny, vêtu de son plus beau costume, se trouvait dans l'amphithéâtre surchauffé en compagnie de Roger et de Shelley Chatsworth. Shelley pleurait.

Il y eut ensuite une réception chez les Chatsworth. Journée à l'humide chaleur accablante. De gros nuages ventrus, amoncelés à l'ouest, se déplaçaient lentement à l'horizon, mais ne semblaient pas vouloir se rapprocher. Chuck, accompagné de son amie Patty Stratchan, vint vers Johnny, afin de lui montrer le cadeau de ses parents, une nouvelle montre Pulsar.

— Je leur avais dit que je voulais le robot de Star Wars R2-D2, mais c'est tout ce qu'ils ont pu trouver, dit Chuck, et Johnny se mit à rire.

Ils bavardèrent un moment, puis Chuck brusquement :

— Je veux vous remercier, Johnny. C'est grâce à vous que j'ai réussi.

— Non, pas du tout, répondit Johnny un peu inquiet parce qu'il voyait Chuck aux bords des larmes. Le talent finit toujours par l'emporter.

— C'est ce que je ne cesse de lui dire, intervint l'amie du garçon.

Derrière ses lunettes, une fraîche et élégante beauté se laissait pressentir.

— Peut-être, peut-être. Mais je sais tout de même ce que je vous dois. Mille mercis, dit Chuck passant son bras autour de Johnny et l'étreignant.

D'un seul coup, une avalanche d'images aveuglantes, brutales, fit vaciller Johnny qui se redressa en se tenant la tête comme si Chuck l'avait frappé au lieu de l'étreindre.

— Non, dit-il. Jamais ça, partez d'ici tous les deux.

Chuck recula, gêné. Il avait ressenti quelque chose, quelque chose de froid, de sombre, d'incompréhensible. Il ne voulait absolument plus toucher Johnny. Plus jamais il ne l'approcherait. On aurait cru qu'il venait de se découvrir gisant dans son propre cercueil et d'assister à la fermeture de celui-ci.

– Johnny, dit-il la voix altérée, qu'est-ce...

Roger s'approchait avec les boissons, il s'arrêta surpris ; Johnny regardait par-dessus l'épaule de Chuck vers les orages lointains, le regard vague et égaré.

– Il faut partir d'ici, dit-il, il n'y a pas de paratonnerre.

– Johnny... Chuk regarda son père, effrayé. C'est comme s'il avait une crise ou quelque chose comme ça...

– Des éclairs, cria Johnny d'une voix forte.

Les invités se retournèrent vers lui. Il étendit ses mains, le feu, les portes défoncées, les gens qui brûlent dégagent une atroce odeur.

– Qu'est-ce qu'il raconte ? cria l'amie de Chuck.

Les conversations s'étaient arrêtées. Tous regardaient Johnny, interdits, tenant en l'air assiettes et verres.

– Johnny, Johnny, que se passe-t-il ? (Roger fit claquer ses doigts devant les yeux égarés de Johnny. Le tonnerre grondait à l'ouest, la voix des géants ?) Que se passe-t-il ?

La voix de Johnny s'éleva, claire et calme, s'adressant à chacune des cinquante personnes présentes, hommes d'affaires et leurs épouses, enseignants, le gratin de la classe moyenne de Durham.

– Gardez votre fils à la maison ce soir, ou il sera brûlé vif avec le reste de l'assistance. Il va y avoir un incendie, un terrible incendie. Éloignez-le de Chez Cathy. La foudre va s'y abattre et tout brûlera avant que la première voiture de pompiers n'arrive. On retrouvera six ou sept corps calcinés, enchevêtrés près de la sortie, on ne pourra les identifier que grâce à leur prothèse dentaire, c'est...

Pathy Stratchan se mit à crier, les poings pressés sur sa bouche ; ses lunettes tombèrent sur la pelouse, ainsi que les glaçons qui brillaient tels d'énormes diamants. Elle tituba un instant et s'évanouit au milieu des volants pastel de sa robe de cocktail. Sa mère se précipita, hurlant à l'adresse de Johnny :

– Que se passe-t-il ? Pour l'amour de Dieu, que se passe-t-il ?

Chuck surveillait Johnny mortellement pâle. Peu à peu, le regard de ce dernier commença à s'éclaircir. Il jeta un coup d'œil autour de lui :

306

– Je suis désolé, dit-il.

La mère de Patty était agenouillée aux côtés de sa fille, lui soulevant la tête, tapotant ses joues. La jeune fille commença à remuer et à gémir.

– Johnny, murmura Chuck, et sans attendre de réponse il se précipita vers son amie.

Tous restaient silencieux et tous le regardaient. Ils le regardaient parce que de nouveau la « chose » s'était produite. Ils le dévisageaient de la même manière qu'autrefois infirmières et journalistes l'avaient dévisagé. Tels des corbeaux alignés sur un fil de téléphone, ils tenaient leurs verres, leurs assiettes et le fixaient comme s'il était fou, comme si tout à coup il avait ouvert sa braguette et s'était exposé à leurs regards.

Il avait envie de se sauver, de se cacher, de vomir.

– Johnny, dit Roger en passant un bras autour de ses épaules, venez à la maison...

Le tonnerre grondait au loin.

– Où est-ce, Chez Cathy ? demanda brusquement Johnny en résistant au geste de Roger. Ce n'est pas une maison quelconque, il y a une enseigne à la porte, où est-ce ?

– Emmenez-le, s'écria la mère de Patty ; il va encore la traumatiser.

– Venez, Johnny.

– Mais...

– Venez !

Il se laissa conduire jusqu'à la maison des invités ; le crissement de leurs pas sur le gravier était tel qu'on n'entendait rien d'autre. Quand ils eurent atteint la piscine, les conversations reprirent à voix basse.

– Où est-ce, Chez Cathy ? redemanda-t-il.

– Comment pouvez-vous l'ignorer ? répliqua Roger, vous avez l'air de tout savoir, au point d'effrayer cette malheureuse Patty Stratchan et de la faire évanouir.

– Je ne vois pas. Où est-ce ?

– Montons d'abord.

– Je ne suis pas malade !

– Une chose alors, dit doucement Roger. (Il lui parlait sur le ton apaisant qu'on adopte lorsque l'on s'adresse à un dément.)

Cette voix effraya Johnny. Et le mal de tête commença. Il résista furieusement à Roger, puis finit par s'avouer vaincu. Ils gravirent les marches et entrèrent.

307

– Ça va mieux ? demanda Roger.

– Qu'est-ce que c'est Chez Cathy ?

– C'est un restaurant à la mode, et les fêtes organisées après les examens y sont une tradition, Dieu sait pourquoi, vous ne voulez vraiment pas d'aspirine ?

– Non, ne le laissez pas y aller, Roger, la foudre va tomber et tout va brûler.

– Johnny, reprit Roger Chatsworth, calmement et très gentiment, vous ne pouvez pas prévoir une chose de cette nature.

Johnny but son eau glacée à petites gorgées et reposa son verre d'une main qui tremblait légèrement.

– Vous dites que vous avez fouillé dans mon passé, alors...

– Oui, c'est vrai. Mais vous ne faites pas le bon rapprochement. Je savais que vous étiez considéré comme un médium ou un machin de ce goût-là, mais je n'avais pas besoin d'un médium. Je voulais un précepteur. Vous avez fait du bon travail en qualité de précepteur. Ma conviction personnelle est qu'il n'y a pas de différence entre un bon et un mauvais médium, parce que je ne crois pas à toutes ces histoires, c'est aussi simple que ça. Je n'y crois pas.

– Je suis un menteur alors ?

– Pas du tout, reprit Roger de sa même voix unie et calme. J'ai un contremaître à l'usine qui se refuse d'allumer trois cigarettes avec la même allumette, il n'est pas mauvais contremaître pour autant. J'ai des amis extrêmement croyants, et, bien que je ne fréquente pas l'église moi-même, ils sont toujours mes amis. Vous croyez que vous êtes capable de prévoir des événements à venir ou à distance, je n'en ai pas tenu compte quand il fut question de vous engager. Non, ce n'est pas exactement ça, je n'en ai jamais tenu compte quand j'ai été convaincu que ça ne vous empêcherait pas de faire du bon travail avec Chuck. Mais je ne crois pas davantage à un incendie chez Cathy ce soir qu'à l'existence des soucoupes volantes.

– Je ne suis pas menteur, mais cinglé, reconnut Johnny de façon douloureuse.

Roger Dussault et bien d'autres lui avaient écrit en le

308

traitant de mystificateur, mais Chatsworth était le premier à l'accuser d'être plus ou moins givré.

— Non, ce n'est pas exact. Vous êtes un jeune homme qui a été victime d'un accident terrible, et qui a lutté pour retrouver son chemin dans un monde hostile et au prix d'un effort incroyable ; j'en tiens compte, Johnny, et si quelqu'un parmi ceux qui sont ici présents, y compris la mère de Patty, tire de ce qui vient de se passer des conclusions absurdes, ils seront fermement invités à ne pas se prononcer sur une situation qu'ils ne sont pas à même de comprendre.

— Cathy, refit Johnny, comment ai-je pu connaître ce nom, et comment ai-je pu savoir qu'il s'agissait d'un établissement public ?

— Par Chuck. Il en a beaucoup parlé cette semaine.

— Pas à moi.

Roger haussa les épaules.

— Peut-être en a-t-il parlé à Shelley ou bien à moi, et vous aurez entendu. Votre inconscient l'aura enregistré.

— C'est probable, reconnut amèrement Johnny. Tout ce que nous ne comprenons pas, tout ce qui ne rentre pas dans nos normes passe par l'inconscient. L'idole du XXe siècle. Combien de fois avez-vous réagi de la sorte lorsque les choses allaient à l'encontre de vos convictions, Roger ?

Le regard de Roger se troubla, à moins que ce ne fût l'effet de son imagination...

— Vous amalgamez la foudre, l'orage qui s'annonce et vous ne vous en rendez pas compte ! C'est pourtant sim...

— Écoutez, dit Johnny, j'essaie de vous dire aussi simplement que possible que cet endroit va être frappé par la foudre, qu'il va brûler entièrement. Que Chuck reste à la maison.

Le mal de tête s'abattait violemment sur lui. Il porta sa main à son front et le frotta distraitement.

— Johnny, vous allez trop loin.

— Qu'il reste à la maison, répéta obstinément Johnny.

— C'est lui qui décidera, il est majeur et vacciné !

On frappa à la porte.

— Entrez, dit Johnny.

Chuck apparut l'air préoccupé.

— Comment ça va ? s'enquit-il

— Bien, dit Johnny, j'ai la migraine c'est tout... Chuck, je vous en prie, n'allez pas là-bas ce soir, je vous le demande

309

en ami. Que vous soyez d'accord avec votre père ou non, je vous en supplie.

— Pas de problème, dit Chuck avec gentillesse en se laissant tomber sur le divan et en donnant un coup de pied dans un coussin. Je n'aurais pas pu faire bouger Patty d'ici pour tout l'or du monde, vous l'avez complètement terrorisée.

— J'en suis désolé, dit Johnny mal à l'aise et aussi tremblant de soulagement, j'en suis désolé mais heureux.

— Vous êtes comme en état de choc, dit Chuck en regardant Johnny puis son père, j'ai ressenti votre « secousse », dit-il en revenant à Johnny, c'est très désagréable.

— Ça m'arrive, et je comprends que cela vous soit également pénible.

— Je ne voudrais pas que ça se reproduise, mais cet endroit ne va pas vraiment brûler...

— Si, dit Johnny, n'y allez surtout pas.

— Mais... Il regarda son père déconcerté. La classe a réservé toutes les tables. L'école encourage ce genre de chose. C'est préférable à la dispersion où des tas de gens boivent chacun dans leur coin. Il y aura au moins deux cents couples, dit-il effrayé, papa...

— Je pense qu'il ne croit pas à toutes ces prévisions apocalyptiques, dit Johnny.

Roger se leva et sourit.

— Eh bien, allons à Somersworth et parlons au propriétaire de l'endroit, dit-il, de toute façon la fête est ratée. Et si au retour vous n'avez pas changé d'avis, nous garderons tout le monde ici ce soir. (Il jeta un coup d'œil à Johnny.) Une seule condition, que vous ne vous mettiez pas dans tous vos états.

— C'est promis, dit Johnny. Mais pourquoi y aller puisque vous ne croyez pas à mes prédictions !

— Pour votre tranquillité d'esprit, dit Roger, et celle de Chuck. Ainsi, si rien ne se produit cette nuit, je pourrai dire que j'avais vu juste et je pourrai en rire à vos dépens.

— Parfait, et merci.

Il tremblait de plus en plus maintenant qu'il se savait rassuré. Sa migraine s'était légèrement calmée et n'était plus qu'un douloureux élancement.

— Autre chose, dit Roger, nous n'avons guère de chances de nous faire comprendre du propriétaire, c'est sans doute une de ses meilleures soirées de l'année.

310

— Eh bien, dit Chuck, nous pourrions arranger quelque chose...

— Quoi par exemple ?

— On pourrait lui raconter une histoire...

— Mentir ? Non, je ne veux pas de ça. Il n'en est pas question, Chuck.

— Très bien.

— Allons-y, dit brusquement Roger, il est 5 heures moins le quart, prenons la Mercedes et partons pour Somersworth.

3

Bruce Carrick, le propriétaire, astiquait son bar quand ils survinrent à 5 h 40. Le cœur de Johnny se mit à battre lorsqu'il aperçut l'écriteau posé à l'extérieur : « Soirée privée samedi prochain à partir de 7 heures. Revenez demain ».

Carrick était en train de servir quelques clients qui buvaient de la bière en regardant la télé, trois couples sirotaient des cocktails. Il écouta l'histoire de Johnny, le visage empreint d'une incrédulité grandissante. Quand il eut terminé, Carrick lui demanda :

— Vous vous appelez bien Smith ?

— Oui.

— Monsieur Smith, venez avec moi jusqu'à la fenêtre.

Il conduisit Johnny jusqu'à une large baie.

— Regardez, Monsieur Smith, et dites-moi ce que vous voyez.

Johnny s'exécuta, sachant très bien ce qu'il allait voir : la route n° 9 filant vers l'ouest encore humide d'une récente ondée et au-dessus le ciel parfaitement dégagé. L'orage s'était éloigné.

— Pas grand-chose, au moins pour le moment. Mais...

— Mais rien du tout, le coupa Bruce Carrick. Vous voulez savoir ce que je pense ? Vous voulez vraiment le savoir ? Je pense que vous êtes un abruti. Pourquoi m'avez-vous choisi comme victime, je l'ignore, et je m'en fiche. Mais si vous avez une minute, je vais mettre les points sur les « i ». Les étudiants m'ont payé 650 dollars pour cette soirée. Ils ont engagé un super-groupe, les Rock Oak du Maine. La nourriture est au congélateur, toute prête à passer au four à micro-ondes. Les salades sont sur la glace. Les boissons sont extra, et comme la plupart de ces jeunes ont plus de dix-huit ans ils pourront boire autant qu'ils le voudront... et ce soir ils ne vont pas s'en priver. Qui les blâmerait, on ne décroche son diplôme qu'une fois dans la vie. Je vais ramasser 2 000 dollars pour cette soirée. J'attends deux barmen supplémentaires, six serveuses et une hôtesse. Si je ferme maintenant, je perds la recette, je devrai rembourser l'avance que j'ai déjà touchée, je ne pourrai pas compter sur ma clientèle habituelle avec cet écriteau qui est là depuis le début de la semaine. Vous voyez le tableau ?

— Est-ce qu'il y a un paratonnerre ? s'inquiéta Johnny.

Carrick leva les mains au ciel :

— J'essaye de vous expliquer et vous me parlez de paratonnerre. Oui, j'ai des paratonnerres. Un type est venu il y a environ cinq ans et m'a fait toute une sérénade au sujet de mon assurance, je lui ai donc acheté ces maudits paratonnerres. Vous êtes content ? Seigneur Jésus ! (Il considéra Roger et Chuck.) Et vous deux, qui êtes-vous ? Pourquoi laissez-vous faire cet imbécile ! Sortez ! J'ai du boulot.

— Johnny... commença Chuck.

— Peu importe, dit Roger. Partons. Merci de votre aimable accueil, Monsieur Carrick.

— Merci pour rien, répondit Carrick, bande d'idiots.

Tous trois sortirent, et Chuck regarda le ciel dégagé d'un air dubitatif. Johnny se dirigea vers la voiture la tête basse, il se sentait amoindri, humilié. Il avait mal à la tête. Roger, les mains dans les poches, examinait le long toit de l'établissement.

— Qu'est-ce que tu regardes, papa ?

— Il n'y a pas de paratonnerre, dit pensivement Roger Chatsworth, absolument aucun paratonnerre.

Ils étaient assis tous les trois dans le salon, Chuck à proximité du téléphone. Il regardait son père d'un air incertain.

— Ils refusent de bouleverser leurs plans, dit-il.

— Ils ont décidé de s'amuser, parfait, dit Roger, eh bien, qu'ils le fassent ici.

Chuck haussa les épaules et commença à composer un nouveau numéro.

La moitié des invités de la réception de l'après-midi s'attarda, et Johnny ne sut jamais exactement pour quelle raison. Ils s'imaginaient sans doute que la soirée serait amusante, avec tous ces jeunes que l'on attendait. La nouvelle avait déjà circulé, et les parents de la plupart des étudiants étaient présents à la garden-party, et pendant une bonne partie de la soirée Johnny fut le pôle d'attraction. Roger, assis sur un tabouret, buvait un martini-vodka, le visage impénétrable.

Vers 8 heures moins le quart, il traversa le bar-salle de jeu qui occupait les trois quarts du sous-sol, se pencha sur Johnny et hurla pour couvrir la voix tonitruante d'Elton John.

— Voulez-vous monter avec moi faire une bonne petite partie ?

Johnny accepta avec reconnaissance. Shelley se tenait dans la cuisine, en train de rédiger des lettres. A leur entrée elle leva les yeux.

— Je croyais qu'en bons masos vous alliez passer toute la soirée en bas. Ce n'est pas vraiment nécessaire, vous savez.

— Je suis vraiment désolé pour tout ça, dit Johnny, je suis très conscient que cette histoire peut paraître ridicule.

— Pas du tout, dit Shelley. On peut très bien douter de vos prédictions et préférer voir les gosses rester à la maison.

Le tonnerre se mit à gronder au loin ; Johnny sursauta, ce qui fit sourire Shelley. Roger était sorti chercher le jeu.

— Il s'éloigne, dit-elle. Juste un petit coup de tonnerre, une petite averse de rien du tout.

— Oui, dit Johnny.

Elle signa sa lettre d'un large paraphe, la plia, la ferma, rédigea l'adresse et colla le timbre.

– Vous avez réellement ressenti quelque chose, n'est-ce pas, Johnny ?

– Oui.

– Un désarroi passager, sans doute dû à une mauvaise alimentation ; vous êtes vraiment trop maigre, Johnny. Il s'agirait peut-être d'une hallucination.

– Non, je ne crois pas.

Le tonnerre gronda de nouveau, toujours lointain.

– Je suis tout de même contente de le savoir à la maison. Je ne crois pas à l'astrologie, au pressentiment, aux prévisions, mais... je suis tout de même contente de le savoir à la maison. C'est notre seul poussin... un fameux gros poussin, mais il est si facile de l'imaginer petit garçon jouant dans le parc en culottes courtes. Trop facile, peut-être. Et si agréable de pouvoir partager la fin de son adolescence.

– Ça me fait plaisir de vous entendre dire ça, dit Johnny, et il fut tout étonné de se trouver lui-même au bord des larmes.

Il lui apparut que la maîtrise de ses émotions lui avait en partie échappé au cours des six ou huit derniers mois.

– Vous avez été bien pour Chuck ; je ne parle pas uniquement de ses progrès en lecture.

– J'ai de l'amitié pour lui.

– Oui, dit-elle doucement, je le sais.

Roger revint avec le jeu et un transistor branché sur W.M.T.Q., la station qui couvrait Mount Washington.

– Un petit antidote à Elton John. Que dites-vous d'un dollar la partie, Johnny ?

– Parfait.

– Vous allez rentrer pauvre chez vous, dit Roger en s'installant et en se frottant les mains.

5

Ils jouèrent, la soirée s'écoula. Entre chaque partie, l'un d'eux descendait s'assurer que tout allait bien. Personne ne fécondera personne ce soir si je peux l'éviter, annonçait Roger. Shelley était passée dans le salon pour lire. Toutes les heures, la musique s'arrêtait pour diffuser un bulletin d'information, et l'attention de Johnny s'en trouvait un peu distraite, mais il ne fut pas fait mention du bar Chez Cathy ni au bulletin de 8 heures, ni à ceux de 9 et 10 heures...

Après les nouvelles de 10 heures, Roger demanda à Johnny s'il revenait sur ses prédictions.

— Non.

Les prévisions météorologiques annonçaient des orages, mais annonçaient également qu'ils ne s'atténueraient que passé minuit.

La musique soutenue de l'orchestre des Sunshine montait du sous-sol.

— La soirée s'anime, remarqua Johnny.

— C'est infernal, dit Roger en riant. La soiré s'emballe, oui ! Ils auront la gueule de bois demain matin, croyez-moi, je me souviens de ma propre fiesta quand j'ai obtenu mon diplôme...

« Voici un communiqué spécial », annonça la radio.

Johnny, qui battait les cartes, les laissa s'échapper et s'éparpiller sur le sol.

— Du calme, c'est sans doute au sujet de cet enlèvement en Floride.

— Je ne crois pas, dit Johnny.

Le présentateur annonça :

« Il semble qu'en ce moment même le pire incendie de l'histoire du New Hampshire fasse rage à Somersworth et ait déjà fait plus de soixante-quinze jeunes victimes. Le feu s'est déclaré dans un établissement connu sous le nom de Chez Cathy. De jeunes diplômés frais émoulus fêtaient leur succès quand l'incendie a éclaté. Le chef de la brigade des pompiers, Milton Hovey, a déclaré aux journalistes qu'il écartait la thèse de l'incendie criminel. Il penche plutôt pour un court-circuit dans le système de ventilation. »

Le visage de Roger Chatsworth blêmit. Il semblait rivé à sa chaise, le regard fixant un point au-dessus de la tête de Johnny, les mains inertes sur la table. D'en bas leur parvenaient les bavardages et les rires, couverts maintenant par la voix de Bruce Springsteen.

Shelley entra, son regard alla de son mari à Johnny et revint à Roger :

— Que se passe-t-il ?

— Tais-toi, s'écria Roger.

«... Le feu n'est à l'heure actuelle toujours pas maîtrisé,

315

et Hovey pense que le nombre exact des victimes ne sera pas connu avant l'aube. On sait que trente personnes, des étudiants, ont été envoyées à l'hôpital, gravement brûlées, Quarante autres, également des étudiants, se seraient échappées par le vasistas des toilettes à l'arrière du bâtiment, mais les autres se sont trouvées prises au piège...

— C'est « Chez Cathy », hurla Shelley Chatsworth, c'est ça ?

— Oui, dit Roger. Il semblait étrangement calme. Oui, c'est ça.

En bas le silence se fit un instant, rapidement suivi d'une galopade dans les escaliers. La porte de la cuisine s'ouvrit brutalement et Chuck entra en cherchant sa mère.

— Maman, que se passe-t-il ?

— Il se passe que nous vous devons la vie de notre fils, dit Roger en s'adressant à Johnny de la même voix anormalement posée.

Johnny n'avait jamais vu un visage aussi blême, un visage de cire.

— Il y a eu un incendie ?

Le cri de Chuck était incrédule. Derrière lui, les invités groupés en haut des marches murmuraient d'une voix basse et anxieuse.

— Vous voulez dire que tout a brûlé !

Personne ne répondit. Puis tout à coup, derrière Chuck, Patty Stratchan s'écria d'un ton aigu, hystérique :

— C'est ce type, tout est de sa faute ! Il a mis le feu par la seule force de sa volonté. Comme dans le livre *Carrie*. Assassin ! Criminel !

Roger se tourna vers elle.

— La ferme, rugit-il.

Patty éclata en sanglots.

— Brûlé ? répéta Chuck comme s'il se posait à lui-même la question.

— Roger, murmura Shelley. Rog ! Chéri !

Une rumeur s'éleva de l'escalier et de la salle de jeu, semblable à un froissement de feuilles. La musique s'était tue.

— Mike était-il là-bas ? Shannon y était, n'est-ce pas ? Vous êtes sûr !

— Oui, j'étais prêt à partir quand Chuck m'a appelé. Ma mère était présente quand ce type a raconté son histoire, et elle m'a demandé de rester ici.

316

— Et Casey ? et Ray ? et Maureen Ontello ? Oh, mon Dieu !

Roger se leva lentement.

— Je suggère, dit-il, que les personnes les plus calmes prennent le volant et que nous nous rendions à l'hôpital. Ils auront besoin de donneurs de sang.

Johnny était aussi immobile qu'une pierre et se demandait s'il pourrait à nouveau se mouvoir. Dehors le tonnerre grondait, et à la fin de son roulement Johnny entendait la voix de sa mère mourante : « Accomplis ton devoir, Johnny. »

CHAPITRE 24

12 août 1977

Cher Johnny,

Vous retrouver n'a pas été une mince affaire. Je m'étais souvent dit qu'avec de l'argent on pouvait retrouver n'importe qui dans ce pays, et de l'argent j'en ai ! Je risque peut-être de vous déplaire en présentant les choses aussi brutalement, mais Chuck, Shelley et moi nous vous devons trop pour vous signifier autre chose que la vérité. L'argent achète beaucoup, mais ne peut arrêter la foudre. Ils ont retrouvé douze gars dans les toilettes hommes dont la fenêtre avait été murée.

Je ne peux pas me tirer cette idée de la tête que Chuck aurait pu figurer parmi ces types. Alors je vous ai « pourchassé », comme vous dites dans votre lettre. Et c'est pour la même raison que je ne peux pas vous laisser tranquille comme vous me le demandiez. Tout au moins pas avant que vous n'ayez endossé mon chèque.

Vous aurez remarqué que ce chèque est beaucoup plus petit que celui que vous m'avez renvoyé il y a un mois. J'ai contacté l'hôpital et réglé votre dette. Vous êtes entièrement dégagé de ce côté-là, Johnny. Je pouvais le faire et j'ajoute que je l'ai fait avec le plus grand plaisir.

Vous dites que vous ne pouvez pas accepter cet argent. Je prétends que vous le pouvez et vous le ferez. Vous le ferez, Johnny. Je vous ai retrouvé à Lauderdale et si vous partez je vous retrouverai dans votre prochain gîte, même si vous décidez d'aller au Népal. Maudissez-moi si vous voulez, quant à moi je me considérerai toujours comme béni par les dieux. Je ne veux pas vous pourchasser, Johnny. Je me souviens de ce jour où vous m'avez imploré de ne pas sacrifier mon fils. Je l'ai fait. Et les autres ? Quatre-vingt-un morts, trente autres affreusement mutilés et brûlés. Je pense à Chuck me demandant d'inventer une histoire, un mensonge, et moi lui répondant avec toute la rigueur du parfait imbécile : « Je ne ferai pas une telle chose, Chuck, n'attends pas ça de moi. » Alors que j'aurais pu faire quelque chose. C'est ce qui me hante. J'aurais pu donner 3 000 dollars à ce boucher de Carrick pour acheter son concours et le voir fermer boutique ce soir-là. Une vie n'aurait ainsi valu que 37 dollars. Alors, croyez-moi quand je vous dis que je ne veux pas vous traquer. Je suis déjà trop occupé à me traquer moi-même pour avoir la possibilité de perdre mon temps. Et je crois que je vais me maudire encore longtemps. Je paie pour avoir voulu négliger un phénomène par moi invérifiable à priori. Et surtout n'allez pas croire qu'avec ce chèque je puis calmer ma douleur. L'argent n'achète pas la foudre, ni l'anéantissement du cauchemar.

L'argent, c'est pour Chuck, bien qu'il n'en sache rien. Prenez le chèque et je vous laisserai tranquille. Voilà le marché. Envoyez le à l'U.N.I.C.E.F. si vous voulez ou à un orphelinat. Je m'en fiche, mais prenez-le.

Je suis désolé que vous soyez parti si vite, mais je crois vous comprendre. Tous nous espérons vous revoir bientôt. Chuck part pour Stovington le 4 septembre.

Johnny, acceptez ce chèque, je vous en supplie.

Amitiés.

Roger Chatsworth.

1er septembre 1977

Cher Johnny,

Croyez-vous que je vais accepter votre refus. S'il vous plaît, acceptez le chèque.

Amitiés.

Roger.

10 septembre 1977

Cher Johnny,

Charlene et moi sommes vraiment heureux de connaître enfin l'endroit où tu vis, et ce fut un soulagement de recevoir ta lettre si simple et si semblable à toi-même. Mais il y a une chose qui me préoccupe beaucoup. J'ai appelé Sam Weizak et lui ai lu le passage de ta lettre concernant ces maux de tête qui seraient de plus en plus fréquents. Il te conseille de voir un médecin dans les plus brefs délais. Il craint qu'un hématome ne se soit formé dans les tissus endommagés. Ça me préoccupe, et ça préoccupe aussi Sam. Tu n'as jamais été vraiment en bonne santé depuis ta sortie du coma, et quand je t'ai vu en juin dernier je t'ai trouvé très fatigué. Sam n'a rien dit, mais je sais que ce qu'il souhaite c'est que tu prennes l'avion pour rentrer à la maison et que ce soit lui qui t'examine.

Ne dis pas que tu n'en a pas les moyens. *Roger Chatsworth* a appelé ici deux fois, et je lui mens comme je peux. Je pense qu'il dit la vérité quand il prétend qu'il n'agit pas sous l'effet du remords avec l'intention de te récompenser.

Je crois que ta mère aurait dit que le personnage cherche à se racheter par le seul moyen qu'il connaisse. De toute façon, tu as fini par accepter, et je suis certain que tu ne penses pas ce que tu dis en affirmant que tu n'as cédé qu'afin de te débarrasser de lui. Je crois que tu as bien trop de cran pour agir de cette façon. Maintenant, c'est un peu difficile à dire pour moi. Je vais faire de mon mieux. Johnny, je t'en prie, reviens à la maison, toute publicité est oubliée. Je t'entends déjà répliquer : « Oh, merde ! Jamais on n'en finira, surtout après ça », et dans un certain sens tu auras raison, mais tu pourras tout aussi bien te tromper.

Au téléphone, *Roger Chatsworth* m'a dit : « Si vous êtes en rapport avec lui, dites-lui bien que, hormis Nostradamus, aucun devin n'est resté un sujet d'émerveillement plus de neuf jours. »

C'est même un peu triste pour toi. Ce qui me préoccupe, c'est que tu t'accuses de la mort d'innocents au lieu de te féliciter d'en avoir sauvé, ceux qui sont restés chez les *Chatsworth* ce soir-là. Ça me préoccupe, et aussi tu me manques. Alors reviens à la maison aussi vite que possible.

Papa.

P.-S. – *Je t'envoie les articles sur l'incendie.* Charlene *les a rassemblés. Comme tu t'en rendras compte, tu avais raison en prédisant que tous ceux qui participeraient à cette soirée le paieraient cher. Peut-être que ces articles vont te bouleverser, si c'est le cas jette-les. Mais dans l'idée de* Charlie *tu pourrais les lire et te dire :* « Sans moi cela aurait été pire. »

Papa.

29 septembre 1977

Cher Johnny,

J'ai eu votre adresse par mon père. Comment est le désert ? Avez-vous rencontré des Peaux-Rouges ?

Je suis à Stovington, ce n'est pas très dur. La chimie est ma matière préférée. En anglais, nous étudions trois textes de J.D. Salinger, dont **L'Attrape-Cœur** et **Frannie and Zooey**. J'aime

321

beaucoup cet auteur. Notre professeur nous a dit qu'il vivait toujours, mais qu'il n'écrivait plus ; ça m'étonne. Pourquoi les gens s'arrêtent-ils quand ils deviennent célèbres. L'équipe de football ici n'est vraiment pas formée. Mais je tiens ma place.

Je me demande si j'agirai bien en communiquant votre adresse à des personnes qui assistaient à cette soirée. Ils veulent vous écrire et vous remercier. L'une d'elles est la mère de Patty Stratchan ; vous vous souvenez d'elle, celle qui fit tant d'histoires quand sa fille s'est évanouie sur la pelouse, cet après-midi-là.

Je ne revois plus Patty. Je n'ai pas de longue liaison ; à mon âge la chose se comprend, et Patty est à Vassar comme il fallait s'y attendre.

Ici j'ai trouvé une petite poulette toute rousse.

Écrivez-moi dès que vous le pourrez. Mon père a l'air de dire que vous êtes un minable pour une raison que j'ignore, car en ce qui me concerne j'ai toujours eu l'impression que vous faisiez tout votre possible pour que les choses aillent pour le mieux. Il se trompe, n'est-ce pas Johnny ? Vous êtes un type bien, je le sais.

Je vous en prie, écrivez-moi, et dites-moi que vous allez bien, je me fais du souci pour vous.

Quand vous m'écrirez, expliquez-moi pourquoi Holden Caufield doit toujours être si nostalgique alors qu'il n'est même pas noir !

Chuck.

P.-S. — *Le nom de la poulette rousse est Stephanie Wyman, je lui ai déjà donné de bonnes vibrations. Elle aime beaucoup ce groupe rock Les Ramones. Essayez de les écouter, ils sont très drôles.*

Chuck.

17 octobre 1977

Cher Johnny,

Parfait, vous avez l'air d'aller mieux. J'ai bien ri en imaginant votre boulot aux travaux publics de Phoenix. Je n'ai aucune compassion pour vos coups de soleil. Le moniteur avait raison, le football est le sport des imbéciles, tout au moins ici. Les résultats sont de 1 à 3 et dans la partie j'ai manqué trois buts. J'ai attendu pour vous écrire, avant de répondre à la question que vous me posiez au sujet de Greg Stillson et de l'opinion que les gens ont de lui ici, maintenant qu'il est à l'œuvre.

J'étais à la maison le dernier week-end, et j'ai fait de mon mieux. J'ai d'abord questionné mon père, qui m'a demandé si vous vous intéressiez toujours à ce type. Je lui ai répondu que vous persistiez à vouloir connaître son opinion. Après quoi il a déclaré à ma mère que ma nouvelle école me rendait idiot. Ce que je crois.

En résumé, la plupart des gens sont agréablement surpris par l'action de Stillson, mon père prétend qu'après dix mois de travail Stillson a droit a toute sa considération, et il estime qu'il s'était trompé en ne voyant en lui que l'idiot du village.

Les autres commentaires que j'ai pu recueillir montrent que les gens ici l'apprécient. Mrs. Jarois pense qu'il ne craint pas les gros bonnets. Henry Burck estime que Stillson a fait du bon travail. Toutes les appréciations vont dans le même sens, ils comparent ce que Stillson a fait à ce que le président n'a pas accompli. Déçus par Carter, certains regrettent d'avoir voté pour lui. J'ai demandé à droite et à gauche si les motards de Sonny Elliman employés par Stillson ne les gênaient pas trop. Personne ne semble être indisposé outre mesure par cette association.

Et voilà, je voudrais vous écrire plus longuement, mais la séance d'entraînement va commencer. Cette semaine il est prévu que nous soyons taillés en pièces par les Barre Wildcats. J'espère survivre ! Prenez soin de vous.

Chuck.

Extrait du **New York Times.** *4 mars 1978.*

« *Un agent du F.B.I. assassiné en Oklahoma. Edgar Lancle, 37 ans, appartenant au F.B.I. depuis dix ans, a été assassiné la nuit dernière dans un parking d'Oklahoma City. La police déclare que sa voiture avait été piégée et qu'elle a explosé quand il a mis le contact. Le type de bombe utilisée rappelle celle qui devait provoquer la mort de Don Bolles journaliste de l'*Arizona Investigative. *Mais le chef du F.B.I. William Webster s'est refusé à rapprocher les deux affaires. Mr. Wester a également refusé de confirmer ou d'infirmer que Mr. Lancle enquêtait sur des transactions financières auxquelles des hommes politiques pourraient être mêlés.*

Un certain mystère entoure la mission exacte de Mr. Lancle, certains prétendent au Département de la justice que Mr. Lancle n'enquêtait pas sur une affaire à caractère frauduleux, mais plutôt sur un problème relevant de la Sécurité nationale. »

CHAPITRE 25

1

Le nombre de bloc-notes enfermés dans le bureau de Johnny était passé de quatre à cinq, puis à l'automne de 1978 à sept. À cette époque, Greg Stillson était devenu une personnalité importante. Réélu à la Chambre des représentants par un raz de marée électoral, avec les forces conservatrices de la région, il avait formé le parti America Now. La plupart des membres de la Chambre avaient abandonné leur propre parti afin de grossir les rangs de Greg. Aucun d'eux n'avait soutenu Carter lors de la signature des nouveaux traités de Panama. Et, quand vous grattiez le vernis libéral en matière de politique intérieure, ses opinions apparaissaient bien vite comme étant en fait ultra-conservatrices.

Ainsi, le parti America Now voulait purement et simplement exterminer les trafiquants de drogue. Ils voulaient que les municipalités se débrouillent par elles-mêmes. (Il n'y a aucune raison pour qu'un fermier voie ses impôts locaux financer les travaux entrepris à New York, proclamait Greg.) Il souhaitait la suppression de l'aide sociale aux putains, maquereaux et autres parasites sociaux. *Idem* pour ceux dont le casier judiciaire n'était pas vierge. Il voulait subventionner les coûts du maintien de l'ordre en économisant sur les crédits consacrés à l'aide sociale. Tout cela n'était pas nouveau, mais le parti de Greg, America Now, l'avait démagogiquement remis au goût du jour.

Certains disaient déjà que Greg Stillson représentait une force avec laquelle il faudrait compter avant peu. Il n'avait peut-être pas expédié la pollution sur Jupiter ou les anneaux de Saturne, mais il avait réussi à éliminer deux personnages peu recommandables. L'un d'eux, membre du Congrès, s'était compromis dans une affaire immobilière, l'autre fréquentait les bars d'homosexuels. Son habileté pour passer d'élu local à la représentation nationale avait fait de lui un enfant du pays aimé de tous. Les élections présidentielles de 1980 semblaient un peu prématurées pour y songer, mais pourquoi pas 1984. Le mieux, cependant, serait de tenir jusqu'en 1988 en affermissant ses bases. Et si les vents du changement ne déplumaient pas son parti, tout pouvait arriver. Les républicains étaient un ramassis de « plaideurs » et, en supposant que Mondale, Jerry Brown ou même Howard Baker puissent succéder à Carter comme président, qui viendrait ensuite ? Même l'année 1992 pouvait être envisagée avec sérénité. Il était relativement jeune et l'échéance de 1992 lui paraissait parfaite.

Il y avait plusieurs croquis parmi les notes de Johnny représentant tous l'affreux sourire de Stillson, sous son casque. L'un d'eux le montrait, le casque rejeté sur le côté, roulant un baril de pétrole portant une inscription « prix plafond » juste devant la Bourse ; devant lui, Jimmy Carter se grattant la tête, l'air préoccupé, ne regarde pas dans sa direction mais donne à penser qu'il va se sauver en courant. La légende précise : « Tu bouches le passage, Jimmy ! »

Le casque. Le casque gênait Johnny plus que tout. Les républicains avaient leur éléphant, les démocrates leur âne et Greg Stillson son casque. Dans certains rêves, il apparaissait à Johnny porteur d'un casque de motard ou bien de mineur.

2

Johnny conservait également des coupures de journaux que son père lui avait envoyées et qui concernaient l'incendie de Chez Cathy. Il les avait très souvent consultées, pour des raisons que ni Sam, ni Roger, ni son père n'auraient pu suspecter. « Un médium prédit l'incendie : Ma fille serait morte aussi, proclame une mère éplorée et reconnaissante. » (La mère en question était celle de Patty Stratchan.) « Le médium qui dépista le criminel de Castel Rock prédit l'incendie. » « Le nombre des morts atteint quatre-vingt-dix. Son père dit que Johnny Smith a quitté le New Hampshire et a refusé de révéler sa nouvelle adresse. » Des photos de lui, des photos de son père. Des photos de ce lointain accident sur la route n° 8 à Cleaves Mills, du temps où Sarah Bracknell était célibataire. Maintenant Sarah était une femme mariée, mère de deux enfants, et dans sa dernière lettre Herb écrivait qu'elle avait déjà quelques cheveux blancs. Il lui semblait incroyable que lui-même ait trente et un ans.

Annotant tous ces articles, ses réflexions trahissaient ses tourments. Personne, en effet, ne soupçonnait la véritable importance de l'incendie, ses implications dans une affaire autrement grave, le cas Greg Stillson.

Johnny avait écrit : *il faut que je fasse quelque chose au sujet de Greg Stillson. Il le faut. J'avais raison pour le Cathy et j'aurai raison là aussi. La question ne se pose pas. Il va devenir président et déclencher volontairement une guerre mondiale ou la provoquer par son incompétence, ce qui revient au même.*

La question est : quelles sont les mesures à prendre ? Prenons le cas du Cathy comme exemple. Ce fut presque un signe pour moi. Mon Dieu, je commence à parler comme ma mère. Je savais qu'un incendie allait s'y produire, que des gens allaient y mourir. Cela a-t-il été suffisant pour les sauver ? Réponse : ce ne fut pas suffisant pour les sauver tous, parce que les gens ne me croient vraiment que lorsque les faits se sont produits. Ceux qui sont restés chez les Chatsworth au lieu d'aller chez Cathy furent sauvés, mais il est important de se rappeler que R. Chatsworth ne leur proposa pas de rester du fait de ma prédiction. Il n'y croyait pas. Il a agi de la sorte pour me tranquilliser, uniquement. Il se moquait... un peu de moi. Il m'a cru, après ; la mère de Patty Stratchan m'a cru, après. Après... après... après.

Alors, question : Aurais-je pu modifier le cours des événements ? Oui, j'aurais pu jeter ma voiture dans la façade de l'établissement, ou bien y mettre le feu moi-même à une heure creuse, l'après-midi, et prévenir les responsables.

Question trois : Quelle conséquence en ce qui me concerne ? Sans doute l'emprisonnement. Si j'avais choisi la solution « voiture », puis la foudre le soir même accomplissant son œuvre, j'aurais pu prétendre... non ça ne marche pas. On peut reconnaître une certaine forme de mysticisme, mais la loi n'en tient pas compte. Je pense maintenant que, si c'était à refaire, j'aurais décidé pour l'une ou l'autre possibilité sans m'inquiéter de leurs conséquences. Est-il possible que je n'aie pas cru moi-même à ma propre prédiction ?

L'affaire Stillson est tragiquement semblable à tous égards, mais, Dieu merci, j'ai du temps devant moi.

327

Donc, résumons : je ne veux pas que Greg Stillson devienne président. Que faire pour l'en empêcher ?

1) Revenir dans le New Hampshire et agir. M'infiltrer par quelque coup tordu à l'intérieur du parti America Now. Essayer de le saboter. Il y a assez de poussière sous le tapis, je pourrais peut-être en faire sortir un peu.

2) Engager quelqu'un d'autre pour agir. Il me reste assez d'argent du chèque de Roger pour engager quelqu'un de compétent. D'autre part, j'ai l'impression que Lancle aurait été parfait, mais Lancle est mort.

3) Le blesser ou l'estropier. Comme Arthur Bremmer a su rendre infirme Wallace.

4) Le tuer, l'assassiner.

Revenons en arrière. La première option n'offre pas assez de garanties, je pourrais finir, sans avoir rien accompli de probant, roué de coups comme Hunter Thompson quand il se documentait pour son livre sur les Anges de l'Enfer. Pire encore, ce type, Elliman, peut très bien me reconnaître après ce qui s'est passé à Trimbull. N'est-il pas normal d'avoir à l'œil des gens qui pourraient vous nuire. Je ne serais pas surpris d'apprendre que Stillson avait sur son estrade un type dont le seul travail était de repérer les gens bizarres (dont je fais dès lors partie).

Alors la seconde option. Si Stillson a déjà arrêté son programme politique – et toute son action semble le prouver –, il peut déjà avoir fait le ménage. De plus, la saleté est sale en fonction de ce que la presse veut bien en dire et la presse aime Stillson. Il la flatte. Dans un roman je suppose que je serais devenu détective privé et que j'aurais eu l'avantage sur lui, mais le plus triste c'est que je n'aurais pas su par où commencer. Vous pourrez toujours dire que mon habileté à démasquer les gens, à découvrir des choses inconnues me donnait un avantage ; il n'a rien de décisif. Si j'avais pu trouver quelque chose sur Lancle, tout aurait été différent. Mais Stillson ne fait-il pas de même avec Sonny Elliman ? Et je ne suis même pas certain en dépit de mes soupçons qu'Edgar Lancle se trouvait bien sur la piste de Stillson quand il a été assassiné. Il est possible que je tombe sur Sonny Elliman avant de pouvoir en finir avec Stillson.

Et par-dessus tout, la seconde option n'est pas assez fiable. Les enjeux sont énormes, à tel point que je n'ose pas trop y penser. A chaque fois me guette un terrible malaise.

J'ai envisagé dans mes plus mauvais moments de lui donner le goût de la drogue, à la manière de Gene Hackman dans **French Connection** *; ou de le rendre fou par absorption de L.S.D. Mais tout ça c'est du cinéma, de la merde. Les problèmes sont si grands* qu'il vaut mieux ne pas s'y attarder. Je pourrais aussi l'enlever, mais je ne saurais pas où me procurer de l'héroïne ou de la morphine, par contre je pourrais obtenir tout le L.S.D. nécessaire par Larry McMaughton tout simplement ici aux bureaux des travaux publics de cette bonne vieille ville de Phoenix.

Lui tirer dessus, le blesser ? Je pourrais, ou je ne pourrais pas, cela dépend des circonstances. J'aurais pu le faire lors de la réunion de Trimbull. Supposons que je l'aie fait. Après ce qui s'est passé à Laurel, George Wallace n'a plus jamais été une force politique. Mais sa campagne du fond de son fauteuil roulant a tout de même été efficace.

Reste l'assassinat, le grand cirque. C'est l'argument massue. Vous ne pouvez pas vous présenter aux élections présidentielles en état de décomposition, six pieds sous terre.

Si j'arrive à presser sur la gâchette. Et si j'y arrive, qu'en résultera-t-il pour moi ? Comme chante Dylan, « Chéri, as-tu besoin de me le demander ? »

Il y avait beaucoup d'autres notes mais la seule véritablement importante était à part, encadrée. Supposons que l'assassinat soit la seule hypothèse à retenir, et supposons que j'arrive à appuyer sur la gâchette, le crime est toujours odieux. Le crime est mauvais, le crime est mauvais. Il existe peut être une autre solution. Grâce à Dieu, j'ai des années devant moi.

3

Johnny se trompait.

Début décembre 1978, un membre du Congrès, Leo Ryan, de Californie, trouvait la mort dans un accident d'avion au-dessus de la jungle guyanaise, et Johnny Smith découvrit peu après que le temps lui était compté.

CHAPITRE 26

1

A 2 h 30 de l'après-midi, le 26 décembre 1978, Bud Prescott s'occupait d'un grand type hagard, aux cheveux grisonnants et aux yeux injectés de sang. Bud était l'un des trois employés du magasin d'articles de sport de Phoenix dans la 4ᵉ Rue. En ce lendemain de Noël, la plus grosse partie du travail consistait à échanger des articles, mais ce client-ci était bel et bien un acheteur. Il souhaitait acquérir un bon fusil, léger et rapide. Bud lui en montra plusieurs. Le lendemain de Noël était un jour calme. Quand les hommes reçoivent une arme en cadeau de Noël, rares sont ceux qui l'échangent pour, par exemple, une canne à pêche.

Le type en question examina soigneusement les différents modèles avant de se décider finalement en choisissant un Remington 700, calibre 243. Un très beau fusil, recul léger et haute précision. Le nom qu'il porta sur le registre, John Smith, parut si courant au vendeur qu'il pensa qu'il venait d'enregistrer un nom bidon, ce qui ne lui était encore jamais arrivé au cours de sa carrière. John sortit des billets de 20 dollars d'un portefeuille qui en était bourré et paya comptant. Il prit l'arme sur le comptoir, et Bud, histoire de se moquer un peu de lui, lui proposa de faire graver gratuitement ses initiales sur la crosse. John Smith se contenta de hocher la tête.

Quand « Smith » quitta le magasin, Bud remarqua qu'il boitait assez fortement. Ce ne serait pas un problème s'il fallait l'identifier par la suite, pensa-t-il, avec cette claudication et ces cicatrices au cou.

A 10 h 30, le 27 décembre, un homme maigre, boitant, entra dans une maroquinerie de Phoenix et s'approcha d'un vendeur, Dean Clay. Par la suite, Dean Clay devait déclarer qu'il avait remarqué ce que sa mère appelait une tache de feu dans un des yeux de son client. Celui-ci désirait acheter une mallette et choisit un très bel article à 149,95 dollars ; il le paya comptant en billets de 20 dollars neufs. Toute l'opération ne prit pas plus de dix minutes. En sortant du magasin, le type tourna à droite. Dean Clean ne devait plus le revoir avant de le reconnaître sur une photo publiée dans le *Phoenix Sun*.

Plus tard, au cours de la même matinée, un homme aux cheveux grisonnants s'approcha, à la gare de Phoenix, du guichet de Bonita Alvarez et se renseigna sur les horaires des trains pour New York. Bonita lui indiqua les correspondances et, après avoir pianoté sur son clavier, lui délivra un billet pour le 3 janvier.

— Alors pourquoi... commença l'homme, puis il s'arrêta et porta une de ses mains à sa tête.

— Ca va, monsieur ?

— En plein dans la cible, dit l'homme.

Plus tard, Bonita devait expliquer à la police qu'elle était certaine de l'avoir entendu dire : en plein dans la cible.

— Monsieur ? Ca va ?

— J'ai mal à la tête, excusez-moi. Il essaya de sourire, mais ses efforts n'aboutirent à rien.

— Voulez-vous de l'aspirine ?

— Non, merci. Cela va passer.

Elle remplit les formulaires et lui précisa qu'il arriverait à New York le 6 janvier au milieu de l'après-midi.

— Quel est le prix du billet ?

– Elle lui répondit et lui demanda s'il payait comptant.

– Oui, dit-il en sortant de son portefeuille une poignée de billets de 20 et de 10 dollars.

Elle les compta, lui rendit sa monnaie et lui donna son billet.

– Votre train part à 10 h 30, Monsieur Smith. S'il vous plaît, soyez ici vers 10 h 10.

– Entendu, merci.

Bonnie lui adressa un large sourire professionnel. Mais Mr. Smith s'était déjà retourné, son visage extrêmement pâle et empreint de souffrance.

Elle était certaine qu'il avait dit : en plein dans la cible.

4

Elton Curry était chef de train sur le parcours Phoenix-Salt Lake City. L'homme se présenta très exactement le matin du 3 janvier à 10 h 10, et Elton l'aida à monter à cause de sa forte claudication. Il portait d'une main un vieux sac de voyage usagé et de l'autre une mallette en box, flambant neuve, et qui semblait très lourde.

– Puis-je vous aider, monsieur, demanda Elton en pensant prendre la mallette, mais ce fut le sac de voyage que le voyageur lui tendit en même temps que son billet.

– Je garderai la mallette avec moi pendant le voyage.

– Très bien, merci.

– Un type très poli, expliqua Elton Curry aux agents du F.B.I. venus l'interroger. Un type vraiment poli.

Le 6 janvier 1979, le temps était maussade sur New York. La neige menaçait sans pour autant tomber. Le taxi de George Clement était rangé devant l'hôtel Baltimore, en face de la gare centrale.

La portière s'ouvrit et un homme aux cheveux grisonnants monta avec précaution, comme s'il souffrait. Il posa à côté de lui, sur le siège, un sac de voyage et une mallette, ferma la portière, renversa la tête sur le dossier en fermant les yeux, comme s'il était très, très fatigué.

— Où allons-nous, mon vieux, demanda George.

— Port Authority, répondit le client au visage blême.

George démarra.

— Vous êtes vachement pâle, mon vieux. Mon beau-frère avait cette mine quand il nous a fait ses calculs biliaires. Vous faites des calculs ? Mon beau-frère prétend que les calculs, y a rien de plus douloureux. Sauf peut-être les calculs rénaux. Vous savez ce que je lui ai dit ? Je lui ai dit qu'il était plein de merde. Andy, je lui ai dit, t'es un chic type, je t'aime bien, mais t'es plein de merde. T'as pas le cancer, Andy ? je lui ai demandé. Parce que tout le monde sait que le cancer est pire que tout. Je vous demande sérieusement, mon vieux... Allez-vous bien ? Parce que, je vous dis la vérité, vous avez l'air d'être serré de près par la mort.

— Tout va bien, répondit le passager. Je pensais simplement à une autre course en taxi, il y a des années.

— Oh, parfait, fit George d'un air entendu, comme s'il savait parfaitement de quoi il s'agissait. New York était plein de cinglés, on ne pouvait pas dire le contraire. Et après une brève pause, perdu dans ses pensées, le chauffeur se remit à parler de son beau-frère.

– Maman, il est malade, le monsieur.
– Chut !
– Oui, mais...
– Danny, sois sage.

Elle sourit à Johnny, l'air de dire vous savez comment sont les enfants, mais il n'eut pas l'air de la voir. Danny n'avait que quatre ans, mais il ne se trompait pas ; l'homme était visiblement indifférent à la neige qui avait commencé de tomber peu après qu'ils eurent franchi les limites du Connecticut. Il était trop pâle, trop maigre, et une hideuse cicatrice à la Frankenstein sortait de son col pour ramper jusque sous son maxillaire inférieur. Comme si quelqu'un avait essayé de lui dévisser la tête et y avait partiellement réussi.

Le Greyhound faisait route vers Portsmouth, dans le New Hampshire, où ils devaient arriver dans la soirée vers 9 h 30 si la neige ne compliquait pas les choses. Julie Brown et son fils allaient voir la belle-mère de Julie et, comme toujours, la vieille garce allait gâter Danny jusqu'à le pourrir.

– Je veux aller voir le monsieur.
– Non Danny.
– Je veux voir s'il est malade.
– Danny, ça suffit, répliqua Julie, rouge de confusion.

Danny commença alors à pleurer ou plutôt à pleurnicher, ce qui donnait toujours envie à sa mère de le pincer pour qu'il ait une bonne raison de se plaindre. Dans des moments comme celui-là, enfermée dans un car avec un fils geignard à ses côtés, elle préférait s'imaginer que sa mère aurait pu la rendre stérile à l'âge de treize ans, au moment de ses premières règles.

C'est à ce moment que l'homme tourna la tête et lui sourit, un sourire las et douloureux, mais en même temps très doux. Elle remarqua que ses yeux étaient injectés de sang, comme s'il avait beaucoup pleuré. Elle essaya de lui rendre son sourire mais n'y parvint pas. L'œil gauche rougi et la cicatrice serpentant autour de son cou rendaient son profil sinistre et inquiétant.

Elle espérait qu'il n'irait pas jusqu'à Portsmouth ; mais, bien sûr, il y allait. Elle lui jeta un coup d'œil à l'arrivée et remarqua qu'il boitait en se dirigeant vers la sortie, un vieux sac de voyage d'une main et une mallette toute neuve de l'autre. Mais, comme elle devait l'expliquer à la police du New Hampshire quelque temps plus tard, c'était bien pire que de boiter, c'était une démarche infernale. Comme s'il avait su exactement où il allait, et que rien ne puisse l'en empêcher. Puis il disparut dans l'obscurité.

7

Timmersdale, dans le New Hampshire, est une petite ville à l'ouest de Durham, qui vit grâce à une des plus petites usines de Chatsworth. Elle surplombe les rives de Timmersdale Stream, tel un ogre de brique. Sa modeste renommée tient au fait que ce fut la première ville du New Hampshire à bénéficier de l'éclairage publique électrique.

Un soir, début janvier, un homme jeune aux cheveux prématurément gris entra en boitant dans le pub de Timmersdale, seul endroit où on puisse boire de la bière ; Dick O'Donnel en était le propriétaire. L'endroit était presque vide, parce que nous étions en milieu de semaine et qu'une tempête couvait.

Le boiteux secoua ses chaussures, se dirigea vers le bar et commanda une Pabst. O'Donnel le servit. Le type en prit deux autres qu'il fit durer en regardant la T.V. La couleur était mauvaise, depuis deux mois maintenant, et The Fonz avait l'air d'un vieux vampire roumain. O'Donnel ne se souvenait pas d'avoir déjà vu ce type.

– Une autre ? s'enquit O'Donnel, revenant vers le bar après avoir servi deux ivrognes dans un coin.

– Ce n'est pas de refus, répondit Johnny en lui montrant quelque chose au-dessus de la T.V. Vous le connaissez, je pense ?

C'était une caricature de Greg Stillson, son casque rejeté en arrière, transperçant d'une lame un type habillé en homme d'affaires sur les marches du Capitole. Il s'agissait de Louis Quinn, le membre du Congrès qui avait été pris à toucher des pots-de-vin environ quinze mois auparavant. La dédicace indiquait : « Pour Dick O'Donnel qui tient le meilleur bar du troisième district. »

– Si je le connais, dit O'Donnel. Il a prononcé un discours ici quand il faisait sa tournée électorale. Il venait de finir une tournée de la ville, et il est descendu au pub à 2 heures le samedi après-midi. C'est la meilleure journée que j'aie jamais faite. En principe les gens venaient simplement pour le voir, mais ils ont fini par camper ici. Peut-on rêver mieux ?

– On dirait que vous le trouvez formidable.

– Oui, c'est vrai, dit O'Donnel, et je suis prêt à mettre sur la gueule de qui dira le contraire.

– Bon, je ne vais pas essayer. Le type posa trois pièces sur le comptoir. Prenez-en une avec moi.

– Si vous voulez.

– Je m'appelle Johnny Smith.

– Heureux de vous connaître, Johnny, je suis Dick O'Donnel. (Il alla chercher une bière). Ouais, Greg a fait du bon travail dans ce coin du New Hampshire. Il y a des gens ici qui ont peur de le dire, mais pas moi. Je le dis haut et fort. Un jour Greg Stillson pourra devenir président.

– Vous croyez ?

– Oui, dit O'Donnel, le New Hampshire n'est pas assez grand pour un Greg Stillson. C'est un fameux politicien, et venant de moi ça veut dire quelque chose. Je pensais que toute cette bande au Congrès n'était que des escrocs, des voleurs, et je le pense encore, mais Greg fait exception à la règle. C'est un type droit. Si vous m'aviez dit il y a cinq ans que je parlerais comme ça, j'aurais éclaté de rire. Mais il faut le reconnaître, c'est un homme droit. Tous ces types sont vos copains pendant la campagne, mais une fois élus ils se fichent de vous. Je viens moi-même du Maine, et l'unique fois que j'ai écrit à Ed. Muskie, vous savez ce que j'ai reçu ? Une circulaire !

– Mais c'est un Polonais, dit O'Donnel, que pouvez-vous attendre d'un Polonais. Écoutez, Greg vient chaque week-end dans le district ! Qu'est-ce que vous en dites ?

– Chaque week-end ? (Johnny avala une gorgée de bière.) Où, à Trimbull ? à Ridgeway ? les villes importantes ?

– Il a un système, expliqua O'Donnel d'un air pénétré. Quinze villes, des plus grandes comme Capitol City jusqu'aux petites bourgades comme Timmersdale et Coorter's Notch. Il en visite une par semaine, jusqu'à ce qu'il

337

arrive au bout de sa liste, puis il reprend tout depuis le début. Vous connaissez l'importance de Coorter's Notch ? Huit cents habitants. Alors que pensez-vous d'un type qui vient de Washington pendant le week-end pour aller à Coorter's Notch, se geler les couilles dans un hangar glacé ? Vous trouvez qu'il se fiche de nous ?

— Non sûrement pas, reconnut Johnny sincèrement. Que fait-il ? Il serre des mains ?

— Non, il réserve un local dans chaque ville, pour le samedi. Il s'y rend à peu près vers 2 heures, et les gens viennent le voir et lui parler, lui raconter leurs histoires. S'ils lui posent des questions il y répond. S'il ne peut pas leur répondre, il retourne à Washington et « trouve » la réponse ! Il regardait Johnny d'un air triomphal.

— Quand est-il venu ici ?

— Il y a deux mois, répondit O'Donnel, en se dirigeant vers sa caisse enregistreuse et en fouillant dans une pile de vieux papiers entassés à proximité. Il revint avec une coupure de presse qu'il posa à côté de Johnny.

— Voilà la liste. Jetez-y un coup d'œil, et dites-moi ce que vous en pensez ?

C'était un article du journal de Ridgeway déjà assez ancien, à la fin duquel se trouvait la liste des villes où Greg passerait ses week-ends et les dates prévues. Il n'était pas attendu à Timmersdale avant la mi-mars.

— Je pense que c'est drôlement bien, dit Johnny.

— Moi aussi, comme beaucoup d'autres.

— D'après cet article, il a dû se trouver à Coorter's Notch le week-end dernier.

— Exact, dit O'Donnel en riant. Ce bon vieux Coorter's Notch. Une autre bière, Johnny ?

— Oui, si vous en prenez une avec moi, fit Johnny en déposant 2 dollars sur le comptoir.

— Parfait.

Un des ivrognes avait glissé une pièce dans le juke et Tammy Wynette commença sa chanson d'une voix lasse, usée : « Stand by your man ».

— Hé Dick, croassa l'autre, t'as entendu parler du service ici ?

— La ferme, hurla le patron.

— Je t'emmerde, ricana-t-elle.

— Bon Dieu, Clarisse, je vous ai déjà dit de ne pas dire de grossièretés dans mon bar.

338

– Bon, n'en parlons plus et sers-nous une autre bière.

– Je déteste ces deux vieux cons, murmura O'Donnel à Johnny. Ils sont là depuis des siècles et je serais pas étonné qu'ils viennent cracher sur ma tombe. La vie est infernale par moments.

– Oui, c'est bien vrai.

– Excusez-moi, je reviens tout de suite, j'ai une serveuse, mais l'hiver elle ne vient que le vendredi et le samedi.

O'Donnel servit les deux bières et glissa aux ivrognes quelques propos, à quoi Clarisse répondit : « Je t'emmerde », et ricana de nouveau.

Le bistrot était plein de fantômes de hamburgers morts. Le disque de Tammy Wynette était rayé. Les radiateurs dispensaient une maigre chaleur, et dehors la neige claquait sèchement contre la vitre. Johnny se frotta les tempes. Il s'était déjà trouvé dans ce type de bar auparavant, dans une centaine d'autres petites villes. Il avait mal à la tête. Quand il avait serré la main de O'Donnel, il avait appris qu'il avait un chien bâtard entraîné à mordre sur son ordre. Son grand rêve était qu'une nuit un cambrioleur force sa porte et qu'en toute légalité il puisse lâcher son molosse sur lui, et de préférence sur un de ces maudits hippies.

Oh, que sa tête lui était douloureuse !

O'Donnel revint, s'essuyant les mains sur son tablier. Tammy Wynette en avait fini, remplacée par Red Sovine.

– Merci encore pour les mousses.

– C'est avec plaisir, dit Johnny, étudiant toujours la coupure de journal : Coorter's Notch la semaine dernière. Jackson, le week-end prochain, je n'en ai jamais entendu parler. Ce doit être une toute petite localité ?

– Un simple bourg, dit O'Donnel. Ils avaient une remontée mécanique pour le ski, mais elle est en panne, et il y a beaucoup de chômeurs. Ils font un peu de pulpe de bois et quelques cultures. Mais il y va ! Il leur parle ! Vous êtes du nord du Maine, Johnny ?

– De Lewiston, mentit Johnny.

– Je suppose que vous êtes venu faire du ski ?

– Non, je me suis blessé à la jambe il y a longtemps et je ne fais plus de ski. Je ne suis que de passage. Merci de m'avoir montré tout ça, dit Johnny en lui rendant les coupures de journaux, c'était très intéressant.

O'Donnel les rangea soigneusement avec d'autres

papiers. Il tenait un bistrot désert, avait un chien bien dressé et Greg Stillson pour l'occuper. Greg était venu dans son bar.

Tout à coup, Johnny voulut mourir. Son talent, un don de Dieu ? Alors Dieu était un dangereux maniaque. S'il voulait la mort de Greg Stillson, pourquoi à sa naissance ne lui a-t-il pas passé le cordon ombilical autour du cou ! Pourquoi Dieu avait-il choisi Johnny Smith pour accomplir cette sale besogne ? Il n'avait pas pour mission de sauver le monde, c'était la tâche des psychiatres, et ceux-là seuls, du reste, en avaient la prétention. Tout à coup, il décida qu'il laisserait Greg Stillson vivre.

— Ça va Johnny ? demanda O'Donnel.

— Oui, bien sûr.

— Vous aviez l'air bizarre, il y a une seconde.

— Je rêvassais sans doute, expliqua Johnny. Il faut que vous sachiez que ce fut un plaisir de faire votre connaissance.

— Pareillement, dit O'Donnel l'air satisfait. Je voudrais que beaucoup de ceux qui passent par ici soient comme vous. Ils ne font que traverser le coin pour se rendre dans les stations de sports d'hiver. De belles stations, où ils dépensent leur argent. Si je pensais qu'ils puissent s'arrêter, j'arrangerais tout comme ils aiment. Des posters de Suisse, du Colorado, une cheminée, des disques de rock, je... vous savez, j'aimerais ça. Il haussa les épaules, je ne suis pourtant pas mauvais bougre...

— Bien sûr que non, dit Johnny en descendant de son tabouret et en pensant au chien féroce et au hippy cambrioleur.

— Bon, dites à vos amis que j'existe dans le coin, dit O'Donnel.

— Promis.

— Hé Dick, cria un des vieux alcolos, t'as entendu parler du « service avec beau sourire ».

— Pourquoi vous vous étouffez pas, hurla O'Donnel le visage cramoisi.

— Je t'emmerde, lui répondit Clarisse en ricanant.

Johnny se glissa discrètement dehors, dans la tempête de neige.

Il s'était installé à l'Holiday Inn de Portsmouth. En rentrant, ce soir-là, il demanda qu'on lui prépare sa note pour le lendemain matin.

Une fois dans sa chambre, il rassembla tout le nécessaire pour écrire. Il avait très mal à la tête, mais il y avait ces lettres à rédiger. Sa révolte momentanée – s'il s'était agi de ça – était passée ; son travail avec Greg Stillson restait à accomplir.

Je deviens fou, pensa-t-il, c'est exactement ça, je suis cinglé. Déjà il voyait les gros titres. « Un dément assassine Stillson », « Une grêle de balles abat le représentant du New Hampsphire », « Un prophète tue Stillson. Douze psychiatres renommés nous expliquent pourquoi Smith a commis cela ».

Dément.

L'hôpital était payé, mais il allait provoquer des dommages sur son passage et son père devrait les payer. Lui et sa nouvelle épouse seraient placés sous les feux des médias. Ils recevraient le courrier de la haine. Tous ceux qu'il avait connus seraient interwievés. Les Chatsworth, Sam, le sheriff George Bannerman, Sarah ? Peut-être n'iraient-ils pas jusqu'à Sarah. Après tout, il n'avait pas encore tué le président. Enfin pas encore. Il y a des gens qui ont peur de le dire, mais pas moi. Je dis haut et fort que Greg Stillson peut un jour être président.

Johnny se frotta les tempes. Il étala la première feuille devant lui, prit le stylo et écrivit : « Cher papa ». Dehors la neige frappait la vitre avec un bruit sec et la plume commença à avancer sur le papier lentement d'abord, puis plus rapidement.

CHAPITRE 27

1

Johnny gravit l'escalier de bois qui avait été débarrassé de la neige et sur lequel on avait jeté du sel. Il franchit plusieurs doubles portes et pénétra dans une salle tapissée d'avis et de notices annonçant une réunion qui devait se tenir ici à Jackson le 3 février. Il y était également question de la visite imminente de Greg Stillson, et on y voyait une photo de « l'homme en personne », casque rejeté en arrière, sourire oblique. Un peu à droite de la porte verte qui conduisait à la salle de réunion proprement dite, se trouvait un écriteau qui surprit Johnny. Il le considéra en silence pendant plusieurs secondes, son souffle bref s'échappait en bouffées blanches. Aujourd'hui, examen du permis de conduire, préparez vos papiers.

Il ouvrit la porte et pénétra dans une chaleur suffocante, dispensée par un poêle ; un flic était assis là, portant son anorak ouvert ; des papiers étalés un peu partout sur un bureau, ainsi qu'un « diaporama ». Le flic regarda Johnny qui sentit aussitôt ses tripes se nouer.

— Puis-je quelque chose pour vous, monsieur ?

Johnny désigna l'appareil photo qu'il portait en bandoulière.

— Eh bien, je me demandais si j'avais le droit de visiter les lieux, je fais un reportage pour *Yankee Magazine*, et nous préparons un article sur les fondations universitaires du Maine, du New Hampshire et Vermont, en prenant un tas de photos.

— Allez-y, dit le flic, ma femme lit régulièrement *Yankee*, moi ça m'endort.

Johnny sourit, l'architecture en Nouvelle-Angleterre est assez... sévère.

— Sévère, répéta le flic l'air surpris, puis il laissa tomber. Au suivant.

Un jeune homme s'approcha du bureau où le flic était assis et tendit une feuille d'examen.

– Regardez dans l'appareil, s'il vous plaît, et identifiez les signaux que je vais vous montrer.

Le jeune homme se pencha et le flic plaça une grille. Réponse sur la feuille d'examen.

Johnny descendit l'allée centrale de la fondation universitaire de Jackson, prit une photo de l'estrade.

– Signal Stop, dit le jeune homme derrière lui, ensuite, glissement de terrain... le suivant concerne la circulation... défense de tourner à droite... défense de tourner à gauche...

Johnny n'avait pas prévu la présence d'un flic dans les locaux universitaires. Il ne s'était même pas préoccupé de placer une pellicule dans l'appareil photo. Maintenant il était trop tard pour faire marche arrière. Nous étions vendredi, et Stillson serait là demain, si tout se déroulait comme prévu, il répondrait aux questions et écouterait les suggestions des bonnes gens de Jackson. Entouré de toute une escorte : deux suppléants, deux conseillers, et des jeunes gens en costume strict ou en veste de sport, ceux-là mêmes qui, il n'y a pas si longtemps, portaient des jeans et chevauchaient des motos. Greg Stillson était un inconditionnel des gardes du corps. A Trimbull ils étaient armés de gourdins. Avaient-ils des flingues à présent ? Pour un élu, est-ce difficile d'obtenir un permis de port d'arme ? Johnny ne le pensait pas. Il n'avait qu'une petite chance, il lui fallait l'utiliser au mieux. Il était donc important d'étudier les lieux avant de décider s'il piégerait Stillson dans ces locaux ou bien s'il était préférable d'attendre dehors, la vitre de la portière baissée et le fusil à portée de la main.

Il était donc là, repérant les lieux, tandis qu'un flic délivrait des permis de conduire.

Un tableau d'affichage sur sa gauche, Johnny y braqua son appareil photo. Pourquoi, Seigneur, n'avait-il pas pris deux minutes pour acheter un rouleau de pellicule ? Le tableau était couvert d'invitations à des soirées, à des réunions d'information sur les pedigrees de chiens et, bien sûr, sur Greg. Un petit carton indiquait qu'on recherchait quelqu'un connaissant la sténo, et Johnny le lut et relut comme s'il présentait un grand intérêt, alors que sa tête travaillait à toute allure.

Bien sûr, si à Jackson la chose se révélait impossible, il attendrait la semaine suivante où Stillson accomplirait strictement les mêmes gestes. Ou la semaine qui suivrait, ou jamais...

344

Cette semaine ! il fallait que ce soit demain.

Il fit semblant de prendre une photo du gros poêle à bois, puis leva les yeux. Il y avait un balcon, pas exactement un balcon, plutôt une galerie avec une balustrade peinte en blanc, ornée des moulures sculptées en pointe de diamant. Il serait tout à fait possible pour un homme de s'accroupir là derrière cette balustrade et d'y surveiller la salle, au bon moment il pourrait se dresser et...

— Qu'est-ce que c'est comme appareil ?

Johnny se retourna, persuadé d'avoir affaire au flic. Il allait lui poser des questions sur l'appareil et tout serait fichu.

Ce n'était pas le flic, mais le jeune homme qui venait de passer les épreuves du permis de conduire. Il avait environ vingt-deux ans, des cheveux longs et le regard franc. Il portait un blouson de daim et des jeans.

— Un Nikon, répondit Johnny.

— C'est un bon appareil, je suis un fou de la photo. Depuis combien de temps travaillez-vous pour *Yankee* ?

— Eh bien, je suis pigiste, dit Johnny. Je travaille pour eux, pour *Country Journal,* quelquefois pour *Downeast*...

— Et dans des grands périodiques comme *People* ou *Life*.

— Non. Enfin pas encore.

— Quel F-Stop utilisez-vous ?

Que pouvait bien être un F-Stop. Johnny haussa les épaules, je marche à l'oreille.

— A l'œil plutôt, reprit le jeune homme en riant.

— Oui, c'est ça à l'œil. Oh qu'il s'en aille...

— Je m'intéresse aussi au travail de pigiste, reprit le jeune homme en souriant, mon grand rêve serait de prendre une photo, le jour où on hisse le drapeau à Iwo Jima, par exemple.

— J'en ai déjà entendu parler, dit Johnny.

— Peut-être, peut-être... c'est un classique. Ou alors le premier cliché d'un OVNI atterrissant ici ? J'aimerais ça. De toute façon j'ai tout un album de prises de vues des environs. Qui est votre correspondant à *Yankee*.

Johnny transpirait à présent. Cette fois-ci, c'est eux qui m'ont contacté, c'était...

— Mr. Clawson, par ici s'il vous plaît, appela le flic d'un ton impatient, je voudrais revoir ces réponses avec vous.

— La voix de son maître, commenta Clawson, je vous verrai plus tard.

Il s'éloigna, et Johnny poussa un soupir de soulagement. Il était temps de partir, et vite.

Il prit encore un ou deux instantanés bidons, pour ne pas avoir l'air de s'enfuir. Ce fut tout juste s'il jetait un coup d'œil dans le viseur, puis il s'en alla.

Le jeune homme en blouson de daim l'avait complètement oublié. Apparemment il avait raté l'écrit de son examen et s'était lancé dans une discussion acharnée avec le flic qui se contentait de hocher la tête. Johnny s'arrêta un instant dans le hall. A sa gauche les toilettes. A sa droite une porte fermée. Il porta la main sur la poignée et elle s'ouvrit. Un escalier étroit s'enfonçait dans l'obscurité. Les bureaux devaient se trouver là-haut ainsi que la galerie.

2

Il était descendu à Jackson House, un agréable petit hôtel dans la grande rue. Il avait été soigneusement rénové, et la décoration avait dû coûter très cher ; les propriétaires avaient estimé que l'opération pouvait se réléver rentable du fait de l'installation d'une nouvelle station de sports d'hiver, mais la station avait fait faillite, et le charmant petit hôtel était presque désert. Le veilleur de nuit sommeillait derrière une tasse de café quand Johnny sortit à 4 heures, dans la nuit du samedi matin, une luxueuse mallette à la main.

Il avait peu dormi la nuit précédente. Il avait rêvé ; il s'était retrouvé en 1970. Lui et Sarah devant la Roue de la Fortune. Une odeur de caoutchouc brûlé flottait dans l'air.

Allez-y, disait doucement une voix derrière lui, je voudrais voir ce type prendre sa raclée. Frank Dodd, vêtu de son ciré noir, la gorge fendue d'un large sourire sanglant, le regard étincelant d'une mortelle jubilation. La Roue de la Fortune ; le forain était Greg Stillson. Il lui adressait un sourire d'un air entendu, son casque jaune perché sur son crâne. « Hé ! hé ! hé ! chantonnait Stillson d'une voix menaçante. Que voulez-vous ? Décrocher la timbale ? »

Oui, il voulait décrocher la timbale. Mais dès que Stillson eut lancé la roue, il s'aperçut que tous les chiffres étaient des zéros, le numéro de la banque.

Il s'était réveillé en sursaut et avait passé le reste de la nuit à contempler l'obscurité à travers les fenêtres givrées. La migraine qui ne l'avait pas quitté depuis son arrivée à Jackson avait disparu pour le laisser sans force, mais calme. Assis, les mains sur les genoux, il n'avait plus pensé à Greg Stillson, il avait évoqué son passé. Sa mère soignant un de ses genoux écorché. Il songea au jour où le chien avait déchiré la ridicule sortie de bain de grand-mère Nellie, et combien Vera l'avait giflé, le blessant au front avec la pierre de sa bague de fiançailles. Il avait pensé à son père lui montrant comment monter une canne à pêche et lui expliquant, ça ne fait pas mal à l'asticot, enfin... je crois ! Il s'était souvenu de son père lui offrant un couteau de poche pour Noël, il avait sept ans, et lui disant : « Je te fais confiance, Johnny. » Tous ces souvenirs lui étaient revenus en foule.

Maintenant il cheminait dans le matin glacé, la neige crissant sous ses chaussures. La lune était masquée, mais les étoiles étincelaient, éparpillées dans le ciel en une profusion folle.

Il descendit la grande rue, s'immobilisa devant le petit bureau de poste et sortit les lettres de sa poche. Lettres pour son père, pour Sarah, pour Sam Weizak, pour Bannerman. Il posa la mallette entre ses pieds et, après un bref instant d'hésitation, il les glissa dans la boîte. Sans doute les premières lettres postées à Jackson aujourd'hui. Et voilà l'acte qui scellait son destin. Il irait jusqu'au bout de lui-même. Et rien ne saurait l'en empêcher.

Il reprit sa mallette et s'éloigna. On n'entendait que le crissement de ses pas sur la neige. Le grand thermomètre au-dessus de la porte de la Caisse d'Épargne indiquait 3 degrés. Rien ne bougeait. La rue était vide. Les pare-brise des voitures garées étaient aveuglés par le givre. Des fenêtres assombries, des ombres étirées. Johnny donnait à tout cela un caractère effrayant et sacré. Il lutta contre ce sentiment. Rien de sacré dans ce qu'il avait entrepris.

Il traversa Jasper Street et la fondation universitaire apparut, blanche et d'une sévère élégance derrière les talus de neige scintillante.

« Et que se passera-t-il si la porte principale est fermée ? »

Eh bien, il trouverait un moyen pour surmonter cet obstacle. Johnny jeta un coup d'œil alentour. Personne ne pouvait le voir. Si le président lui-même avait été attendu, les choses auraient été différentes, bien sûr. Les lieux auraient été interdits depuis la veille au soir, et des hommes seraient déjà postés à l'intérieur. Mais il ne s'agissait pour l'heure que d'un membre du Congrès.

Johnny gravit le perron et poussa la porte qui s'ouvrit. Il entra dans le vestibule glacé et tira la porte derrière lui. Maintenant, sa migraine martelait sa tête au même rythme que les battements de son cœur. Il posa sa mallette et se massa les tempes de ses mains gantées.

Tout à coup, il perçut un bruit sourd, la porte des vestiaires s'ouvrit lentement et une chose blanche se projeta hors de l'ombre.

Johnny retint un cri. Un instant il crut qu'il s'agissait d'un corps, comme dans un film d'épouvante. Mais ce n'était qu'un lourd écriteau sur lequel était écrit : « S'il vous plaît, préparez vos papiers avant de vous présenter à l'examen. »

Il le remit en place et se dirigea vers la porte qui ouvrait sur les escaliers.

Cette porte-là était verrouillée.

Il se pencha pour examiner le système de fermeture à la faible lueur des réverbères éclairant la rue. C'était un verrou à ressort, et il pensait pouvoir l'ouvrir avec le crochet d'un portemanteau. Il en trouva un au vestiaire et en passa le bec dans la fente entre la porte et le montant ; il l'abaissa jusqu'au verrou et commença à le manœuvrer. Sa tête lui faisait atrocement mal. Finalement, il entendit le verrou se déclencher, il poussa la porte et entra en tenant toujours le portemanteau. Il referma la porte derrière lui et entendit le verrou se remettre en place. Il monta l'escalier étroit qui craquait sous ses pas.

En haut des marches se trouvait un couloir sur lequel donnaient plusieurs portes. Il s'y engagea, passant devant les bureaux du directeur, du contrôleur, des adjoints. Une autre porte se trouvant au bout n'était pas fermée, il la poussa et se retrouva sur la galerie surplombant la salle de réunion. Il referma la porte et frissonna dans l'écho sourd du claquement. Alors qu'il longeait la balustrade, environ 25 pieds au-dessus du sol, le bruit de ses pas résonnait aussi. Il s'arrêta à la hauteur du poêle à bois, exactement en face de l'estrade où Stillson se tiendrait dans cinq heures et demie environ.

Il s'assit, se reposa un instant, essayant de calmer sa migraine par quelques profondes inspirations. Le poêle ne marchait pas, et le froid était terrible, annonciateur de mort.

Quand il se sentit aller un peu mieux, il pressa sur les serrures de la mallette, un écho semblable à celui de ses pas se fit encore entendre, mais cette fois c'était celui d'une culasse que l'on enclenche.

Justice de western, pensa-t-il. C'est ce que le procureur avait dit quand le jury avait déclaré Claudine Longet coupable du meurtre de son amant. Le poids du passé pesait sur Johnny, l'éprouvait comme lorsqu'on retrouve une vieille photo couleur sépia. Il frissonna : que signifiait ce sentiment fugitif.

Le fusil brillait devant lui.

Quand les hommes agissent ainsi en temps de guerre, ils reçoivent des médailles.

Il commença à monter le fusil. Chaque geste trouvait son écho.

Il chargea la Remington.

Il la plaça en travers de ses genoux.

Et attendit.

3

L'aube vint lentement, Johnny sommeilla un peu, mais il faisait trop froid pour qu'il puisse trouver le sommeil ; des rêves indistincts et brefs hantèrent ce peu de répit.

Il émergea de sa torpeur à 7 heures et demie. Une porte en bas s'ouvrit brusquement. Il dut se mordre la langue pour ne pas crier : « Qui est-ce ? »

Le gardien. Johnny regarda par un interstice de la rembarde. Il aperçut un solide gaillard emmitouflé dans un lourd caban. Il remontait l'allée centrale avec une brassée de bûchettes. Il fredonnait *Red River Valley,* laissa tomber sa brassée dans le panier à bois et disparut. Une seconde plus tard il entendit le grincement de la porte du foyer qu'on venait d'ouvrir.

Johnny pensa tout à coup à la condensation de son souffle qui pouvait le trahir. Supposons que le gardien lève les yeux, pourrait-il le voir ?

Il essaya de ralentir sa respiration, mais son mal de tête empira et sa vision se troubla.

Maintenant on entendait le bruit du papier froissé, puis le craquement d'une allumette, une faible odeur de soufre se répandit dans l'air glacé. Le gardien continuait à fredonner *Red River Valley*, puis il se mit à crier d'une voix forte : « Ils disent que tu vas quitter la vallée? nous regretterons ton regard lumineux et ton doux sourire... »

Johnny entendit ensuite la porte du foyer violemment rabattue. Il pressa ses deux mains sur sa bouche, pris tout à coup d'un dangereux fou rire. Il s'imaginait s'élevant dans les airs au-dessus de la galerie tel un fantôme, étendant ses bras telles des ailes. Il réussit à se contenir. Sa vue était de plus en plus trouble. Il avait une irrésistible envie de bouger. Et, doux Jésus, que se passerait-il s'il éternuait ?

Brutal, un bruit suraigu envahit le hall, écorchant les oreilles de Johnny.

Il ouvrit la bouche pour hurler...

Tout s'arrêta.

– Oh ! putain ! gueula le gardien.

Johnny jeta un coup d'œil et le vit derrière l'estrade tripoter le micro dont le fil serpentait par terre ; il déplaça l'amplificateur, essaya une nouvelle fois le micro, déclenchant à nouveau le bruit infernal, moins aigu peut-être.

Le gardien tapota sur le micro du pouce et le son résonna dans la grande salle vide. Puis la voix, monstrueusement amplifiée, assomma Johnny. « Ils disent que tu vas quitter la vallée... »

« Assez, oh ! s'il vous plaît, je vous en prie, assez, aurait voulu hurler Johnny, je vais devenir fou si vous n'arrêtez pas. »

Le chanteur s'arrêta pour conclure sur un ton presque confidentiel : « Putain ! »

Il fut hors de vue de Johnny, puis réapparut portant une pile de petits livres qu'il plaça à intervalles réguliers sur les bancs. Quand il eut terminé, il boutonna son caban et sortit. La porte claqua derrière lui. Johnny regarda sa montre, 7 h 45, la salle se réchauffait un peu. Il s'assit et attendit. Sa migraine était toujours taraudante mais supportable. Il n'avait rien d'autre à faire que se dire qu'il n'en avait plus pour longtemps !

4

Les portes s'ouvrirent à 9 heures exactement, le tirant de son demi-sommeil. Ses mains se crispèrent sur le fusil, puis se relâchèrent. Quatre hommes cette fois. L'un d'eux était le gardien, le col de son caban relevé. Les trois autres portaient sous leurs pardessus des costumes de ville. Johnny sentit les battements de son cœur s'accélérer ; l'un d'eux était Sonny Elliman. Les cheveux coupés court à la dernière mode, mais son regard n'avait pas changé.

— Tout est prêt, demanda-t-il.

— Vérifiez vous-même, répondit le gardien.

— Ne vous vexez pas, papa, répliqua un des autres.

Ils se dirigeaient vers le fond de la pièce. L'un d'eux testa le micro puis s'en éloigna satisfait.

— On croirait qu'on attend l'empereur en personne, grommela le gardien.

— C'est le cas, c'est le cas, dit le troisième homme que Johnny crut reconnaître. Il devait se trouver à la réunion de Trimbull.

— Vous n'avez pas encore compris ça.

— Vous êtes monté là-haut, demanda Elliman au gardien, et Johnny frissonna.

— La porte de l'escalier est fermée, répondit le gardien, comme toujours.

En silence Johnny bénit le verrou à ressort.

— Vérifions, dit Elliman.

Le gardien eut un ricanement exaspéré.

— Je me demande ce que vous cherchez les gars, un fantôme ?

— Allez Sonny, dit le type que Johnny pensait reconnaître, il n'y a personne là-haut. Nous avons juste le temps d'aller prendre un café.

– Monte et assure-toi qu'il n'y a personne là-haut.

Johnny s'humecta les lèvres et empoigna son arme, embrassant d'un coup d'œil l'étroite galerie. A droite, elle finissait sur un mur aveugle, à gauche, elle aboutissait au palier où donnaient les bureaux. Pas d'issue ! S'il bougeait ils l'entendraient. La salle servirait de chambre d'écho avec amplificateur. Il était piégé.

Il entendit des pas. Puis la porte principale s'ouvrir et se refermer. Il attendait, glacé et désemparé. Juste au-dessous de lui, le gardien et les deux types bavardaient, mais il n'entendait rien de ce qu'ils disaient. Il surveilla la galerie sur toute sa longueur, attendant l'apparition du type que Sonny Elliman avait appelé Moochie. Sa contrariété allait d'ici peu se métamorphoser en un étonnement incrédule, sa bouche s'ouvrirait : « Hé Sonny, il y a un gars là-haut. »

Maintenant il entendait les pas étouffés de Moochie montant l'escalier. Il essaya de penser à quelque chose, à n'importe quoi, mais en vain. Ils allaient le trouver dans moins d'une minute, et il n'avait aucune idée de ce qui allait s'ensuivre. Quoi qu'il fasse, son unique chance était sur le point de disparaître.

Les portes commencèrent à s'ouvrir et à se refermer avec un bruit plus ou moins assourdi. Une goutte de sueur s'échappa du front de Johnny pour aller tacher ses jeans. Il se souvenait de toutes les portes, le directeur, adjoints, contrôleur, Moochie inspectait les pièces, bientôt il ouvrirait celle qui donnait sur la galerie.

Elle s'ouvrit.

Il y eut le bruit de pas. Moochie s'approcha de la balustrade.

– O.K., Sonny, vous êtes content ?
– Tout est en ordre ?
– Putain, oui, jeta Moochie.

Et un éclat de rire venu d'en bas fit office de réponse.

– Bon, descends et allons prendre un café, proposa le troisième homme.

Johnny était anéanti, pendant un moment tout baigna dans le flou. Quand la porte principale claqua, signifiant qu'ils étaient tous sortis prendre leur café, il put alors se ressaisir.

En bas le gardien fit son commentaire sur la situation :
– Bande de putes.

Puis il abandonna également les lieux et Johnny resta seul pendant une vingtaine de minutes.

352

Vers 9 h 30, les habitants de Jackson commencèrent à envahir le hall. Les premières à apparaître furent trois vieilles dames vêtues de noir, bavardes comme des pies. Johnny les vit choisir des places près du poêle et prendre les petits livres qui avaient été déposés sur les bancs, des photos sur papier glacé de Greg Stillson.

– J'adore cet homme, dit l'une d'elles. J'ai déjà trois autographes, et j'en demanderai un autre aujourd'hui.

Ce fut tout pour Greg Stillson, la conversation eut trait ensuite au cérémonial de l'Église méthodiste.

Johnny, presque au-dessus du poêle, passa du froid au chaud. Il avait profité du laps de temps entre le départ de l'équipe de sécurité et l'arrivée des premiers visiteurs pour enlever sa veste et son pull. Il essuya la transpiration de son visage avec son mouchoir. La sueur lui brouillait la vue.

La porte du bas s'ouvrit et il entendit le bruit des semelles que l'on racle afin de les débarrasser de leur neige, puis quatre hommes en veste de laine écossaise descendirent l'allée centrale pour s'asseoir au premier rang. Et l'un d'eux entreprit immédiatement de raconter une histoire drôle.

Une jeune femme de vingt-trois ans environ entra avec son fils âgé de quatre ans. Le petit garçon portait une combinaison molletonnée bleue avec des galons jaunes, et il s'inquiéta de savoir s'il pourrait parler dans le micro.

– Mon chéri, c'est impossible, lui expliqua la jeune femme, et ils s'installèrent derrière les hommes. L'enfant donna immédiatement des coups de pied dans le banc devant lui, et l'un d'eux jeta un coup d'œil par-dessus son épaule.

– Sean, ça suffit, dit-elle.

10 heures moins le quart. La porte s'ouvrait et se refermait régulièrement. Des hommes et des femmes de tous âges et de toutes conditions entraient dans la salle. La rumeur des conversations grandissait. Ils n'étaient pas ici pour faire connaissance avec leur député ; ils attendaient une vedette en tournée dans leur petite communauté.

Johnny savait que la plupart des réunions électorales étaient suivies par une poignée d'irréductibles dans des salles presque vides. Pendant les élections de 1976, un débat dans le Maine entre Bill Cohen et son rival Leighton Cooney avait attiré vingt-six personnes. Le plus souvent, une pièce de dimensions modestes aurait suffi à contenir l'assistance.

Mais là, vers 10 heures, tous les sièges étaient occupés, et vingt ou trente personnes stationnaient debout dans le fond. Chaque fois que la porte s'ouvrait, les mains de Johnny se crispaient sur le fusil.

10 h 05, 10 h 10. Johnny commençait à se dire que Stillson avait été retenu, qu'il n'allait pas venir, et il en éprouvait un ineffable soulagement.

Puis la porte s'ouvrit une nouvelle fois et une voix forte s'écria :

— Alors ! comment ça va à Jackson ?

Un murmure s'éleva. Une voix répondit extasiée :

— Greg, comment allez-vous ?

— Je me sens tout guilleret ! répliqua Stillson. Qu'est-ce que vous devenez ?

Les applaudissements s'enflèrent.

— Parfait, cria-t-il en descendant l'allée rapidement vers l'estrade tout en serrant des mains au passage.

Johnny le surveillait. Stillson portait un lourd manteau de cuir avec un col en peau de mouton, et aujourd'hui le casque avait été remplacé par une casquette norvégienne ornée d'un pompon rouge. Il s'arrêta à l'extrémité de l'allée et fit signe aux trois ou quatre journalistes qui l'attendaient. Flashes aveuglants puis applaudissements couvrirent leur second souffle.

Et Johnny sut que c'était maintenant ou jamais.

L'impression qu'il avait ressentie à Trimbull en voyant Greg Stillson l'envahit à nouveau avec une terrible précision. Il crut entendre un bruit mat et assourdi. Deux choses se combinaient avec une force terrible, en un seul instant. Peut-être l'appel du destin. Ce serait trop facile d'attendre et de laisser Stillson parler et parler. Trop facile de le laisser partir, et de rester là assis la tête dans les mains, attendant que la foule s'en aille, que le gardien revienne démonter la sono, balayer les saletés ; trop facile de remettre l'exécution en prétendant que ce serait pour la semaine prochaine, dans une autre ville.

C'était maintenant, indiscutablement maintenant. Et tout être humain était concerné par ce qui allait se passer dans cette assistance enthousiaste.

La douleur lancinante dans sa tête, toujours comme un signe du destin.

Stillson gravissait les marches de l'estrade. L'espace derrière lui était dégagé. Les trois hommes en pardessus étaient alignés contre le mur du fond.

Johnny se leva.

6

Tout parut se dérouler au ralenti.

Il avait des crampes dans les jambes après être resté assis si longtemps, ses genoux craquèrent comme du bois sec, le temps semblait suspendu, les applaudissements continuaient, les têtes se tournaient, les cous se tendaient ; au milieu des acclamations, quelqu'un se mit à crier, à crier parce qu'il y avait un homme dans la galerie et que cet homme tenait un fusil, le genre de chose qu'on voit à la T.V. Une réalité qu'ils avaient tous reconnue. Une réalité aussi américaine que pouvait l'être le monde merveilleux de Walt Disney. L'homme politique, et un type en embuscade armé d'un fusil.

Greg Stillson se tourna vers lui en se tordant, en se crispant. Le pompon rouge de sa casquette s'agitait.

Johnny épaula le fusil ; après un instant de flottement il sentit le contact de l'arme qu'il venait d'ajuster. Il se souvint d'une partie de chasse avec son père quand il était enfant. Ils étaient partis chasser le daim et, lorsque Johnny en avait aperçu un, il avait été incapable de presser sur la gâchette. La panique de la mise à mort s'était emparée de lui. C'était un secret aussi honteux que la masturbation, et il n'en avait jamais parlé à personne.

Un autre cri s'éleva. Une des vieilles femmes se griffait la bouche, et Johnny vit que des fruits artificiels ornaient les larges bords de son chapeau noir. Les visages se tournèrent vers lui. Gros zéros blancs, les bouches s'ouvrirent, petits zéros noirs. Le petit garçon en combinaison le montrait du doigt. Sa mère essayait de le protéger. Tout à coup Stillson se trouva dans la ligne de visée, Johnny leva le cran de sûreté. Pendant ce temps les hommes en pardessus fouillaient dans leur poche de veste. Sonny Elliman, son regard allumé, hurlait :

– Couchez-vous, Greg, baissez-vous.

Mais Stillson fixait la galerie, et pour la seconde fois leurs regards se croisèrent en parfaite harmonie. Stillson baissa simplement la tête quand Johnny fit feu. Le grondement sourd du tir emplit la salle et la balle effleura un coin de l'estrade, déchirant la toile, mettant le bois à nu ; des éclats volèrent, et l'un d'eux vint frapper le micro, ajoutant un monstrueux écho qui se termina en un sifflement infernal.

Johnny fit monter une nouvelle cartouche dans la chambre et fit feu de nouveau. Cette fois la balle troua la garniture poussiéreuse du dai.

La foule commençait à se bousculer, apeurée comme de la volaille. Tous se dirigeaient vers l'allée centrale, ceux qui étaient au fond purent sortir facilement, mais un bouchon se forma, des hommes, des femmes criaient.

De l'autre côté de la salle d'autres bruits s'élevèrent, et tout à coup une partie de la balustrade vola en éclats devant Johnny. Quelque chose frôla son oreille en hurlant. Puis un doigt invisible releva le col de sa chemise. Les trois hommes tenaient des revolvers. Johnny, seul dans la galerie, offrait une cible parfaite. Même s'il avait été entouré d'une foule, sans doute ne se seraient-ils pas souciés des innocentes victimes des balles perdues.

Une des vieilles femmes agrippa le bras de Moochie, elle sanglotait, essayant de demander quelque chose. Il écarta et ajusta son arme des deux mains. L'odeur de poudre avait envahi la salle. Vingt secondes s'étaient écoulées depuis que Johnny s'était levé.

– Baisse-toi ! A plat ventre, Greg !

Stillson, toujours au bord de l'estrade, légèrement baissé, le regard levé. Johnny abaissa son arme. Une balle de revolver le toucha au cou, le propulsa en arrière et son tir se perdit. Des cris assourdis s'élevèrent.

Du sang jaillissait, inondait ses épaules, sa poitrine.

T'as fait du beau travail en le descendant, se disait-il halluciné. Il était penché sur la balustrade. Il rechargea, épaula de nouveau. Maintenant Stillson descendait les marches de l'estrade, arrivé au niveau du sol il leva de nouveau les yeux vers Johnny.

356

Une autre balle siffla à sa tempe.

Les gens refluaient.

Une bouffée de fumée s'échappa d'un des revolvers, il y eut un bang, et le doigt invisible qui avait relevé le col de sa chemise quelques secondes auparavant dessina une ligne de feu sur le visage de Johnny. Ça n'avait pas d'importance, plus rien ne comptait sauf d'avoir Greg Stillson. Il abaissa de nouveau son fusil.

Que cette fois soit la bonne.

Stillson se déplaçait rapidement pour un homme de sa corpulence. La jeune femme brune que Johnny avait remarquée se trouvait à peu près au milieu de l'allée, tenant son fils en larmes dans ses bras et essayant toujours de le protéger. Et ce que fit alors Stillson stupéfia tellement Johnny qu'il faillit en laisser tomber son fusil ; Greg avait arraché l'enfant des bras de sa mère, s'était retourné vers la galerie en le brandissant devant lui. Ce n'était plus Greg Stillson qui se trouvait dans le viseur, mais une petite silhouette qui se débattait.

(Le voile bleu, des rayures jaunes. Les rayures du tigre.)

Une combinaison bleue avec des bordures jaunes.

Johnny était sidéré. C'était Stillson, le tigre. Mais il était derrière le voile maintenant.

— Qu'est-ce que ça veut dire, hurla Johnny, mais aucun mot ne fut formé par ses lèvres.

La mère hurlait. Johnny avait déjà entendu ce cri.

— Tommy, rendez-le-moi ! Tommy, rendez-le-moi, salaud !

La tête de Johnny s'alourdissait. Tout s'estompait. Le seul point net : le viseur du fusil dirigé sur le cœur de la combinaison bleue.

— Fais-le pour l'amour du Christ, il le faut, il va s'en aller.

Et maintenant (peut-être était-ce sa vision déformée qui lui faisait cet effet) la combinaison bleue commença à se déployer, sa couleur se diluant dans le jaune éclatant, jusqu'à ce que tout disparaisse.

(« Derrière le voile, oui, il est derrière le voile, et qu'est-ce que ça signifie : qu'il est sauvé ou simplement hors d'atteinte. »)

Un claquement se fit entendre en bas et Johnny l'enregistra comme un flash.

Stillson écarta la femme et recula vers la porte, le regard rétréci en deux fentes. Il maintenait fermement par le cou et le fond de son vêtement l'enfant qui se débattait.

« Je ne peux pas. Mon Dieu, pardonnez-moi, je ne peux pas. »

Deux autres balles l'atteignirent, une à la base du cou, le faisant rebondir contre le mur, la seconde de côté, le faisant tournoyer dans la galerie. Il était à peine conscient d'avoir lâché son fusil, qui tomba sur le sol et se déchargea dans le mur. Puis il bascula par-dessus la balustrade et tomba. La salle de réunion tourna une ou deux fois sous ses yeux, puis il s'écrasa après avoir heurté deux bancs, se brisant la colonne vertébrale et les jambes.

Il ouvrit la bouche pour crier, mais il n'en sortit qu'un flot de sang. Il gisait au milieu des bancs cassés. Il pensa :

« C'est fini, c'est foutu ! »

Des mains se saisirent de lui sans douceur. Ils voulaient le retourner. Elliman, Moochie et les autres. Elliman y réussit le premier.

Stillson se précipita, écarta Moochie.

— Laissez-ce type, dit-il brutalement, et trouvez ce fils de pute qui a pris la photo. Piquez son appareil.

Moochie et un autre type s'éloignèrent. Quelque part, derrière la femme brune, on entendait crier :

— Derrière un enfant, il s'est caché derrière un enfant, je le dirai à tout le monde...

— Fais-la taire, Sonny, dit Stillson.

Sonny acquiesça en s'écartant.

Stillson s'agenouilla à côté de Johnny :

— Nous nous connaissons ? Inutile de mentir.

— Nous nous connaissons, murmura Johnny.

— C'était à Trimbull n'est-ce pas ?

Johnny acquiesça.

Stillson se releva, et avec les dernières forces qui lui restaient Johnny agrippa sa cheville. Juste une seconde, Stillson se dégagea facilement, mais c'était suffisant.

Tout avait changé.

Des gens s'approchaient maintenant, mais il ne voyait que des pieds et des jambes, peu importait. Tout avait changé.

Il commença à pleurer. Toucher Stillson cette fois avait été comme toucher le néant. Une batterie à plat ? Un arbre mort. Une maison vide. Une étagère nue. Des bouteilles de vin prêtes à recevoir des bougies.

S'évanouir, partir. Les chaussures et les pantalons autour de lui se brouillaient. Uniquement des mots, paroles prononcées, et même cela devenait indistinct, se dissolvant dans un lointain et doux murmure.

Il regarda de côté, et il aperçut le couloir dont il avait émergé il y avait si longtemps. Il en était sorti pour entrer dans l'éther. Là, sa mère vivait, son père l'appelait par son nom, jusqu'à ce qu'ils les rejoignent. Maintenant il était temps de rentrer. C'était ce qu'il fallait faire.

Je l'ai fait. De toute façon je l'ai fait, je ne sais pas comment, mais je l'ai fait.

Il se laissa aller dans le corridor aux sombres murs d'acier, ignorant ce qui l'attendait. Heureux que ce fût le moment de l'apprendre. Le lointain murmure s'éloigna, la lumière s'atténua. Il était toujours conscient. Il s'appelait Johnny Smith.

Entrons dans le tunnel. Parfait.

Il se dit que s'il réussissait à entrer dans ce tunnel il serait capable de marcher.

LIVRE TROIS

Notes sur L'Accident

CHAPITRE 28

Portsmouth N.H.
23 janvier 1979

Cher papa,

C'est une lettre terrible à écrire, et je vais faire en sorte qu'elle soit brève. Quant tu la recevras, je serai certainement mort. Une chose atroce s'est produite dans ma vie. Je crois que ça a commencé bien avant mon accident de voiture.

Tu te rappelles que maman sur son lit de mort avait juré que Dieu m'avait choisi, qu'Il avait une mission à me faire remplir. Elle m'avait demandé de ne pas m'y dérober, et je le lui avais promis, sans la prendre au sérieux, mais uniquement pour la rassurer.

Maintenant il me semble qu'elle avait raison. Je ne crois toujours pas en Dieu, en tout cas pas en tant que créature suprême décidant de notre destin, nous attribuant de menues besognes comme ces boy-scouts qui doivent accomplir leur B.A. Mais je ne crois pas non plus que tout ce qui m'est arrivé soit uniquement le fait du hasard.

Au cours de l'été 1976, papa, j'ai assisté à une réunion électorale de Greg Stillson à Trimbull, dans le troisième district du New Hampshire. Il se présentait alors pour la première fois, tu t'en souviens peut-être. En se dirigeant vers l'estrade pour y prononcer son discours, il donna des tas de poignées de main, l'une d'elles m'était destinée. Ce qui suit va te paraître difficile à croire, bien que tu sois au courant de l'existence d'un « don » pour ce qui me concerne. J'ai donc eu un de ces pressentiments, seulement ce n'était pas un pressentiment mais une vision, au sens biblique du terme, ou quelque chose d'approchant. Assez bizarrement, ce n'était pas aussi clair que les fois précédentes, un voile bleu noyait le tout ; je ne l'avais jamais vu auparavant, mais c'était une sensation incroyablement forte. J'ai vu Greg Stillson président des États-Unis. Vainqueur de quelles élections, je ne peux pas le dire ; toutefois il avait perdu ses cheveux. Mon don me permet de voir et non d'interpréter, et dans ce cas mon pouvoir était amoindri par ce fameux voile bleu ; pourtant j'en avais vu assez. Si Stillson devient président, il aggravera une situation internationale déjà précaire. Si Stillson devient président, il déclenchera une guerre nucléaire. Je pense qu'elle commencera en Afrique du Sud. Et je crois aussi que cette guerre n'impliquera pas seulement deux ou trois grandes puissances, mais peut-être une vingtaine de nations. Papa, je sais combien tout ça peut te paraître fou. A mes yeux aussi cela semble fou. J'avais cette conviction en moi, et aucun besoin d'y regarder à deux fois pour vérifier si les choses étaient plus ou moins vraies, plus ou moins urgentes. Tu ne sais pas, personne ne le sait. Je me suis éloigné des Chatsworth non pas à cause de l'incendie du restaurant, mais pour fuir Greg Stillson et la chose que je suis supposé faire. Tout comme Élijah se cachant dans sa cave, ou Jonas qui finit dans le ventre de la baleine. Je pensais attendre et voir, attendre et voir si les conditions requises pour un avenir aussi affreux commençaient à se réaliser. J'attendrais sans doute encore si à l'automne de l'année dernière mes maux de tête n'avaient empiré ; puis il y eut cet accident sur la route avec l'équipe dont je faisais partie. Je pense que Keith Strang, chef de chantier, s'en souviendra...

2

Extrait de la déposition devant le comité Stillson, présidé par le sénateur William Cohen du Maine. L'interrogatoire est mené par Mr. Normann Verizer, chef du conseil du comité. Le témoin est Mr. Keith Strang, 1421 Desert Boulevard, Phoenix, Arizona. Date de la déposition, 17 août 1979.

Verizer : *A cette époque, John Smith était employé par les travaux publics de Phoenix, n'est-ce pas ?*
Strang : *Oui, c'est exact.*
Verizer : *C'était au début décembre 1978.*
Strang : *Oui, monsieur.*
Verizer : *Que s'est-il passé le 7 décembre ? Une chose que vous avez particulièrement remarquée et qui concernait John Smith.*
Strang : *Oui, monsieur, il s'est passé quelque chose.*
Verizer : *Dites au comité ce que vous savez, je vous prie.*
Strang : *J'étais retourné à l'entrepôt pour prendre deux bidons de peinture orange. Nous tracions des lignes sur les routes. Johnny, enfin Johnny Smith, se trouvait sur Rosemont Avenue ce jour-là, traçant de nouvelles lignes. Je suis revenu vers 4 heures et quart. Quarante minutes avant la fin du travail. Et Herman Joellyn, que vous avez déjà interrogé, est venu vers moi pour me dire que je ferais bien d'aller*

voir Johnny, que quelque chose n'allait pas ; il avait essayé de lui parler, mais Johnny semblait ne pas l'entendre et l'avait presque bousculé. Il termina en me conseillant d'aller immédiatement me rendre compte par moi-même. J'ai donc remonté la route, et au premier abord tout semblait normal.

Verizer : *Qu'avez-vous vu ?*

Strang : *Vous voulez dire avant de voir Johnny.*

Verizer : *Oui, exactement.*

Strang : *La ligne qu'il traçait commençait à dévier. Très peu au début. Un petit écart ici et là, ce n'était pas parfaitement droit, vous voyez. Et Johnny avait toujours été le meilleur de toute l'équipe pour ce travail-là. Puis c'était franchement de traviole, ça partait en travers de la route en larges boucles. Par endroits on aurait dit qu'il avait voulu tracer des cercles ; sur une centaine de mètres il avait tracé la ligne du mauvais côté.*

Verizer : *Qu'avez-vous fait ?*

Strang : *Je l'ai arrêté. Je l'ai tout simplement arrêté. Je me suis garé à côté de la machine à tracer les lignes et je l'ai interpellé. J'ai dû l'appeler une demi-douzaine de fois. C'était comme s'il n'entendait pas. Puis il m'a lancé ce truc et a abîmé la voiture que je conduisais qui est également la propriété du service des autoroutes. J'ai klaxonné, crié. Il me regardait d'un air absent. Je lui ai demandé ce qu'il fabriquait.*

Verizer : *Et qu'a-t-il répondu ?*

Strang : *Il m'a dit « Salut ; c'est tout, salut Keith », comme si tout baignait dans l'huile.*

Verizer : *Vous-même, qu'avez-vous répondu ?*

Strang : *J'ai répondu brutalement. J'étais furieux. Et Johnny était là à regarder autour de lui, se tenant à la machine comme s'il allait tomber. C'est à ce moment-là que j'ai réalisé à quel point il avait l'air malade. Il avait toujours été maigre, vous savez, mais là, il était terriblement pâle et un côté de sa bouche s'étirait vers le bas. Au début il n'avait même pas l'air de comprendre ce que je lui voulais. Puis il a regardé la ligne qu'il avait si mal tracée.*

Verizer : *Et qu'a-t-il dit.*

Strang : *Il a dit : « Désolé », puis il a chancelé en mettant les mains sur son visage. Alors je lui ai demandé ce qui n'allait pas, et il m'a dit : « Oh ! un tas de choses bizarres auxquelles je n'ai rien compris. »*

Cohen : *Mr. Strang, le comité est particulièrement intéressé par ces choses bizarres qui pourraient l'éclairer, pouvez-vous vous en souvenir.*

Strang : *Il m'a d'abord dit que tout allait bien, à part cette odeur de pneus, de caoutchouc brûlé. Puis il m'a dit que la batterie allait exploser si on essayait de la remonter et quelque chose comme j'ai* des pommes de terre dans la poitrine, et il y a deux radios dans le soleil, alors c'est fichu pour les arbres. C'est tout ce que je peux me rappeler, comme vous voyez c'était très confus et ça n'avait pas de sens.

Verizer : *Que se passa-t-il alors ?*

Strang : *Il a glissé et j'ai dû le rattraper par le bras. Son visage se trouva dégagé et je vis que son œil droit était injecté de sang. Puis il s'est évanoui.*

Verizer : *Mais a-t-il dit quelque chose avant de s'évanouir ?*

Strang : *Oui, monsieur.*

Verizer : *Et qu'est-ce que c'était ?*

Strang : *Il a dit : « Nous nous préoccuperons de Stillson plus tard, papa. »*

Verizer : *Vous êtes certain qu'il a dit ça.*

Strang : *Oui, monsieur, je ne l'oublierai jamais.*

3

... Et quand j'ai repris connaissance, j'étais dans la baraque de chantier de Rosemont Drive. Keith m'a dit que je devais voir un docteur immédiatement, et que je ne revienne pas travailler avant de m'être présenté à une consultation. J'étais affolé, papa, mais pas pour les raisons que Keith pouvait supposer. De toute façon, j'ai pris un rendez-vous avec un neurologue recommandé par Sam Weizak dans une lettre qu'il m'avait adressée début novembre. Car j'avais écrit à Sam pour lui dire que j'avais peur de conduire une voiture à cause de mes troubles oculaires. Sam m'avait répondu immédiatement en me disant d'aller voir le Dr. Vann, car il considérait ces symptômes comme très alarmants tout en étant incapable de faire un diagnostic à distance.

Je n'y suis pas allé tout de suite, jusqu'à l'incident sur la route ; je pensais que je traversais une mauvaise passe et que je m'en sortirais tout seul. Je pense que je ne voulais tout simplement pas accepter l'autre solution. Mais l'incident de la route était de trop. J'y suis allé parce que j'avais peur, pas pour moi, mais pour ce que tu sais.

Je suis donc allé voir ce Dr. Vann, il m'a examiné et expliqué. En conclusion : je n'avais pas autant de temps que je le pensais parce que...

366

*Extrait de la déposition faite devant le comité Stillson, présidé par
le sénateur William Cohen du Maine. L'interrogatoire est mené par
Mr. Normann D. Verizer, chef du conseil du comité. Le témoin est
le Dr. Quentin M. Vann, 17 Parkland Drive, Phoenix, Arizona.
Date de la déposition 22 août 1979.*

Verizer : *Après les examens complets et la conclusion de
votre diagnostic, vous avez eu un entretien avec John Smith, n'est-ce
pas ?*
Vann : *Oui, et c'était assez difficile, ce genre d'entretien est toujours
difficile.*
Verizer : *Pouvez-vous nous en résumer le contenu.*
Vann : *Oui, dans ces circonstances particulières, je crois que je peux
renoncer au secret médical. J'ai commencé par dire à Smith qu'il venait
de subir à nouveau un grave accident. Il en convint. Son œil droit
était encore très abîmé mais s'était tout de même amélioré. La rupture
d'un petit vaisseau...*
(Ici un court résumé clinique.)
Verizer : *Et après ces observations ?*
Vann : *Il m'a parlé de mettre les choses au pire, c'est l'expression
qu'il a employée, les choses au pire. D'une certaine façon, il m'a
impressionné par son calme et son courage.*
Verizer : *Et en mettant les choses au pire, Dr. Vann, de quoi
s'agissait-il ?*
Vann : *Je crois que c'est clair maintenant, John Smith souffrait d'une
tumeur cérébrale, déjà importante dans le lobe pariétal.*
(Bruits divers dans la salle, brève interruption.)
Verizer : *Docteur, je suis désolé de cette interruption. Je voudrais
rappeler à l'assistance que ce comité est en session et qu'il s'agit d'une
enquête et non d'un spectacle. Je demande le silence, ou je fais évacuer
la salle. Docteur, pouvez-vous dire au comité comment John Smith
prit la nouvelle ?*
Vann : *Il était calme, extraordinairement calme. Je crois qu'il avait
déjà établi son diagnostic et que ce dernier correspondait au mien.
Toutefois, il me précisa qu'il était préoccupé et me demanda combien
de temps il lui restait à vivre.*
Verizer : *Que lui avez-vous répondu ?*
Vann : *Que la question ne signifiait pas grand-chose, car il y avait
un choix à faire. Je lui ai parlé d'une opération possible. Je dois dire*

qu'à ce moment-là j'ignorais tout de son coma antérieur et de sa guérison presque miraculeuse.

Verizer : *Et qu'a-t-il répondu ?*

Vann : *Il a refusé l'opération. Il était calme, mais très, très déterminé. Pas d'opération. J'ai ajouté que j'espérais qu'il reviendrait sur sa décision, parce que ce refus signifiait son arrêt de mort.*

Verizer : *Smith a-t-il fait des commentaires ?*

Vann : *Il m'a demandé mon opinion sur le temps qui lui restait à vivre puisqu'il refusait l'intervention chirurgicale.*

Verizer : *Lui avez-vous répondu ?*

Vann : *Je lui ai expliqué que les tumeurs évoluaient de manière extrêmement variable, et que j'avais connu des malades dont la tumeur était restée stationnaire, si je puis dire, pendant deux ans, mais c'était très rare. Je lui ai donc dit que sans opération il pouvait espérer vivre entre huit et vingt mois.*

Verizer : *Et il persista à refuser l'opération ?*

Vann : *C'est exact.*

Verizer : *S'est-il produit quelque chose d'inhabituel lorsque Smith vous a quitté ?*

Vann : *Quelque chose de tout à fait inhabituel.*

Verizer : *Voulez-vous en parler au comité ?*

Vann : *J'ai tapoté son épaule, pour le réconforter je pense. Je ne voulais pas voir cet homme partir sur cette impression, vous comprenez. Et en faisant ce geste j'ai ressenti comme un choc électrique, mais en même temps une sensation déprimante, comme s'il tirait quelque chose de moi. Je vous accorde que c'est un commentaire absolument subjectif, mais il est le fait d'un homme entraîné à l'observation clinique. Ce n'était pas réconfortant. Je peux vous l'assurer... Je me suis écarté de lui... et il m'a suggéré d'appeler ma femme, parce que Strawberry s'était sérieusement blessé.*

Verizer : *Strawberry ?*

Vann : *Oui, c'est ce qu'il m'a dit. Le frère de ma femme s'appelle Stanbury Richards. Mon plus jeune fils l'a toujours appelé oncle Strawberry. Dans la soirée, j'ai suggéré à ma femme d'appeler son frère qui habite Coose Lake, New York.*

Verizer : *L'a-t-elle appelé ?*

Vann : *Oui, et ils ont bavardé.*

Verizer : *Et Mr. Richards, votre beau-frère, allait bien ?*

Vann : *Oui, très bien. Mais la semaine suivante il est tombé d'une échelle en repeignant sa maison et s'est blessé.*

Verizer : *Docteur Vann, croyez-vous que John Smith ait pu voir ce qui allait arriver ? Croyez-vous qu'il ait pu en avoir le pressentiment ?*

368

Vann : *Je ne sais pas... Mais je crois que, que c'est possible.*
Verizer : *Merci, docteur.*
Vann : *Puis-je ajouter quelque chose ?*
Verizer : *Certainement.*
Vann : *S'il est vraiment victime d'une telle malédiction. Oui, j'appellerai ça une malédiction. J'espère que Dieu aura pitié de l'âme torturée de cet homme.*

5

... Et je sais, papa, que les gens diront que j'ai accompli ce que je me propose de faire à cause de la tumeur ; mais, papa, ne les crois pas. Ce n'est pas vrai. La tumeur n'est que la phase finale de l'accident. L'accident qui, j'en suis persuadé maintenant, n'a jamais cessé d'arriver. La tumeur se trouve dans la même zone que celle endommagée lors de la collision, la même zone qui, j'en suis également persuadé, a été lésée quand j'étais enfant. J'ai fait une chute un jour où je patinais à Runaround Fund. C'est à ce moment-là que j'ai eu la première de mes visions, bien que maintenant je ne me souvienne plus de quoi il s'agissait. Et j'en avais eu une autre, avant l'accident, à Esty Fair. Parles-en à Sarah, je suis sûr qu'elle s'en souvient.

La tumeur se trouve à l'endroit que j'ai toujours appelé « la zone morte ». Et tout prouve que c'était vrai. Affreusement vrai. Dieu... le Destin... la Providence... la Fatalité... – appelle cela comme tu veux – semble tendre la main dans un geste inexorable et invincible afin de peser sur les plateaux de la balance. Je devais peut-être mourir dans l'accident de voiture ; peut-être même avant, le jour de cette chute à Runaround. Et je crois que quand j'en aurai fini les plateaux de la balance seront à nouveau équilibrés.

Papa, je t'aime. Ce qu'il y a de plus affreux dans la fin à laquelle je suis condamné, l'assassinat de Greg Stillson, c'est que je vais te laisser derrière moi en butte à la haine de ceux qui n'avaient aucune raison de voir en Stillson autre chose qu'un homme juste et bon.

Extrait de la déposition faite devant le comité Stillson, présidé par le sénateur William Cohen du Maine. L'interrogateur est Mr. Albert Renfrew, représentant du comité. Le témoin est le Dr. Samuel Weizak, 26 Harlow Court, Bangor, Maine. Date de la déposition : 23 août 1979.

Renfrew : *L'heure de clore les débats approche, docteur Weizak, et au nom du comité, je vous remercie des éclaircissements que vous nous avez apportés au cours des quatre longues heures de votre déposition.*
Weizak : *Je vous en prie.*
R. *J'ai une dernière question à vous poser, docteur Weizak, qui, personnellement, me semble de la plus haute importance. Il s'agit de la conclusion dont parle John Smith lorsqu'il s'adresse à son père dans sa dernière lettre. Voilà ma question.*
W. *Non.*
R. *Pardon ?*
W. *Vous allez me demander si la tumeur de Johnny a pu presser sur la gâchette à une certaine date dans le New Hampshire. C'est bien ça ?*
R. *D'une certaine façon, oui.*
W. *La réponse est non. Johnny Smith était un être normal et raisonnable jusqu'à la fin de sa vie. Le lettre à son père le prouve. Sa lettre à Sarah Hazlett aussi. C'était un homme victime d'un terrible pouvoir, peut-être une malédiction comme l'a dit mon collègue, le Dr. Vann, mais il n'a jamais eu la cervelle détraquée et n'a jamais agi de façon aberrante et qui aurait été la conséquence de son mal.*
R. *Mais n'est-il pas prouvé que Charles Witman avait...*
W. *Oui. Oui. Il souffrait d'une tumeur. De même que le pilote d'Eastern Airlines qui s'est abattu avec son appareil en Floride il y a quelques années... Il n'a tout de même jamais été précisé que la tumeur ait pu précipiter les événements. D'autre part, je pourrais vous citer d'autres cas : Richard Speck, dit « Fils de Satan », ou Adolf Hitler. Une tumeur au cerveau ne leur fut pas nécessaire pour perpétuer leurs crimes abominables. Ou Frank Dodd, le criminel que Johnny aida à démasquer à Castle Rock. Aussi regrettable que le comité juge l'acte de Johnny, c'était celui d'un homme sain, en proie à un grand désarroi, mais sain.*

7

... Et surtout ne va pas croire que j'ai agi sans avoir longuement et douloureusement réfléchi. Si en tuant Stillson j'étais certain d'accorder à l'humanité un sursis de quatre ans, de deux ou même de huit mois, je crois que cela en vaudrait la peine. C'est un mal, mais de ce mal peut sortir un bien. Mais, est-ce certain ? Je l'ignore et je n'ai plus envie de continuer à jouer les Hamlet. Je « sais » que Gregory Stillson est dangereux.

Papa, je t'aime très fort, sois en sûr.

Ton fils, Johnny.

8

Extrait de la déposition devant le comité Stillson, présidé par le sénateur William Cohen du Maine. L'interrogatoire est conduit par Mr. Albert Renfrew, représentant du comité. Le témoin est Stuart Clawson, Blackstrap Road à Jackson, New Hampshire.

Renfrew : *Vous nous dites que vous veniez de vous munir de votre appareil photographique, Mr. Clawson.*
Clawson : *Je n'avais vraiment pas envie d'y aller ce jour et pourtant j'aime bien Greg Stillson. Enfin, je l'aimais avant ce jour-là... La réunion m'a semblé ennuyeuse à un point...*
R. *A cause de votre examen du permis de conduire.*
C. *Exactement. Rater cet examen c'était démoralisant au possible. Mais pour finir, je m'étais résigné, et j'ai pris la photo. Tac ! je l'ai prise, et je pense qu'elle va faire de moi un homme riche. Comme le coup du drapeau à Iwo Jima, vous voyez ?*
R. *J'espère que vous n'allez pas imaginer que toute cette affaire a été organisée à seule fin que vous puissiez en tirer profit, jeune homme.*
C. *Oh, non, pas du tout. Je pensais seulement... bon... je ne sais plus ce que je pensais. Mais ça s'est produit juste devant moi et... je ne sais pas, mais j'étais content d'avoir mon Nikon.*

R. *Vous avez pris la photo juste au moment où Stillson soulevait l'enfant.*
C. *Oui, monsieur.*
R. *Et ceci est un agrandissement de cette photo.*
C. *Oui, c'est exact.*
R. *Après que vous l'avez prise, que s'est-il passé ?*
C. *Deux de ces abrutis se sont mis à me courir après en gueulant :* « *Donnez-nous cet appareil, jetez-le.* » *Des trucs comme ça.*
R. *Et vous avez couru ?*
C. *Et comment que j'ai couru, ils m'ont poursuivi jusqu'au garage. L'un d'eux m'avait presque rattrapé, mais il a glissé sur le verglas et il est tombé.*
C. *Jeune homme, je crois que vous avez, en échappant à ces deux tueurs, couru là la course à pied la plus importante de votre vie.*
C. *Certainement, monsieur. Ce que Stillson a fait ce jour-là... Vous étiez peut-être là... mais se cacher derrière un gosse, c'est franchement dégueulasse, et j'espère que les électeurs du New Hampshire ne voteront pas pour ce type.*
R. *Merci, Mr. Clawson.*

9

Octobre de nouveau.

Sarah avait longtemps remis ce voyage, mais le moment était venu et ne pouvait plus être ajourné. Elle le savait. Elle avait confié les deux enfants à Mrs. Ablanap. Ils avaient du personnel maintenant, et deux voitures pour remplacer la petite Pinto rouge. Le salaire de Walt atteignait presque 30 000 dollars par an. Elle se rendit seule à Pownal dans l'embrasement de la fin de l'automne.

Après s'être garée sur le bas-côté d'une petite route de campagne, elle sortit de sa voiture et se dirigea vers le petit cimetière entouré d'un mur de pierre soigneusement entretenu. Une plaque rouillée indiquait « Les Bouleaux ». Quelques drapeaux délavés témoignaient du Memorial Day commémoré cinq mois auparavant. Bientôt ils disparaîtraient sous la neige.

Sarah marchait lentement, sans se presser, le vent relevant l'ourlet de sa jupe vert foncé. Là se trouvaient des générations de Bowdens, ici toute une famille de Marstens ; plus loin, groupés autour d'un imposant monument de marbre, les Pillsbury remontant jusqu'en 1750.

Et près du mur, au fin fond, une pierre neuve avec cette simple inscription : John Smith.

Sarah s'agenouilla, hésita, puis elle laissa ses doigts caresser la surface polie.

10

23 janvier 1979

Chère Sarah,

Je viens d'écrire à mon père une lettre très importante ; j'ai mis près d'une heure à en venir à bout et je n'ai plus la force de renouveler cet effort ; aussi je te demande d'appeler mon père dès que tu recevras ce courrier. Fais-le tout de suite, Sarah, avant de lire la suite.

Maintenant, en principe, tu sais. Je voulais simplement te dire que j'ai souvent pensé ces jours-ci à notre rendez-vous d'Esty Fair. Si je devais deviner les deux choses dont tu te souviens le mieux, je dirais : le coup de chance que j'ai eu à la Roue de la Fortune (tu te rappelles ce type qui n'arrêtait pas de grommeler qu'il voulair voir ce gars prendre sa raclée ?) et le masque que j'avais mis pour t'effrayer. Ce ne devait être qu'une plaisanterie, mais tu as eu réellement peur et notre rencontre a bien failli en être gâchée. Peut-être que s'il en avait été ainsi un chauffeur de taxi serait encore en vie. D'un autre côté, j'aurais peut-être reçu la balle une semaine, un mois ou une année plus tard.

Enfin, nous avons eu notre chance qui pourrait être symbolisée par le numéro de la table de jeu, le double zéro, qui sait ?

Je voulais que tu saches que je pense toujours à toi, Sarah. Pour moi, il n'y a jamais eu personne d'autre et cette nuit-là fut ma plus belle nuit.

Hello ! Johnny, murmura-t-elle, et le vent siffla doucement dans les arbres embrasés ; une feuille rouge se
détaché, tournoya dans l'azur lumineux et vint se poser sur
la chevelure de Sarah. « Me voilà, je suis enfin venue. »

Parler à haute voix dans un cimetière pouvait paraître
inconvenant. Parler à un mort était le fait d'une personne
un peu dérangée, aurait-elle pensé autrefois. Mais aujourd'hui l'émotion l'étreignait, une émotion si forte que
sa gorge se serra et que ses mains se joignirent. Peut-être
était-ce normal de lui parler. Après tout, il y avait neuf ans
et tout s'achevait ici. Après cela, il y aurait Walt et les
enfants. Des tas de sourires tandis que son mari prononce-
rait des discours sur une estrade. Des sourires sans fin, et
de temps en temps un article dans le supplément du
dimanche, si la carrière politique de Walt se poursuivait
aussi brillamment qu'il l'envisageait. L'avenir, c'était aussi
un peu plus de gris dans ses cheveux chaque année,
l'obligation de porter un soutien-gorge, l'attention à porter
à son maquillage. L'avenir, c'était encore faire ses courses
à Bangor, conduire Dennis au collège et Janis à l'école
maternelle ; c'était les fêtes du Nouvel An avec leurs
chapeaux rigolos. Sa vie passerait ainsi d'année en année
jusqu'à l'étrange et inimaginable âge mûr.

Mais dans cet avenir, elle ne voyait plus aucune fête
foraine.

Les premières larmes commencèrent à couler. « Oh !
Johnny, tout aurait pu être si différent. Ça n'aurait pas dû
finir comme ça. »

Elle baissa la tête, la gorge nouée. Les sanglots la
submergeaient ; l'étincelante clarté du soleil se brisa en
arc-en-ciel. Le vent qui lui avait semblé si doux, pareil à
celui de l'été indien, devenait piquant comme en février.

« Ce n'est pas juste », cria-t-elle dans le silence des
Bowders, des Marstens et des Pillsbury, cette morte
assemblée qui témoignait que rien n'est plus bref que la
vie et que la mort n'est que silence.

« Oh ! mon Dieu, ce n'est pas juste. »

C'est alors qu'une main toucha sa nuque.

... Ce fut notre plus belle nuit, bien qu'il y ait des moments où j'ai du mal à croire à la réalité de cette année 1970, aux manifestations sur les campus, à la présidence de Nixon, à l'absence de calculatrices de poche, au fait que les punks étaient encore inconnus. A d'autres moments, pourtant, il me semble que c'était hier, que je pourrais le toucher du doigt. Si je pouvais passer mon bras autour de tes épaules, toucher ton visage ou ton cou, je pourrais t'emporter avec moi vers un autre avenir, sans souffrances, sans ténèbres, sans choix déchirant.

Enfin, nous faisons tout ce que nous pouvons et ça devrait suffire... et si ça ne suffit pas, tant pis.

J'espère que tu penseras quelquefois à moi, Sarah, chérie. Avec tout mon amour.

Johnny.

Elle retint son souffle, haletante, la nuque raidie, les yeux agrandis. Johnny ?...

C'était fini.

Quoi qu'il ait pu se passer, c'était fini. Elle se leva, se retourna et, bien sûr, il n'y avait personne. Mais elle le voyait, là, les mains enfoncées dans les poches, son sourire ironique sur un visage plus séduisant que beau, appuyé nonchalamment contre un de ces monuments, ou contre le mur, ou contre un de ces arbres rougis par l'incendie final de l'automne. « Sarah, tu snifes toujours ton horrible coke ? »

Rien à part Johnny, tout près, partout en quelque sorte.

Nous faisons tout ce que nous pouvons et cela devrait suffire... et si ça ne suffit pas, tant pis. Rien n'est jamais perdu, Sarah. Rien qui ne puisse être retrouvé.

« Toujours ce même bon vieux Johnny » murmura-t-elle en se dirigeant vers la sortie du cimetière. Après avoir traversé la route, elle s'arrêta, se retourna. Le doux vent d'octobre s'élevait en bourrasques, et de grandes vagues de lumière et d'ombre s'étendaient sur le monde. Les arbres bruissaient mystérieusement.

Sarah monta dans sa voiture et s'en alla.

TABLE DES MATIÈRES

Achevé d'imprimer en avril 1984
sur les presses de Maury-Imprimeur S.A.
45330 Malesherbes
Imprimé en France

Dépôt légal : avril 1984
N° éditeur : 84077
N° imprimeur : C84/14720